www.ingramcontent.com/pod-product-compliance
Lightning Source LLC
LaVergne TN
LVHW050611200726
843508LV00010B/1811

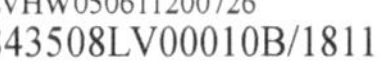

لازوال اردو افسانے

(حصہ اول)

اِدارہ کتاب گھر

© Taemeer Publications LLC

Lazawaal Urdu Afsaney : part-1

by: Idara Kitaabghar

Edition: July '2023

Publisher & Printer:

Taemeer Publications LLC (Michigan, USA / Hyderabad, India)

ISBN 978-93-5872-859-0

لازوال اردو افسانے (حصہ اول)	:	کتاب
ادارہ کتاب گھر	:	مصنف
فکشن	:	صنف
تعمیر پبلی کیشنز (حیدرآباد، انڈیا)	:	ناشر
تعمیر ویب ڈیولپمنٹ، حیدرآباد	:	زیر اہتمام
قادر بخش	:	کمپوزنگ
سنۂ ۲۰۲۳ء	:	سالِ اشاعت
(پرنٹ آن ڈیمانڈ)	:	تعداد
تعمیر پبلی کیشنز، حیدرآباد ۲۴–	:	طابع
۱۳۴	:	صفحات
تعمیر ویب ڈیزائن	:	سرورق ڈیزائن

فہرست

پیش لفظ

اردو میں مختصر افسانہ مغرب کے اثرات کی دین ہے جس کا آغاز ۱۸۷۰ء کے لگ بھگ اس وقت ہوتا ہے جب سرسید کے ہاتھوں 'گزرا ہوا زمانہ' وجود میں آیا۔ یہ بھی کہا جاتا ہے کہ سجاد حیدر یلدرم یا خدیجہ نصیر کے ذریعے اس صنف کا آغاز ہوا۔ اردو کے اولین افسانوں میں سب سے اہم نام پریم چند کا ہے۔ اردو افسانے میں حقیقت نگاری کی روایت بھی انہی سے شروع ہوتی ہے۔ ۱۹۳۶ء میں جب ترقی پسند تحریک کا آغاز ہوا تو افسانہ نگاروں کی تعداد میں بھی اضافہ ہوا مثلاً کرشن چندر، بیدی، منٹو، عصمت چغتائی، حسن عسکری، ممتاز مفتی وغیرہ۔ پھر جدیدیت کے رجحان کے زیر اثر افسانہ نگاروں کی تعداد میں مزید اضافہ کے ساتھ افسانے میں نت نئے موضوعات بھی داخل ہوئے۔ ان قلمکاروں کی فہرست میں قرۃ العین حیدر، انتظار حسین، ہاجرہ مسرور وغیرہ نام شامل ہیں۔

افسانہ زندگی کا ادبی عکس ہے۔ یہ مختصر نثری بیانیہ صنف ہے جس میں زندگی کے کسی ایک گوشہ یا کسی ایک پہلو یا کسی ایک واقعہ کو موثر انداز میں بیان کیا جاتا ہے اور جو قاری کو مسرت و انبساط کے ساتھ ساتھ بصیرت بھی عطا کرتا ہے۔

زیر نظر کتاب اردو کے مشہور اور لازوال افسانوں کے ایک انتخاب کا پہلا حصہ ہے۔

عیدگاہ

(منشی پریم چند)

رمضان کے پورے تیس روزوں کے بعد آج عید آئی۔ کتنی سہانی اور رنگین صبح ہے۔ پیڑ کی طرح پر تبسم درختوں پر کچھ عجیب ہریاول ہے۔ کھیتوں میں کچھ عجیب رونق ہے۔ آسمان پر کچھ عجیب فضا ہے۔ آج کا آفتاب دیکھو کتنا پیارا ہے گویا دنیا کو عید کی خوشی پر مبارکباد دے رہا ہے۔ گاؤں میں کتنی چہل پہل ہے۔ عیدگاہ جانے کی دھوم ہے۔ کسی کے کرتے میں بٹن نہیں ہیں تو سوئی تاگا لینے دوڑے جا رہا ہے۔ کسی کے جوتے سخت ہو گئے ہیں۔ اسے تیل اور پانی سے نرم کر رہا ہے۔ جلدی جلدی بیلوں کو سانی پانی دے دیں۔ عیدگاہ سے لوٹتے لوٹتے دوپہر ہو جائے گی۔ تین کوس کا پیدل راستہ پھر سینکڑوں رشتے قرابت والوں سے ملنا ملانا۔ دوپہر سے پہلے لوٹنا غیر ممکن ہے۔ لڑکے سب سے زیادہ خوش ہیں۔ کسی نے ایک روزہ رکھا، وہ بھی دوپہر تک۔ کسی نے وہ بھی نہیں۔ لیکن عیدگاہ جانے کی خوشی ان کا حصہ ہے۔ روزے بڑے بوڑھوں کے لیے ہوں گے، بچوں کے لیے تو عید ہے۔ روز عید کا نام رٹتے تھے آج وہ آ گئی۔ اب جلدی پڑی ہوئی ہے کہ عیدگاہ کیوں نہیں چلتے۔ انہیں گھر کی فکروں سے کیا واسطہ؟ سویوں کیلئے گھر میں دودھ اور شکر میوے ہیں یا نہیں، اس کی انہیں کیا فکر؟ وہ کیا جانیں ابا کیوں بدحواس گاؤں کے مہاجن چودھری قاسم علی کے گھر دوڑے جا رہے ہیں، انگی اپنی جیبوں میں تو قارون کا خزانہ رکھا ہوا ہے۔ بار بار جیب سے خزانہ نکال کر گنتے ہیں۔ دوستوں کو دکھاتے ہیں اور خوش ہو کر رکھ لیتے ہیں۔ ان ہی دو چار پیسوں میں دنیا کی سات نعمتیں لائیں گے۔ کھلونے اور مٹھائیاں اور بگل اور خدا جانے کیا کیا۔ سب سے زیادہ خوش ہے حامد۔ وہ چار سال کا غریب صورت بچہ ہے، جس کا باپ پچھلے سال ہیضہ کی نذر ہو گیا تھا اور ماں نہ جانے کیوں زرد ہوتی ہوتی ایک دن مر گئی۔ کسی کو پتہ نہ چلا کہ بیماری کیا ہے؟ کہتی کس سے؟ دل پر جو گزر رہی تھی سہتی تھی اور جب نہ سہا گیا تو دنیا سے رخصت ہو گئی۔ اب حامد اپنی بوڑھی دادی امینہ کی گود میں سوتا ہے اور اتنا ہی خوش ہے۔ اس کے ابا جان بڑی دور روپے کمانے گئے ہیں اور بہت سی تھیلیاں لے کر آئیں گے۔ امی جان اللہ میاں کے گھر مٹھائی لینے گئی ہیں۔ اس لیے خاموش ہے۔ حامد کے پاؤں میں جوتے نہیں ہیں۔ سر پر ایک پرانی دھرانی ٹوپی ہے جس کا گوٹہ سیاہ ہو گیا ہے۔ پھر بھی وہ خوش ہے۔ جب اس کے ابا جان تھیلیاں اور اماں جان نعمتیں لے کر آئیں گے تب وہ دل کے ارمان نکالے گا۔ تب دیکھے گا کہ محمود اور محسن آذر اور سمیع کہاں سے اتنے پیسے لاتے ہیں۔ دنیا میں مصیبتوں کی ساری فوج لے کر آئے، اس کی ایک نگاہ معصوم اسے پامال کرنے کیلئے کافی ہے۔

حامد اندر جا کر امینہ سے کہتا ہے، ''تم ڈر نہیں اماں! میں گاؤں والوں کا ساتھ نہ چھوڑوں گا۔ بالکل نہ ڈرنا۔ لیکن امینہ کا دل نہیں مانتا۔ گاؤں کے بچے اپنے اپنے باپ کے ساتھ جا رہے ہیں۔ حامد کیا اکیلا ہی جائے گا۔ اس بھیڑ بھاڑ میں کہیں کھو جائے تو کیا ہو؟ نہیں...... امینہ اسے تنہا نہ جانے دے گی۔ منھی سی جان۔ تین کوس چلے گا تو پاؤں میں چھالے نہ پڑ جائیں گے؟

مگر وہ چلی جائے تو یہاں سویاں کون پکائے گا، بھوکا پیاسا دوپہر کو لوٹے گا، کیا اس وقت سویاں پکانے بیٹھے گی۔ رونا تو یہ ہے کہ امینہ کے پاس پیسے نہیں ہیں۔ اس نے فہمین کے کپڑے سیے تھے۔ آٹھ آنے پیسے ملے تھے۔ اس اٹھنی کو ایمان کی طرح بچاتی چلی آئی تھی اس عید کے لیے۔ لیکن گھر میں پیسے اور نہ تھے اور گوالن کے پیسے بھی چڑھ گئے تھے، دینے پڑے۔ حامد کے لیے روز دو پیسے کا دودھ تو لینا پڑتا ہے۔ اب کل دو آنے پیسے بچ

رہے ہیں۔ تین پیسے حامد کی جیب میں اور پانچ آمنہ کے بٹوے میں۔ یہی بساط ہے۔ اللہ ہی بیڑا پار کرے گا۔ دھوبن، مہترانی اور نائن بھی تو آئیں گی۔ سب کو سویاں چاہیے۔ کس کس سے منہ چھپائے؟ سال بھر کا تہوار ہے۔ زندگی خیریت سے رہے۔ اُن کی تقدیر بھی تو اس کے ساتھ ہے۔ بچے کو خدا سلامت رکھے، یہ دن بھی یوں ہی کٹ جائیں گے۔ گاؤں سے لوگ چلے اور حامد بھی بچوں کے ساتھ تھا۔ سب کے سب دوڑ کر نکل جاتے۔ پھر کسی درخت کے نیچے کھڑے ہو کر ساتھ والوں کا انتظار کرتے۔ یہ لوگ کیوں اتنے آہستہ آہستہ چل رہے ہیں؟

شہر کا سرا شروع ہو گیا۔ سڑک کے دونوں طرف امیروں کے باغ ہیں۔ پختہ چہار دیواری بنی ہوئی ہے۔ درختوں میں آم لگے ہوئے ہیں۔ حامد نے ایک کنکری اٹھا کر ایک آم پر نشانہ لگایا۔ مالی اندر سے گالی دیتا ہوا باہر آیا۔ بچے وہاں سے ایک فرلانگ پر ہیں۔ خوب ہنس رہے ہیں۔ مالی کو خوب اُلّو بنایا۔

بڑی بڑی عمارتیں آنے لگیں۔ یہ عدالت ہے۔ یہ مدرسہ ہے۔ یہ کلب گھر ہے۔ اتنے بڑے مدرسے میں کتنے سارے لڑکے پڑھتے ہوں گے۔ لڑکے نہیں ہیں جی بڑے بڑے آدمی ہیں۔ بچ اُن کی بڑی بڑی مونچھیں ہیں۔ اتنے بڑے ہو گئے اب تک پڑھنے جاتے ہیں۔ آج تو چھٹی ہے لیکن ایک بار پہلے آئے تھے تو بہت سے داڑھی مونچھوں والے لڑکے کے یہاں کھیل رہے تھے۔ نہ جانے کب تک پڑھیں گے اور کیا کریں گے اتنا پڑھ کر۔ گاؤں کے دیہاتی مدرسے میں دو تین بڑے بڑے لڑکے ہیں۔ بالکل کوڈوں جیسے، کام سے جی چرانے والے۔ یہ لڑکے بھی اس طرح کے ہوں گے۔ اور کیا نہیں..... کیا اب تک پڑھتے ہوتے۔ وہ کلب گھر ہے۔ وہاں جادو کا کھیل ہوتا ہے۔ سنا ہے مردوں کی کھوپڑیاں اُڑتی ہیں۔ آدمی کو بے ہوش کر دیتے ہیں۔ پھر اس سے جو کچھ پوچھتے ہیں، وہ سب بتلا دیتے ہیں۔ اور بڑے بڑے تماشے ہوتے ہیں۔ اور میمیں بھی کھیلتی ہیں۔ بچ! ہماری امّاں کو دے دو کیا کہلاتا ہے،''بیٹ'' تو اسے گھماتے ہی لڑھک جائیں۔

محسن نے کہا،''ہماری امّی جان تو اسے پکڑ ہی نہ سکیں، ہاتھ کانپنے لگیں۔ اللہ قسم''

حامد نے اس سے اختلاف کیا،''چلو! منوں آٹا پیس ڈالتی ہیں۔ ذرا سی بیٹ پکڑیں گے تو ہاتھ کاہنے لگے گا؟ سینکڑوں گھڑے پانی روز نکالتی ہیں۔ کسی میم کو ایک گھڑا پانی نکالنا پڑے تو آنکھوں تلے اندھیرا آ جائے۔''

محسن: لیکن دوڑتی تو نہیں، اچھل کود نہیں سکتیں۔

حامد: کام آ پڑتا ہے تو دوڑ بھی لیتی ہیں۔ ابھی اس دن تمہاری گائے کھل گئی تھی اور چودھری کے کھیت میں جا پڑی تھی تو تمہاری اماں ہی تو دوڑ کر اسے بھگا لائی تھیں۔ کتنی تیزی سے دوڑی تھیں۔ ہم تم دونوں ان سے پیچھے رہ گئے۔''

پھر آگے چلو۔ حلوائیوں کی دکانیں شروع ہو گئیں۔ آج خوب بھی ہوئی تھیں۔ اتنی مٹھائیاں کون کھاتا ہے؟ دیکھونا!! ایک ایک دکان پر منوں ہوں گی۔ سنا ہے رات کو ایک جن ہر ایک دکان پر جاتا ہے۔ جتنا مال بچا ہوتا ہے وہ سب خرید لیتا ہے اور سچ کے روپے دیتا ہے۔ بالکل ایسے ہی چاندی کے روپے۔

محمود کو یقین نہ آیا۔ ایسے روپے جنات کو کہاں سے مل جائیں گے؟

محسن: جنات کو روپوں کی کیا کمی؟ جس خزانہ میں چاہیں چلے جائیں۔ کوئی انہیں دیکھ نہیں سکتا۔ لوہے کے دروازے تک نہیں روک سکتے جناب! آپ میں کس خیال میں؟ ہیرے جواہرات ان کے پاس رہتے ہیں، جس سے خوش ہو گئے اسے نوکروں جواہرات دے دیے۔ پانچ منٹ میں کہو کا مل پہنچ جائیں۔

حامد: ''جناب بہت بڑے ہوتے ہوں گے۔''

محسن: ''اور کیا..... ایک ایک آسمان کے برابر ہوتا ہے۔ زمین پر کھڑا ہو جائے تو اس کا سر آسمان سے جا لگے۔ مگر چاہے تو ایک

لوٹے میں گھس جائے۔''

سمیع: سنا ہے چودھری صاحب کے قبضہ میں بہت سے جنات ہیں۔ کوئی چیز چوری چلی جائے۔ چودھری صاحب اس کا پتہ بتا دیں گے۔ اور چور کا نام تک بتا دیں گے۔ جمعراتی کا بچھڑا اس دن کھو گیا تھا۔ تین دن حیران ہوئے، کہیں نہ ملا، تب جھک مار کر چودھری کے پاس گئے۔ چودھری نے کہا، مویشی خانہ میں ہے اور رو میں ہیں ملا۔ جنات آ کر انہیں سب خبریں دے جایا کرتے ہیں۔

اب ہر ایک کی سمجھ میں آ گیا کہ چودھری قاسم علی کے پاس اس قدر دولت ہے اور کیوں وہ قرب و جوار کے مواضعات کے مہاجن ہیں۔ جنات آ کر انہیں رو پے دے جاتے ہیں۔ آگے چلئے یہ پولیس لائن ہے۔ یہاں پولیس والے قواعد کرتے ہیں۔ رائٹ لپ، پھام پھو۔

نوری نے تصحیح کی، ''یہاں پولیس والے پہرہ دیتے ہیں۔ جب ہی تو انہیں بہت خبر ہے۔ ای حضرت یہ لوگ چوریاں کراتے ہیں۔ شہر کے جتنے چور ڈاکو ہیں سب ان سے ملے رہتے ہیں۔ رات کو سب ایک محلہ میں چوروں سے کہتے ہیں اور دوسرے محلہ میں پکارتے ہیں جاگتے رہو۔ میرے ماموں صاحب ایک تھانہ میں سپاہی ہیں۔ بیس روپے مہینہ پاتے ہیں لیکن تھیلیاں بھر بھر گھر بھیجتے ہیں۔ میں نے ایک بار پوچھا، ماموں اتنے روپے آپ چاہیں تو ایک دن میں لاکھوں بار لائیں۔ ہم تو اتنا ہی لیتے ہیں جس میں اپنی بدنامی نہ ہو اور نوکری بنی رہے۔

حامد نے تعجب سے پوچھا، ''یہ لوگ چوری کراتے ہیں تو انہیں کوئی پکڑتا نہیں؟'' نوری نے اس کی کوتاہ فہمی پر رحم کھا کر کہا، ''ارے احمق! انہیں کون پکڑے گا، پکڑنے والے تو یہ خود ہیں۔ لیکن اللہ انہیں سزا بھی خوب دیتا ہے۔ تھوڑے دن ہوئے ماموں کے گھر میں آگ لگ گئی۔ سارا مال متاع جل گیا۔ ایک برتن تک نہ بچا۔ کئی دن تک درخت کے سائے کے نیچے سوئے، اللہ قسم پھر نہ جانے کہاں سے قرض لائے تو برتن بھانڈے آئے۔''

بستی گھنی ہونے لگی۔ عیدگاہ جانے والوں کے مجمع نظر آنے لگے۔ ایک سے ایک زرق برق پوشاک پہنے ہوئے۔ کوئی تانگے پر سوار کوئی موٹر پر چلتے تھے تو کپڑوں سے عطر کی خوشبو اُڑتی تھی۔

دہقانوں کی یہ مختصر سی ٹولی اپنی بے سرو سامانی سے بے جس اپنی خستہ حالی میں مگر صابرو شاکر چلی جاتی تھی۔ جس چیز کی طرف تاکتے تاکتے رہ جاتے اور پیچھے سے بار بار ہارن کی آواز ہونے پر بھی خبر نہ ہوتی تھی۔ محسن تو موٹر کے نیچے جاتے جاتے بچا۔

وہ عیدگاہ نظر آئی۔ جماعت شروع ہو گئی ہے۔ املی کے گھنے درختوں کا سایہ ہے نیچے کھلا ہوا پختہ فرش ہے۔ جس پر جاجم بچھا ہوا ہے۔ اور نمازیوں کی قطاریں ایک کے پیچھے دوسرے خدا جانے کہاں تک چلی گئی ہیں۔ پختہ فرش کے نیچے جاجم بھی نہیں۔ کئی قطاریں کھڑی ہیں۔ جو آتے جاتے ہیں پیچھے کھڑے ہوتے جاتے ہیں۔ آگے اب جگہ نہیں رہی۔ یہاں کوئی رتبہ اور عہدہ نہیں دیکھتا۔ اسلام کی نگاہ میں سب برابر ہیں۔ دہقانوں نے بھی وضو کیا اور جماعت میں شامل ہو گئے۔ کتنی با قاعدہ منظم جماعت ہے، لاکھوں آدمی ایک ساتھ جھکتے ہیں، ایک ساتھ دو زانو بیٹھ جاتے ہیں۔ اور یہ عمل بار بار ہوتا ہے ایسا معلوم ہو رہا ہے گویا بجلی کی لاکھوں بتیاں ایک ساتھ روشن ہو جائیں اور ایک ساتھ بجھ جائیں۔ کتنا پر احترام رعب انگیز نظارہ ہے۔ جس کی ہم آہنگی اور وسعت اور تعداد دلوں پر ایک وجدانی کیفیت پیدا کر دیتی ہے۔ گویا اخوت کا رشتہ ان تمام روحوں کو منسلک کیے ہوئے ہے۔

نماز ختم ہو گئی ہے لوگ باہم گلے مل رہے ہیں۔ کچھ لوگ مٹھائیوں اور سائیلوں کو خیرات کر رہے ہیں۔ جو آج یہاں ہزاروں جمع ہو گئے ہیں۔ ہمارے دہقانوں نے مٹھائی اور کھلونوں کی دکانوں پر یورش کی۔ بوڑھے بھی ان دلچسپیوں میں بچوں سے کم نہیں ہیں۔ یہ دیکھو ہنڈولا ہے ایک پیسہ دے کر آسمان پر جاتے معلوم ہوں گے۔ کبھی زمین پر گرتے ہیں یہ چرخی ہے لکڑی کے گھوڑے، اونٹ، ہاتھی منجوں سے لٹکے ہوئے ہیں۔ ایک پیسہ دے کر بیٹھ جاؤ اور پچیس چکروں کا مزہ لو۔ محمود اور محسن دونوں ہنڈولے پر بیٹھے ہیں۔ آذر اور سمیع گھوڑوں پر۔

ان کے بزرگ اتنے ہی طفلانہ اشتیاق سے چرخی پر بیٹھے ہیں ۔ حامد دور کھڑا ہے تین ہی پیسے تو اس کے پاس ہیں ۔ ذرا سا چکر کھانے کے لیے وہ اپنے خزانہ کا ثلث نہیں صرف کر سکتا۔ محسن کا باپ بار بار اسے چرخی پر بلاتا ہے لیکن وہ راضی نہیں ہوتا۔ بوڑھے کہتے ہیں اس لڑکے میں ابھی سے اپنا پرایا آ گیا ہے۔ حامد سوچتا ہے، کیوں کسی کا احسان لوں؟ عسرت نے اسے ضرورت سے زیادہ ذکی الحس بنا دیا ہے۔ سب لوگ چرخی سے اُترتے ہیں ۔ کھلونوں کی خرید شروع ہوتی ہے۔ سپاہی اور گجر یا اور راجہ رانی اور دھوبی اور بہشتی بے امتیاز ران سے ران ملائے بیٹھے ہیں ۔ دھوبی راجہ رانی کی بغل میں ہے اور بہشتی وکیل صاحب کے بغل میں ۔ واہ کتنے خوبصورت ...... بولا ہی چاہتے ہیں ۔ محمود سپاہی پر لٹو ہو جاتا ہے خاکی وردی اور پگڑی لال، کندھے پر بندوق ،معلوم ہوتا ہے ابھی قواعد کے لیے چلا آ رہا ہے۔ محسن کو بہشتی پسند آیا۔ کمر جھکی ہوئی ہے اس پر مشک کا دہانہ ایک ہاتھ سے پکڑے ہوئے ہے ۔ دوسرے ہاتھ میں رسی ہے، کتنا بشاش چہرہ ہے، شاید کوئی گیت گا رہا ہے۔ مشک سے پانی ٹپکتا ہوا معلوم ہوتا ہے ۔ نوری کو وکیل سے مناسبت ہے ۔ کتنی عالمانہ صورت ہے، سیاہ چغہ نیچے سفید اچکن، اچکن کے سینے کی جیب میں سنہری زنجیر، ایک ہاتھ میں قانون کی کتاب لیے ہوئے ہے، معلوم ہوتا ہے، ابھی کسی کی عدالت سے جرح یا بحث کر کے چلے آ رہے ہیں ۔ یہ سب دو دو پیسے کے کھلونے ہیں ۔ حامد کے پاس کل تین پیسے ہیں ۔ اگر دو کا ایک کھلونا لے لے تو پھر اور کیا لے گا؟ نہیں ...... کھلونے فضول ہیں ۔ کہیں ہاتھ سے گر پڑے تو چور چور ہو جائے ۔ ذرا سا پانی پڑ جائے تو سارا رنگ دُھل جائے۔ ان کھلونوں کو لے کر وہ کیا کرے گا، کس مصرف کے ہیں؟

محسن کہتا ہے،''میرا بہشتی روز پانی دے جائے گا صبح شام ۔''

نوری بولی،''اور میرا وکیل روز مقدمے لڑے گا اور روز روپے لائے گا''

حامد کھلونوں کی مذمت کرتا ہے ۔ مٹی کے ہی تو ہیں، گریں تو چکنا چور ہو جائیں، لیکن ہر چیز کو للچائی ہوئی نظروں سے دیکھ رہا ہے اور چاہتا ہے کہ ذرا دیر کے لیے انہیں ہاتھ میں لے سکتا۔ یہ بساطی کی دکان ہے، طرح طرح کی ضروری چیزیں، ایک چادر بچھی ہوئی ہے۔ گیند، سیٹیاں، بگل، بھنورے، ربڑ کے کھلونے اور ہزاروں چیزیں ۔ محسن ایک سیٹی لیتا ہے محمود گیند، نوری ربڑ کا بت جو چوں چوں کرتا ہے اور سمیع ایک خنجری ۔ اسے وہ بجا بجا کر گائے گا۔ حامد کھڑا ہرا یہ اک کو حسرت سے دیکھ رہا ہے۔ جب اس کا رفیق کوئی چیز خرید لیتا ہے تو وہ بڑے اشتیاق سے ایک بار اسے ہاتھ میں لے کر دیکھنے لگتا ہے، لیکن لڑکے اتنے دوست نواز نہیں ہوتے۔ خاص کر جب کہ ابھی دلچسپی تازہ ہے ۔ بے چارہ یوں ہی مایوس ہو کر رہ جاتا ہے ۔

کھلونوں کے بعد مٹھائیوں کا نمبر آیا، کسی نے ریوڑیاں لیں، کسی نے گلاب جامن، کسی نے سوہن حلوہ ۔ مزے سے کھا رہے ہیں ۔ حامد ان کی برادری سے خارج ہے ۔ کمبخت کی جیب میں تین پیسے تو ہیں، کیوں نہیں کچھ لے کر کھاتا ۔ حریص نگاہوں سے سب کی طرف دیکھتا ہے ۔

محسن نے کہا،''حامد یہ ریوڑی لے جا کتنی خوشبودار ہیں ۔''

حامد سمجھ گیا یہ محض شرارت ہے۔ محسن اتنا فیاض طبع نہ تھا۔ پھر بھی وہ اس کے پاس گیا۔ محسن نے دونے سے دو تین ریوڑیاں نکالیں ۔ حامد کی طرف بڑھائیں ۔ حامد نے ہاتھ کھینچ لیا۔ محسن نے ریوڑیاں اپنے منہ میں رکھ لیں ۔ محمود اور نوری اور سمیع خوب تالیاں بجا بجا کر ہنسنے لگے ۔ حامد کھسیانہ ہو گیا۔ محسن نے کہا۔

''اچھا اب ضرور دیں گے ۔ یہ لے جاؤ ۔ اللہ قسم ۔''

حامد نے کہا،''رکھے رکھے ...... کیا میرے پاس پیسے نہیں ہیں؟''

سمیع بولا،''تین ہی پیسے تو ہیں، کیا کیا لو گے؟''

محمود بولا،''تم اس سے مت بولو، حامد میرے پاس آؤ، یہ گلاب جامن لے لو''

حامد :   ''مٹھائی کون سی بڑی نعمت ہے۔ کتاب میں اسکی برائیاں لکھی ہیں ۔''

محسن: لیکن جن میں کہہ رہے ہو گے کہ کچھل جائے تو کھالیں۔ اپنے پیے کیوں نہیں نکالتے؟''

محمود: اسکی ہوشیاری میں سمجھتا ہوں۔ جب ہمارے سارے پیسے خرچ ہو جائیں گے، تب یہ مٹھائی لے گا اور ہمیں چڑا چڑا کر کھائے گا۔

حلوائیوں کی دکانوں کے آگے کچھ دکانیں لوہے کی چیزوں کی تھیں کچھ گلٹ اور ملمع کے زیورات کی۔ لڑکوں کے لیے یہاں دلچسپی کا کوئی سامان نہ تھا۔ حامد لوہے کی دکان پر ایک لمحے کے لیے رک گیا۔ دست پناہ خرید لے گا۔ وہ دست پناہ خرید لے گا۔ ماں کے پاس دست پناہ نہیں ہے۔ توے سے روٹیاں اتارتی ہیں تو ہاتھ جل جاتا ہے۔ اگر وہ دست پناہ لے جا کر اماں کو دے دے تو وہ کتنی خوش ہوں گی۔ پھر ان کی انگلیاں کبھی نہیں جلیں گی۔ گھر میں ایک کام کی چیز ہو جائے گی۔ کھلونوں سے کیا فائدہ۔ مفت میں پیسے خراب ہوتے ہیں۔ ذرا دیر ہی تو خوشی ہوتی ہے پھر تو انہیں کوئی آنکھ اٹھا کر بھی نہیں دیکھتا۔ یا تو گھر پہنچتے پہنچتے ٹوٹ پھوٹ کر برباد ہو جائیں گے یا چھوٹے بچے جو عید گاہ نہیں جا سکتے ہیں ضد کر کے لیں گے اور توڑ ڈالیں گے۔ دست پناہ کتنے فائدہ کی چیز ہے۔ روٹیاں توے سے اتار لو، چولہے سے آگ نکال کر دے دو۔ اماں کو فرصت ہے بازار آئیں اور اتنے پیسے کہاں ملتے ہیں۔ روز ہاتھ جلا لیتی ہیں۔ اس کے ساتھی آگے بڑھ گئے ہیں۔ سبیل پر سب کے سب پانی پی رہے ہیں۔ کتنے لالچی ہیں۔ سب نے اتنی مٹھائیاں لیں کسی نے مجھے ایک بھی نہ دی۔ اس پر کہتے ہیں میرے ساتھ کھیلو۔ میری تختی دھلاؤ۔ اب اگر یہاں محسن نے کوئی کام کرنے کو کہا تو خبر لوں گا، کھا لیں مٹھائیاں......۔ آپ ہی منہ سڑے گا، پھوڑے پھنسیاں نکلیں گی۔ آپ ہی زبان چٹوری ہو جائے گی، تب پیسے چرائیں گے اور مار کھائیں گے۔ میری زبان کیوں خراب ہو گی۔ اس نے پھر سوچا، اماں دست پناہ دیکھتے ہی دوڑ کر میرے ہاتھ سے لے لیں گی اور کہیں گی۔ میرا بیٹا اپنی ماں کے لیے دست پناہ لایا ہے، ہزاروں دعائیں دیں گی۔ پھر اسے پڑوسیوں کو دکھائیں گی۔ سارے گاؤں میں واہ واہ مچ جائے گی۔ ان لوگوں کے کھلونوں پر کون انہیں دعائیں دے گا۔ بزرگوں کی دعائیں سیدھی خدا کی درگاہ میں پہنچتی ہیں اور فوراً قبول ہوتی ہیں۔ میرے پاس بہت سے پیسے نہیں ہیں۔ جب ہی تو محسن اور محمود یوں مزاج دکھاتے ہیں۔ میں بھی ان کو مزاج دکھاؤں گا۔ وہ کھلونے لیں، مٹھائیاں کھائیں میں غریب سہی کسی سے کچھ مانگتے تو نہیں جاتا۔ آخر ابا بھی کبھی نہ کبھی آئیں گے پھر ان لوگوں سے پوچھوں گا کتنے کھلونے لو گے؟ ایک ایک کو ایک نوکری دوں اور دکھا دوں کہ دوستوں کے ساتھ کیسا طرح سلوک کیا جاتا ہے۔ جتنے غریب لڑکے ہیں سب کو اچھے اچھے کرتے دلوا دوں گا، اور کتابیں دے دوں گا، یہ نہیں کہ ایک پیسہ کی ریوڑیاں لیں تو چڑا چڑا کر کھانے لگیں۔

دست پناہ دیکھ کر سب کے سب ہنسیں گے۔ احمق تو ہیں ہی سب۔ اس نے ڈرتے ڈرتے دکاندار سے پوچھا، ''یہ دست پناہ کتو گے؟''

دوکاندار نے اس کی طرف دیکھا اور ساتھ کوئی آدمی نہ دیکھ کر کہا، وہ تمہارے کام کا نہیں ہے۔

''بکاؤ ہے یا نہیں؟''

''بکاؤ ہے جی اور یہاں کیوں لا دکر لائے ہیں''

''تو بتلاتے کیوں نہیں؟ کے پیسے کا دو گے؟''

''چھ پیسے لگے''

حامد کا دل بیٹھ گیا۔ کلیجہ مضبوط کر کے بولا، تین پیسے لو گے؟ اور آگے بڑھا کہ دکاندار کی گھر کیاں نہ سنے، مگر دکاندار نے گھر کیاں نہ دیں۔

دست پناہ اس کی طرف بڑھا دیا اور پیسے لے لیے۔

حامد نے دست پناہ کندھے پر رکھ لیا، گویا بندوق ہے اور شان سے اکڑتا ہوا اپنے رفیقوں کے پاس آیا۔

محسن نے ہنستے ہوئے کہا، ''یہ دست پناہ لایا ہے۔ احمق اسے کیا کرو گے؟''

حامد نے دست پناہ کو زمین پر پٹک کر کہا،''ذرا اپنا بہشتی زمین پر گرا دو، ساری پسلیاں چور ہو جائیں گی بچو کی''

محمود: ''تو یہ دست پناہ کوئی کھلونا ہے؟''

حامد: ''کھلونا کیوں نہیں ہے؟ ابھی کندھے پر رکھا، بندوق ہو گیا''ہاتھ میں لے لیا فقیر کا چمٹا ہو گیا، چاہوں تو اس سے تمہاری ناک پکڑ لوں۔ ایک چمٹا دوں تو تم لوگوں کے سارے کھلونوں کی جان نکل جائے۔ تمہارے کھلونے کتنا ہی زور لگائیں، اس کا بال بیکا نہیں کر سکتے۔ میرا بہادر شیر ہے یہ دست پناہ۔''

سمیع متاثر ہو کر بدلا،''میری خنجری سے بدلو گے؟ دو آنے کی ہے''

حامد نے خنجری کی طرف حقارت سے دیکھ کر کہا،''میرا دست پناہ چاہے تو تمہاری خنجری کا پیٹ پھاڑ ڈالے۔ بس ایک چڑھے کی جھلی دی، ڈھب ڈھب بولنے لگی۔ ذرا سا پانی لگے تو ختم ہو جائے۔ میرا بہادر دست پناہ تو آگ میں پانی میں آندھی میں طوفان میں برابر ڈٹا رہیگا۔ میلہ بہت دور پیچھے چھوٹ چکا تھا۔ دس بج رہے تھے۔ گھر پہنچنے کی جلدی تھی۔ اب دست پناہ نہیں مل سکتا تھا۔ اب کسی کے پاس پیسے بھی تو نہیں رہے، حاد ہے بڑا ہوشیار۔ اب دو فریق ہو گئے محمود محسن اور نوری ایک طرف، حامد یکہ وتنہا دوسری طرف۔ سمیع غیر جانبدار ہے جس کی فتح دیکھے گا اس کی طرف ہو جائیگا۔ مناظرہ شروع ہو گیا۔ آج حامد کی زبان بڑی صفائی سے چل رہی ہے۔ اتحاد ثلاثہ اس کے جارحانہ عمل سے پریشان ہو رہا ہے۔ ثلاثہ کے پاس تعداد کی طاقت ہے، حامد کے پاس حق اور اخلاق ہے، ایک طرف مٹی ربڑ اور لکڑ کی چیزیں دوسری جانب اکیلا لوہا جو اس وقت اپنے آپ کو فولاد کہہ رہا ہے۔ وہ رو ئیں تن ہے صف شکن ہے اگر کہیں شیر کی آواز کان میں آ جائے تو میاں بہشتی کے اوسان خطا ہو جائیں۔ میاں سپاہی مٹکی بندوق چھوڑ کر بھاگیں۔ وکیل صاحب کا سارا قانون پیٹ میں سما جائے۔ چغے میں منہ چھپا کر لیٹ جائیں۔ مگر بہادر یہ رستم ہند لپک کر شیر کی گردن پر سوار ہو جائے گا اور اسکی آنکھیں نکال لے گا۔

محسن نے ایڑی چوٹی کا زور لگا کر کہا،''اچھا تمہارا دست پناہ پانی تو نہیں بھر سکتا۔ حامد نے دست پناہ کو سیدھا کر کے کہا کہ یہ بہشتی کو ایک ڈانٹ پلائے گا تو دوڑا ہوا پانی لا کر اس کے دروازے پر چھڑکنے لگے گا۔ جناب اس سے چاہے گھڑے مٹکے اور کونڈے بھر لو۔

محسن کا ناطقہ بند ہو گیا۔ نوری نے کلک کر پہنچائی،''بچہ گرفتار ہو جائیں تو عدالت میں بندھے بندھے پھریں گے۔ تب تو ہمارے وکیل صاحب ہی پیروی کریں گے۔ بولیے جناب''

حامد کے پاس اس وار کا دفعہ اتنا آسان نہ تھا، دفعتاً اس نے ذرا مہلت پا جانے کے ارادے سے پوچھا،''اسے پکڑنے کون آئے گا؟''

محمود نے کہا،''یہ سپاہی بندوق والا''

حامد نے منہ چڑا کر کہا یہ بے چارے اس رستم ہند کو پکڑ لیں گے؟ اچھا لاؤ ابھی ذرا مقابلہ ہو جائے۔ اسکی صورت دیکھتے ہی بچے کی ماں مر جائے گی، پکڑیں گے کیا بے چارے''

محسن نے تازہ دم ہو کر وار کیا،''تمہارے دست پناہ کا منہ روز آگ میں جلا کرے گا۔''حامد کے پاس جواب تیار تھا،''آگ میں بہادر کودتے ہیں جناب۔ تمہارے یہ وکیل اور سپاہی اور بہشتی ڈر پوک ہیں۔ سب گھر میں گھس جائیں گے۔ آگ میں کودنا وہ کام ہے جو رستم ہی کر سکتا ہے۔''

نوری نے انتہائی جدت سے کام لیا''تمہارا دست پناہ اور چی خانہ میں زمین پر پڑا رہے گا۔ میرا وکیل شان سے میز کرسی لگا کر بیٹھے گا۔ اس جملے نے مُردوں میں بھی جان ڈال دی، سمیع بھی جیت گیا۔ ''بے شک بڑے معرکے کی بات کہی، دست پناہ اور چی خانہ میں پڑا رہے گا''

حامد نے دھاندلی کی، میرا دست پناہ اور چی خانہ میں رہے گا، وکیل صاحب کرسی پر بیٹھیں گے تو جا کر انہیں زمین پر پٹک دے گا اور سارا

قانون ان کے پیٹ میں ڈال دے گا''

اس جواب میں بالکل جان نہ تھی، بالکل بے تکی سی بات تھی۔ لیکن قانون پیٹ میں ڈالنے والی بات چھا گئی۔ تینوں سور مامنھ تکتے رہ گئے۔ حامد نے میدان جیت لیا، گو ثلاثہ کے پاس ابھی گیند سیٹی اور بت ریز رو تھے مگر ان مشین گنوں کے سامنے ان بزدلوں کو کون پوچتا ہے۔ دست پناہ رستم ہند ہے۔ اس میں کسی کو چوں چرا کی گنجائش نہیں۔''

فاتح کو مغتو حوں سے تھا اور خوشامد کا مزاج ملتا ہے۔ وہ حامد کو ملنے لگا اور سب نے تین تین آنے خرچ کیے اور کوئی چیز نہ لا سکے۔ حامد نے تین ہی پیسوں میں رنگ جمالیا۔ کھلونوں کا کیا اعتبار۔ دو ایک دن میں ٹوٹ پھوٹ جائیں گے۔ حامد کا دست پناہ تو فاتح رہے گا۔ ہمیشہ صلح کی شرطیں طے ہونے لگیں۔

محسن نے کہا، ''ذرا اپنا چمٹا دو۔ ہم بھی تو دیکھیں۔ تم چاہو تو ہمارا وکیل دیکھ لو حامد۔ اس میں ہمیں کوئی اعتراض نہیں ہے۔ وہ فیاض طبع فاتح ہے۔ دست پناہ باری باری سے محمود، محسن، نور اور سمیع سب کے ہاتھوں میں گیا اور ان کے کھلونے باری باری حامد کے ہاتھ میں آئے۔ کتنے خوبصورت کھلونے ہیں، معلوم ہوتا ہے بولا ہی چاہتے ہیں۔ مگر ان کھلونوں کے لیے انہیں دُعا کون دے گا؟ کون ان کھلونوں کو دیکھ کر اتنا خوش ہوگا جتنا اماں جان دست پناہ کو دیکھ کر ہوں گی۔ اسے اپنے طرزِ عمل پر مطلق پچھتاوا نہیں ہے۔ پھر اب تو دست پناہ تو ہے اور سب کا بادشاہ ہے۔ راستے میں محمود نے ایک پیسے کی ٹکڑیاں لیں۔ اس میں حامد کو بھی خراج ملا حالانکہ وہ انکار کرتا رہا۔ محسن اور سمیع نے ایک ایک پیسے کے فالسے لیے، حامد کو خراج ملا۔ یہ سب رستم ہند کی برکت تھی۔

گیارہ بجے سارے گاؤں میں چہل پہل ہوگئی۔ میلے والے آ گئے۔ محسن کی چھوٹی بہن نے دوڑ کر بہشتی اس کے ہاتھ سے چھین لیا اور مارے خوشی جوا چھلی تو میاں بہشتی نیچے آ رہے، اور عالم جادوانی کو سدھارے۔ اس پر بھائی بہن میں مار پیٹ ہوئی۔ دونوں خوب روئے۔ ان کی اماں جان یہ کہرام سن کر اور بگڑیں۔ دونوں کو اوپر سے دو دو چانٹے رسید کیے۔ میاں نوری کے وکیل صاحب کا حشر اس سے بھی بدتر ہوا۔ وکیل زمین پر یا طاق پر تو نہیں بیٹھ سکتا۔ اس کی پوزیشن کا لحاظ تو کرنا ہی ہوگا۔ دیوار میں دو کھونٹیاں گاڑی گئیں۔ ان پر چیڑ کا ایک پرانا پڑار کھا گیا۔ پڑے پر سرخ رنگ کا ایک چیتھڑا بچھا دیا جو منزلہ بالا پہ جلوہ افروز ہوئے۔ یہیں سے قانونی بحث کریں گے۔ نوری ایک پکھالے کے جھلنے لگی۔ معلوم نہیں پکھے کی ہوا سے پکھے کی چوٹ سے وکیل صاحب عالم بالا سے دُنیائے فانی میں آ رہے۔ اور ان کی مجسمہ خا کی کے پرزے ہوئے۔

پھر بڑے زور کا ماتم ہوا اور وکیل صاحب کی میت پارسی دستور کے مطابق کوے پر پھینک دی گئی۔ تا کہ بے کار نہ جا کر زاغ و زغن کے کام آ جائے۔

اب رہے میاں محمود کے سپاہی۔ وہ محترم اور ذی رُعب ہستی ہے اپنے پیروں چلنے کی ذلت اسے گوارا نہیں۔ محمود نے اپنی بکری کا بچہ پکڑا اور اس پر سپاہی کو سوار کیا۔ محمود کی بہن ایک ہاتھ سے سپاہی کو پکڑے ہوئے تھی اور محمود بکری کے بچہ کا کان پکڑ کرا سے دروازے پر چلا رہا تھا۔ اور اس کے دونوں بھائی سپاہی کی طرف سے ''تھو نے والے داگتے لہو'' پکارتے چلتے تھے۔ معلوم نہیں کیا ہوا، میاں سپاہی اپنے گھوڑے کی پیٹھ سے گر پڑے اور اپنی بندوق لیے زمین پر آ رہے۔ ایک ٹانگ معرُوب ہوگئی۔ مگر کوئی مضائقہ نہیں، محمود ہوشیار ڈاکٹر ہے۔ ڈاکٹر نِگم اور بھاجیہ اس کی شاگردی کر سکتے ہیں اور یہ ٹوٹی ٹانگ آنا فانا میں جوڑ دے گا۔ صرف گولر کا دودھ چاہیے۔ گولر کا دودھ آتا ہے۔ ٹانگ جوڑی جاتی ہے۔ لیکن جوں ہی کھڑا ہوتا ہے، ٹانگ پھر الگ ہو جاتی ہے۔ عملِ جراحی نا کام ہو جاتا ہے۔ تب محمود اس کی دوسری ٹانگ بھی توڑ دیتا ہے۔ اب وہ آرام سے ایک جگہ سے ایک جگہ بیٹھ سکتا ہے۔ ایک ٹانگ سے تو نہ چل سکتا تھا نہ بیٹھ کر سکتا تھا۔ اب وہ گوشہ میں بیٹھ کر ٹنٹی کی آڑ میں شکار کھیلے گا۔

اب میاں حامد کا قصہ سنیے۔ امینہ اس کی آواز سنتے ہی دوڑی اور اسے گود میں اُٹھا کر پیار کرنے لگی۔ دفعتاً اس کے ہاتھ میں چمٹا دیکھ کر چونک پڑی۔

''یہ دست پناہ کہاں تھا بیٹا؟''

''میں نے مول لیا ہے، تین پیسے میں ۔''

امینہ نے چھاتی پیٹ لی۔ ''یہ کیسا بے سمجھ لڑکا ہے کہ دو پہر ہوگئی ۔ نہ کچھ کھایا نہ پیا۔ لایا کیا یہ دست پناہ۔ سارے میلے میں تجھے اور کوئی چیز نہ ملی ۔''

حامد نے خطاوارنہ انداز سے کہا، ''تمہاری انگلیاں توے سے جل جاتی تھیں کہ نہیں؟''

امینہ کا غصہ فوراً شفقت میں تبدیل ہو گیا۔ اور شفقت بھی وہ نہیں جو منہ پر بیان ہوتی ہے۔ اور اپنی ساری تاثیر لفظوں میں منتشر کر دیتی ہے۔ یہ بے زبان شفقت تھی۔ درد التجا میں ڈوبی ہوئی۔ اُف کتنی نفس کشی ہے۔ کتنی جانسوزی ہے۔ غریب نے اپنے طفلانہ اشتیاق کو روکنے کے لیے کتنا ضبط کیا۔ جب دوسرے لڑکے کھلونے لے رہے ہوں گے، مٹھائیاں کھار ہے ہوں گے، اس کا دل کتنا لہراتا ہوگا۔ اتنا ضبط اس سے ہوا۔ کیونکہ اپنی بوڑھی ماں کی یاد اسے وہاں بھی رہی۔ میرا لال میری کتنی فکر رکھتا ہے۔ اس کے دل میں ایک ایسا جذبہ پیدا ہوا کہ اس کے ہاتھ میں دُنیا کی بادشاہت آ جائے اور وہ اسے حامد کے اوپر نثار کر دے۔

اور تب بڑی دلچسپ بات ہوئی۔ بڑھا امینہ ننھی سی امینہ بن گئی۔ وہ رونے لگی۔ دامن پھیلا کر حامد کو دُعائیں دیتی جاتی تھی اور آنکھوں سے آنسو کی بڑی بڑی بوندیں گراتی جاتی تھی۔ حامد اس کا راز کیا سمجھتا اور نہ شاید ہمارے بعض ناظرین ہی سمجھ سکیں گے۔

☆   ☆   ☆   ☆   ☆

آنندی

غلام عباس

بلدیہ کا اجلاس زوروں پر تھا۔ ہال کھچا کھچ بھرا ہوا تھا۔ اور خلاف معمول ایک ممبر بھی غیر حاضر نہ تھا۔ بلدیہ کے زیر بحث مسئلہ یہ تھا کہ زنان بازاری کو شہر بدر کر دیا جائے کیونکہ ان کا وجود انسانیت، شرافت اور تہذیب کے دامن پر بدنما داغ ہے۔

بلدیہ کے ایک بھاری بھرکم رکن جو ملک و قوم کے سچے خیرخواہ اور دردمند سمجھے جاتے تھے۔ نہایت فصاحت سے تقریر کر رہے تھے۔

''.......اور پھر حضرات آپ یہ بھی خیال فرمائیے کہ ان کا قیام شہر کے ایک ایسے حصے میں ہے جو نہ صرف شہر کے بیچوں بیچ عام گزر گاہ ہے بلکہ شہر کا سب سے بڑا تجارتی مرکز بھی ہے چنانچہ ہر شریف آدمی کو چار و ناچار اس بازار سے گزرنا پڑتا ہے۔ علاوہ ازیں شرفاء کی پاک دامن بہو بیٹیاں اس بازار کی تجارتی اہمیت کی وجہ سے یہاں آنے اور خرید و فروخت کرنے پر مجبور ہیں۔ صاحبان! یہ شریف زادیاں ان آبرو باختہ، نیم عریاں بیسواؤں کے بناؤ سنگار کو دیکھتی ہیں تو قدرتی طور پر ان کے دل میں بھی آرائش و دلربائی کی نئی نئی امنگیں اور ولولے پیدا ہوتے ہیں اور وہ اپنے غریب شوہروں سے اسی طرح طرح کے غازوں، لونڈروں، زرق برق ساڑیوں اور قیمتی زیوروں کی فرمائشیں کرنے لگتی ہیں۔ نتیجہ یہ ہوتا ہے کہ ان کا پر مسرت گھر، ان کا راحت کدہ ہمیشہ کے لئے جہنم کا نمونہ بن جاتا ہے۔''

''.......اور صاحبان پھر آپ یہ بھی تو خیال فرمائیے کہ ہمارے نونہالان قوم جو درسگاہوں میں تعلیم پا رہے ہیں اور ان کی آئندہ ترقیوں سے قوم کی امیدیں وابستہ ہیں اور قیاس یہ چاہتا ہے کہ ایک نہ ایک دن قوم کی کشتی کو بھنور سے نکالنے کا سہرا ان ہی کے سر بندھے گا۔ انہیں بھی صبح شام اسی بازار سے ہو کر آنا جاتا پڑتا ہے۔ یہ قبائیں ہر وقت اپنے سولہ سنگار کئے راہرو پر بے حجانہ نکاہ و مڑہ کے تیر و سناں برساتی اور اسے دعوت حسن دیتی ہیں۔ کیا انہیں دیکھ کر ہمارے بھولے بھالے نا تجربہ کار جوانی کے نشے میں محو، سود و زیاں سے بے پروا ہ نونہالان قوم اپنے جذبات و خیالات اور اپنی اعلیٰ سیرت کو معصیت کے مسموم اثرات سے محفوظ رکھ سکتے ہیں؟ صاحبان! کیا ان کا حسن زاہد فریب ہمارے نونہالان قوم کو جادہ مستقیم سے بھٹکا کر، ان کے دل میں گناہ کی پر اسرار لذتوں کی تشنگی پیدا کر کے ایک بے کلی، ایک اضطراب، ایک ہیجان بر پا نہ کر دیتا ہوگا.......''

اس موقع پر ایک رکن بلدیہ جو کسی زمانے میں مدرس رہ چکے تھے، اور اعداد و شمار سے خاص شغف رکھتے تھے بواٹھے۔

''صاحبان، واضح رہے کہ امتحانوں میں نا کام رہنے والے طلبہ کا تناسب پچھلے پانچ سال کی نسبت ڈیوڑھا ہو گیا ہے۔''

ایک رکن جو چشمہ لگائے تھے اور ہفتہ وار اخبار کے مدیر اعزازی تھے، تقریر کرتے ہوئے کہا ''حضرات ہمارے شہر سے روز بروز غیرت، شرافت، مردانگی، نکوکاری و پرہیز گاری کیوں اٹھتی جا رہی ہے اور اس کی بجائے بے غیرتی، نامردی، بزدلی، بدمعاشی، چوری اور جعل سازی کا دور دورہ ہوتا جا رہا ہے۔ منشیات کا استعمال بڑھ گیا ہے۔ قتل و غارت گری، خودکشی اور دیوالیہ نکلنے کی واردات یں بڑھتی جا رہی ہیں۔ اس کا سبب محض ان زنان بازاری کا نا پاک وجود ہے کیونکہ ہمارے بھولے بھالے شہری ان کی زلف گرہ گیر کے اسیر ہو کر ہوش و خرد کھو بیٹھتے ہیں اور ان کی بارگاہ تک رسائی کی زیادہ سے زیادہ قیمت ادا کرنے کے لئے ہر جائز و نا جائز طریقہ سے زر حاصل کرتے ہیں۔ بعض اوقات وہ اس سعی و کوشش میں جامہ انسانیت سے باہر ہو جاتے اور قبیح افعال کا ارتکاب کر بیٹھتے ہیں نتیجہ یہ ہوتا ہے کہ وہ جان عزیزی سے ہاتھ دھو بیٹھتے ہیں یا جیل خانوں میں پڑے سڑتے ہیں۔''

ایک پنشن یافتہ معمر رکن جو ایک وسیع خاندان کے سرپرست تھے اور دنیا کا سرد و گرم دیکھ چکے تھے اور اب کش مکش حیات سے تھک کر باقی

ماندہ عمرستانے اور اپنے اہل و عیال کو اپنے سایہ میں پلتے ہوا دیکھنے کے متمنی تھے۔تقریر کرنے اٹھے۔ان کی آواز لرزتی ہوئی تھی اور لہجہ فریاد کا انداز لئے ہوئے تھا۔بولے صاحبان رات رات بھر ان لوگوں کے طبلے کی تھاپ،ان کے عشاق کی گلے بازیاں،ان کے گلے کی دھینگا مشتی،گالی گلوچ،شور وغل ہا ہا ہا ہو ہو ہو،سن سن کر اس پاس کے رہنے والے شرفا کے کان پک گئے ہیں ۔رات کی نیند حرام ہے تو دن کا چین مفقود۔علاوہ ازیں ان کے قرب سے ہماری بہو بیٹیوں کے اخلاق پر جو اثر پڑتا ہے اس کا انداز ہ ہر صاحب اولا دخود کر سکتا ہے ۔

آخری فقرہ کہتے کہتے ان کی آواز بھر آئی اور وہ اس سے زیادہ کچھ نہ کہہ سکے۔سب ارا کین بلدیہ کو ان سے ہمدردی تھی کیونکہ بد قسمتی سے ان کا مکان اس بازار حسن کے عین وسط میں واقع تھا۔

ان کے بعد ایک رکن بلدیہ نے جو پرانی تہذیب کے علمبردار تھے اور آثار قدیمہ کو اولا دسے زیادہ عزیز رکھتے تھے تقریر کرتے ہوئے کہا۔

''حضرات!باہر سے جو سیاح اور ہمارے احباب اس مشہور اور تاریخی شہر کو دیکھنے آتے ہیں جب وہ اس بازار سے گزرتے ہیں اور اس کے متعلق استفسار کرتے ہیں تو یقین کیجئے کہ ہم پر گھڑوں پانی پڑ جاتا ہے۔''

اب صدر بلدیہ تقریر کرنے اٹھے۔ گوند مٹھگنا،اور ہاتھ پاؤں چھوٹے چھوٹے تھے مگر سر بڑا تھا۔جس کی وجہ سے بردبار آدمی معلوم ہوتے تھے۔لہجہ میں حد درجہ متانت تھی۔بولے''حضرات!میں اس امر میں قطعی طور پر آپ سے متفق ہوں کہ اس طبقہ کا وجود ہمارے شہر اور ہمارے تہذیب و تمدن کے لئے باعث صد عار ہے لیکن مشکل یہ ہے کہ اس کا تدارک کس طرح کیا جائے ۔اگر ان لوگوں کو مجبور کیا جائے کہ یہ اپنا ذلیل پیشہ چھوڑ دیں تو سوال پیدا ہوتا ہے کہ یہ لوگ کھائیں گے کہاں سے؟''

ایک صاحب بول اٹھے۔''یہ عورتیں شادی کیوں نہیں کر لیتیں؟''

اس پر ایک طویل فرمائشی قہقہہ پڑا اور ہال کی ماتمی فضا میں یکبارگی شگفتگی کے آثار پیدا ہو گئے ۔ جب اجلاس میں خاموشی ہوئی تو صاحب صدر بولے۔''حضرات یہ تجویز بار ہا ان لوگوں کے سامنے پیش کی جا چکی ہے۔اس کی طرف سے یہ جواب دیا جاتا ہے کہ آسودہ اور عزت دار لوگ خاندانی حرمت و ناموس کے خیال سے انہیں اپنے گھروں میں گھسنے نہ دیں گے اور مفلس اور ادنیٰ طبقہ کے لوگوں کو جو محض ان کی دولت کے لئے ان سے شادی کرنے پر آمادہ ہوں گے، یہ عورتیں خود منہ نہیں لگائیں گی۔''

اس پر ایک صاحب بولے۔''بلدیہ کو ان کے نجی معاملوں میں پڑنے کی ضرورت نہیں۔بلدیہ کے سامنے تو یہ مسلہ ہے کہ یہ لوگ چاہے جہنم میں جائیں گر اس شہر کو خالی کر دیں۔''

صدر نے کہا''صاحبان یہ بھی آسان کام نہیں ہے۔ان کی تعداد دس بیس نہیں سینکڑوں تک پہنچتی ہے اور پھر ان میں سے بہت سی عورتوں کے ذاتی مکانات ہیں۔''

یہ مسلہ کوئی مہینے بھر تک بلدیہ کے زیر بحث رہا اور بالآخر تمام ارا کین کی اتفاق رائے سے یہ امر قرار پایا کہ زنان بازاری کے مملوکہ مکانوں کو خرید لینا چاہیے اور انہیں رہنے کے لئے شہر سے کافی دور کوئی الگ تھلگ علاقہ دے دینا چاہیے۔ان عورتوں نے بلدیہ کے اس فیصلہ کے خلاف سخت احتجاج کیا۔بعض نے نافرمانی کر کے بھاری جرمانے اور قیدیں بھگتیں مگر بلدیہ کی مرضی کے آگے ان کی کوئی پیش نہ چل سکی اور چار و ناچار صبر کر کے رہ گئیں۔

اس کے بعد ایک عرصہ تک ان زنان بازاری کے مملوکہ مکانوں کی فہرستیں اور نقشے تیار ہوتے رہے اور مکانوں کے گا ہک پیدا کئے جاتے رہے بیشتر مکانوں کو بذریعہ نیلام فروخت کرنے کا فیصلہ کیا گیا۔ان عورتوں کو چھ مہینے تک اپنے پرانے ہی مکانوں میں رہنے کی اجازت دے دی گئی تا کہ اس عرصہ میں وہ نئے علاقہ میں مکان وغیرہ بنوا سکیں۔

ان عورتوں کے لئے جو علاقہ منتخب کیا گیا وہ شہر سے چھ کوس دور تھا۔ پانچ کوس تک پکی سڑک جاتی تھی اور اس سے آگے کوس بھر کا کچا راستہ تھا۔ کسی زمانہ میں وہاں کوئی بستی ہوگی مگر اب تو کھنڈروں کے سوا کچھ نہ رہا تھا۔ جن میں سانپوں اور چمگادڑوں کے مسکن تھے اور دن دہاڑے الو بولتا تھا۔ اس علاقے کے نواح میں کچے گھر وندوں والے کئی چھوٹے چھوٹے گاؤں تھے۔ کسی کا فیصلہ بھی یہاں سے دو ڈھائی میل سے کم نہ تھا۔ ان گاؤں کے بسنے والے کسان دن کے وقت کھیتی باڑی کرتے، یا یونہی پھرتے پھرتے ادھر نکل آتے ورنہ عام طور پر اس شہر خموشاں میں آدم زاد کی صورت نظر نہ آتی تھی۔ بعض اوقات روز روشن ہی میں گیدڑ اس علاقے میں پھرتے دیکھے گئے تھے۔

پانچ سو کٹھا اور بیسواؤں میں سے صرف چودہ ایسی تھیں جو اپنے عشاق کی وابستگی یا خود اپنی دلبستگی یا کسی اور وجہ سے شہر کے قریب آزادانہ رہنے پر مجبور تھیں اور اپنے دولت مند چاہنے والوں کی مستقل مالی سرپرستی کے بھروسے بادل نا خواستہ اس علاقہ میں رہنے پر آمادہ ہوگئی تھیں ورنہ باقی عورتوں نے سوچ رکھا تھا کہ وہ یا تو اسی شہر کے ہوٹلوں کو اپنا مسکن بنائیں گی یا بظاہر پارسائی کا جامہ پہن کر شہر کے شریف محلوں کی کونوں کھدروں میں جا چھپیس گی یا پھر اس شہر کو چھوڑ کر کہیں اور نکل جائیں گی۔

یہ چودہ بیسوائیں اچھی خاصی مالدار تھیں۔ اس پر شہر میں ان کے جو مملو کہ مکان تھے ان کے دام انہیں اچھے وصول ہوگئے تھے اور اس علاقہ میں زمین کی قیمت برائے نام تھی اور سب سے بڑھ کر یہ کہ ان کے ملنے والے دل و جان سے اس کی مالی امداد کرنے کے لئے تیار تھے۔ چنانچہ انہوں نے اس علاقے میں جی کھول کر بڑے بڑے عالیشان مکان بنوانے کی ٹھانی۔ ایک اونچی اور ہموار جگہ جو نٹوٹی پھوٹی قبروں سے ہٹ کر تھی منتخب کی گئی زمین کے قطعے صاف کرائے اور چابک دست نقشہ نویسوں سے مکان کے نقشے بنوائے گئے اور چندہی روز میں تعمیر کا کام شروع ہوگیا۔

دن بھر اینٹ، مٹی، چونا، شہتیر، گارڈر اور دوسرا عمارتی سامان گاڑیوں، چھکڑوں، خچروں، گدھوں اور انسانوں پر لد کر اس بستی میں آتا اور منشی صاحب حساب کتاب کی کاپیاں بغلوں میں دبائے انہیں گنواتے اور کاپیوں میں درج کرتے میر صاحب معماروں کو کام کے متعلق ہدایات دیتے۔ معمار مزدوروں کو ڈانٹتے ڈپٹتے مزدور ادھر دوڑتے پھرتے۔ مزدورنیوں کو چلا چلا کر پکارتے اور اپنے ساتھ کام کرنے کے لیے بلاتے۔ غرض سارا دن ایک شور و غل مچا رہتا۔ اور سارا دن اس پاس کے گاؤں کے دیہاتی اپنے کھیتوں میں اور دیہاتنیں اپنے گھروں میں ہوا میں جھونکوں کے ساتھ دور سے آتی ہوئی کھٹ کھٹ کی دھیمی آوازیں سنتی رہتیں۔

اس بستی کے کھنڈروں میں ایک جگہ مسجد کے آثار تھے اور اس کے پاس ہی ایک کنواں تھا جو بند پڑا تھا۔ راج مزدوروں نے کچھ تو پانی حاصل کرنے اور بیٹھ کر سستانے کی غرض سے اور کچھ ثواب نمازی بھائیوں کی عبادت گزاری کے خیال سے سب سے پہلے اس کی مرمت کی چونکہ یہ فائدہ بخش اور ثواب کا کام تھا۔ اس لیے کسی نے کچھ اعتراض نہ کیا چنانچہ دو تین روز میں مسجد تیار ہوگئی۔

دن کو بارہ بجے جیسے ہی کھانے کی چھٹی ہوئی دو دو ڈھائی سورج، مزدور، میر عمارت، منشی اور ان بیسواؤں کے رشتہ دار یا کارندے جو تعمیر کی نگرانی پر مامور تھے اس مسجد کے آس پاس جمع ہو جاتے اور اچھا خاصا میلہ سا لگ جاتا۔

ایک دن ایک دیہاتی بڑھیا جو پاس کے کسی گاؤں میں رہتی تھی اور اس بستی کی خبر س کر آ گئی۔ اس کے ساتھ ایک خورد سال لڑکا تھا۔ دونوں نے مسجد کے قریب ایک درخت کے نیچے گھٹیا سگریٹ، بیڑی، چنے اور گڑ کی بنی ہوئی مٹھائیوں کا خوانچہ لگا دیا۔ بڑھیا کو آئے ابھی دو دن بھی نہ گزرے تھے کہ ایک بوڑھا کسان کہیں سے ایک مٹکا اٹھا لایا اور کنویں کا ایک چھوٹا سا چبوترا بنایا، پیسے کے دو دو شکر کے شربت کے گلاس بیچنے لگا۔ ایک کنجڑے کو جو خربوزوں کی ایک ٹوکری بھر کرلے آیا اور خوانچے والی بڑھیا کے پاس بیٹھ کرلے لو خربوزے، شہد سے میٹھے خربوزے! کی صدا لگانے لگا۔ ایک شخص نے کیا کیا، گھر سے سری پائے پکا کر دیگچی میں رکھا، خوانچہ میں لگا، تھوڑی سی رونیاں مٹی کے دو تین پیالے اور تین کا ایک گلاس لے کے آ موجود ہوا اور اسی بستی کے کارکنوں کو جنگل میں گھر کی ہنڈیا کا مزا چکھانے لگا۔

ظہر اور عصر کے وقت، میر عمارت، منشی، معمار اور دوسرے لوگ مزدوروں سے کنویں سے پانی نکلوا نکلوا کر وضو کرتے نظر آتے ۔ ایک شخص مسجد میں جا کر اذان دیتا، پھر ایک کو امام بنا دیا جاتا اور دوسرے لوگ اس کے پیچھے کھڑے ہو کر نماز پڑھتے ۔ کسی گاؤں میں ایک ملا کے کان میں جو یہ بھنک پڑی کہ فلاں مسجد میں امام کی ضرورت ہے ۔ وہ دوسرے ہی دن علی الصبح ایک سبز جزدان میں قرآن شریف، پنجسورہ، رحل اور مسئلے مسائل کے چند چھوٹے چھوٹے رسالے رکھ کر آ موجود ہوا ۔ اور اس مسجد کی امامت با قاعدہ طور پر اسے سونپ دی گئی۔

ہر روز تیسرے پہر گاؤں کا ایک کبابی اپنے سامان کا ٹو کرا اٹھائے آ جاتا اور خوانچے والی بڑھیا کے پاس زمین پر چولھا بنا، کباب، کلیجی، دل اور گردے سینوں پر چڑھا، بستی والوں کے ہاتھ بکتا ۔ ایک بھٹیاری نے جو یہ حال دیکھا تو اپنے میاں کو ساتھ لے کر مسجد کے سامنے میدان میں دھوپ سے بچنے کے لئے پھونس کا ایک چھپر ڈال کر تنور گرم کرنے لگی ۔ کبھی کبھی ایک نو جوان دیہاتی نائی، پھٹی پرانی کسبت گلے میں ڈالے جوتوں کی ٹھوکروں سے راستہ روڑوں کو لڑھکا تا دھرا دھرا گشت کرتا دیکھنے میں آ جاتا۔

ان بیسواؤں کے مکانوں کی تعمیر کی نگرانی ان کے رشتہ دار یا کارندے تو کرتے ہی تھے، کسی کسی دن وہ دو پہر کے کھانے سے فارغ ہو کر اپنے عشاق کے ہمراہ خود بھی اپنے اپنے مکانوں کو بنتا دیکھنے آ جاتیں اور غروب آفتاب سے پہلے یہاں سے نہ جاتیں ۔ اس موقع پر فقیروں اور فقیر نیوں کی ٹولیوں کی نہ جانے کہاں سے آ جاتیں اور جب تک خیرات نہ لے لیتیں اپنی صداؤں سے برابر شور مچاتی رہتیں اور انہیں بات نہ کر نے دیتیں ۔ کبھی کبھی شہر کے لفنگے، اوباش و بیکار مباش کچھ کیا، کے مصداق شہر سے پیدل چل کر بیسواؤں کی اس نئی بستی کی سن گن لینے آ جاتے اور اگر اس دن بیسوائیں بھی آئی ہوتیں تو ان کی عید ہو جاتی ۔ وہ ان سے دور ہٹ کر ان کے گرد و چکر لگاتے رہتے ۔ فقرے کستے، بے تکے قہقہے لگاتے ۔ عجیب عجیب شکلیں بناتے اور مجنونانہ حرکتیں کرتے ۔ اس روز کبابی کی خوب بکری ہوتی۔

اس علاقے میں جہاں پہلے ہی دن، پہلے ہو کا عالم تھا ہر طرف گہما گہمی اور چہل پہل نظر آنے لگی ۔ شروع شروع میں اس علاقہ کی ویرانی میں ان بیسواؤں کو یہاں آ کر رہنے کے خیال سے جو دہشت ہوتی تھی، وہ بڑی حد تک جاتی رہی تھی اور اب وہ ہر مرتبہ خوش خوش اپنے مکانوں کی آرائش اور اپنے مرغوب رنگوں کے متعلق معماروں کو تا کیدیں کرتا کرتی جاتی تھیں ۔

بستی میں ایک جگہ ایک ٹوٹا پھوٹا مزار تھا جو قرآئن سے کسی بزرگ کا معلوم ہوتا تھا ۔ یہ مکان نصف سے زیادہ تعمیر ہو چکے تو ایک دن بستی کے راج مزدوروں نے کیا دیکھا کہ مزار کے پاس دھواں اٹھ رہا ہے اور ایک سرخ سرخ آنکھوں والا لمبا تڑ نگا مست فقیر لنگوٹ باندھے چار ابرو کا صفایا کرائے اس مزار کے ارد گرد پھر رہا ہے اور کنکر پتھرا اٹھا اٹھا کر پرے پھینک رہا ہے ۔ دو پہر کو وہ فقیر ایک گھڑا لے کر کنویں پر آیا، اور پانی بھر بھر کر مزار پر لے جانے اور اسے دھونے لگا ۔ ایک دفعہ جو آیا تو کنویں پر دو تین راج مزدور کھڑے تھے ۔ وہ نیم دیوانگی اور نیم فرزانگی کے عالم میں ان سے کہنے لگا ۔ ''جانتے ہو وہ کس کا مزار ہے؟ کڑک شاہ پیر بادشاہ کا! میرے باپ دادا، ان کے مجاور تھے ۔'' اس کے بعد اس نے ہنس ہنس کر اور آنکھوں میں آنسو بھر بھر کر پیر کڑک شاہ کی کچھ جلالی کرامتیں بھی ان راج مزدوروں سے بیان کیں ۔

شام کو یہ فقیر کہیں سے مانگ تانگ کر مٹی کے دو دیے اور سرسوں کا تیل لے آیا اور پیر کڑک شاہ کی قبر کے سرہانے اور پائنتی چراغ روشن کر دیئے ۔ رات کو پچھلے پہر کبھی کبھی اس مزار سے اللہ ہو کا مست نعرہ سنائی دے جاتا۔

چھ مہینے گزرنے نہ پائے نہ تھے کہ یہ چودہ مکان بن کر تیار ہو گئے ۔ یہ سب کے سب دو منزلہ اور قریب قریب ایک ہی وضع کے تھے ۔ سات ایک طرف اور سات دوسری طرف ۔ بیچ میں چوڑی چکلی سڑک تھی ۔ ہر ایک مکان کے نیچے چار چار دکانیں تھیں ۔ مکان کی بالائی منزل میں سڑک کے رخ وسیع برآمدہ تھا ۔ اس کے آگے بیٹھنے کے لئے کشتی نما نشین بنائی گئی تھی ۔ جس کے دونوں سروں پر یا تو سنگ مرمر کے مور رقص کرتے ہوئے بنائے گئے تھے اور یا جل پریوں کے مجسمے تراشے گئے تھے، جن کا آدھا دھڑ مچھلی کا اور آدھا انسان کا تھا ۔ برآمدہ کے پیچھے جو بڑا کمرہ بیٹھنے کے لیے تھا ۔ اس

میں سنگ مرمر کے نازک نازک ستون بنائے گئے تھے۔ دیواروں پر خوش نما چینی کاری کی گئی تھی۔ فرش چمکدار پتھر کا بنایا گیا تھا۔ جب سنگ مرمر کے ستونوں کے عکس اس فرش زمردیں پر پڑتے تو ایسا معلوم ہوتا گویا سفید براق پروں والے راج ہنسوں نے اپنی لمبی لمبی گردنیں جھیل میں ڈبو دی ہیں۔ بدھ کا شبھ دن، اسی بستی میں آنے کے لئے مقرر کیا گیا۔ اس روز اس بستی کی سب بیسواؤں نے مل کر بہت بھاری نیاز دلوائی۔ بستی کے کھلے میدان میں زمین کو صاف کرا کر شامیانے نصب کر دیے گئے۔ دیگیں کھڑکنے کی آواز اور گوشت اور گھی کی خوشبو بیس بیس کوس سے فقیروں اور کتوں کو کھینچ لائی۔ دوپہر ہوتے ہوتے پیر کرٹک شاہ کے مزار کے پاس جہاں لنگر تقسیم کیا جاتا تھا اس قدر فقیر جمع ہو گئے کہ عید کے روز کسی بڑے شہر کی جامع مسجد کے پاس بھی نہ ہوئے ہوں گے۔ پیر کرٹک شاہ کے مزار کو خوب صاف کروایا اور دھلوایا گیا اور اس پر پھولوں کی چادر چڑھائی گئی اور اس مست فقیر کو نیا جوڑا اسلوا کر پہنایا گیا، جسے اس نے پہنتے ہی پھاڑ ڈالا۔

شام کو شامیانے کے نیچے دودھی اجلی چاندنی کا فرش بچھا دیا گیا۔ گاؤ تکیے، پان دان، پیک دان، چھیواں دانی اور گلاب پاس رکھ لیے گئے اور راگ رنگ کی محفل سجائی گئی۔ دور دور سے بہت سی بیسواؤں کو بلوایا گیا جو ان کی سہیلیاں یا برادری کی تھیں۔ ان کے ساتھ ان کے بہت سے ملنے والے بھی آئے جن کے لئے الگ شامیانے میں کرسیوں کا انتظام کیا گیا اور ان کے سامنے کے رخ چقیں ڈال دی گئیں۔ بے شمار گیسوں کی روشنی سے یہ جگہ بقعہ نور بنی ہوئی تھی۔ ان بیسواؤں کے تو ندل سیاہ فام سازندے زریفت اور کخواب کی شیروانیاں پہنے، عطر میں بسے ہوئے چھوئے کانوں میں رکھے، ادھر ادھر مونچھوں کو تاؤ دیتے پھرتے اور زرق برق لباسوں اور تتلی کے پرسے باریک ساڑیوں میں ملبوس، غازوں اور خوشبوؤں میں بسی ہوئی نازنین اٹھکیلیوں سے چلتیں اور رات بھر رقص اور سرور کا ہنگامہ بر پا رہا اور جنگل میں منگل ہو گیا۔

دو تین دن کے بعد جب اس جشن کی تھکاوٹ اتر گئی تو یہ بیسوائیں ساز و سامان کی فراہمی اور مکانوں کی آرائش میں مصروف ہو گئیں۔ جھاڑ، فانوس، ظروف، بلوری، قد آدم آئینے، نواڑی پلنگ، تصویریں اور قطعات سنہری، چوکٹھوں میں جڑے ہوئے لائے گئے اور قرینے سے کمروں میں لگائے گئے اور کوئی آٹھ روز میں جا کر یہ مکان کیل کانٹے سے لیس ہوئے۔ یہ عورتیں دن کا بیشتر حصہ تو استادوں سے رقص و سرود کی تعلیم لینے، غزلیں یاد کرنے، دھنیں اٹھانے، سبق پڑھنے، تختی لکھنے، سینے پرونے، کاڑھنے، گرامو فون سننے، استادوں سے تاش اور کیرم کھیلنے، ضلع جگت، نوک جھونک سے جی بہلانے یا سونے میں گزارتیں اور تیسرے پہر غسل خانوں میں نہانے جاتیں، جہاں ان کے ملازموں نے دستی پمپوں سے پانی نکال نکال کر ٹب بھر رکھے ہوتے۔ اس کے بعد وہ بناؤ سنگھار میں مصروف ہو جاتی۔

جیسے ہی رات کا اندھیرا پھیلتا، یہ مکان گیسوں کی روشنی سے جگمگا اٹھتے جو جا بجا سنگ مرمر کے آدھے کھلے ہوئے کنولوں میں نہایت صفائی سے چھپائی گئے تھے اور ان مکانوں کی کھڑکیوں اور دروازوں کے کواڑوں کے شیشے جو پھول پتیوں کی وضع کے کاٹ کر جڑے گئے تھے۔ ان کی قوس و قزح کے رنگوں کی سی روشنیاں دور سے جھلمل جھلمل کرتی ہوئی نہایت بھلی معلوم ہوتیں۔ یہ بیسوائیں، بناؤ سنگار کیے برآمدوں میں ٹہلتی، آس پاس والیوں سے باتیں کرتیں، ہنستیں کھلکھلاتیں۔ جب کھڑے کھڑے تھک جاتیں تو اندر کمرے میں چاندنی کے فرش پر گاؤ تکیوں سے لگ کر بیٹھ جاتیں۔ ان کے سازندے ساز ملاتے رہتے اور یہ چھالیا کترتی رہتیں۔ جب رات ذرا بھیگ جاتی تو ان کے ملنے والے نوکروں میں شراب کی بوتلیں، پھل پھلاری لیے اپنے دوستوں کے ساتھ موٹروں یا تانگوں میں بیٹھ کر آتے۔ اس بستی میں جن کے قدم رکھتے ہی ایک خاص گہما گہمی اور چہل پہل ہونے لگتی۔ نغمہ و سرود، ساز کے سر، رقص کرتی ہوئی نازنینوں کے گھنگروؤں کی آواز، قلقل مینا میں مل کر ایک عجیب سرور کی سی کیفیت پیدا کر دیتی۔ عیش و مستی کے ان ہنگاموں میں معلوم بھی نہ ہوتا اور رات بیت جاتی۔

ان بیسواؤں کو اس بستی میں آئے ہوئے چند روز ہی ہوئے تھے کہ دکانوں کے کرایہ دار پیدا ہو گئے۔ جن کا کرایہ اس بستی کو آباد کرنے کے خیال سے بہت ہی کم رکھا گیا تھا۔ سب سے پہلے جو دکان دار آیا وہ وہی بڑھیا تھی جس نے سب سے پہلے مسجد کے سامنے درخت کے نیچے خوانچہ لگایا

تھا۔ دکان کو پر کرنے کے لئے بڑھیا اور اس کا لڑکا سگریٹوں کے بہت سے ڈبے اٹھالائے اور اسے منبر کے طاقوں میں سجا کر رکھ دیا گیا۔ بوتلوں میں رنگ دار پانی بھر دیا گیا تا کہ معلوم ہو کہ شربت کی بوتلیں ہیں۔ بڑھیا نے اپنے اپنے بساط کے مطابق کاغذی پھولوں اور سگریٹ کی ڈبیوں سے بنائی ہوئی بیلوں سے دکان کی کچھ آرائش بھی کی، بعض ایکٹروں اور ایکٹرسوں کی تصویریں بھی پرانے رسالوں سے نکال کرلئی سے دیواروں پر چپکا دیں۔ دکان کا اصل مال دو تین قسم کے سگریٹ، تین تین چار چار پیکٹوں، بیڑی کے آٹھ دس بنڈلوں یا دیا سلائی کی نصف درجن ڈبیوں، پانی کی ڈھولی، پینے کے تمباکو کی تین چار ٹکیوں اور موم بتی کے نصف بنڈل سے زیادہ نہ تھا۔

دوسری دکان میں ایک بنیا، تیسری میں حلوائی اور شیر فروش، چوتھی میں قصائی، پانچویں میں کبابی اور چھٹی میں ایک کنجڑا آ بسے۔ کنجڑا اس پاس کے دیہات سے سستے داموں چار پانچ قسم کی سبزیاں لے آتا اور یہاں خاصے منافع پر بیچ دیتا۔ ایک آدھ ٹوکرا پھلوں کا بھی رکھ لیتا چونکہ دکان خاصی کھلی تھی۔ ایک پھول والا اس کا ساجھی بن گیا۔ وہ دن بھر پھولوں کے ہار، گجرے اور طرح طرح کے گہنے بنا تا رہتا اور شام کو انہیں چنگیر میں ڈال کر ایک ایک مکان پر لے جاتا اور نہ صرف پھول ہی بیچ آتا بلکہ ہر جگہ ایک ایک دو دو گھڑی بیٹھ، سازندوں سے گپ شپ بھی ہانک لیتا اور حقے کے دم بھی لگا آتا۔ جس دن تماش بینوں کی کوئی ٹولی اس کی موجودگی میں اس کے کوٹھے پر چڑھ آتی اور گانا بجانا شروع ہو جاتا تو وہ سازندوں کے ناک بھوں چڑھانے کے باوجود گھٹنوں اٹھنے کا نام نہ لیتا، مزے مزے سے گانے پر سر دھنتا اور بیوقوف کی طرح ایک ایک کی صورت تکتا ار رہتا۔ جس دن رات زیادہ گزر جاتی اور کوئی ہار نچ جاتا تو اسے اپنے گلے میں ڈال لیتا اور بستی کے باہر گلا پھاڑ پھاڑ کرگا تا پھرتا۔

ایک دن ایک بیسوا کا باپ اور بھائی جو درزیوں کا کام جانتے تھے۔ سینے کی ایک مشین رکھ کر بیٹھ گئے۔ ہوتے ہوتے ایک حجام بھی آ گیا اور اپنے ساتھ ایک رنگر یز کو بھی لیتا آیا۔ اس کی دکان کے باہر انگنی پر لٹکتے ہوئے طرح طرح کے رنگوں کے دوپٹے ہوا میں لہراتے ہوئے آنکھوں کو بھلے معلوم ہونے لگے۔

چند ہی روز گزرے تھے کہ ایک ٹٹ پونجیے بساطی نے جس کی دکان شہر میں چلتی نہ تھی، بلکہ اسے دکان کا کرایہ نکالنا بھی مشکل ہو جاتا تھا شہر کو خیر باد کہہ کر اس بستی کا رخ کیا۔ یہاں پر اسے ہاتھوں ہاتھ لیا گیا اور اس کے طرح طرح کے لونڈر، قسم قسم کے پاؤڈر، صابن، کنگھیاں، بٹن، سوئی، دھاگا، لیس، فیتے، خوشبودار تیل، رومال، منجن کی خوب بکری ہونے لگی۔

اس بستی کے رہنے والوں کی سر پرستی اور ان کے مربیانہ سلوک کی وجہ سے اسی طرح دوسرے تیسرے روز کوئی نہ کوئی ٹٹ پونجیا دکاندار کوئی بزاز، کوئی پنساری، کوئی نیچ بند، کوئی نانبائی مندے کی وجہ سے یا شہر کے بڑھتے ہوئے کرایہ سے گھبرا کر اس بستی میں آ پناہ لیتا۔

ایک بڑے میاں عطار، جو حکمت میں بھی کسی قدر دخل رکھتے تھے ان کا جی شہر کی گنجان آبادی اور حکیموں اور دواخانوں کی افراط سے جو گھبرایا تو وہ اپنے شاگردوں کو ساتھ لے کر شہر سے اٹھ آئے اور اس بستی میں ایک دکان کرایہ پر لے لی۔ سارا دن بڑے میاں اور ان کے شاگرد وں کے دواؤں کے ڈبوں، شربت کی بوتلوں اور مربے، اچار کے بویاموں کو الماریوں اور طاقوں میں اپنے اپنے ٹھکانے پر رکھتے رہے۔ ایک طاق میں طب اکبر، قرابادین قادری اور دوسری طبی کتابیں جما کر رکھ دیں۔ کواڑوں کی اندرونی جانب اور دیواروں کے ساتھ جو جگہ خالی بچی وہاں انہوں نے اپنے خاص الخاص مجربات کے اشتہارات سیاہ روشنائی سے جلی لکھ کر اور دفتیوں سے چپکا کر آویزاں کر دیے۔ ہر روز صبح کو بیسواؤں کے ملازم گلاس لے لے کرآ موجود ہوتے اور شربت بزوری، شربت بنفشہ، شربت انار اور ایسے ہی نزہت بخش، روح افزا شربت وعرق، خمیرہ گاؤ زبان اور تقویت پہنچانے والے مربے مع ورق ہائے نقرہ لے جاتے۔

جو دکانیں بچ رہیں، ان میں جن بیسواؤں کے بھائی بندوں اور سازندوں نے اپنی چار پائیاں ڈال دیں۔ دن بھر یہ لوگ ان دکانوں میں تاش چوسر اور شطرنج کھیلتے، بدن پر تیل ملواتے، سبزی گھونٹتے، بٹیروں کی پالیاں کراتے، تیتروں سے ''سبحان تیری قدرت'' کی رٹ لگواتے اور گھڑا

بجا بجا کر گاتے ۔

ایک بیسوا کے ساز ندے نے ایک دکان خالی دیکھ کر اپنے بھائی کو ساز بنانا جانتا تھا اس میں لا بٹھایا ۔ دکان کی دیواروں کے ساتھ ساتھ کیلیں ٹھونک کر ٹوٹی پھوٹی مرمت طلب سارنگیاں ، ستار ، طنبورے ، دلربا وغیرہ ٹانگ دیے گئے ۔ یہ شخص ستار بجانے میں بھی کمال رکھتا تھا ۔ شام وہ اپنی دکان میں ستار بجاتا ، جس کی میٹھی آواز سن کر اس پاس کے دکاندار اپنی دکانوں سے اٹھ اٹھ کر آ جاتے اور دیر تک بیٹھے ستار سنتے رہتے ۔ اس ستار نواز کا ایک شاگرد تھا جو ریلوے کے دفتر میں کلرک تھا ۔ اسے ستار سیکھنے کا بہت شوق تھا ۔ جیسے ہی دفتر سے چھٹی ہوئی ، سیدھا سائیکل اڑاتا ہوا اس بستی کا رخ کرتا اور گھنٹہ ڈیڑھ گھنٹہ دکان ہی میں بیٹھ کر مشق کیا کرتا ، غرض اس ستار نواز کے دم سے بستی میں خاصی رونق رہنے لگی ۔

مسجد کے ملاجی ، جب تک تو یہ بستی زیرِ تعمیر رہی رات کو دیہات اپنے گھر چلے جاتے رہے ۔ مگر اب جبکہ انہیں دونوں وقت مرغن کھانا افراط سے پہنچنے لگا تو وہ دن رات یہیں رہنے لگے ۔ رفتہ رفتہ بعض بیسواؤں کے گھروں سے بچے بھی مسجد میں پڑھنے آنے لگے ، جس سے ملاجی کو روپے پیسے کی آمدنی بھی ہونے لگی ۔

ایک شہر شہر گھومنے والی گھٹیا درجہ کی تھیٹریکل کمپنی کو جب زمین کے چڑھتے ہوئے کرایہ اور اپنی بے مائیگی کے باعث شہر میں کہیں جگہ نہ ملی تو اس نے اس بستی کا رخ کیا اور ان بیسواؤں کے مکانوں سے کچھ فاصلہ پر میدان میں تنبو کھڑے کر کے ڈیرے ڈال دیے ۔ اس کے ایکٹرا ایکٹری کے فن سے محض نابلد تھے ۔ ان کے ڈریس پھٹے پرانے تھے جن کے بہت سے ستارے جھڑ چکے تھے اور یہ لوگ تماشہ بھی بہت پرانے اور دقیانوسی کرتے تھے مگر اس کے باوجود یہ کمپنی چل نکلی ۔ اس کی وجہ یہ تھی کہ ٹکٹ کے دام بہت کم تھے ۔ شہر کے مزدور پیشہ لوگ ، کارخانوں میں کام کرنے والے اور غریب غربا جو دن بھر کی کڑی محنت مشقت کی کسر شور و غل ، خرمستیوں اور ادنیٰ عیاشیوں سے نکالنا چاہتے تھے ۔ پانچ پانچ چھ چھ کی ٹولیاں بنا کر ، گلے میں پھولوں کے ہار ڈالے ، ہنستے بولتے ، بانسری اور الغوزے بجاتے ، راہ چلتوں پر آواز سے کستے ، گالی گلوچ بکتے ، شہر سے پیدل چل کر تھیٹر دیکھنے آتے اور لگے ہاتھوں بازارِ حسن کی سیر بھی کر جاتے ۔ جب تک ناٹک شروع نہ ہوتا تھیٹر کا ایک مسخرہ تنبو کے باہر ایک سٹول پر اکھڑ اکھڑ کبھی کولہو ہلاتا ، کبھی منہ پھلاتا ، کبھی آنکھیں مٹکا تا ، عجیب عجیب حیاسوز حرکتیں کرتا کہ یہ لوگ زور زور سے قہقہے لگاتے اور گالیوں کی صورت داد دیتے ۔

رفتہ رفتہ دوسرے لوگ بھی اس بستی میں آنے شروع ہوئے ۔ چنانچہ شہر کے بڑے بڑے چوکوں میں تانگے والے صدائیں لگانے لگے ''آؤ ، کوئی نئی بستی کو'' شہر سے پانچ چھ کوس کی سڑک جو تک جاتی تھی اس پر پہنچ کرتا تانگے اس کے سواریوں سے انعام حاصل کرنے کے لالچ میں یا ان کی فرمائش پر تانگوں کی دوڑیں کراتے ۔ منہ سے ہارن بجاتے اور جب کوئی آگے نکل جاتا تو اس کی سواریاں نعروں سے آسمان سر پر اٹھا لیتیں ۔ اس دوڑ میں غریب گھوڑوں کا برا حال ہو جاتا اور ان کے گلے میں پڑے ہوئے پھولوں کے ہاروں کے بجائے خوشبو کے پسینے کی بد بو آنے لگتی ۔

رکشا والے ، تانگے والوں سے کیوں پیچھے رہتے ۔ وہ ان کی کم دام پر سواریاں بٹھا ، طرارے بھرتے اور گھنگھر و بجاتے اس بستی کو جانے لگتے ۔ علاوہ ازیں ہر ہفتے کی شام کو اسکولوں اور کالجوں کے طلبہ ایک ایک سائیکل پر دو دو لدے ، جوق در جوق اس پر اسرار بازار کی سیر دیکھنے آتے ، جس سے ان کے خیال کے مطابق ان کے بڑوں نے خواہ مخواہ محروم کر دیا تھا ۔

رفتہ رفتہ اس بستی کی شہرت چاروں طرف پھیلنے اور مکانوں اور دکانوں کی مانگ ہونے لگی ۔ وہ بیسوائیں جو پہلے اس بستی میں آنے پر تیار نہ ہوتی تھیں اب اس کی دن دگنی رات چوگنی ترقی دیکھ کر اپنی بیوقوفی پر افسوس کرنے لگیں ۔ کئی عورتوں نے جھٹ زمینیں خریدیں ۔ ان بیسواؤں کے ساتھ اسی وضع قطعہ کے مکان بنوانے شروع کر دیے ۔ علاوہ ازیں شہر کے بعض مہاجنوں نے بھی اس بستی کے آس پاس سستے داموں زمینیں خرید کر کرایہ پر اٹھانے کے لئے چھوٹے چھوٹے کئی مکان بنوا ڈالے ۔ نتیجہ یہ ہوا کہ وہ فاحشہ عورتیں جو ہوٹلوں اور شریف محلوں میں روپوش تھیں ۔ مورِ ملخ کی طرح اپنے نہال خانوں سے باہر نکل آئیں اور ان مکانوں میں آباد ہو گئیں ۔ بعض چھوٹے چھوٹے مکانوں میں اس بستی کے وہ دکاندار آ بسے جو

عیال دار تھے اور رات کو دکانوں میں سونہ سکتے تھے۔

اس بستی میں آبادی تو خاصی ہوگئی تھی مگر ابھی تک بجلی کی روشنی کا انتظام نہیں ہوا تھا۔ چنانچہ ان بیسواوں اور بستی کے تمام رہنے والوں کی طرف سے سرکار کے پاس بجلی کے لئے درخواست بھیجی گئی، جو تھوڑے دنوں بعد منظور کر لی گئی۔ اس کے ساتھ ہی ایک ڈاکخانہ بھی کھول دیا گیا۔ ایک بڑے میاں ڈاکخانہ کے باہر ایک صندوق میں لفافے، کارڈ اور قلم دوات رکھ بستی کے لوگوں کے خط پتر لکھنے لگے۔

ایک دفعہ بستی میں شرابیوں کی دو ٹولیوں کا فساد ہو گیا۔ جس میں سوڈا واٹر کی بوتلوں، چاقوؤں اور اینٹوں کا آزادانہ استعمال کیا گیا اور کئی لوگ سخت مجروح ہوئے۔ اس پر سرکار کو خیال آیا کہ اس بستی میں ایک تھانہ بھی کھول دینا چاہیے۔

تھیٹریکل کمپنی دہ مہینے تک رہی اور اپنی بساط کے مطابق خاصا کما لے گئی۔ اس شہر کے ایک سینما مالک نے سوچا کیوں نہ اس بستی میں بھی ایک سینما کھول دیا جائے۔ یہ خیال آنے کی دیر تھی کہ اس نے جھٹ ایک موقع کی جگہ چن کر خرید لی اور جلد تعمیر کا کام شروع کرا دیا۔ چند ہی مہینوں میں سینما ہال تیار ہو گیا۔ اس کے اندر ایک چھوٹا سا باغیچہ بھی لگوایا گیا تا کہ تماشائی اگر بائیسکوپ شروع ہونے سے پہلے آ جائیں تو آرام سے باغیچہ میں بیٹھ سکیں۔ ان کے ساتھ لوگ یونہی سیر دیکھنے یا سیر دیکھنے کی غرض سے آ کر آ کر بیٹھنے لگے۔ یہ باغیچہ خاصی سیر گاہ بن گیا۔ رفتہ رفتہ سینے کٹورا بجاتے اس باغیچے میں آنے اور پیاسوں کی پیاس بجھانے لگے۔ سر کی تیل مالش والے نہایت گھٹیا قسم کے تیز خوشبو والے تیل کی شیشیاں واسکٹ کی جیبوں میں ٹھونسے، کاندھے پر میلا کچیلا تولیہ ڈالے، دل پسند، دل بہار مالش کی صدا لگاتے درد سر کے مریضوں کو اپنی خدمات پیش کرنے لگے۔

سینما کے مالک نے سینما ہال کی بیرونی جانب دو ایک مکان اور کئی دکانیں بھی بنوائیں۔ مکان میں ہوٹل کھل گیا۔ جس میں رات کو قیام کرنے کے لئے کمرے بھی مل سکتے تھے اور دکانوں میں ایک سوڈا واٹر کی فیکٹری والا، ایک فوٹو گرافر، ایک سائیکل کی مرمت والا، ایک لانڈری والا، دو پنواڑی، ایک بوٹ شاپ والا اور ایک ڈاکٹر مع اپنے دواخانہ کے آ رہے۔ ہوتے ہوتے پاس ہی ایک دکان میں کلال خانہ کھلنے کی اجازت مل گئی۔ فوٹو گرافر کی دکان کے باہر ایک کونے میں ایک گھڑی ساز نے آ ڈیرا جمایا اور ہر وقت محدب شیشہ آنکھوں پر چڑھائے گھڑیوں کے کل پرزوں میں غلطاں و پیچاں رہنے لگا۔

اس کے کچھ ہی دن بعد بستی میں نل، روشنی اور صفائی کے باقاعدہ انتظام کی طرف توجہ کی جانے لگی۔ سرکاری کارندے سرخ جھنڈیاں، جریبیں اور اونچ نیچ دیکھنے والے آلے لے کر آ پہنچے اور ناپ ناپ کر سڑکوں اور گلی کوچوں کی داغ بیل ڈالنے لگے اور بستی کی کچی سڑکوں پر سڑک کوٹنے والا انجن چلنے لگا ......

اس واقعہ کو بیس برس گزر چلے ہیں۔ یہ بستی اب ایک بھرا پرا شہر بن گئی ہے جس کا اپنا ریلوے سٹیشن بھی ہے اور ٹاؤن ہال بھی، کچہری بھی اور جیل خانہ بھی، آبادی ڈھائی لاکھ کے لگ بھگ ہے۔ شہر میں ایک کالج، دو ہائی سکول، ایک لڑکوں کے لئے، ایک لڑکیوں کے لئے اور آٹھ پرائمری سکول ہیں، جن میں میونسپلٹی کی طرف سے مفت دی جاتی ہے۔ چھ سینما ہیں اور چار بنک جن میں دو دنیا کے سب سے بڑے بڑے بنکوں کی شاخیں ہیں۔

شہر سے دو روزانہ، تین ہفتہ وار اور دس ماہانہ رسائل و جرائد شائع ہوتے ہیں۔ ان میں چار ادبی، دو اخلاقی و معاشرتی و مذہبی، ایک صنعتی، ایک طبی، ایک زنانہ اور ایک بچوں کا رسالہ ہے۔ شہر کے مختلف حصوں میں بیس مسجدیں، پندرہ مندر اور دھرم شالے، چھ یتیم خانے، پانچ اناتھ آشرم اور تین بڑے سرکاری ہسپتال ہیں جن میں سے ایک صرف عورتوں کے لئے مخصوص ہے۔

شروع شروع میں کئی سال تک یہ شہر اپنے رہنے والوں کے نام کی مناسبت سے ''حُسن آباد'' کے نام سے موسوم کیا جاتا رہا مگر بعد میں اسے نامناسب سمجھ کر اس میں تھوڑی سی ترمیم کردی گئی۔ یعنی بجائے ''حُسن آباد'' کے ''حسن آباد'' کہلانے لگا۔ مگر یہ نام نہ چل سکا کیونکہ عوام حُسن اور حسن میں امتیاز نہ کرتے۔ آخر بڑی بڑی بوسیدہ کتابوں کی ورق گردانی اور پرانے نوشتوں کی چھان بین کے بعد اس کا اصلی نام دریافت کیا گیا جس

یہ بستی آج سے سینکڑوں برس قبل اجڑنے سے پہلے موسم تھی اور وہ نام ہے" آندی"۔

یوں تو سارا شہر بھرا پرا، صاف ستھرا اور خوش نما ہے مگر سب سے خوبصورت، سب سے بارونق اور تجارت کا مرکز وہی بازار ہے جس میں زنانِ بازاری رہتی ہیں۔

آندی بلدیہ کا اجلاس زوروں پر ہے، ہال کھچا کھچ بھرا ہوا ہے اور خلافِ معمول ایک ممبر بھی غیر حاضر نہیں۔ بلدیہ کے زیرِ بحث مسئلہ یہ ہے کہ زنانِ بازاری کو شہر بدر کر دیا جائے، کیونکہ ان کا وجود انسانیت، شرافت اور تہذیب کے دامن پر بدنما داغ ہے۔

ایک فصیح البیان مقرر تقریر کر رہے ہیں۔"معلوم نہیں، وہ کیا مصلحت تھی جس کے زیرِ ناپاک طبقے کو ہماری اس قدیمی اور تاریخی شہر کے عین بیچوں بیچ رہنے کی اجازت دی گئی......"

اس مرتبہ ان عورتوں کے لئے جو علاقہ منتخب کیا گیا وہ شہر سے بارہ کوس دور تھا۔

اپنے دکھ مجھے دے دو

راجندرسنگھ بیدی

شادی کی رات بالکل وہ نہ ہوا جو مدن نے سوچا تھا۔ جب چکلی بھابی نے پھسلا کر مدن کو بیچ والے کمرے میں دھکیل دیا تو اندر دو سامنے شالوں میں لپٹی اندھیرے کا بھاگ بنی جا رہی تھی۔ باہر چکلی بھابی اور دریا بادی والی پھوپھی اور دوسری عورتوں کی ہنسی، رات کے خاموش پانیوں میں مصری کی طرح دھیرے دھیرے گھل رہی تھی۔ عورتیں سب یہی سمجھتی تھیں کہ اتنا بڑا اہو جانے پر بھی مدن کچھ نہیں جانتا۔ کیونکہ جب اسے بیچ رات سے جگایا گیا تو وہ ہٹر بڑار ہا تھا۔''کہاں کہاں لئے جا رہی ہو مجھے؟''

ان عورتوں کے اپنے اپنے دن بیت چکے تھے۔ پہلی رات کے بارے میں ان کے شریر شہروں نے جو کچھ کہا اور مانا تھا۔ اس کی گونج ان کے کانوں میں باقی نہ رہی تھی۔ وہ خودرس بس چکی تھیں اور اب اپنی ایک اور بہن کو بسانے پر تلی ہوئی تھیں ۔ زمین کی یہ بیٹیاں مرد کو توں سمجھتی تھیں جیسے بادل کا ٹکرا ہے جس کی طرف بارش کے لئے منہ اٹھا کر دیکھنا ہی پڑتا ہے ۔ نہ برسے تو منتیں مانی پڑتی ہیں۔ چڑھاوے چڑھانے پڑتے ہیں ۔ جادو ٹوٹنے کرنے ہوتے ہیں ۔ حالانکہ مدن کا لاکا جی کی اس نئی آبادی میں گھر کے سامنے کی جگہ میں پڑا اسی وقت کا منتظر تھا۔ پھر شامت اعمال پڑوسی سیلے کی کی بھینس اس کے کھاٹ ہی کے پاس بندھی تھی جو بار بار پھنکارتی ہوئی مدن کو سونگھ لیتی تھی اور وہ ہاتھ اٹھا اٹھا کر اسے دور رکھنے کی کوشش کرتا۔ ایسے میں بھلا نیند کا سوال ہی کہاں تھا؟

سمندر کی لہروں اور عورت کے خون کو راستہ بتانے والا چاند ایک کھڑ کی کے راستے سے اندر چلا آیا تھا اور دیکھ رہا تھا۔ دروازے کے اس طرف امدن اگلا قدم کہاں رکھتا ہے ۔ مدن کے اپنے اندر ایک گھن گرج سی ہو رہی تھی اور اسے اپنا آپ یوں معلوم ہو رہا تھا جیسے بجلی کا کھمبا ہے ۔ جیسے کان لگانے سے اسے اندر کی سنسناہٹ سنائی دے جائے گی۔ کچھ دیر یونہی کھڑے رہنے کے بعد اس نے آگے بڑھ کر بلنگ کو کھینچ کر چاندنی میں کر دیا تا کہ دلہن کا چہرہ تو دیکھ سکے۔ پھر وہ ٹھٹک گیا۔ جب اس نے سوچا……اندر میری بیوی ہے۔ کوئی پرائی عورت تو نہیں جسے نہ چھونے کا سبق بچپن ہی سے پڑھتا آیا ہوں۔ شالو میں لپٹی ہوئی دلہن کو دیکھتے ہوئے اس نے اندر کا منہ ہوگا ۔ اور جب ہاتھ بڑھا کر اس نے پاس پڑی گٹھری کو چھوا تو ہیں اندو کا منہ تھا۔ مدن نے سوچا۔ وہ آسانی سے مجھے اپنا آپ نہ دیکھنے دے گی ۔ لیکن اندو نے ایسا نہ کیا۔ جیسے پچھلے کئی سالوں سے وہ بھی اسی لمحے کی منتظر ہو۔ اور کسی خیالی بھینس کے سونگھتے رہنے سے اسے بھی نیند نہ آ رہی ہو۔ غائب نیند اور بند آنکھوں کا کرب اندھیرے کے باوجود سامنے پھر پھر اتا ہوا انتظار آ رہا تھا۔ تھوڑی تک پہنچتے ہوئے عام طور پو چہرہ لبوترا ہو جاتا ہے لیکن یہاں تو بھی گول تھا۔ شاید اسی لئے چاندنی کی طرف گال اور ہونٹوں کے بیچ ایک سائے دار کھوہ سی بنی ہوئی تھی ۔ جیسی دوسری سبز اور شاداب نیلوں کے بیچ ہوتی ہے ۔ ماتھا کچھ تنگ تھا لیکن اس پر سے ایکا ایکی اٹھنے والے انگھر یالے بال ۔

جبھی اندو نے اپنا چہرہ چھڑا لیا جیسے وہ اپنے تئیں دیکھتی تو دیتی ہو لیکن اتنی دیر کے لئے نہیں ۔ آخر شرم کی بھی تو کوئی حد ہوتی ہے ۔ مدن نے ذرا سخت ہاتھوں سے یوں ہی ہوں ہاں کرتے ہوئے دلہن کا چہرہ پھر سے اوپر کو اٹھا دیا۔ اور شرابی سی آواز میں کہا۔ ''اندو!''

اندو کچھ ڈری گئی ۔ زندگی میں پہلی بار کسی اجنبی نے اس کا نام اس انداز سے پکارا تھا۔ اور وہ اجنبی کسی خدائی حق سے رات کے اندھیرے میں آہستہ آہستہ اس اکیلی بے یار و مددگار عورت کا اپنا ہوتا جا رہا تھا۔ اندو نے پہلی بار ایک نظر اوپر دیکھتے ہوئے پھر آنکھیں بند کر لیں اور صرف اتنا

سا کہا۔ ''جی'' اسے خود اپنی آواز کسی پاتال سے آئی ہوئی سنائی دی۔

دیر تک کچھ ایسا ہی ہوتا رہا۔اور پھر ہولے ہولے بات چل نکلی۔اب جو چلی سو چلی۔ وہ تھمنے ہی میں نہ آتی تھی۔ اندو کے پتا،اندو کی ماں،اندو کے بھائی،مدن کے بھائی بہن،باپ،ان کی ریلوے میل سروس کی نوکری،ان کے مزاج، کپڑوں کی پسند،کھانے کی عادت،سبھی کا جائزہ لیا جانے لگا۔بچ بچ میں مدن بات چیت کو توڑ کر کچھ اور ہی کرنا چاہتا تھا۔انتہائی مجبوری اور لاچاری میں مدن نے اپنی ماں کا ذکر چھیڑ دیا۔ جو اسے سات سال کی عمر میں چھوڑ کر دق کے عارضے سے چلتی بنی تھی۔''جتنی دیر زندہ رہی بیچاری'' مدن نے کہا۔''بابو جی کے ہاتھ میں دوائی کی شیشیاں رہیں۔ہم اسپتال کی سیڑھیوں پر اور چھوٹا پاٹھی گھر میں چیونٹیوں کے بل پر سوتے رہے۔اور آخر ایک دن.....۲۸ مارچ کی شام.....''اور مدن چپ ہوگیا۔ چند ہی لمحوں میں وہ رونے سے ذرا ادھر اور گھگھی سے ذرا ادھر پہنچ گیا۔اندو نے گھبرا کر مدن کا سر اپنی چھاتی سے لگا لیا۔اس رونے پل بھر میں اندو کو اپنے پن سے ادھر اور بیگانے پن سے ادھر پہنچا دیا تھا۔.....مدن اندو کے بارے میں کچھ اور بھی جاننا چاہتا تھا۔لیکن اندو نے اس کے ہاتھ پکڑ لئے اور کہا۔''میں تو پڑھی بھی لکھی نہیں ہوں جی.....پر میں نے ماں باپ بھی دیکھے ہیں، بھائی اور بھابیاں دیکھی ہیں،میسوں اور لوگ دیکھے ہیں۔اس لئے میں کچھ سمجھتی بوجھتی ہوں.....میں اب تمہاری ہوں.....اپنے بدلے میں تم سے ایک ہی چیز مانگتی ہوں۔''

روتے وقت اور اس کے بعد بھی ایک نشہ سا ساتھا۔مدن نے کچھ بے صبری اور کے ملے جلے شبدوں میں کہا۔''کیا مانگتی ہو؟.....تم جو بھی کہو گی میں دوں گا۔''

''کہی بات؟''اندو بولی۔

مدن نے کچھ اتا دلے ہو کر کہا۔''ہاں ہاں.....کہا جو کہی بات۔''

لیکن اس بچ میں مدن کے من میں ایک وسوسہ سا آیا.....میرا کاروبار پہلے ہی مندا ہے،اگر اندو کوئی ایسی چیز مانگ لے جو میری پہنچ ہی سے باہر ہو تو پھر کیا ہوگا؟لیکن اندو نے مدن کے سخت اور پھیلے ہوئے ہاتھوں کو اپنے ملائم ہاتھوں سے سمیٹتے ہوئے ان پر اپنے گال رکھتے ہوئے کہا۔

''تم اپنے دکھ مجھے دو۔''

مدن سخت حیران ہوا۔ساتھ ہی اپنے آپ پر ایک بوجھ اتر تا ہوا محسوس ہوا۔اس نے پھر چاندنی میں ایک بار پھر اندو کا چہرہ دیکھنے کی کوشش کی۔لیکن وہ کچھ نہ جان پایا۔اس نے سوچا یہ ماں یا کسی سہیلی کا رٹا ہوا فقرہ ہوگا جو اندو نے کہہ دیا۔جبھی یہ جلتا ہوا آنسو مدن کے ہاتھ کی پشت پر گرا۔اس نے اندو کو اپنے ساتھ لپٹاتے ہوئے کہا۔''دیے.....!''''لیکن ان سب باتوں نے اس سے مدن کی ہمت چھین لی تھی۔

مہمان ایک ایک کر کے سب رخصت ہوئے۔ چکلی بھائی دو بچوں کو انگلیوں سے لگائے سیڑھیوں کی اونچ نیچ سے تیرا پیٹ سنبھالتی ہوئی چل دی۔دریا باد والی پھوپھی جو اپنے''نو لکھے''ہار کے گم ہو جانے پر شور مچاتی واویلا کرتی ہوئی بے ہوش ہو گئی تھی۔اور جو نسل خانے میں پڑا ہوا لال گیا تھا۔جہیز میں سے اپنے حصے کے تین کپڑے لے کر چلی گئی۔ پھر چا چا گئے۔جن کو ان کے جے پی ہو جانے کی خبر تار کے ذریعے ملی تھی اور جو شاید بدحواسی میں مدن کی بجائے دلہن کا منہ چومنے چلے تھے۔

گھر میں بوڑھا باپ رہ گیا تھا اور چھوٹے بہن بھائی۔چھوٹی دلاری تو ہر وقت بھابی کی ہی بغل میں گھسی رہتی ۔گلی محلے کی کوئی عورت دلہن کو دیکھے یا نہ دیکھے۔دیکھے تو کتنی دیر دیکھے۔یہ سب اس کے اختیار میں تھا۔آخر یہ سب ختم ہوا اور آہستہ آہستہ پرانی ہونے لگی۔لیکن کا جی کی اس نئی آبادی کے لوگ اب بھی آتے جاتے۔مدن تو اس کے سامنے رک جاتے اور کسی بھی بہانے سے اندر چلے آتے۔اندو انہیں دیکھتے ہی ایک دم گھونگٹ کھینچ لیتی لیکن اس چھوٹے سے وقفے میں جو کچھ دکھائی دے جاتا وہ بنا گھونٹ کے دکھائی ہی نہ دے سکتا تھا۔

مدن کا کاروبار گندے بروزے کا تھا۔ کبھی بڑی سپلائی والے دو تین جنگلوں میں چیڑ اور دیودار کے پیڑوں کی جنگل میں آگ نے آ لیا تھا

اور وہ دھڑا دھڑ اد جلتے ہوئے خاک سیاہ ہو کر رہ گئے تھے۔ میسور اور آسام کی طرف سے منگوایا ہوا بیروزہ مہنگا پڑتا تھا اور لوگ اسے مہنگے داموں خرید نے کو تیار نہ تھے۔ ایک تو آمدنی کم ہو گئی تھی۔ اس پر مدن جلدی ہی دکان اور اس کے ساتھ والا دفتر بند کر کے گھر چلا آتا۔ گھر پہنچ کر اس کی ساری کوشش یہی ہوتی کہ سب کھائیں اور اپنے اپنے بستروں میں دبک جائیں۔ جب وہ کھاتے وقت خود تھالیاں اٹھا اٹھا کر باپ اور بہن کے سامنے رکھتا۔اور ان کے کھا چکنے کے جھوٹے برتنوں کو سمیٹ کرنل کے نیچے رکھ دیتا۔ سب سمجھتے بہو۔ بھابی نے مدن کے کان میں کچھ پھونکا ہے اور اب وہ گھر کے کام کاج میں دلچسپی لینے لگا ہے۔ مدن سب سے بڑا تھا۔ کندن اس سے چھوٹا اور پاشی سب سے چھوٹا۔ جب کندن بھابی کے سواگت میں سب کے ایک ساتھ بیٹھ کر کھانے پر اصرار کرتا تو باپ دھنی رام وہیں ڈانٹ دیتا۔

’’کھاؤ تم۔‘‘ وہ کہتا ’’وہ بھی کھا لیں گے‘‘ اور پھر رسوئی میں ادھر ادھر دیکھنے لگتا اور جب بہو کھانے پینے سے فارغ ہو جاتی اور برتنوں کی طرف متوجہ ہوتی تو بابو دھنی رام اسے روکتے ہوئے کہتے ۔ ’’رہنے دے بہو برتن صبح ہو جائیں گے۔‘‘

اندو کہتی ’’نہیں بابو جی ۔۔۔۔۔۔ میں ابھی کئے دیتی ہوں چھپا کے سے ۔‘‘

تب بابو دھنی رام ایک لرزتی ہوئی آواز میں کہتے ’’مدن کی ماں ہوتی بہو، تو یہ سب تمہیں نہ کرنے دیتی ۔۔۔۔۔۔؟ اور اندو ایک دم اپنے ہاتھ روک لیتی ۔

چھوٹا پاشی بھابی سے شرماتا تھا۔اس خیال سے کہ دلہن کی گود جھٹ سے ہری ہو۔ چمکی بھابی اور دریا بادوالی پھو بھی نے ایک رسم میں پاشی ہی کو اندو کی گود میں ڈالا تھا۔ جب سے اندو اسے نہ صرف دیور اپنا بچہ سمجھنے لگی تھی ۔ جب بھی وہ پیار سے پاشی کو اپنے بازوؤں میں لینے کی کوشش کرتی تو وہ گھبرا اٹھتا اور اپنا آپ چھڑا کر دو ہاتھ کی دوری پر کھڑا ہو جاتا ۔ دیکھتا اور ہنستا رہتا۔ پاس آتا تو دور ہٹتا۔ ایک عجیب اتفاق سے۔ ایسے میں بابو جی ہمیشہ وہیں موجود ہوتے اور پاشی کو ڈانتے ہوئے کہتے ’’ارے جانا ۔۔۔۔۔۔ بھابی پیار کرتی ہے ابھی سے مرد ہو گیا تو؟‘‘ اور دلاری تو پیچھا ہی نہ چھوڑتی اس کا۔‘‘ ’’میں تو بھابی کے ساتھ ہی سووں گی۔‘‘ کے اصرار نے بابو جی کے اندر کوئی جنا رودھن جگا دیا تھا۔ ایک رات اس بات پر دلاری کو زور سے چپت پڑی اور وہ گھر کی آدھی پکی، آدھی کچی نالی میں جا گری۔ اندو نے لپکتے ہوئے پکڑا تو سر سے دوپٹہ اڑ گیا۔ بالوں کے پھول اور چڑیاں، مانگ کا سیندور، کانوں کے کرن پھول سب ننگے ہو گئے۔ ’’بابو جی‘‘۔ اندو نے سانس کھینچتے ہوئے کہا ۔۔۔۔۔۔ ایک ساتھ دلاری کو پکڑنے اور سر پر دو پٹہ اوڑھنے میں اندو کے پسینے چھوٹ گئے ۔ اس بے ماں بچی کو چھاتی سے لگائے ہوئے اندو نے اسے ایسے ایسے بستر میں سلا دیا جہاں سرہانے ہی سرہانے، تکیے ہی تکیے تھے۔ نہ کہیں پاکتی تھی نہ کاٹھ کے بازو۔ چوٹ تو ایک طرف کہیں کو چبھنے والی چیز بھی نہ تھی ۔ پھر اندو کی انگلیاں دلاری کے پھوڑے ایسے سر پر چلتی ہوئی اسے دکھا بھی رہی تھیں اور مزا بھی دے رہی تھیں ۔دلاری کے گالوں پر بڑے بڑے اور پیارے پیارے گڑھے پڑتے تھے۔ اندو نے ان گڑھوں کا جائزہ لیتے ہوئے کہا ’’ہائے ری منی! تیری ساس مرے، کیسے گڑھے پڑ رہے ہیں گالوں پر ۔۔۔۔۔۔!‘‘

منی نے منی کی طرح کہا۔ ’’گڑھے تمہارے بھی تو پڑتے ہیں بھابی ۔‘‘

’’ہاں منو!‘‘ اندو نے کہا اور ایک ٹھنڈا سانس لیا۔

مدن کو کسی بات پر غصہ تھا۔ وہ پاس ہی کھڑا سب کچھ سن رہا تھا۔ ’’میں تو کہتا ہوں ایک طرح سے اچھا ہی ہے ۔‘‘

’’کیوں اچھا کیوں ہے؟‘‘ اندو نے پوچھا۔

’’ہاں ۔۔۔۔۔۔ نہ اگے بانس نہ بجے بانسری ۔۔۔۔۔۔ سانس نہ ہو تو کوئی جھگڑا نہیں رہتا۔‘‘ اندو نے ایکا ایکی خفا ہوتے ہوئے کہا ’’تم جاؤ جی سو رہو جا کر ۔۔۔۔۔۔ بڑے آئے ہو ۔۔۔۔۔۔ آدمی جیتا ہے تو لڑتا ہے نا؟ مرگھٹ کی چپ چاپ سے جھگڑے بھلے ۔ جاؤ نہ رسوئی میں تمہارا کیا کام؟‘‘

مدن گھسیانا ہو کر رہ گیا۔ بابو دھنی رام کی ڈانٹ سے باقی بچے تو پہلے ہی اپنے اپنے بستروں میں یوں جا پڑے تھے جیسے دفتروں میں چھٹیاں

سارٹ ہوتی ہیں۔لیکن مدن وہیں کھڑا رہا۔احتیاج نے اسے ڈھیٹ اور بے شرم بنا دیا تھا لیکن اس وقت جب اندو نے بھی اسے ڈانٹ دیا تو وہ روہانسا ہو کر اندر چلا گیا۔

دیر تک مدن بستر میں پڑا کسمسا تا رہا۔لیکن بابو جی کے خیال سے اندو کو آواز دینے کی ہمت نہ پڑتی تھی۔اس کی بے صبری کی حد ہو گئی تھی۔ جب منی کو سلانے کے لئے اندو کی لوری کی آواز سنائی دی ......''تو آ نند یا رانی ، بورائی مستانی۔''

وہی لوری جو دلاری منی کو سلا رہی تھی ، مدن کی نیند بھگا رہی تھی۔اپنے آپ کو بے زار ہو کر اس نے زور سے چادر سر پر کھینچ لی۔سفید چادر کے سر پر لپیٹنے اور سانس کے بند کرنے سے خواہ مخواہ ایک مردے کا تصور پیدا ہو گیا۔مدن کو یوں لگا جیسے وہ مر چکا ہے اور اس کی دلہن اندو اس کے پاس بیٹھی زور زور سے سر پیٹ رہی ہے ، دیوار کے ساتھ کلائیاں مار مار کر چوڑیاں توڑ رہی ہے اور پھر باہر لپک جاتی ہے اور بانہیں اٹھا اٹھا کر اگلے محلے کے لوگوں سے فریاد کرتی ہے۔''لوگو! میں لٹ گئی۔''اب اسے دوپنے کی پرواہ نہیں۔قمیض کی پرواہ نہیں۔مانگ کا سیندور ، بالوں کے پھول ، اور چوڑیاں ، جذبات اور خیالات کے طوطے تک اڑ چکے ہیں۔

مدن کی آنکھوں سے بے تحاشا آنسو بہہ رہے تھے۔حالانکہ رسوئی میں اندو ہنس رہی تھی۔ پل بھر میں اپنے سہاگ کے اجڑنے اور پھر بس جانے سے بے خبر۔ مدن جب حقائق کی دنیا میں واپس آیا تو آنسو پونچھتے ہوئے اپنے اس رونے پر ہنسنے لگا ...... ادھر اندو تو ہنس رہی تھی لیکن اس کی ہنسی دبی دبی تھی۔ بابو جی کے خیال سے وہ کبھی اونچی آواز میں نہ ہنستی تھی۔ جیسے کھلکھلاہٹ کوئی ننگا پن ہے ، خاموشی ، دو پٹہ اور دبی دبی ہنسی ایک ایک گھونگٹ۔ پھر مدن نے اندو کا ایک خیالی بت بنایا اور اس سے بیسیوں باتیں کر ڈالیں۔ یوں اس سے پیار کیا جیسے ابھی تک نہ کیا تھا ...... وہ پھر اپنی دنیا میں لوٹا جس میں ساتھ کا بستر خالی تھا۔اس نے ہولے سے آواز دی ...... اندو ...... ایک اونگھ سی آئی لیکن ساتھ ہی یوں جیسے شادی کی رات والی ، پڑوسی سٹے کی بھینس منہ کے پاس پھنکارنے لگی ہے۔وہ ایک بے کلی کے عالم میں اٹھا ، پھر رسوئی کی طرف دیکھتے ، سر کھجاتے ہوئے دو تین جمائیاں لے کر لیٹ گیا ...... سو گیا......

مدن جیسے کانوں کو کوئی سندیسہ دے کر سویا تھا۔ جب اندو کی چوڑیاں بستر کی سلوٹیں سیدھی کرنے سے کھنک اٹھیں تو وہ بھی ہڑ بڑا کر اٹھ بیٹھا۔ یوں ایک دم جاگنے میں محبت کا جذبہ اور بھی تیز ہو گیا تھا۔ پیار کی کروٹوں کو توڑے بغیر آدمی سو جائے اور ایکا ایکی اٹھے تو محبت دم توڑتی ہے۔ مدن کا سارا بدن اندر کی آگ سے پھنک رہا تھا۔اور یہی اس کے غصے کا کرن بن گیا۔ جب اس نے بوکھلائے ہوئے انداز میں کہا۔

''تو تم ...... آ گئیں؟''

''ہاں۔''

''منی ...... سو مر گئی؟''

اندو جھکی جھکی ایک دم سیدھی کھڑ ہو گئی۔''ہائے رام''اس نے ناک پر انگلی رکھتے ہوئے ہاتھ ملتے ہوئے کہا۔''کیا کہہ رہے ہو ...... مری کیوں بیچاری۔ماں باپ کی ایک نہ ہی بیٹی۔''

''ہاں ...... مدن نے کہا۔''بھابھی کی ایک ہی نند۔''اور ایک دم حکمانہ لہجہ اختیار کرتے ہوئے بولا۔''زیادہ منہ مت لگا ؤ اس چڑیل کو۔''

''کیوں اس میں کیا پاپ ہے؟''

''یہی پاپ ہے''مدن نے اور چڑتے ہوئے کہا۔''وہ پیچھا ہی نہیں چھوڑتی تمہارا۔جب دیکھو جونک کی طرح چمٹی ہوئی ہے۔ دفان ہی نہیں ہوتی۔''

''ہا......اندو نے مدن کی چار پائی پر بیٹھتے ہوئے کہا۔''بہنوں اور بیٹیوں کو یوں تو دھتکارنا نہیں چا ہیے۔ بیچاری دو دن کی مہمان۔ آج نہیں

تو کل۔ کل نہیں تو پرسوں۔ ایک دن تو چل ہی دے گی۔'' اس کے بعد اندو کچھ کہنا چاہتی تھی لیکن وہ چپ ہوگئی۔ اس کی آنکھوں کے سامنے اپنے ماں باپ، بھائی بہن چچا بھی گھوم گئے۔ کبھی وہ بھی ان کی دلاری ہوتی تھی۔ جو پلک جھپکتے ہی نیاری ہوگئی۔ اور پھر دن رات اس کے نکالیجانے کی باتیں ہونے لگیں۔ جیسے گھر میں کوئی بڑی سی ہانی ہے جس میں کوئی ناگن رہتی ہے اور جب تک وہ پکڑ کر پھنکوائی نہیں جاتی۔ گھر کے لوگ آرام کی نیند سوئیں نہیں سکتے۔ دور دور سے کیلنے والے لگن کرنے والے۔ دات چھوڑنے والے ماندری بلوائے گئے اور بڑے دھتورے اور موتی ساگر۔ آخرا یک دن اتر پچھم کی طرف سے لال آندھی آئی جو صاف ہوئی تو ایک لاری کھڑی تھی جس میں گوٹے کنری میں لپٹی ہوئی ایک دلہن بیٹھی تھی۔ پیچھے گھر میں ایک سر پر بجھتی ہوئی شہنائی بین کی آواز معلوم ہور ہی تھی۔ پھر ایک دھچکے کے ساتھ لاری چل دی۔

مدن نے کچھ برافروختگی کے عالم میں کہا ......''تم عورتیں بڑی چالاک ہوتی ہو۔ ابھی کل ہی اس گھر میں آئی ہو اور یہاں کے سب لوگ تمہیں ہم سے زیادہ پیار کرنے لگے ہیں؟''

''ہاں!'' اندو نے اثبات میں کہا۔

''یہ سب جھوٹ ہے ...... یہ ہو ہی نہیں سکتا۔''

''تمہارا مطلب ہے میں ......''

''دکھاوا ہے یہ سب ...... ہاں!''

''اچھا جی؟'' اندو نے آنکھوں میں آنسو لاتے ہوئے کہا۔''یہ سب دکھاوا ہے میرا؟اور اندو اٹھ کر اپنے بستر میں جا چلی گئی۔ اور سر ہانے میں منہ چھپا کر سسکیاں بھرنے لگی۔ مدن اسے منانے والا ہی تھا کہ اندو خود ہی اٹھ کر مدن کے پاس آگئی اور جتی سے اس کا ہاتھ پکڑتے ہوئے بولی۔''تم جو ہر وقت جلی کٹی کہتے رہتے ہو ...... ہوا کیا ہے تمہیں؟'' مجھے تم سے کچھ نہیں لینا۔''

''تمہیں کچھ نہیں لینا مجھے تو لینا ہے۔'' اندو بولی۔ زندگی بھر لینا ہے اور وہ چھینا جھپٹی کرنے لگی۔

مدن اسے دھکارتا تھا اور وہ اس سے لپٹ لپٹ جاتی تھی۔ وہ اس مچھلی کی طرح تھی جو بہاؤ میں بہہ جانے کی بجائے آبشار کے تیز دھارے کو کاٹتی ہوئی اوپر ہی اوپر پہنچانا چاہتی ہو۔

چٹکیاں لیتے ہوئے، ہاتھ پکڑتی، روتی ہنستی وہ کہہ رہی تھی ......

''پھر مجھے پھا پھا کٹنی کہوگے؟''

''وہ تو سبھی عورتیں ہوتی ہیں۔''

''ٹھہرو ...... تمہاری تو ......'' یوں معلوم ہوا جیسے اندو   کوئی گالی دینے والی ہو ...... اور اس نے منہ میں کچھ منمنایا بھی۔ مدن نے مڑتے ہوئے کہا۔''کیا کہا؟'' اور اندو نے اب کی سنائی دینے والی آواز میں دہرایا۔ مدن کھلکھلا کر ہنس پڑا۔ اگلے ہی لمحے اندو مدن کے بازوؤں میں تھی اور کہہ رہی تھی''تم مرد لوگ کیا جانو؟ ...... جس سے پیار ہوتا ہے اس کے سبھی عزیز پیارے معلوم ہوتے ہیں۔ کیا باپ کیا بھائی اور کیا بہن ......'' اور ایک ایکی کہیں دور سے دیکھتے ہوئے بولی۔''میں تو دلاری منی کا بیاہ کروں گی۔''

''حد ہوگئی'' مدن نے کہا۔''ابھی ایک ہاتھ کی ہوئی نہیں اور بیاہ کی سوچنے لگیں۔''

''تمہیں ایک ہاتھ کی لگتی ہے نا؟'' اندو بولی اور پھر اپنے ہاتھ مدن کی آنکھوں پر رکھتے ہوئے کہنے لگی۔''ذرا آنکھیں بند کرو اور پھر کھولو۔'' مدن نے سچ مچ ہی آنکھیں بند کرلیں اور جب تک کچھ نہ کھولیں تو اندو بولی۔''اب کھولے بھی ...... اتنی دیر میں تو بوڑھی ہو جاؤں گی۔''جبھی مدن نے آنکھیں کھول دیں۔ لمحہ بھر کے لئے اسے یوں لگا جیسے سامنے اندو نہیں منی بیٹھی ہے اور وہ دھوکا سا گیا۔''

''میں نے تو ابھی سے چار سوٹ اور کچھ برتن الگ کر ڈالے ہیں اس کے لئے اور جب مدن نے کوئی جواب نہ دیا تو اسے جھنجھوڑتے ہوئے بولی۔''تم کیوں پریشان ہوتے ہو....... یا دنہیں اپناوچن.......؟تم اپنے دکھ مجھے دے چکے ہو۔''

''ایں؟''مدن نے چونکتے ہوئے کہااور جیسے بے فکر ہوگیا۔لیکن اب کے جب اس نے اندوکواپنے ساتھ لپٹایا تو وہاں ایک جسم ہی نہیں رہ گیا تھا ساتھ ایک روح بھی شامل ہوگئی تھی.......

مدن کے لئے اندو روح ہی روح تھی۔اندو کے جسم بھی تھا۔لیکن وہ ہمیشہ کسی نہ کسی وجہ سے مدن کی نظروں سے اوجھل ہی رہا۔ایک پردہ تھا۔خواب کے تاروں سے بنا ہوا۔انہوں کے دھوئیں سے رنگین۔قہقہوں کی زر تاری سے چمکا چوند جو ہر وقت اندو کودڑھانپے رہتا تھا۔مدن کی نگاہوں اور اس کے ہاتھوں کے دو شانس دو شانس صدیوں سے اس درو پدی کا چیر ہرن کرتے آئے تھے جو کہ عرف عام میں بیوی ہی کہلاتی ہے لیکن اسے ہمیشہ آسمانوں سے تھانوں کے تھان، گزروں کے گز، کپڑا ننگا پن ڈھانپنے کے لئے ملتا آیا تھا۔دو شانس تھک ہار کے یہاں وہاں گرے پڑے تھے لیکن درو پدی وہیں کھڑی تھی، عزت اور پا کیزگی کی ایک سفید اور بے داغ ساری میں ملبوس وہ بیوی ہی رہی تھی۔اور.......

مدن کے لوٹتے ہوئے ہاتھ خجالت کے پسینے سے تر ہوئے، جسے سکھنے کے لئے وہ انہیں اوپر ہوامیں اٹھا دیتا اور پھر ہاتھ کے پنجوں کو پورے طور پر پھیلا تا ہوا،ایک تشنجی کیفیت میں اپنی آنکھوں کی پھیلتی پھیلتی چپلیوں کو سامنے رکھ دیا اور پھر انگلیوں کے بیچ میں سے جھانکتا.......اندو کا مرمر میں جسم خوش رنگ اور گداز سامنے پڑا ہوتا۔استعمال کے لئے پاس،ابتذال کے لئے دور.......جبھی جب اندو کی ناک بندی ہو جاتی تو اس قسم کے فقرے ہوتے.......

''ہائے جی'' گھر میں چھوٹے بڑے ہیں۔وہ کیا کہیں گے؟

مدن کہتا۔''چھوٹے سمجھتے نہیں ...... بڑے انجان بن جاتے ہیں ۔''

اسی دوران میں بابو دھنی رام کی تبدیلی سہار نپور ہوگئی۔ وہاں وہ ریلوے میل سروس میں سیلیکشن گریڈ کے ہیڈ کلرک ہو گئے ۔اتنا بڑا کوارٹر ملا کہ اس میں آٹھ کنبے رہ سکتے تھے۔ لیکن بابو دھنی رام اس اکیلے ہی ٹانگیں پھیلائے کھڑے رہتے۔ زندگی بھر وہ بال بچوں سے کبھی علیحدہ نہیں ہوئے تھے۔ سخت گھریلو قسم کے آدمی آخری زندگی میں اس تنہائی نے ان کے دل میں وحشت پیدا کردی۔لیکن مجبوری تھی، بچے سب دلی میں مدن اور اندو کے پاس تھے اور وہیں اسکول میں پڑھتے تھے۔ سال کے خاتمے سے پہلے انہیں بیچ میں اٹھانا ان کی پڑھائی کے لئے اچھانہ تھا۔ بابو جی کے دل کے دورے پڑنے لگے۔

بارے گرمی کی چھٹیاں ہوئیں۔ان کے بار بار لکھنے پر مدن نے اندو کوکندن، پاشی اور دلاری کے ساتھ سہار نپور بھیج دیا.......دھنی رام کی دنیا چمک اٹھی۔ کہاں انہیں دفتر کے کام کے بعد فرصت ہی فرصت تھی اور کہاں اب کام ہی کام تھا۔ بچے بچوں ہی کی طرح جہاں کپڑے اتارتے ہیں وہیں پڑے رہنے دیتے اور بابو جی انہیں سمیٹتے پھرتے ۔اپنے مدن سے دورالسانی ہوئی رتی، اندوتو اپنے پہناوے تک سے غافل ہوگئی تھی ۔وہ رسوئی میں یوں پھرتی تھی جیسے کانجی ہاؤس میں گائے، باہر کی طرف منہ اٹھا اٹھا کرا پنے مالک کو ڈھونڈا کرتی ہو۔کام وام کرنے کے بعد کبھی اندر ٹنگوں پر لیٹ جاتی ۔کبھی باہر کنیر کے بوٹے کے پاس اور کبھی آم کے پیڑ تلے۔ جو آنگن میں کھڑ اسینکڑوں ہزاروں دلوں کو تھامے ہوئے تھا۔

ساون بھادوں میں ڈھلنے لگا۔ آنگن میں سے باہر کا در یچہ کھلتا تو کنواریاں، نئی بیاہی ہوئی لڑکیاں پینگ بڑھاتے ہوئے گاتیں.......جھولا کن تے ڈاروے امریاں ...... اور پھر گیت کے بول کے مطابق دو جھوتیں اور دو جھلاتیں اور کہیں چار مل جاتیں تو بھول بھلیاں ہو جاتیں ۔ادھیڑ عمر کی بوڑھی عورتیں ایک طرف کھڑی تکا کرتیں۔اندو کو معلوم ہوتا جیسے وہ بھی ان میں شامل ہوگئی ہے۔ جبھی وہ منہ پھیر لیتی اور ٹھنڈی سانسیں بھرتی ہوئی سوچا جاتی۔ بابو جی پاس سے گزرتے تو اسے جگانے، اٹھانے کی ذراببھی کوشش نہ کرتے بلکہ موقع نہ پا کر اس شلوار کو جو بہو دھوتی سے بدل آتی اور

جیسے وہ ہمیشہ اپنی ساس والے پرانے صندل کے صندوق پر پھینک دیتی، اٹھا کر کھونٹی پر لٹکا دیتے۔ ایسے میں انہیں سب سے نظریں بچانا پڑتیں۔ لیکن ابھی شلوار کو سمیٹ کر مڑتے ہی تو نیچے کونے میں نگاہ کے محرم بہو پر پڑ جاتی۔ تب ان کی ہمت جواب دے جاتی اور وہ شتابی کمرے سے نکل بھاگتے۔ جیسے سانپ کا بچہ بل سے باہر آ گیا ہو۔ پھر برآمدے میں ان کی آواز سنائی دینے لگتی۔ اوم نموم بھوتے دا سو دیوا ......

اڑوس پڑوس کی عورتوں نے بابو جی کی خوبصورتی کی داستانیں دور دور تک پہنچا دی تھیں۔ جب کوئی عورت بابو جی کے سامنے بہو کے پیارے پن اور سدڈل جسم کی باتیں کرتی تو وہ خوشی سے پھول جاتے۔ اور کہتے "ہم تو دھنیہ ہو گئے، امی چندی کی ماں! شکر ہے ہمارے گھر میں بھی کوئی صحت والا جیو آیا۔" اور یہ کہتے ہوئے ان کی نگاہیں کہیں دور پہنچ جاتیں۔ جہاں دق کے عارضے تھے۔ دوائی کی شیشیاں، اسپتال کی سیڑھیاں یا چیونٹیوں کے بِل، نگاہ قریب آتی تو موٹے موٹے گدرائے ہوئے جسم والے کئی بچے جسم میں جانگھ پر، گردن پر چڑھتے اترتے ہوئے محسوس ہوتے اور ایسا معلوم ہوتا ہے جیسے ابھی اور آ رہے ہیں۔ پہلو پر لیٹی ہوئی بہو کی کمر زمین کے ساتھ اور کولھے چھت کے ساتھ لگ رہے ہیں اور وہ اور دھڑا دھڑ بچے جنتی جا رہی ہے اور ان بچوں کی عمر میں کوئی فرق نہیں۔ کوئی بڑا ہے نہ چھوٹا۔ سبھی ایک سے ...... جڑواں ...... توأم ...... اوم نموم بھوگوتے ......

آس پاس کے سب لوگ جان گئے تھے۔ اندو بابو جی کی چہیتی بہو ہے۔ چنانچہ دود ھا اور چھاچھ کے مٹکے دھنی رام کے گھر کے آنے لگے۔ اور پھر ایک دم سلام دین گوجر نے فرمائش کر دی۔ اندو نے کہا "بی بی میرا بیٹا آر۔ایم۔ایس میں قلی رکھوا دو۔ اللہ تم کو اچھا دے گا۔" اندو کے اشارے کی دیر تھی کہ سلام دین کا بیٹا نوکر ہو گیا۔ وہ بھی سارٹر، جو نہ ہو سکا اس کی قسمت، آسامیاں زیادہ نہ تھیں۔

بہو کے کھانے پینے اور اس کی صحت کا بابو جی خیال رکھتے تھے۔ دودھ پینے سے اندو کو چڑھتی۔ وہ رات کے وقت خود دودھ کو بالائی میں پھینٹ، گلاس میں ڈال، بہو کو پلانے کے لئے اس کی کھٹیا کے پاس آ جاتے۔ اندو اپنے کو سمیٹتے ہوئے اٹھتی اور کہتی۔ "نہیں بابو جی مجھ سے نہیں پیا جاتا۔"

"تیرا تو سر بھی پئے گا۔" وہ مذاق سے کہتے۔

"تو پھر آپ پی لیجے نا۔" اندو ہنستی ہوئی جواب دیتی اور بابو جی ایک مصنوعی غصے سے برس پڑتے۔ "تو چاہتی ہے بعد میں تیری بھی وہی حالت ہو جو تیری ساس کی ہوئی؟"

ہوں ...... ہوں ...... اندو لاڈ سے روٹھنے لگتی۔ آخر کیوں نہ روٹھی۔ وہ لوگ نہیں روٹھتے جنہیں منانے والا کوئی نہ ہو۔ لیکن یہاں منانے والے سب تھے، روٹھنے والا صرف ایک۔ جب اندو بابو جی کے ہاتھ سے گلاس نہ لیتی تو وہ اسے کھٹیا کے پاس سرہانے کے نیچے رکھ دیتے ...... اور "لے یہ پڑا ہے" "تیری مرضی ہے تو پی ...... نہیں مرضی تو نہ پی ......" کہتے ہوئے چل دیتے۔

اپنے بستر پر پہنچ کر دھنی رام دلاری منی کے پاس کھیلنے لگتے۔ دلاری کو بابو جی کے ننگے پنڈے کے ساتھ پنڈ اگھسانے اور پھر منہ پر رکھ کر پھنکنا رو پھلانے کی عادت تھی۔ آج جب بابو جی اور منی یہ کھیل کھیل رہے تھے۔ ہنس ہنسار ہے تھے، تو منی نے بھابی کی طرف دیکھتے ہوئے کہا۔ "دودھ تو خراب ہو جائے گا بابو جی۔ بھابی تو پیتی ہی نہیں۔"

"پئے گی ضرور پئے گی بیٹا ...... " بابو جی نے دو سے ہاتھ سے پاشی کو لپٹاتے ہوئے کہا۔ "عورتیں گھر کی کسی چیز کو خراب ہوتے نہیں دیکھ سکتیں۔"

ابھی یہ فقرہ بابو جی کے منہ ہی میں ہوتا کہ ایک طرف سے "ہش ...... ہے خصم کھائی" کی آواز آنے لگتی۔ پتہ چلتا بہو بلی کو بھگا رہی ہے اور پھر غٹ غٹ کی سنائے دیتی اور سب جان لیتے بہو ...... بھابی نے دودھ پی لیا۔ کچھ دیر کے بعد کندن بابو جی کے پاس آتا اور کہتا "بوجی ...... بھابی رو رہی ہے۔"

''ہائیں؟'' بابو جی کہتے اور پھر انڈھیرے میں دوسری طرف دیکھنے لگتے جدھر بہو کی چارپائی پڑی ہوتی۔ کچھ دیر یوں ہی بیٹھے رہنے کے بعد وہ پھر لیٹ جاتے اور کچھ سمجھتے ہوئے کندن سے کہتے۔ ''جا……تو سوجا……وہ بھی سوجائے گی اپنے آپ۔''

اور پھر لیٹتے ہوئے بابو دھنی رام آسمان پر کھلے ہوئے پر ماتما کے گلزار کو دیکھنے لگتے اور اپنے من میں بھگوان سے پوچھتے……''چاندی کے ان کھلتے بند ہوئے ہوئے……پھولوں میں میرا پھول کہاں ہے؟'' اور پھر پورا آسمان انہیں درد کا ایک دریا دکھائی دینے لگتا اور کانوں میں مسلسل ایک ہاؤ کی آواز سنائی دیتی۔ جسے سنتے ہوئے وہ کہتے ''جب سے دنیا بنی ہے انسان کتنا رویا ہے!'' اور رو رو تے سوجاتے۔

اندو کے جانے سے بیس پچیس روز ہی میں مدن نے واویلا شروع کردیا۔ اس نے لکھا۔ میں بازار کی روٹیاں کھاتے کھاتے تنگ آگیا ہوں۔ مجھے قبض ہوگئی ہے۔ گردے کا درد بھی شروع ہوگیا ہے۔ پھر جیسے دفتر کے لوگ چھٹی کی عرضی کے ساتھ ڈاکٹر کا سرٹیفکیٹ بھیج دیتے ہیں۔ مدن نے بابو جی کے ایک دوسرے سے تصدیق کی چھٹی لکھوا بھیجی۔ اس پر بھی جب کچھ نہ ہوا تو ایک ڈبل تار……جوابی۔

جوابی تار کے پیسے مارے گئے لیکن اندو اور بچے لوٹ آئے تھے۔ مدن نے اندو سے دو دن سیدھے منہ بات ہی نہ کی۔ یہ دکھ بھی اندو ہی کا تھا۔ ایک دن مدن کو اکیلے میں پاکر وہ پکڑ بیٹھی اور بولی۔ ''اتنا منہ پھلائے بیٹھے ہو……میں نے کیا ہے؟''

مدن نے اپنے آپ کو چھڑاتے ہوئے کہا۔ ''چھوڑ……دور ہو جا میری آنکھوں سے……کمی……''

''یہی کہنے کے لئے اتنی دور سے بلوایا ہے؟''

''ہاں!''

''ہٹاؤ اب۔''

''خبردار……یہ سب تمہارا ہی کیا دھرا ہے جو تم آنا چاہتی تو کیا بابو جی روک لیتے؟''

اندو نے بے بسی سے کہا۔ ''ہائے جی……تم بچوں کی سی باتیں کرتے ہو۔ میں انہیں بھلا کیسے کہہ سکتی تھی؟ سچ پوچھو تو تم نے مجھے بلوا کر بابو جی پر تو بڑا ہی ظلم کیا ہے۔''

''کیا مطلب؟''

''مطلب کچھ نہیں……ان کا جی بہت لگا ہوا تھا بال بچوں میں۔''

''اور میرا جی؟''

''تمہارا جی؟……تم تو کہیں بھی لگا سکتے ہو۔ اندو نے شرارت سے کہا اور اس طرح سے مدن کی طرف دیکھا کہ اس کی مدافعت کی ساری قوتیں ختم ہوگئیں۔ یوں بھی اسے کسی اچھے سے بہانے کی تلاش تھی۔ اس نے اندو کو پکڑ کر سینے سے لگالیا۔ اور بولا۔ ''بابو جی تم سے بہت خوش تھے؟''

''ہاں'' اندو بولی۔ ''ایک دن میں جاگی تو دیکھا سرہانے کھڑے مجھے دیکھ رہے ہیں۔''

''یہ نہیں ہوسکتا۔''

''اپنی قسم!''

''اپنی قسم نہیں……میری قسم کھاؤ۔''

''تمہاری قسم تو میں نہیں کھاتی……کوئی کچھ بھی دے۔''

''ہاں!'' مدن نے سوچتے ہوئے کہا۔ ''کتابوں میں اسے سیکس کہتے ہیں۔''

''سیکس؟'' اندو نے پوچھا وہ کیا ہوتا ہے؟

''وہی جو مرد اور عورت کے بیچ ہوتا ہے۔''

''ہائے رام!'' اندو نے ایک دم پیچھے ہٹتے ہوئے کہا۔ ''گندے کہیں کے ۔۔۔۔۔ شرم نہیں آئی بابو جی کے بارے میں ایسا سوچتے ہوئے؟''

''تو بابو جی کو نہ آئی تھے دیکھتے ہوئے؟''

''کیوں؟'' اندو نے بابو جی کی طرف داری کرتے ہوئے کہا۔ ''وہ اپنی بہو کو دیکھ کر خوش ہو رہے ہوں گے۔''

''کیوں نہیں۔ جب بہو تم ایسی ہو۔''

''تمہارا من گندا ہے۔ اندو نے نفرت سے کہا۔ اس لئے تمہارا کاروبار بھی گندے بروزے کا ہے۔ تمہاری کتابیں سب گندگی سے بھری پڑی ہیں۔ تمہیں اور تمہاری کتابوں کو اس کے سوا کچھ دکھائی نہیں دیتا۔ ایسے تو جب میں بڑی ہوگئی تھی تو میرے پتا جی نے مجھ سے اُدھک پیار کرنا شروع کر دیا تھا۔ تو کیا وہ بھی ۔۔۔۔۔۔ وہ تھا نگوڑا ۔۔۔۔۔۔ جس کا تم ابھی نام لے رہے تھے۔'' اور پھر اندو بولی۔ ''بابو جی کو یہاں بلا لو۔ ان کا وہاں جرا بھی جی نہیں لگتا۔ وہ دکھی ہوں گے تو کیا تم دکھی نہیں ہوگے؟''

مدن اپنے باپ سے بہت پیار کرتا تھا۔ گھر میں ماں کی موت کے بڑا ہو نے کے کارن سب سے زیادہ اثر مدن پر ہی کیا تھا۔ اسے اچھی طرح سے یاد تھا۔ ماں کے بیمار رہنے کے باعث جب بھی اس کی موت کا خیال مدن کے دل میں آتا تو آنکھیں موند کر پرار تھنا شروع کر دیتا ۔۔۔۔۔۔ اوم نمو بھگوتے دا سو دیوا۔ اوم نمو ۔۔۔۔۔۔ اب وہ نہیں چاہتا تھا کہ باپ کی چھتر چھایا بھی سر سے اٹھ جائے۔ خاص طور پر ایسے میں جبکہ وہ اپنے کاروبار کو بھی جمانہیں پایا تھا۔ اس نے غیر یقینی لہجے میں اندو سے صرف اتنا کہا۔ ''ابھی رہنے دو بابو کو۔ شادی کے بعد ہم دونوں پہلی بار آزادی کے ساتھ مل سکتے ہیں۔''

تیسرے چوتھے روز بابو جی کا آنسوؤں میں ڈوبا ہوا خط آیا۔ میرے پیارے مدن کے تخاطب میں میرے پیارے کے الفاظ شور پانیوں میں دھل گئے تھے۔ لکھا تھا۔ ''بہو کے یہاں ہونے پر میرے تو وہی پرانے دن لوٹ آئے تھے، جب ہماری نئی شادی ہوئی تھی تو وہ بھی ایسی ہی الہڑ تھی۔ ایسے میں اتارے ہوئے کپڑے ادھر ادھر پھینک دیتی۔ اور پتا جی سمیٹتے پھرتے۔ وہی صندل کا صندوق، وہی بیسویں خلجن ۔۔۔۔۔۔ میں بازار جا رہا ہوں۔ آر رہا ہوں۔ کچھ نہیں تو دہی بڑے یا بڑی لا رہا ہوں۔ اب گھر میں کوئی نہیں۔ وہ جگہ جہاں صندل کا صندوق پڑا تھا، خالی ہے ۔۔۔۔۔۔'' اور پھر ایک آدھ سطر اور دھل گئی تھی۔ آخر میں لکھا تھا۔ ''دفتر سے لوٹتے سے، یہاں کے بڑے بڑے اندھے کمروں میں داخل ہوتے ہوئے میرے من میں ایک ہول سا اٹھتا ہے ۔۔۔۔۔۔'' اور پھر ۔۔۔۔۔۔ ''بہو کا خیال رکھنا۔ اسے کسی ایسی ویسی دایہ کے حوالے مت کرنا۔''

اندو نے دونوں ہاتھوں سے چٹھی پکڑی۔ سانس کھینچ لی، آنکھیں پھیلاتی شرم سے پانی پانی ہوتی ہوئی بولی۔ ''میں مر گئی۔ بابو جی کو کیسے پتہ چل گیا؟''

مدن نے چٹھی چھڑاتے ہوئے کہا۔ ''بابو جی کیا کہتے ہیں؟ ۔۔۔۔۔۔ دنیا دیکھی ہے۔ ہمیں پیدا کیا ہے۔

''ہاں مگر۔'' اندو بولی۔ ''ابھی دن ہی کے ہوئے ہیں۔''

اور پھر اس نے ایک تیزی نظر اپنے پیٹ پر ڈالی جس نے ابھی بڑھنا بھی شروع نہیں کیا تھا اور جیسے بابو جی یا کوئی اور دیکھ رہا ہو۔ اس نے ساری کا پلو اس پر کھینچ لیا۔ اور کچھ سوچنے لگی۔ جیسی ایک چمک سی اس کے چہرے پر آئی اور وہ بولی۔ ''تمہاری سسرال سے شیرینی آئے گی۔''

''میری سسرال؟ ۔۔۔۔۔۔ اور ہاں۔ مدن نے راستہ پاتے ہوئے کہا۔'' کتنی شرم کی بات ہے۔ ''ابھی چھ آٹھ مہینے شادی کے ہوئے ہیں اور چلا آ رہا ہے۔'' اور اس نے اندو کے پیٹ کی طرف اشارہ کیا۔

مدن کی ٹانگیں ابھی تک کانپ رہی تھیں۔ اس وقت خوف سے نہیں ۔۔۔۔۔۔ تسلی سے۔

''چلا آیا ہے یا تم لائے ہو؟''

''تم ..... یہ سب قصور تمہارا ہے۔ کچھ عورتیں ہوتی ہی ایسی ہیں ۔''

''تمہیں پسند نہیں؟''

''ایک دم نہیں''

''کیوں؟''

''چار دن تو مزے لے لیتی زندگی کے ۔''

''کیا یہ زندگی کا مجاتی ہے؟'' اندو نے صدمہ زدہ لہجے میں کہا۔ مرد عورت شادی کس لئے کرتے ہیں؟ بھگوان نے بن مانگے دے دیانا؟ پوچھوان سے جن کے جن کے نہیں ہوتا ۔ پھر وہ کیا کچھ کرتی ہیں۔ پیروں فقیروں کے پاس جاتی ہیں۔ سادھیوں، مجاوروں پر چونیاں باندھتی ہیں، شرم و حیاج کر دریاؤں کے کنارے ننگی ہو کر سر کنڈے کاٹتی، شمسانوں میں مسان جگاتی۔''

''اچھا! اچھا!'' مدن بولا۔ ''تم نے بکھان ہی شروع کر دیا۔ اولاد کے لئے تھوڑی عمر پڑی تھی ۔؟''

''ہوگا تو!'' اندو نے سرزنش کے انداز میں انگلی اٹھاتے ہوئے کہا۔ ''جب تم اسے ہاتھ بھی مت لگانا۔ وہ تمہارا نہیں، میرا ہوگا۔ تمہیں تو اس کی ضرورت نہیں، پر اس کے دادا کو بہت ہے۔ یہ میں جانتی ہوں۔''

اور پھر کچھ کھجل، کچھ صدمہ زدہ ہو کر اندو نے اپنا منہ دونوں ہاتھوں سے چھپا لیا۔ وہ سوچتی تھی اس ننھی سی جان کو پالینے کے سلسلے میں، اس جان کا ہوتا سوتا تھوڑی تو سہی ہمدردی تو کرے گا ہی لیکن مدن چپ چاپ بیٹھا رہا۔ ایک لفظ بھی اس نے منہ سے نہ نکالا ۔ اندو نے چہرے پر سے ہاتھ اٹھا کر بدن کی طرف دیکھا اور ہونے والی پہلوٹن کے خاص انداز میں بولی۔ ''وہ تو جو کچھ میں ہوں رہی ہوں سب پیچھے ہوگا۔ پہلے تو میں بچوں گی ہی نہیں ..... مجھے بچپن سے ہم ہے اس بات کا۔''

مدن بھی جیسے خائف ہو گیا ..... یہ خوبصورت ''چیز'' جو حاملہ ہو جانے کے بعد اور بھی خوبصورت ہوگئی ہے مر جائے گی؟ اس نے پیٹھ کی طرف سے اندو کو تھام لیا اور پھر کھینچ کر اپنے بازوں میں لے آیا اور بولا۔'' تجھے کچھ نہ ہوگا اند د ..... میں تو موت کے منہ سے بھی چھین کر لے آؤں گا تجھے ..... اب ساوتری کی نہیں، سیدان باری ہے ..... ''

مدن سے لپٹ کر اندو بھول ہی گئی کہ اس کا اپنا بھی کوئی دکھ ہے .....

اس کے بعد بابو جی نے کچھ نہ لکھا۔ البتہ سہارنپور سے ایک سارٹر آیا۔ جس نے صرف اتنا بتایا کہ بابو جی کو پھر سے دورے پڑنے لگے ہیں ۔ ایک دورے میں تو وہ قریب قریب چل ہی بسے تھے ۔ مدن ڈر گیا ۔ اندو رونے لگی ۔ سارٹر کے چلے جانے کے بعد ہمیشہ کی طرح مدن نے آنکھیں موند لیں اور من ہی من میں پڑھنے لگا ..... اوم نمو بھگوتے .....

دوسرے روز ہی مدن نے باپ کو چٹھی لکھی ..... بابو جی! چلے آؤ ..... بچے بہت یاد کرتے ہیں اور آپ کی بہو بھی ..... '' لیکن آخری نوکری تھی۔ اپنے بس کی بات تھوڑی تھی۔ دھنی رام کے خط کے مطابق وہ چٹھی کا بندوبست کر رہے تھے ..... ان کے بارے میں یہ دن بہ دن مدن کا احساس جرم بڑھنے لگا ۔ ''اگر میں اندو کو وہیں رہنے دیتا تو میرا کیا بگڑ جاتا ..... ؟''

وہ جہے دھی سے میک رات پہلے مدن اضطراب کے عالم میں بیچ والے کمرے کے باہر برآمدے میں ٹہل رہا تھا کہ اندر سے رونے کی آواز آئی ۔ اور وہ چونک کر دروازے کی طرف لپکا۔ بیگم دایہ باہر آئی اور بولی۔ ''مبارک ہو۔'' ''مبارک ہو بابو جی ..... لڑکا ہوا ہے ۔''

''لڑکا؟'' مدن نے کہا اور پھر متفکرانہ لہجے میں بولا۔ ''بی بی کیسی ہے؟''

بیگم بولی۔"خیر مہر ہے ۔۔۔۔۔ میں نے ابھی تک اسے لڑکی ہی بتائی ہے ۔۔۔۔۔ زچہ زیادہ خوش ہو جائے تو اس کی آنول نہیں گرتی نا۔"

"تو ۔۔۔۔۔" مدن نے بیوقوفوں کی طرح آنکھیں جھپکتے ہوئے کہا اور کمرے میں جانے کے لئے آگے بڑھا۔ بیگم نے اسے وہیں روک دیا اور کہنے لگی ۔ "تمہارا اندر کیا کام؟" اور پھر ایکا ایکی دروازہ بھیٹر کر اندر لپک گئی ۔ یا شاید اس لئے کہ جب کوئی اس دنیا میں آتا ہے تو ارد گرد کے لوگوں کی یہی حالت ہوتی ہے ۔ مدن نے سن رکھا تھا جب لڑکا پیدا ہوتا ہے تو گھر کے درو دیوار لرزنے لگتے ہیں ۔ گو یا ڈر رہے ہیں کہ بڑا ہو کر ہمیں بیچے گا یا رکھے گا ۔ مدن نے محسوس کیا کہ جیسے سچ ہی دیواریں کانپ رہی تھیں ۔۔۔۔۔ زچگی کے لئے بھابی تو نہ آئی تھیں چکلی تو بہت چھوٹا تھا البتہ دریا آباد والی پھوپھی ضرور پہنچی تھیں جس نے پیدائش کے وقت رام، رام، رام کی رٹ لگا دی تھی اور اب وہی رٹ مدھم ہو رہی تھی ۔

زندگی بھر مدن کو اپنا آپ اس قدر فضول اور بیکار نہ لگا تھا۔ اتنے میں پھر دروازہ کھلا اور پھوپھی بھی نکلی ۔ برآمدے کی بجلی کی مدھم روشنی میں اس کا چہرہ بھوت کے چہرے کی طرح ایک دم دو دھیا نظر آرہا تھا۔ مدن نے اس کا راستہ روکتے ہوئے کہا ۔۔۔۔۔ "اندر ٹھیک ہے نا پھوپھی ۔"

"ٹھیک ہے ٹھیک ہے!" پھوپھی نے تین چار بار کہا اور پھر اپنا لرزتا ہوا ہاتھ مدن کے سر پر رکھ کر اسے نیچا کیا، چوما اور باہر لپک گئی ۔۔۔۔۔"

پھوپھی برآمدے کے دروازے میں سے باہر جاتی ہوئی نظر آرہی تھی ۔ وہ بیٹھک میں پہنچی جہاں باقی بچے سوئے تھے ۔ پھوپھی نے ایک ایک کے سر پر پیار سے ہاتھ پھیرا اور پھر چھت کی طرف آنکھیں اٹھا کر منہ میں کچھ بولی اور پھر ٹھنڈ ہال سی ہو کر منی کے پاس لیٹ گئی ۔ اوندھی ۔۔۔۔۔ اس کے پھڑکتے ہوئے شانوں سے پتہ چل رہا تھا جیسے رو رہی ہے ۔ مدن حیران ہوا ۔۔۔۔۔ پھوپھی تو کئی زچکیوں سے گزر چکی ہے، پھر کیوں اس کی روح کانپ اٹھی ہے ۔۔۔۔۔

پھر ادھر کے کمرے سے ہرمل کی بو باہر لپکی ۔ دھوئیں کا ایک غبار سا آیا ۔ جس نے مدن کا احاطہ کر لیا۔ اس کا سر چکرا گیا ۔ جبھی بیگم دایہ کپڑے میں کچھ لپیٹے ہوئے باہر نکلی ۔ کپڑے پر خون ہی خون تھا۔ جس میں کچھ قطرے نکل کر فرش پر گر گئے ۔ مدن کے ہوش اڑ گئے ۔ اسے معلوم نہ تھا کہ وہ کہاں ہے ۔ آنکھیں کھلی ہوئی تھیں اور کچھ دکھائی نہ دے رہا تھا ۔ بیچ میں اندر کی ایک نرگھلی سی آواز آئی ۔

"ہائے ۔۔۔۔۔ ے ۔۔۔۔۔" اور پھر بچے کے رونے کی آواز ۔"

تین چار دن میں بہت کچھ ہوا۔ مدن نے گھر کے ایک طرف گڑھا کھود کر آنول کو دبا دیا۔ کتوں کو اندر آنے سے روک لیکن اسے کچھ یاد نہ تھا۔ اسے یوں لگا جیسے ہرمل کی بود مارنے میں بس جانے کے بعد آج ہی اسے ہوش آیا ہے، کمرے میں وہ اکیلا ہی تھا اور اندر ۔۔۔۔۔ نند اور جسو تھا ۔۔۔۔۔ اور دوسری طرف نند لال ۔۔۔۔۔ اندو نے بچے کی طرف دیکھا اور کچھ ٹوہ لینے کے سے انداز میں بولی ۔ "بالکل تم ہی پر گیا ہے ۔"

"ہو گا ۔" مدن نے ایک اچٹتی ہوئی نظر بچے پر ڈالتے ہوئے کہا ۔ "میں تو کہتا ہوں شکر ہے بھوان کا کہ تم بچ گئیں ۔"

"ہاں!" اندو بولی ۔ "میں تو بجھتی تھی ۔۔۔۔۔"

"شبھ شبھ بولو ۔" مدن نے ایک دم اندو کی بات کاٹتے ہوئے کہا ۔ "یہاں تو جو کچھ ہوا ہے ۔۔۔۔۔ میں تو اب تمہارے پاس بھی نہیں پھٹکوں گا ۔"اور مدن نے زبان دانتوں تلے دبائی ۔"

"توبہ کرو ۔" اندو بولی ۔

مدن نے اسی دم کان اپنے ہاتھ سے پکڑ لئے ۔۔۔۔۔ اور اندو نحیف آواز میں ہنسنے لگی ۔

بچہ ہونے کے کئی روز تک اندو کی ناف ٹھکانے پر نہ آئی ۔ وہ گھوم گھوم کر اس بچے کی تلاش کر رہی تھی جو اب اس سے پرے، باہر کی دنیا میں جا کر اپنی اصلی ماں کو بھول گیا تھا۔ اب سب کچھ ٹھیک تھا اور اندو شانتی سے اس دنیا کو ٹک رہی تھی ۔۔۔۔۔ معلوم ہوتا تھا اس نے اس مدن ہی کے نہیں دنیا بھر

کے گناہگاروں کے گناہ معاف کر دیئے ہیں اور دیوی بن کر دیا اور کرونا کے پرساد بانٹ رہی ہے۔۔۔۔۔ مدن نے اندو کے منہ کی طرف دیکھا اور سوچنے لگا۔ اس سارے خون خرابے کے بعد کچھ دبلی ہو کر اندو اور بھی اچھی لگنے لگی ہے۔۔۔۔۔ جبھی ایکا ایکی اندو نے دونوں ہاتھ اپنی چھاتیوں پر رکھ لئے۔

''کیا ہوا؟'' مدن نے پوچھا۔

''کچھ نہیں۔ اندو تھوڑا اسا اٹھنے کی کوشش کر کے بولی۔''اسے بھوک لگی ہے''اور اس نے بچے کی طرف اشارہ کیا۔

''اسے؟۔۔۔۔۔بھوک؟''۔۔۔۔۔ مدن نے پہلے بچے کی طرف اور پھر اندو کی طرف دیکھتے ہوئے کہا''تمہیں کیسے پتہ چلا؟''

''دیکھتے نہیں''اندو نیچے کی طرف نگاہ کرتے ہوئے بولی۔''سب کچھ گیلا ہو گیا ہے۔''

مدن نے غور سے ڈھیلے ڈھالے گلے کی طرف دیکھا۔ جبھر جبھر دودھ بہہ رہا تھا اور ایک خاص قسم کی بو آ رہی تھی۔ پھر اندو نے بچے کی طرف ہاتھ بڑھاتے ہوئے کہا۔

''اسے مجھے دے دو!''

مدن نے ہاتھ پنگھوڑے کی طرف بڑھایا اور اس نے دم کھینچ لیا۔ پھر کچھ ہمت سے کام لیتے ہوئے اس نے بچے کو یوں اٹھایا جیسے وہ کوئی مرا ہوا چوہا ہے۔ آخر اس نے بچے کو اندو کی گود میں دے دیا۔ اندو مدن کی طرف دیکھتے ہوئے بولی۔''تم جاؤ۔۔۔۔۔باہر۔''

''کیوں؟۔۔۔۔۔باہر کیوں جاؤں؟'' مدن نے پوچھا۔

''جاؤ نا۔ اندو نے کچھ مچلتے، کچھ شرماتے ہوئے کہا۔''تمہارے سامنے میں دودھ نہیں پلا سکوں گی۔''

''ارے؟ مدن حیرت سے بولا''میرے سامنے؟۔۔۔۔۔نہیں پلا سکے گی۔''اور پھر ناسمجھی کے انداز میں سر کو جھٹکا دے کر باہر کی طرف چل نکلا۔ دروازے کے پاس پہنچ کر اس نے مڑتے ہوئے اندو پر ایک نگاہ ڈالی۔ اتنی خوبصورت اندو آج تک نہیں لگی تھی۔

بابو دھنی رام چھٹی پر گھر لوٹے تو وہ آدھے دکھائی پڑتے تھے۔ جب اندو نے پوتا ان کی گود میں دیا تو وہ کھل اٹھے۔ ان کے پیٹ کے اندر کوئی چھوڑا انکل آیا تھا۔ جو چوبیس گھنٹے انہیں سولی پر لٹکائے رکھتا۔ اگر منا روتا تو بابو جی کی اس سے دس گنا بری حالت ہوتی۔

کئی علاج کیے گئے۔ بابو جی کے آخری علاج میں ڈاکٹر نے ادھنی کے برابر پندرہ بیس گولیاں روز کھانے کو دیں۔ پہلے ہی دن انہیں اتنا پسینہ آیا کہ دن میں تین تین چار چار بار کپڑے بدلنے پڑے۔ ہر بار مدن کپڑے اتار کر بالٹی میں نچوڑتا۔ صرف پسینے سے ہی بالٹی ایک چوتھائی ہو گئی تھی۔ رات انہیں متلی سی محسوس ہونے لگی تھی اور انہوں نے پکارا۔۔۔۔۔''بہو ذرا داتن تو دینا ذائقہ بہت خراب ہو رہا ہے''۔ بہو بھاگی ہوئی گئی اور داتن لے کر آئی۔ بابو جی اٹھ کر داتن چبانی ہی رہے تھے کہ ایک ابکائی آئی۔ ساتھ ہی خون کا پرنالہ لے آئی۔ بیٹے نے واپس سرہانے کی طرف لٹایا تو ان کی پتلیاں پھر چکی تھیں اور کوئی ہی دم میں وہ اوپر آسمان کے گلزار میں پہنچ چکے تھے جہاں انہوں نے اپنا پھول پہچان لیا تھا۔۔۔۔۔

منے کو پیدا ہوئے کل بیس پچیس روز ہوئے تھے۔ اندو نے منہ نوچ کر، سر اور چھاتی پیٹ پیٹ کر خود کو نیلا کر لیا۔ مدن کے سامنے وہی منظر تھا جو اس نے تصور میں اپنے مرنے پر دیکھا تھا۔ فرق صرف اتنا تھا کہ اندو نے چوڑیاں توڑنے کی بجائے اتار کر رکھ دی تھیں۔ سر پر را کھ نہیں ڈالی تھی لیکن زمین پر سے مٹی لگ لگ جانے اور بالوں کے بکھر جانے سے چہرہ بھیانک ہو گیا تھا۔''لوگو! میں لٹ گئی۔'' کی جگہ اس نے ایک دل دوز آواز میں چلانا شروع کر دیا تھا۔''لوگو! ہم لٹ گئے!''

گھر یار کا کتنا بوجھ مدن پر آ پڑا تھا۔ اب کا ابھی مدن کو پوری طرح اندازہ نہ تھا۔ صبح ہونے تک اس کا دل لپک کر منہ میں آ گیا۔ وہ شاید بچ نہ پاتا۔ اگر وہ گھر کے باہر بدرو کے کنارے سیل چڑھی مٹی پر اوند ھالیٹ کر اپنے دل کو ٹھکانے پر نہ لاتا۔۔۔۔۔ دھرتی ماں نے چھاتی سے لگا کر اپنے بچے کو بچا لیا تھا۔ چھوٹے بچے کندن، دلاری منی، پاشی یوں چلا رہے تھے جیسے گھونسلے پر چڑیا کے حملے پر شکرے کے حملے پر چونچیں اٹھا اٹھا کر چیں چیں چیں

کرتے ہیں۔ انہیں اگر کوئی پروں کے اندر سمیٹتی ہے تو اندو......

نالی کے کنارے پڑے مدن نے سوچا اب تو یہ دنیا میرے لئے ختم ہوگئی ہے۔ کیا میں جی سکوں گا؟ زندگی میں کبھی ہنس بھی سکوں گا؟ وہ اٹھا اور اٹھ کر گھر کے اندر چلا آیا۔

سیڑھیوں کے نیچے غسل خانہ تھا جس میں گھس کر اندر سے کواڑ بند کرتے ہوئے مدن نے ایک بار پھر اس سوال کو دہرایا......''میں کبھی ہنس بھی سکوں گا؟'' اور وہ کھل کھلا کر ہنس رہا تھا۔ حالانکہ اس کے باپ کی لاش ابھی پاس ہی بیٹھک میں پڑی تھی۔

باپ کو آگ میں حوالے کرنے سے پہلے مدن ارتھی پر پڑے ہوئے جسم کے سامنے ڈنڈوت کے انداز میں لیٹ گیا۔ یہ اس کا اپنے جنم داتا کو آخری پرنام تھا۔ تس پر بھی وہ رو نہ رہا تھا۔ اس کی یہ حالت دیکھ کر ماتم میں شریک ہونے والے رشتہ دار محلے والے سن سے رہ گئے۔ پھر ہندو راج کے مطابق سب سے بڑا بیٹا ہونے کی حیثیت سے مدن کو چتا جلانی پڑی۔ جلتی ہوئی کھوپڑی میں کپال کریا کی لاٹھی مارنی پڑی...... عورتیں باہر ہی سے شمشان کے کنویں پر سے نہا کر لوٹ چکی تھیں۔ جب وہ مدن گھر پہنچا تو وہ کانپ رہا تھا۔ دھرتی ماں نے تھوڑی دیر کے لئے جو طاقت اپنے بیٹے کو دی تھی۔ رات گھر کے گھر آنے پر پھر سے بہول میں ڈھل گئی......اسے کوئی سہارا چاہیے تھا۔ کسی ایسے جذبے کا سہارا جو موت سے بھی بڑا ہو۔ اس وقت دھرتی ماں کی بیٹی دلاری جنگ اندو نے کسی گھڑے میں سے پیدا ہو کر اس رام کو اپنی بانہوں میں لے لیا......اس رات کو اگر اندو اپنا آپ یوں پر شار نہ کرتی تو اتنا بڑا دکھ مدن کو لے ڈوبتا۔

دس ہی مہینے کے اندر اندر اندر کا دوسرا بچہ چلا آیا۔ بیوی کو اس دوزخ کی آگ میں دھکیل کر خود اپنا دکھ بھول گیا تھا۔ کبھی کبھی اسے خیال آتا تھا اگر میں شادی کے بعد بابو جی کے پاس نہ گئی ہوتی تو اندو کو نہ بلا لیتا تو شاید وہ اتنی جلدی نہ چل دیتے۔ لیکن پھر وہ باپ کی موت سے پیدا ہونے والے خسارے کو پورا کرنے میں لگ جاتا......کاروبار جو پہلے بے تو جہی کی وجہ سے بند ہوگیا تھا......مجبوراً چل نکلا......

ان دنوں بڑے بچے کو مدن کے پاس چھوڑ کر، چھوٹے کو چھاتی سے گلے لگائے اندو میکے اندو میکے چلی گئی۔ پیچھے منا طرح طرح کی ضد کرتا تھا۔ جو کبھی مانی جاتی تھی اور کبھی نہیں بھی۔ میکے سے اندو کا خط آیا...... مجھے یہاں اپنے بیٹے کے رونے کی آواز آرہی ہے، اسے کوئی مارتا نہیں؟ مدن کو بڑی حیرت ہوئی......ایک جاہل ان پڑھ عورت......ایسی باتیں کیسے لکھ سکتی ہے؟ پھر اس نے اپنے پوچھا......کیا یہ بھی کوئی رٹا ہوا فقرہ ہے......؟

سال گزر گئے۔ پیسے کبھی اتنے نہ آئے کہ ان میں سے کچھ پیش ہو سکے۔ لیکن گزارے کے مطابق آمدنی ضرور ہو جاتی تھی۔ وقت اس وقت پر ہوتی جب کوئی بڑا اخرج سامنے آجاتا......کندن کا داخلہ دینا ہے، دلاری منی کا شگن بھجوانا ہے۔ اس وقت مدن منہ لٹکا کر بیٹھ جاتا اور پھر اندو ایک طرف سے آتی مسکراتی ہوئی۔ اور کہتی۔ ''کیوں دکھی ہو رہے ہو؟'' مدن امید بھری نظروں سے اس کی طرف دیکھتے ہوئے کہتا۔ ''دیکھیں نہ ہوں؟'' کندن کا بی اے کا داخلہ دینا ہے۔ منی......'' اندو پھر ہنستی اور کہتی۔ ''چلو میرے ساتھ۔'' اور مدن بھیڑ کے بچے کی طرح اندو کے پیچھے چل دیتا۔ اندو صندل کے صندوق کے پاس پہنچتی جسے کسی کو، مدن سمیت ہاتھ لگانے کی اجازت نہ تھی۔ کبھی کبھی اس بات پر خفا ہو کر مدن کہتا۔ ''مر وگی تو اسے بھی چھاتی پر ڈال کے لے جانا۔'' اور اندو کہتی۔ ''ہاں! لے جاؤں گی۔'' پھر اندر وہاں سے مطلوبہ رقم نکال کر رقم سامنے رکھ دیتی۔

''یہ کہاں سے آگئے؟''

''کہیں سے بھی......تمہیں آم کھانے سے مطلب ہے۔''

''پھر بھی؟''

''تم جاؤ اپنا کام چلاؤ۔''

اور جب مدن زیادہ اصرار کرتا تو اندو کہتی۔ ''میں نے ایک سیٹھ دوست بنایا ہے نا۔'' اور پھر ہنسنے لگتی۔ جھوٹ جانتے ہوئے بھی مدن کو یہ

مذاق اچھا نہ لگتا۔ پھر اندو کہتی۔ ''میں پورا لیتا ہوں ......تم نہیں جانتے؟'' سختی اور لٹیرا جو ایک ہاتھ سے لوٹتا ہے اور دوسرے ہاتھ سے گریب با کو دباد یتا ہے''......اس طرح منی کی شادی ہوئی جس پر ایسی ہی لوٹ کے زیور بکے۔ قرضہ چڑھا اور پھر اتر بھی گیا۔

ایسے ہی کندن بھی بیاہا گیا۔ان شادیوں میں اندو ہی ''ہتھ بھرا'' کرتی تھی اور ماں کی جگہ کھڑی ہو جاتی۔ آسمان سے بابوجی اور ماں دیکھا کرتے اور پھول برساتے جو کسی کو نظر نہ آتے۔ پھر ایسا ہوا،اوپر ماں اور بابوجی میں جھگڑا چل گیا۔ ماں نے بابوجی سے کہا''تم تو بہو کے ہاتھ کی کلی کھا کر آئے ہو۔اس کا سکھ بھی دیکھا ہے۔ پر میں نصیبوں جلی نے کچھ بھی نہیں دیکھا''اور یہ جھگڑا دشنو،مہیش اور شیو تک پہنچا۔ان ہوں نے ماں کے حق میں فیصلہ دے دیا......اوں یوں ماں، مات لوک میں آ کر بہو کی کوکھ میں پڑی......اور اندو کے یہاں ایک بیٹی پیدا ہوئی......

پھر اندو ایسی دیوی بھی نہ تھی۔ جب کوئی اصول کی بات ہوتی تو نند دیور کیا خود مدن سے بھی لڑ پڑتی ...... مدن راست بازی کی اس بیٹی کو خفا ہو کر ہریش چندر کی بیٹی کہا کرتا تھا۔ چونکہ اندو کی باتوں میں الجھاؤ ہونے کے باوجود سچائی اور دھرم قائم رہتے تھے۔اس لئے مدن اور کنبے کے باقی سب لوگوں کی آنکھیں اندو کے سامنے نیچے رہتی تھیں۔ جھگڑا کتنا بھی بڑھ جائے۔ مدن اپنے شوہری زعم میں کتنا بھی اندو کی بات کو رد کر دے لیکن آخر سب ہی سرجھکائے ہوئے اندو ہی کی شرن میں آتے تھے اور اسی سے چھما مانگتے تھے۔

نئی بھابھی آئی کہنے کو تو وہ بھی بیوی تھی۔ لیکن اندو ایک عورت تھی۔ جسے بیوی کہتے ہیں۔ اس کے الٹ چھوٹی بھابھی رانی ایک بیوی تھی جسے عورت کہتے ہیں۔رانی کے کارن بھائیوں میں جھگڑا ہوا اور جے پی چاچا کی معرفت جائیداد تقسیم ہوئیں جس میں ماں باپ کو جائیداد تو ایک طرف اندو کی اپنا بنائی ہوئی چیزیں بھی تقسیم کی زد میں آ گئیں اور اندو کلیجہ مسوس کر رہ گئی۔

جہاں سب کچھ ہو جانے کے بعد اورالگ ہو کر بھی کندن اور رانی ٹھیک سے نہیں بس سکے تھے۔ وہاں اندو کا نیا گھر دنوں ہی میں جگ مگ جگمگ کرنے لگا تھا۔

بچی کی پیدائش کے بعد اندو کی صحت وہ نہ رہی۔ بچی ہر وقت اندو کی چھاتیوں سے چمٹی رہتی۔ جہاں بھی گوشت کے اس لوتھڑے پر تھوتھو کرتے تھے وہاں ایک اندو تھی جو اسے کلیجے سے لگائے پھرتی لیکن کبھی خود پریشان ہو اٹھتی۔ اور بچی کو سامنے جھلنگے میں پھینکتے ہوئے کہہ اٹھتی ۔''تو مجھے بھی جینے دے گی ...... ماں......؟''

اور بچی چلا چلا کر رونے لگتی۔

مدن اندو سے کٹنے لگا۔ شادی سے لے کر اس وقت تک اسے وہ عورت نہ ملی تھی جس کا وہ متلاشی تھا۔ گندہ بروزہ بکنے لگا۔ اور مدن نے بہت سارا پیسہ اندو سے بالا بالا خرچ کرنا شروع کر دیا۔ بابوجی کے چلے جانے کے بعد کوئی پوچھنے والا بھی تو نہ تھا۔ پوری آزادی تھی۔

گویا پڑوسی سٹے کی بھینس پھر مدن کے منہ کے پاس پھنکارنے لگی۔ بلکہ بار بار پھنکارنے لگی۔ شادی کی رات والی بھینس تو بک چکی تھی۔ لیکن اس کا ما لک زندہ تھا۔ مدن اس کے ساتھ ایسی جگہوں پر جانے لگا جہاں روشنی اور سائے عجیب بے قاعدہ سی شکلیں بناتے ہیں۔ ٹکٹ پر بھی کبھی اندھیرے کی تکون بنتی ہے اور اوپر کھٹ سے روشنی کی ایک چوکور لہر آ کر اسے کاٹ دیتی ہے۔ کوئی تصویر پوری نہیں بنتی۔ معلوم ہوتا ہے بغل سے ایک پاجامہ نکلا اور آسمان کی طرف اڑ گیا۔ یا کسی کوٹ نے دیکھنے والا کا منہ پوری طرح سے ڈھانپ لیا۔اور کوئی سانس کے لئے ترپنے لگا۔ جبھی روشنی کی ایک چوکور لہر ایک چوکٹھا بن گئی۔ اور اس میں ایک صورت آ کر کھڑ ہوگئی۔ دیکھنے والے نے ہاتھ بڑھایا تو وہ آر پار چلا گیا۔ جیسے وہاں کچھ بھی نہ تھا۔ پیچھے کوئی کا تارو نے لگا۔ اوپر طبل نے اس کی آواز ڈبو دی۔

مدن کو اس کے تصور کے خد و خال ملے لیکن ایسا معلوم ہو رہا تھا جیسے آرشٹ سے ایک خط غلط لگ گیا۔ یا بنسی کی آواز ضرورت سے زیادہ بلند تھی اور مدن......داغ صنائی اور متوان بنسی کی تلاش میں کھو گیا۔

سیٹھ نے اس وقت اپنی بیوی سے بات کی جب اس کی بیگم نے مدن کو مثالی شوہر کی حیثیت سے سیٹھ کے سامنے پیش کیا۔ پیش ہی نہیں کیا بلکہ منہ پہ مارا۔ اس کو اٹھا کر سیٹھ نے بیگم کے منہ پر دے مارا۔ معلوم ہوتا تھا کسی خونین تربوز کا گودا ہے جس کے رگ و ریشے بیگم کی ناک اس کی آنکھوں اور کانوں پر لگے ہوئے ہیں۔ کروڑ کروڑ گالی بکتی ہوئی بیگم نے حافظے کی ٹوکری میں سے گودا اور بیج اٹھائے اور مدن کے صاف ستھرے صحن میں بکھیر دیئے۔

ایک مدن کی بجائے دو مدن ہوگئیں۔ ایک تو مدن خود تھی اور دوسری ایک کانپتا ہوا خط جو مدن کے پورے جسم کا احاطہ کیے ہوئے تھا اور جو نظر نہیں آ رہا تھا۔۔۔۔۔ مدن کہیں بھی جاتا تھا تو گھر سے ہوکر۔۔۔۔۔ نہا دھو، اچھے کپڑے پہن، مکھی کی ایک گلوری جس میں خوشبو دار قوام لگا ہو، منہ میں رکھ کر۔۔۔۔۔ لیکن اس دن مدن گھر آیا تو مدن کی شکل ہی دوسری تھی۔ اس نے چہرے پر پوڈر تھوپ رکھا تھا۔ گالوں پر روج لگا رکھی تھی۔ لپ اسٹک نہ ہونے پر ہونٹ ماتھے کی بندی سے رنگ لئے تھے۔۔۔۔۔ اور بال کچھ اس طریقے سے بنائے تھے کہ مدن کی نظریں ان میں الجھ کر رہ گئیں۔ "کیا بات ہے؟" آج مدن نے حیران ہوکر پوچھا۔

"کچھ نہیں" مدن نے مدن سے نظریں بچاتے ہوئے کہا۔ "آج فرصت ملی ہے۔"

شادی کے پندرہ برس گزر جانے کے بعد مدن کو آج فرصت ملی تھی اور وہ بھی اس وقت جب اس کے چہرے پر جھائیاں آ چلی تھیں۔ ناک پر ایک سیاہ کاٹھی بن گئی تھی اور بلاؤز کے نیچے ننگے پیٹ کے پاس کمر پر چربی کی دو تہیں سی دکھائی دینے لگی تھیں۔۔۔۔۔ آج مدن نے ایسا بندوبست کیا تھا کہ ان عیوب میں سے ایک بھی چیز نظر نہ آتی تھی۔۔۔۔۔ یوں بنی ٹھنی۔ کسی کسانی وہ بے حد حسین لگ رہی تھی۔۔۔۔۔ "یہ نہیں ہوسکتا۔۔۔۔۔" مدن نے سوچا اور اسے ایک دھچکا سا لگا۔ اس نے پھر ایک بار مڑ کر مدن کی طرف دیکھا۔۔۔۔۔ جیسے گھوڑوں کے بیوپاری کسی نامی گھوڑی کی طرف دیکھتے ہیں وہاں گھوڑی بھی تھی اور لال لگام بھی۔۔۔۔۔ یہاں جو غلط خط لگے تھے، شرابی آنکھوں کو نہ دیکھ سکے۔۔۔۔۔ مدن سچ مچ خوبصورت تھی۔ آج بھی پندرہ سال کے بعد پھولاں، رشیدہ، مسز رابرٹ اور ان کی بہنیں ان کی بہنیں ان کے سامنے پانی بھرتی تھیں۔۔۔۔۔ پھر مدن کو رحم آنے لگا اور ایک ڈر۔۔۔۔۔

آسمان پر کوئی خاص بادل بھی نہ تھے۔ لیکن پانی پڑنا شروع ہوگیا۔ ادھر گھر کی گنگا طغیانی پر تھی اور اس کا پانی کناروں سے نکل کر پوری ترائی اور اس کے آس پاس بسنے والے گاؤں اور قصبوں کو اپنی لپیٹ میں لے رہا تھا۔ ایسا معلوم ہوتا تھا کہ اسی رفتار سے اگر پانی بہتا رہا تو اس میں کیلاش پربت بھی ڈوب جائے گا۔۔۔۔۔ ادھر نچی رونے لگی۔ ایسا رونا جو وہ آج تک مدن نہ روئی تھی۔ مدن نے اس کی آواز سن کر آنکھیں بند کر لیں۔ کھولیں تو وہ سامنے کھڑی تھی۔ جوان عورت بن کر۔۔۔۔۔ نہیں نہیں، وہ مدن تھی، اپنی ماں کی بیٹی، اپنی بیٹی کی ماں۔ جو اپنی آنکھوں کے دنیالے سے مسکرائی۔ اور ہونٹوں کے کونے سے دیکھنے لگی۔

اسی کمرے میں جہاں ایک دن ہوٹل کی دھونی نے مدن کو چکرا دیا تھا۔ آج جس کی خوشبو نے بوکھلا دیا تھا۔ ہلکی بارش تیز بارش سے خطرناک ہوتی ہے۔ اس لئے باہر کا پانی اوپر کسی کڑی میں سے رستا ہوا مدن اور مدن کے بیچ ٹپکنے لگا۔۔۔۔۔ لیکن مدن تو شرابی ہو رہا تھا۔ اس نشے میں اس کی آنکھیں سینٹنے لگیں اور تنفس تیز ہوکر انسان کا تنفس نہ رہا۔

"اندو۔۔۔۔۔" مدن نے کہا۔ اور اس کی آواز شادی کی رات والی پکار سے دوسرا ور تھی۔۔۔۔۔ اور اندو نے پرے دیکھتے ہوئے کہا۔ "جی" اور اس کی آواز دوسری نیچے تھی۔۔۔۔۔ پھر آج چاندنی کی بجائے اماوس تھی۔۔۔۔۔

اس سے پہلے کہ مدن اندو کی طرف ہاتھ بڑھاتا۔ اندو خود ہی مدن سے لپٹ گئی۔ پھر مدن نے اندو کی تھوڑی اوپر اٹھائی اور دیکھنے لگا۔ اس نے کیا کھویا، کیا پایا ہے؟ اندو نے ایک نظر مدن کے سیاہ ہوتے ہوئے چہرے کی طرف پھینکی اور آنکھیں بند کر لیں۔

"یہ کیا؟" مدن نے چونکتے ہوئے کہا۔ "تمہاری آنکھیں سوجی ہوئی ہیں۔"

''یوں ہی''اندونے کہااور بچی کی طرف اشارہ کرتے ہوئے بولی۔''رات بھر جگایا ہے اس چڑیل میانے ۔''

بچی اب تک خاموش ہوچکی تھی۔گویا وہ دم سادھے دیکھ رہی تھی۔اب کیا ہونے والا ہے؟ آسمان سے پانی پڑنا بند ہوگیا تھا؟ واقعی آسمان سے پانی پڑنا بند ہوگیا تھا۔ مدن نے پھرغور سے اندو کی طرف دیکھتے ہوئے کہا۔''ہاں مگر یہ آنسو؟''

''خوشی کے ہیں''اندونے جواب دیا۔''آج کی رات میری ہے۔اور پھر ایک عجیب سی ہنسی ہنستے ہوئے وہ مدن سے چمٹ گئی۔ایک تلذذ کے احساس سے مدن نے کہا۔''آج برسوں کے بعد میرے من کی مراد پوری ہوئی اندو! میں نے ہمیشہ چاہا تھا ......''

''لیکن تم نے کہا نہیں ۔''اندو بولی۔''یاد ہے شادی والی رات میں نے تم سے کچھ مانگا تھا؟''

''ہاں!''مدن بولا۔''اپنے دکھ مجھے دے دو۔''

''تم نے کچھ نہیں مانگا مجھ سے ......''

''میں نے؟''مدن نے حیران ہوتے ہوئے کہا''میں کیا مانگتا؟ میں تو جو کچھ مانگ سکتا تھا وہ سب تم نے دے دیا۔میرے عزیزوں سے پیار ......ان کی تعلیم، بیاہ شادیاں ...... یہ پیارے پیارے بچے ......یہ کچھ تو تم نے دے دیا۔''

''میں بھی یہی سمجھتی تھی ۔''اندو بولی''لیکن اب جا کر پتہ چلا، ایسا نہیں ۔''

''کیا مطلب؟''

''کچھ نہیں ۔''پھر اندونے رک کر کہا''میں نے بھی ایک چیز رکھ لی ۔''

''کیا چیز رکھ لی؟''

اندو کچھ دیر چپ رہی اور پھر اپنا منہ پرے کرے ہوئے بولی''اپنی لاج ......اپنی خوشی ......اس وقت تم بھی کہہ دیتے ......اپنے سکھ مجھے دے دو ......تو میں ......''اور اندو کا گلا رندھ گیا۔

اور کچھ دیر بعد بولی۔''اب تو میرے پاس کچھ بھی نہیں رہا۔''

مدن کے ہاتھوں کی گرفت ڈھیلی پڑ گئی۔وہ زمین میں گڑ گئی۔یہ ان پڑھ عورت؟ ......کوئی رٹا ہوا فقرہ ......؟نہیں تو ...... یہ تو ابھی ہی زندگی کی بھٹی سے نکلا ہے۔ابھی تو اس پر برابر ہتھوڑے پڑ رہے ہیں اور آتشیں براد ہ چاروں طرف اڑ رہا ہے ......

کچھ دیر بعد مدن کے ہوش ٹھکانے آئے اور بولا۔ ''میں سمجھ گیا اندو'' پھر روتے ہوئے مدن اور اندو ایک دوسرے سے لپٹ گئے ......اندونے مدن کا ہاتھ پکڑا اور اسے ایسی دنیاؤں میں لے گئی جہاں انسان مر کر ہی پہنچ سکتا ہے۔

گنڈاسا

احمد ندیم قاسمی

اکھاڑہ جم چکا تھا۔طرفین نے اپنی اپنی ''چوکیاں'' چن لی تھیں۔ ''پڑکوڈی'' کے کھلاڑی جسموں پر تیل مل کر بیٹھے ہوئے ڈھول کے گرد گھوم رہے تھے۔ انہوں نے رنگین لنگوٹیوں کس کر باندھ رکھی تھیں۔ ذرا ذرا سے سفید پھینٹے ان کے چہرے پر لا نبے لا نبے پٹوں کے نیچے سے گزر کر سر کے دونوں طرف کنول کے پھولوں کے سے طرے بنا رہے تھے۔ وسیع میدان کے چاروں طرف گپوں اور حقوق کے دور چل رہے تھے اور کھلاڑیوں کے ماضی اور مستقبل کو جانچا پرکھا جا رہا تھا۔ مشہور جوڑیاں ابھی میدان میں نہیں اتری تھیں۔ یہ نامور کھلاڑی اپنے دوستوں اور عقیدت مندوں کے گھیرے میں کھڑے اس شدت سے تیل چپڑوار ہے تھے کہ ان کے جسموں کو ڈھلتی دھوپ کی چمک نے بالکل تانبے کا سارنگ دے دیا تھا، پھر یہ کھلاڑی بھی میدان میں آئے، انہوں نے بیٹھے ہوئے ڈھولوں کے گرد کاٹے چکر کی اور اپنی اپنی چوکیوں کے سامنے ناچتے کودتے ہوئے بھاگنے لگے اور پھر آنافانا سارے میدان میں ایک سرگوشی بھنور کی طرح گھوم گئی۔ ''مولا کہاں ہے؟''

مولا ہی کا کھیل دیکھنے تو یہ لوگ دور دراز کے دیہات سے کھنچے چلے آئے تھے۔ ''مولا کا جوڑی والا تا جا بھی تو نہیں!'' دوسرا بھنور پیدا ہوا لوگ پوربی چوکوں کی طری تیز تیز قدم اٹھاتے بڑھنے لگے، جما ہوا پڑ ٹوٹ گیا۔ منتظمین نے لمبے لمبے بیدوں اور لاٹھیوں کو زمین پر مار کر بڑھتے ہوئے ہجوم کے سامنے گرد کا طوفان اڑانے کی کوشش کی کہ پڑ کا نوٹنا اچھا شگون نہ تھا مگر جب یہ سرگوشی ان کے کانوں میں سیروں بارود بھرا ہوا ایک گولا ایک چکرا دینے والے دھماکے سے پھٹ پڑا۔ ہر طرف سناٹا چھا گیا۔ لوگ پڑ کی چوکور حدوں کی طرف واپس جانے لگے۔ مولا اپنے جوڑی وال تاجے کے ساتھ میدان میں آگیا۔ اس نے پھندنوں اور ڈوریوں سے سجے اور لدے ہوئے ڈھول کے گرد بڑے وقار سے تین چکر کاٹے اور پھر ڈھول کو پوروں سے چھو کر یا علی کا نعرہ لگانے کے لئے ہاتھ ہوا میں بلند کیا ہی تھا کہ ایک آ واز ڈھولوں کی دھا دھم چیرتی پھاڑتی اس کے سینے پر گنڈاسا بن کر پڑی مولے''''اے مولے بیٹے ۔ تیرا باپ قتل ہوگیا!''

مولا کا اٹھا ہوا ہاتھ سانپ کے پھن کی طرح لہرایا اور پھر ایک دم جیسے اس کے قدموں میں نیتھے نکل آئے۔''رنگے نے تیرے باپ کو ادھیڑ ڈالا ہے گنڈاسے سے!''ان کی ماں کی آ واز نے اس کا تعاقب کیا!

پڑ ٹوٹ گیا۔ ڈھول رک گئے ۔ کھلاڑی جلدی جلدی کپڑے پہننے لگے۔ ہجوم میں افراتفری پیدا ہوئی اور پھر بھگدڑ مچ گئی۔ مولا کے جسم کا تانبا گاؤں کی گلیوں میں کوندتے بھمیرتا اڑا جا رہا تھا۔ بہت پیچھے اس کا جوڑی وال تاجا اپنے اور مولا کے کپڑوں کی گٹھڑی سینے سے لگائے آ رہا تھا اور پھر اس کے پیچھے ایک خوف زدہ ہجوم تھا۔ جس گاؤں میں کسی شخص کو ننگے سر پھرنے کا حوصلہ نہ ہوسکتا تھا وہاں مولا صرف ایک گلابی لنگوٹ باندھے پہنا ریوں کی قطاروں، بھیٹروں، بکریوں کے ریوڑوں کو چیرتا ہوا اپکا جا رہا تھا اور جب وہ رنگے کی چوپال کے بالکل سامنے پہنچا تو سامنے ایک اور ہجوم میں سے پیر نور شاہ نکلے اور مولا کو للکار کر بولے۔''رک جا مولے!''

مولا اپکا گیا مگر ایک دم جیسے اس کے قدم جکڑ لئے گئے اور وہ بت کی طرح جم کر رہ گیا۔ پیر نور شاہ اس کے قریب آئے اور اپنی پاٹ دار آواز میں بولے۔''تو آگے نہیں جائے گا مولا!''

ہانپتا ہوا مولا کچھ دیر پیر نور شاہ کی آنکھوں میں آنکھیں ڈالے کھڑا رہا۔ پھر بولا''آگے نہیں جاؤں گا پیر جی تو زندہ کیوں رہوں گا؟''

''میں کہہ رہا ہوں'' پیر جی ''پر زور دیتے ہوئے دبے دبے سے بولے''۔

مولا ہانپنے کے باوجود ایک ہی سانس میں بولتا چلا گیا۔''تو پھر میرے منہ پر کالک بھی مل دائے اور ناک بھی کاٹ ڈالئے میری، مجھے تو اپنے باپ کے خون کا بدلہ چکانا ہے پیر جی۔بھیڑ بکریوں کی بات ہوتی تو میں آپ کے کہنے پر یہیں سے پلٹ جاتا''۔

مولا نے گردن کو بڑے زور سے جھٹکا دے کر رنگے کے چوپال کی طرف دیکھا۔ رنگا اور اس کے بیٹے بھٹوں سر گنڈا سے چڑھائے چوپائے پر تنے کھڑے تھے۔ رنگے کا بڑا لڑکا بولا۔

''آؤ بیٹے آؤ۔گنڈا اسے ایک ہی وار سے پھٹے ہوئے پیٹ میں سے انتڑیوں کا ڈھیرا نہ اگل ڈالوں تو قادا دانام نہیں، میرا گنڈا اسا جلد باز ہے اور کبڈی کھیلنے والے لاڈلے بیٹے باپ کے قتل کا بدلا نہیں لیتے ،روتے ہیں اور کفن کالٹھا ڈھونڈنے چلے جاتے ہیں''۔

مولا جیسے بات ختم ہونے کے انتظار میں تھا۔ایک ہی رفتار میں چوپال کی سیڑھیوں پر پہنچ گیا۔مگر اب کبڈی کے میدان کا ہجوم بھی پہنچ گیا تھا اور گاؤں کا گاؤں اس کے راستے میں حائل ہو گیا تھا۔جسم پر تیل چپڑ رکھا تھا اس لئے وہ روکنے والوں کے ہاتھوں سے نکل نکل جاتا مگر پھر جکڑ لیا جاتا۔ ہجوم کا ایک حصہ رنگے اور اس کے تینوں بیٹوں کو بھی روک رہا تھا۔چار گنڈا اسے ڈوبتے ہوئے سورج کی روشنی میں جنوں کی طرح بار بار دانت چمکا رہے تھے کہ اچانک جیسے سارے ہجوم کو سانپ سونگ گیا۔پیر نور شاہ قرآن مجید کو دونوں ہاتھوں میں بلند کئے چوپال کی سیڑھیوں پر آئے اور چلائے ۔''اس کلام اللہ کا واسطہ اپنے اپنے گھروں کو چلے جاؤ ورنہ بد بختو گاؤں کا گاؤں کٹ مرے گا ۔جاؤ،تمہیں خدا اور رسول کا واسطہ قرآن پاک کا واسطہ جاؤ، چلے جاؤ''۔

لوگ سر جھکا کر ادھر ادھر بکھرنے لگے۔مولا نے جلدی سے تاے سے پنکا لے کر ادب سے اپنے گھٹنوں کو چھپا لیا اور سیڑھیوں پر سے اتر گیا۔پیر صاحب قرآن مجید بغل میں لئے اس کے پاس آئے اور بولے۔''اللہ تعالیٰ تمہیں صبر دے اور آج کے اس نیک کام کا اجر دے''۔

مولا آگے بڑھ گیا۔تا جا اس کے ساتھ تھا اور جب وہ گلی کے موڑ پر پہنچے تو مولا نے پلٹ کر رنگے کی چوپال پر ایک نظر ڈالی۔

''تم تو رور ہے ہو مولے؟'' تا جے نے بڑے دکھ سے کہا۔

اور مولا نے اپنے ننگے بازو کو آنکھوں پر رگڑ کر کہا۔''تو کیا اب روؤں بھی نہیں؟''

''لوگ کیا کہیں گے؟'' تا جے نے مشورہ دیا۔

''ہاں تا جے!'' مولا نے دوسری بار بازو آنکھوں پر رگڑا۔''میں بھی تو یہی سوچ رہا ہوں کہ لوگ کیا کہیں گے، میرے باپ کے خون کی مکھیاں اڑ رہی ہیں اور میں یہاں گلی میں ڈرے ہوئے کتے کی طرح دم دبائے بھاگا جا رہا ہوں ماں کے گھٹنے سے لگ کر رونے کے لئے!''

لیکن مولا ماں کے گھٹنے سے لگ کر رونہ نہیں۔ وہ گھر کے دالان میں داخل ہوا تو رشتہ دار اس کے باپ کی لاش تھانے اٹھا لے جانے کا فیصلہ کر چکے تھے۔منہ پیٹتی اور بال نوچتی ماں اس کے پاس آئی اور ''شرم تو نہیں آتی'' کہہ کر منہ پھیر کر لاش کے پاس چلی گئی۔مولا کے تیور اسی طرح تنے رہے۔اس نے بڑھ کر باپ کی لاش کو کندھا دیا اور برادری کے ساتھ روانہ ہو گیا۔

اور ابھی لاش تھانے نہیں پہنچی ہوگی کہ رنگے کی چوپال پر قیامت مچ گئی۔رنگا چوپال کی سیڑھیوں پر سے اتر کر سامنے اپنے گھر میں داخل ہونے ہی لگا تھا کہ کہیں سے ایک گنڈ اسا لپکا اور انتڑیوں کا ڈھیر اس کے پھٹے ہوئے پیٹ سے باہر ابل کر اس کے گھر کی دہلیز پر بہا چھوڑنے لگا۔کافی دیر کی افرا تفری کے بعد رنگے کے بیٹے گھوڑوں پر سوار ہو کر رپٹ کے لئے گاؤں سے نکلے، مگر جب وہ تھانے پہنچے تو یہ دیکھ کر دم بخود رہ گئے کہ جس شخص کے خلاف وہ رپٹ لکھوانے آئے ہیں وہ اپنے باپ کی لاش کے پاس بیٹھا تسبیح پر قل ھواللہ کا ورد کر رہا تھا۔تھانے داروں نے بہت ہیر پھیر کی کوشش کی اور اپنے باپ کا قاتل مولا ہی کو ٹھہرایا مگر تھانیدار نے انہیں سمجھایا کہ ''خواہ نخواہ اپنے باپ کے قاتل کو ضائع کر بیٹھو گے، کوئی عقل کی

بات کرو۔ادھر یہ میرے پاس اپنے باپ کے قتل کی رپٹ لکھوا رہا ہے اُدھر تمہارے باپ کے پیٹ میں گنڈاسا بھی بھونک آیا ہے۔''

آخر دونوں طرف سے چالان ہوئے، لیکن دونوں قتلوں کا کوئی چشم دید ثبوت نہ ملنے کی بناء پر طرفین بری ہو گئے اور جس روز مولا رہا ہو کر گاؤں میں آیا تو اپنی ماں سے ماتھے پر ایک طویل بوسہ ثبت کرانے کے بعد سب سے پہلے تاجے کے ہاں گیا۔ اسے بھینچ کر گلے لگایا اور کہا۔''اس روز تم اور تمہارا گھوڑا میرے کام نہ آتے تو آج میں پھانسی کی رسی میں توری کی طرح لٹک رہا ہوتا۔ تمہاری جان کی قسم جب میں نے رنگے کے پیٹ کو کھول کر رکاب میں پاؤں رکھا ہے، آندھی بن گیا خدا کی قسم........اسی لئے تو لاش ابھی تھانے نہیں پہنچی تھی کہ میں ہاتھ جھاڑ کر واپس بھی آ گیا۔''

سارے گاؤں کو معلوم تھا کہ رنگے کا قاتل مولا ہی ہے، مگر مولے کے چند عزیزوں اور تاجے کے سوا کوئی نہیں جانتا تھا کہ یہ سب کچھ ہوا کیسے۔ پھر ایک دن گاؤں میں یہ خبر گشت کرنے لگی کہ مولا کا باپ تو رنگے کے بڑے بیٹے قادر کے گنڈاسے سے مرا تھا، رنگا اسے تو صرف ہتھکار رہا تھا۔ بیٹوں کو رات کو چوپالوں اور گھروں میں یہ موضوع چلتا رہا اور صبح کو پتہ چلا کہ قادر اپنے کوٹھے کی چھت پر مردہ پایا گیا اور وہ بھی یوں کہ جب اس کے بھائیوں پھلے اور گلے نے اسے اٹھانے کی کوشش کی تو اس کا سر لڑھک کر نیچے گرا اور پرنالے تک لڑھکتا چلا گیا۔ رپٹ لکھوائی اور مولا پھر گرفتار ہو گیا۔

مرچوں کا دھواں پیا، پچتی دو پہروں میں لوہے کی چادر پر کھڑا رہا۔ کتنی راتیں اسے آنکھنے تک نہ دیا گیا مگر وہ اقبالی نہ ہوا اور آخر مہینوں کے بعد رہا ہو کر گاؤں میں آ نکلا اور جب اپنے آنگن میں قدم رکھا تو ماں بھاگی ہوئی آئی۔ اس کے ماتھے پر طویل بوسہ اور بولی۔''ابھی دوا وا باقی ہیں میرے لال۔ رنگے کا کوئی نام لیوا نہ رہے، تو جب می بتیس دھاریں بخشوں گی۔ میرے دودھ میں تیرے باپ کا خون تھا۔ مولے اور تیرے خون میں میرا دودھ ہے اور تیرے گنڈاسے پر میں نے زنگ نہیں چڑھنے دیا۔''مولا اب علاقے بھر کی ہیبت بن گیا تھا۔ اس مونچھوں میں دو دو بل آ گئے تھے۔ کانوں میں سونے کی بڑی بڑی بالیاں، خوشبودار تیل اس کے لہریے بالوں میں آگ کی قلمیں سی جگائے رکھتا تھا۔ ہاتھی دانت کا ہلالی کنگھا اتر کراس کی کنٹی پر چمکنے لگا تھا۔ وہ گلیوں میں چلتا تو پٹھے کے تہبند کم سے کم آدھا گز اس کے عقب میں لوٹتا ہوا جاتا۔ باریک مِلمِل کا پھکا اس کے کندھے پر پڑا رہتا اور اکثر اس کا سرا گر کر زمین پر گھسٹنے لگتا۔ اور گھسٹتا چلا جاتا۔ مولا کے ہاتھ میں ہمیشہ اس کے قد سے بھی لمبی تلی پلی لٹھ ہوتی اور جب وہ گلی کے کسی موڑ پر کسی چورا ہے پر بیٹھتا تو یہ لٹھ جس اس کے گھٹنے سے آ لگتی اسی انداز سے گلی اور گلی میں سے گزرنے والوں کو اتنی جرأت نہ ہوتی کہ وہ مولا کی لٹھ ایک طرف سرکانے کے لئے بھی کہہ سکیں۔ اگر کبھی اس کی لٹھ ایک دیوار سے دوسری دیوار تک تن گئی تو لوگ آتے، مولا کی طرف دیکھتے اور پلٹ کر کسی دوسری گلی میں چلے جاتے۔ عورتوں اور بچوں نے تو وہ گلیاں ہی چھوڑ دی تھیں جہاں مولا بیٹھنے کا عادی تھا۔ مشکل یہی تھی کہ مولا کی لٹھ پر سے اُلانگنے کا بھی کسی میں حوصلہ نہ تھا۔ ایک بار کسی اجنبی نوجوان کا اس گلی میں سے گزر ہوا۔ مولا اس وقت ایک دیوار سے لگا لٹھ سے دوسرے دیوار کو کریدے جا رہا تھا۔ اجنبی آیا اور لٹھ پر سے اُلانگ گیا۔ ایکا ایکی مولا نے بپر کرنٹنک میں سے گنڈاسا نکالا اور لٹھ پر چڑھا کر بولا۔''ٹھہر جا ؤ چھوکرے، جانتے ہو تم نے کس کی لٹھ اُلانگی ہے یہ مولا کی لٹھ ہے۔ مولے گنڈاسے والے کی۔''

نوجوان مولا کا نام سنتے ہی یک لخت زرد پڑ گیا اور ہولے سے بولا۔''مجھے پتہ نہیں تھا، مولے۔''

مولا نے گنڈاسا اتار کر نٹنک میں اڑس لیا اور لٹھ کے ایک سرے کو نوجوان کے پیٹ پر ہلکے سے دبا کر بولا۔''تو پھر جا کر اپنا کام کر۔''اور پھر وہ لٹھ کو یہاں سے وہاں تک پھیلا کر بیٹھ گیا۔

مولا کا لباس، اس کی چال، اس کی مونچھیں اور سب سے زیادہ اس کا لا ابالی انداز، یہ سب پہلے گاؤں کے فیشن میں داخل ہوئے اور پھر علاقے بھر کے فیشن پر اثر انداز ہوئے۔ لیکن مولا کی جو چیز فیشن میں داخل نہ ہو سکی وہ اس کی لانبی لٹھ تھی۔ تیل پلی، پیتل کے کوکوں سے اٹی ہوئی، لوہے کی شاموں میں لپٹی ہوئی، گلیوں کے کنکروں پر بجتی اور یہاں سے وہاں تک پھیل کر آنے والوں کو پلٹا دینے والی لٹھ اور پھر وہ گنڈاسا جس کی میان مولا کی ٹینک تھی اور جس پر اس کی ماں زنگ کا ایک نقطہ تک نہیں دیکھ سکتی تھی۔ لوگ کہتے تھے کہ مولا گلیوں کے کنکروں پر لٹھ پھیلائے اور گنڈاسا

چھپائے گلیے اور چھلے کی راہ تکتا ہے۔ قادرے کے قتل اور مولے کی رہائی کے بعد پھلا فوج میں بھرتی ہوکر چلا گیا تھا اور گلے نے علاقے کے مشہور رسہ گیر چوہدری مظفر الٰہی کے ہاں پناہ لی تھی، جہاں وہ چوہدری کے دوسرے ملازموں کے ساتھ چناب اور راوی پر سے بیل اور گائیں چوری کرکے لاتا۔ چوہدری مظفر اس مال کو منڈیوں میں بیچ کر امیروں، وزیروں اور لیڈروں کی بڑی بڑی دعوتیں کرتا اور اخباروں میں نام چھپواتا اور جب چناب اور راوی کے کھوجی مویشیوں کے کھروں کے سراغ کے ساتھ ساتھ چلتے چوہدری مظفر کے قصبے کے قریب پہنچتے تو جی میں کہتے۔ ''ہمارا ماتھا پہلے ہی ٹھنکا تھا! انہیں معلوم تھا کہ اگر وہ کھروں کے سراغ کے ساتھ ساتھ چلتے چودھری کے گھر تک جا پہنچے تو پھر کچھ دیر بعد لوگ مویشیوں کی بجائے خود کھوجیوں کا سراغ لگاتے پھریں گے اور لگا نہ پائیں گے۔ وہ چودھری کے خوف کے مارے قصبے کے ایک طرف سے نکل کر اور تھلوں کے رستے میں پہنچ کر یہ کہتے ہوئے واپس آ جاتے ''کھروں کے نشان یہاں سے غائب ہور ہے ہیں۔''

مولا نے چوہدری مظفر اور اس کے چھلے ہوئے بازوؤں کے بارے میں بہت سن رکھا تھا۔ اسے کچھ ایسا لگتا تھا کہ جیسے علاقے بھر میں صرف یہ چوہدری ہی ہے جو اس کی لٹھ لانگ سکتا ہے لیکن فی الحال اسے رنگے کے دونوں بیٹوں کا انتظار تھا۔

تاجے نے بڑے بھائیوں کی طرح مولے کو ڈانٹا ''اور کچھ نہیں تو اپنی زمینوں کی نگرانی کر لیا کر، یہ کیا بات ہوئی کہ صبح سے شام تک گلیوں میں لٹھ پھیلائے بیٹھے ہیں اور میراثیوں، نائیوں سے خدمتیں لی جارہی ہیں۔ تو شاید نہیں جانتا پر جان لے تو اس میں تیرا ہی بھلا ہے کہ مائیں بچوں کو تیرا نام لے کر ڈرانے لگی ہیں، لڑکیاں تو تیرا نام سنتے ہی تھوک دیتی ہیں، کسی کو بد دعا دینی ہو تو کہتی ہیں اللہ کرے تجھے مولا بیاہ کر لے جائے۔ سنتے ہو مولے!''

لیکن مولا تو جس بھٹی میں گودا تھا اس میں پک کر پختہ ہو چکا تھا۔ بولا ''ابے جا تو جے! جا اپنا کام کر، گاؤں بھر کی گالیاں سمیٹ کر میرے سامنے ان کا ڈھیر لگانے آیا ہے؟ دوستی رکھنا بڑی جی داری کی بات ہے چھٹے، تیرا جی چھوٹ گیا ہے تو میری آنکھوں میں دھول کیوں جھونکتا ہے۔ جا اپنا کام کر، میرے گنڈاسے کی پیاس ابھی تک نہیں بجھی …… جا …… اس نے لاٹھی کو کنکروں پر بجایا اور گلی کے سامنے والے مکان میں میراثی کو ہانگ لگائی ۔''ابے اب تک چلم تازہ نہیں کر چکا الو کے پٹھے جا کر گھر والوں کی گود میں سو گیا چلم لا''

تاجا پلٹ گیا مگر گلی کے موڑ پر رک کر مڑ کر مولے کو کچھ یوں دیکھا جیسے اس کی جواں مرگی پر پھوٹ پھوٹ کر رو دے گا۔

مولا ٹکیوں سے اسے دیکھ رہا تھا اٹھا اور لٹھ کو اپنے پیچھے گھسیٹتا تاجے کے پاس آ کر بولا ''تجھے دیکھتا ہوں تو مجھے ایسا لگتا ہے تو مجھ پر ترس کھا رہا ہے اس لئے کہ کسی زمانے میں تیری یاری تھی پر اب یہ یاری ٹوٹ گئی ہے تاجے تو میرا ساتھ نہیں دے سکتا تو پھر ایسی یاری کو لے کر چاٹنا ہے۔ میرے باپ کا خون اتنا سستا نہیں تھا کہ رنگے اور اس کے ایک ہی بیٹے کے خون سے حساب چک جائے، میرا گنڈاسا تو ابھی اس کے پوتے، پوتیوں، نواسے، نواسیوں تک پہنچے گا، اس لئے جا اپنا کام کر۔ تیری میری یاری ختم۔ اس لئے مجھ پر ترس نہ کھایا کر، کوئی مجھ پر ترس کھائے تو آنچ میرے گنڈاسے پر جا پہنچتی ہے جا۔''

واپس آ کر مولا نے میراثی سے چلم لے کر کش لگایا تو سلفہ ابھر کر بکھر گیا۔ ایک چنگاری مولا کے ہاتھ پر گری اور ایک لمحے تک وہیں چمکتی رہی۔ میراثی نے چنگاری کو جھاڑنا چاہا تو مولا نے اس کے ہاتھ پر اس زور سے ہاتھ مارا کہ میراثی بل کھارہ گیا اور ہاتھ کوران اور پنڈلی میں دبا کر ایک طرف ہٹ گیا اور مولا گرجا۔ ''ترس کھاتا ہے حرامزادہ۔''

اس نے چلم اٹھا کر سامنے دیوار پر پینچ دی اور لٹھا اٹھا کر ایک طرف چل دیا۔

لوگوں نے مولا کو ایک نئی گلی کے چوراہے پر بیٹھے دیکھا تو چونکے اور سرگوشیاں کرتے ہوئے ادھر اُدھر بکھر گئے۔ عورتیں سر پر گھڑے رکھے آئیں اور ''ہائیں'' کرتی واپس چلی گئیں۔ مولا کی لٹھ یہاں سے وہاں تک پھیلی ہوئی تھی۔ اور لوگوں کے خیال میں اس پر خون سوار تھا۔ مولا اس وقت

دور مسجد کے مینار پر بیٹھی ہوئی چیل کو تکے جا رہا تھا۔ اچانک اسے کنکروں پر لٹھ کے بجنے کی آواز آئی۔ چونک کر اس نے دیکھا کہ ایک نوجوان لڑکی نے اس کی لٹھ اٹھا کر دیوار کے ساتھ رکھ دی ہے اور ان لانبی سرخ مرچوں کو چن رہی ہے جو جھکتے ہوئے اس کے سر پر رکھی ہوئی گھٹڑی میں سے گر گئی تھیں۔ مولا سناٹے میں آ گیا لٹھ کو لانگنا تو ایک طرف رہا اس نے ایک عورت ذات نے لٹھ کو گندے چیتھڑے کی طرح اٹھا کر پرے ڈال دیا ہے اور اب بڑے اطمینان سے مولا کے سامنے بیٹھی مرچیں چن رہی ہے اور جب مولا نے کڑک کر کہا۔ ''جانتی ہو تم نے کس کی لاٹھی پر ہاتھ رکھا ہے جانتی ہو میں کون ہوں تو اس نے ہاتھ بلند کر کے چنی ہوئی مرچیں گھٹڑی میں ٹھونتے ہوئے کہا کوئی سڑی لگتے ہو۔''

مولا مارے غصے کے اٹھ کھڑا ہوا۔ لڑکی بھی اٹھی اور اس کی آنکھوں میں آنکھیں ڈال کر نرمی سے بولی اسی لئے تو میں نے تمہاری لٹھ تمہارے سر پر نہیں دے ماری ایسے لٹے سے لگتے تھے مجھے تو تم پر ترس آ گیا تھا۔''

''ترس آ گیا تھا تمہیں مجھ پر؟ مولا دھاڑا۔

''مولا!'' لڑکی نے گھٹڑی کو دونوں ہاتھوں سے تھام لیا اور رز راسی چونکی۔

''ہاں، مولا، گنڈ اسے والا'' مولا نے تھے سے کہا اور رز راسی مسکرا کے گلی میں جانے لگی۔ مولا کچھ دیر وہاں چپ چاپ کھڑا ہوا اور پھر ایک سانس لے کر دیوار سے لگ کر بیٹھ گیا۔ لٹھ کو سامنے کی دیوار تک پھیلا لیا تو پرلی طرف سے ادھیڑ عمر کی ایک عورت آتی دکھائی دی۔ مولا کو دیکھ کر ٹھٹکی۔ مولا نے لٹھ اٹھا کر ایک طرف رکھ دی اور بولا۔ ''آ جاؤ ماسی، آ جاؤ میں تمہیں کھا تھوڑی جاؤں گا۔''

حواس باختہ عورت آئی اور مولے کے پاس سے گزرتے ہوئے بولی۔ ''کیسا جھوٹ بکتے ہیں لوگ، کہتے ہیں جہاں مولا بخش بیٹھا ہوو وہاں سے ہاؤ کتا بھی دبک کر گزر رہتا ہے، پر تو نے میرے لئے اپنی لٹھ۔''

''کون کہتا ہے؟'' مولا اٹھ کھڑا ہوا۔

''سب کہتے ہیں، سارا گاؤں کہتا ہے، ابھی ابھی کنویں پر یہی باتیں ہو رہی تھیں، پر میں نے تو اپنی آنکھوں سے دیکھ لیا کہ مولا بخش۔''

لیکن مولا اب تک اس گلی میں لپک کر گیا تھا جس میں ابھی ابھی نوجوان لڑکی گئی تھی۔ وہ تیز تیز چلتا گیا اور آخر دور لبی لگی گلی کے سرے پر وہی لڑکی جاتی نظر کی، وہ بھاگنے لگا۔ آنکھوں میں بیٹھی ہوئی عورتیں دروازوں تک آ گئیں اور نیچے چھتوں پر چڑھ گئے۔ مولا کا گلی سے بھاگ کر نکلنا کسی حادثے کا پیش خیمہ سمجھا گیا۔ لڑکی نے بھی مولا کے قدموں کی چاپ سن لی تھی، وہ پلٹی اور پھر وہیں جم کر کھڑی رہ گئی۔ اس نے بس اتنا ہی کیا کہ گھٹڑی کو دونوں ہاتھوں سے تھام لیا، چند مرچیں دیکھتے ہوئے انگاروں کی طرح اس کے پاؤں پر بکھر گئیں۔

''میں تمہیں کچھ نہیں کہوں گا۔'' مولا پکارا۔ ''کچھ نہیں کہوں گا تمہیں۔''

لڑکی بولی۔ ''میں ڈرنے نہیں رکی۔ ڈریں میرے دشمن۔''

مولا رک گیا، پھر ہولے ہولے چلتا ہوا اس کے پاس آیا اور بولا۔ ''بس اتنا بتا دو تم ہو کون؟''

لڑکی نے ذرا سا مسکرا دی۔

عقب سے کسی بڑھیا کی آواز آئی۔ ''یہ رنگے کے چھوٹے بیٹے کی منگیتر راجو ہے، مولا بخش۔''

مولا آنکھیں پھاڑ پھاڑ کر راجو کو دیکھنے لگا۔ اسے راجو کے پاس رنگا اور رنگے کا سارا خاندان کھڑا نظر آیا۔ اس کا ہاتھ ٹینک تک گیا اور پھر رسے کی طرح لٹک گیا۔ راجو پلٹ کر بڑی متوازن رفتار سے چلنے لگی۔

مولا نے لاٹھی ایک طرف پھینک دی اور بولا۔ ''ٹھہر وراجو، یہ اپنی مرچیں لیتی جاؤ۔''

راجو رک گئی۔ مولا نے جھک کر ایک مرچ چن لی اور پھر اپنے ہاتھ سے انہیں راجو کی گھٹڑی میں ٹھونتے ہوئے بولا۔ ''تمہیں مجھ پر تر

آیا تھا نا راجو؟''

لیکن راجو ایک دم سنجیدہ ہوگئی اور اپنے راستے پر ہولی۔ مولا بھی واپس جانے لگا کچھ دور ہی گیا تھا کہ بڑھیا نے اسے پکارا۔ ''یہ تمہاری لٹھ تو یہیں رکھی رہ گئی مولا بخش!''

مولا پلٹا اور لٹھ لیتے ہوئے بڑھیا سے پوچھا۔ ''ماسی! یہ لڑکی راجو کیا یہی کی رہنے والی ہے؟ میں نے تو اسے کبھی نہیں دیکھا۔''

''یہیں کی ہے بھی بیٹا اور نہیں بھی۔'' بڑھیا بولی۔ ''اس کے باپ نے لام میں دونوں بیٹوں کے مرنے کے بعد جب دیکھا کہ وہ روز بل اٹھا کر اتنی دور کھیتوں میں نہیں جا سکتا تو گاتس والے گھر کی چھت اکھیڑی اور یہاں سے یوں سمجھو کہ کوئی دو ڈھائی کوس دور ایک ڈھوک بنا لی۔ وہیں راجو اپنے باپ کے ساتھ رہتی ہے، تیسرے چوتھے دن گاؤں میں سودا سلف خریدنے آ جاتی ہے اور بس۔''

مولا جواب میں صرف ''ہوں کہہ کر واپس چلا گیا، لیکن گاؤں بھر میں یہ خبر آندھی کی طرح پھیل گئی کہ آج مولا اپنی لٹھ ایک جگہ رکھ کر بھول گیا۔ باتوں باتوں میں راجو کا ایک دو بار نام آیا مگر دب گیا۔ رہنے کے گھرانے اور مولا کے درمیان صرف گنڈا سے رشتہ تھانا، اور راجو رنگے ہی کے بیٹے کی منگیتر تھی اور اپنی جان کسے پیاری نہیں ہوتی۔''

اس واقعہ کے بعد مولا گلیوں سے غائب ہوگیا۔ سارا دن گھر میں بیٹھا لٹھی سے دالان کی مٹی کریدتا رہتا اور کبھی باہر جاتا بھی تو کھیتوں چرا گاہوں میں پھر پھر کر واپس آ جاتا۔ ماں اس کے رویے پر چونکی مگر صرف چونکنے پر اکتفا کی۔ وہ جانتی تھی کہ مولا کے سر پر بہت سے خون سوار ہیں، وہ بھی جو بہادیئے گئے اور وہ بھی جو بہائے نے جا سکے۔

یہ رمضان کا مہینہ تھا۔ نقارے پٹ پٹا کر خاموش ہو گئے تھے۔ گھروں میں سحری کی تیاریاں ہو رہی تھیں۔ دہی بلونے اور توے پر روٹیوں کے پڑنے کی آواز مندروں کی گھنٹیوں کی طرح پر اسرار معلوم ہو رہی تھیں۔ مولا کی ماں بھی چولہا جلائے بیٹھی تھی اور مولا ان مکان کی چھت پر ایک چارپائی پر لیٹا آسمان کو گھورے جا رہا تھا۔ یکا یک کسی گلی میں ایک ہنگامہ مچ گیا۔ مولا نے فوراً لٹھ پر گنڈا سا چڑھایا اور چھت پر سے اتر کر گلی میں بھاگا۔ ہر طرف گھروں میں لالٹینیں نکلی آ رہی تھیں اور شور بڑھ رہا تھا۔ وہاں پہنچ کر مولا کو معلوم ہوا کہ تین مسافر جو نیزوں، برچھیوں سے لیس تھے، بہت سے بیلوں اور گائے بھینسوں کو گلی میں سے ہنکائے لئے جا رہے تھے کہ چوکیدار نے انہیں ٹوکا اور جواب میں انہوں نے چوکیدار کو گالی دے کر کہا کہ یہ مال چوہدری مظفر الٰہی کا ہے، یہ گلی تو خیر ایک ذلیل سے گاؤں کی گلی ہے، چوہدری کا مال تو لاہور کی ٹھنڈک سڑک پر سے گزرے تو کوئی اف نہ کرے۔

مولا کو کچھ ایسا محسوس ہوا جیسے چوہدری مظفر خود، یہ نفس نفیس گاؤں کی اس گلی میں کھڑا اس سے گنڈا سا چھیننا چاہتا ہے، کڑک کر بولا۔ ''چوری کا یہ مال میرے گاؤں سے نہیں گزرے گا، چاہے یہ چوہدری مظفر کا ہو چاہے لاٹ صاحب کا۔ یہ مال چھوڑ کر چپکے سے اپنی راہ لو اور اپنی جان کے دشمن نہ بنو!'' اس نے لٹھ پر جھکا کر گنڈا اسے کو لالٹینوں کی روشنی میں چمکایا۔ ''جاؤ۔''

مولا گھرے ہوئے مویشیوں کو لٹھ سے ایک طرف ہنکانے لگا۔ ''جا کر کہہ دو اپنے چوہدری سے کہ مولا گنڈا اسے نے تمہیں سلام بھجبا ہے اور اب جاؤ اپنا کام کرو۔''

مسافروں نے مولا کے ساتھ سارے ہجوم کے بدلے ہوئے تیور دیکھے تو چپ چاپ کھسک گئے۔ مولا سارے مال کو اپنے گھر لے آیا اور سحری کھاتے ہوئے ماں سے کہا ''یہ سب بے زبان ہمارے مہمان ہیں، ان کے مالک پرسوں تک آنکلیں گے کہیں سے، اور گاؤں کی عزت میری عزت ہے ماں۔''

مالک دوسرے ہی دن دو پہر کو پہنچ گئے۔ یہ غریب کسان اور مزارعے کوسوں کی مسافتیں طے کر کے کھوجیوں کی ناز برداریاں کرتے یہاں

تک پہنچے تھے اور یہ سوچتے آ رہے تھے کہ اگر ان کا مال چوہدری کے حلقہ اثر تک پہنچ گیا تو پھر کیا ہوگا اور جب مولا ان کا مال ان کے حوالے کر رہا تھا تو سارا گاؤں باہر گلی میں جمع ہو گیا تھا اور اس ہجوم میں راجو بھی تھی۔ اس نے اپنے سر پر اینڈ واجما کر مٹی کا ایک برتن رکھا ہوا تھا اور منتشر ہوتے ہوئے ہجوم میں جب راجو مولا کے پاس سے گزری تو مولا نے کہا ''آج بہت دنوں بعد گاؤں میں آئی ہو راجو۔''

''کیوں؟'' اس نے کچھ یوں کہا جیسے ''میں کسی سے ڈرتی تھوڑی ہوں'' کا تاثر پیدا کرنا چاہتی ہو۔   میں تو کل آئی تھی اور پرسوں اور ترسوں بھی۔ ترسوں تھوم پیار خریدنے آئی۔ پرسوں بابا کو حکیم کے پاس لائی۔ کل ویسے ہی آ گئیں اور آج یہ بھی بیچنے آئی ہوں۔''

''کل ویسے ہی کیوں آ گئیں؟'' مولا نے بڑے اشتیاق سے پوچھا۔

''ویسے ہی بس جی چاہا آ گئے، سہیلیوں سے ملے اور چلے گئے، کیوں؟''

''ویسے ہی......'' مولا نے بجھ کر کہا، پھر ایک دم اسے ایک خیال آیا۔ ''یہ گھی بیچو گی؟''

''ہاں بیچنا تو ہے، پر تیرے ہاتھ نہیں بیچوں گی۔''

''کیوں؟''

''تیرے ہاتھوں میں میرے رشتہ داروں کا خون ہے۔''

مولا کو ایک دم خیال آیا کہ وہ اپنی لٹھ کو دالان میں اور گنڈ اسے کو بستر تلے رکھ کر بھول آیا ہے۔ اس کے ہاتھوں میں چل سی ہونے لگی۔ اس نے گلی میں ایک کنکر اٹھایا اور اسے انگلیوں میں مسلنے لگا۔

راجو جانے کے لئے مڑی تو مولا ایک دم بولا ''دیکھو را جو میرے ہاتھوں پر خون ہے ہی، اور ان پر ابھی جانے کتنا اور خون چڑھے گا، پر تمہیں گھی بیچنا ہے اور مجھے خریدنا ہے، میرے ہاتھ نہ بیچو، میری ماں کے ہاتھ بیچ دو۔''

راجو کچھ سوچ کر بولی ......''چلو......آؤ......''

مولا آگے آگے چلنے لگا۔ جاتے جاتے جانے اسے وہم سا گزرا کہ راجو اس کی پیٹھ اور پٹھوں کو گھورے جا رہی ہے۔ ایک دم اس نے مڑ کر دیکھا راجو گلی میں جگتے ہوئے مرغی کے چوزوں کو بڑے غور سے دیکھتی ہوئی آ رہی تھی۔ وہ فوراً بولا ''یہ چوزے میرے ہیں۔''

''ہوں گے۔'' راجو بولی۔

مولا اب آنگن میں داخل ہو چکا تھا، بولا ''ماں یہ سب گھی خرید لو، میرے مہمان آنے والے ہیں تھوڑے دنوں میں۔''

راجو نے برتن اتار کر اس کے دہانے پر سے کپڑا کھولا تا کہ بڑھیا گھی سونگھ لے، مگر وہ اندر چلی گئی تھی تراز و لینے اور مولا نے دیکھا کہ راجو کی کنپٹیوں پر سنہرے روئیں ہیں اور اس کی پلکیں یوں کمانوں کی طرح مڑی ہوئی ہیں جیسے اٹھیں گی تو اس کی بھنووں کو مس کر لیں گی اور ان پلکوں پر گرد کے ذرے ہیں اور اس کے ناک پر پسینے کے ننھے ننھے سوئی کے ناک سے قطرے چمک رہے ہیں اور نتھنوں میں کچھ ایسی کیفیت ہے جیسے گھی کے بجائے گلاب کے پھول سونگھ رہی ہو۔ اس کے اوپر ہونٹ کی نازک محراب پر بھی پسینہ ہے اور تھوڑی اور نیچے ہونٹ کے درمیان ایک تل ہے جو کچھ یوں اچھا ہوا الگ رہا ہے جیسے پھونک مارنے سے اڑ جائے گا۔ کانوں میں چاندی کے بندے انگور کے خوشوں کی طرح لس لس کرتے ہوئے لرز رہے ہیں۔ اور ان بندوں میں اس کے بالوں کی ایک لٹ بے طرح الجھی ہوئی ہے۔ مولے گنڈ اسے والے کا جی چاہا کہ وہ بڑی نرمی سے اس لٹ کو چھڑا کر راجو کے کانوں کے پیچھے جما دے یا چھڑا کر یونہی چھوڑ دے یا اسے اپنی ہتھیلی پر پھیلا کر ایک ایک بال کو گننے لگے ......

ماں تراز و لے کر آئی تو راجو بولی ''پہلے دیکھ لے ماسی، رگڑ کے سونگھ لے۔ آج صبح ہی کا تازہ تازہ مکھن گرم کیا تھا۔ پر سونگھ لے پہلے!''

''نہ بیٹی میں تو نہ سونگھوں گی۔'' ماں نے کہا ''میرا تو روز مکرہ ہوتا ہے!'' پھر وہ راجو کو گھور گھور کر دیکھنے لگی اور کچھ دیر کے بعد بولی۔

"تو غلام علی کی بیٹی تو نہیں؟"

"ہاں"

"تو پھر جا"..... ماں نے ترازو اٹھا کر ایک طرف پھینک دی.....

"تجھے حوصلہ کیسے ہوا میرے یہاں قدم دھرنے کا۔ رشتہ قتلوں کا اور سودے گھی کے۔ جا!"

پھر وہ مولا کی طرف مڑی۔"جن پر گنڈاسے چلانے ہیں ان سے گھی کا لین دین نہیں ہوتا میری جان۔ یہ گلے کی منگیتر ہے، گلے کی۔ رنگے کے بیٹے کی!"

راجو جس کا چہرہ کانوں تک سرخ ہو گیا تھا جلدی سے برتن پر کپڑا باندھ کر اٹھی اور بولی۔"تمہارے سینوں میں دل ہیں یا خشخاش کے دانے۔"

مولا کے منہ پر جیسے ایک جیسے اس کی ماں نے اور دوسری طرف راجو نے تھپڑ مار دیا تھا۔ وہ بھنا کر رہ گیا اور جب راجو چلی گئی تو چلتی دوپہر میں اوپر چھت پر چڑھ گیا۔ اور چارپائی پر لیٹ گیا اور دیر تک یونہی دھوپ میں لیٹا رہا۔ اور جب اس ماں اسے اٹھانے آئی تو رو رہا تھا۔

"تو تم رو رہے ہو مولے؟"اس نے حیران ہو کر پوچھا۔

اور مولا بولا۔"اب روؤں بھی نہیں؟"

ماں چکرا کر اس کے پاس بیٹھ گئی۔ وہ بیٹے کے سوال میں اپنے سوال کا جواب ڈھونڈ رہی تھی۔

اب مولا گھر میں بھی نہیں بیٹھتا تھا۔ سارا سارا دن لاری کے اڈے پر نورے نائی کے ہاں پڑا رہتا۔ نورے نے وہاں چائے کی دکان کھول رکھی تھی۔ شام سے پہلے جب لاری آتی تو گاؤں بھر کے نوجوانوں اور بچوں کا وہاں ہجوم لگ جاتا ...... سب نورے کی چائے پیتے پیتے اور ڈرائیور سے شہروں کی خبریں پوچھتے ، اور مولا ان سب سے الگ ایک کھٹولے پر لیٹا آسمان کو گھورتا رہتا۔ لوگ اب مولا کے عادی ہو چکے تھے۔ وہ اس کے پاس سے حقہ تک اٹھا لا تے تھے مگر کسی کو اس کی لٹھ چھونے یا ہلانے کی جرأت نہ ہوتی جو وہاں کھٹولے کے ساتھ لگی لاری کے انجن تک تنی رہتی تھی۔

پھر ایک روز جب شام سے پہلے لاری آ کر رکی اور اس میں سے مسافر اترنے لگے تو ایکا ایکی جیسے سارے اڈے پر الو بول گیا۔ لاری میں سے رنگے کا بیٹا گلا اترا ، اس کے پیچھے چار بڑے قدآور گہرے اترے اور پھر پانچوں ایک طرف جا کر باتیں کرنے لگے۔

مولا اس سناٹے سے چونکا اور چارپائی پر اٹھ کر بیٹھ گیا۔ اس نے ہجوم کو دیکھا کہ ہجوم سمٹ کر نورے کی دیوار کے ساتھ لگ گیا ہے اور سامنے گلا کھڑا اس کی طرف اشارہ کر رہا ہے۔ اس نے تیزی سے چارپائی پر سے پاؤں لٹکائے اور ٹینک میں سے گنڈاسا نکال کر لٹھ پر چڑھا لیا۔....."حقہ لا نا نورے"وہ پکارا، اور زور و زور نورا کا نیتے ہوئے ہاتھوں اس کے حقہ رکھ کر غراپ سے دکان کے اندر چلا گیا۔

اب پانچوں نو وارد لاری سے کچھ فاصلے میں کھڑے گھور گھور کر مولا کو دیکھنے لگے۔ جس نے بے پروائی سے ایک لمبا کش لگا کر دھواں آسمان کی طرف اڑا دیا۔

"مولے" گلے نے اسے للکارا۔

"کہو"مولے نے ایک اور کش لگا کر اب کے دھواں گلے کی طرف اڑا دیا۔

"ہم تم سے کچھ کہنے آئے ہیں ۔"......

"کہو کہو......"

"گنڈاسا ایک طرف رکھ دو، ہم بھی خالی ہاتھ ہیں ۔"

''لو'' مولا نے لٹھ کی ایک طرف گرا دیا۔ پانچوں آہستہ آہستہ اس کی طرف بڑھنے لگے۔ ہجوم جیسے دیوار سے چمٹ رہ گیا۔ بچے بہت پیچھے ہٹ کر کمھاروں کے آوے پر چڑھ گئے تھے۔

''کیا بات ہے؟'' مولا نے گلے سے پوچھا۔

گلا جواب اس کے پاس پہنچ گیا تھا بولا۔

''تم نے چوہدری مظفر کا مال روکا تھا!''

''ہاں'' مولا نے بڑے اطمینان سے کہا۔ ''پھر؟''

گلے نے کنکھیوں سے اپنے ساتھیوں کو دیکھا اور گلا صاف کرتے ہوئے بولا۔ چوہدری نے تمہیں اس کا انعام بھیجا ہے اور کیا ہے کہ ہم یہ انعام ان سارے گاؤں والوں کے سامنے تمہارے حوالے کر دیں۔''

''انعام!'' مولا چونکا۔ ''آخر بات کیا ہے؟''

گلے نے نزاخ سے ایک چانما مولا کے منہ پر مارا اور پھر بجلی کی سی تیزی سے پیچھے ہٹتے ہوئے بولا۔''یہ بات ہے۔''

تڑپ کر مولا نے لٹھ اٹھائی، ڈوبتے ہوئے سورج کی روشنی میں گنڈاسا شعلے کی طرح چمکا، پانچوں نو وارد غیر انسانی تیزی سے واپس بھاگے، مگر گلا لاری کے پرلی طرف کنکروں پر پھسل کر گر گیا لپکتا ہوا مولا رُک گیا، اٹھا ہوا گنڈاسا جھکا اور جس زاویے پر جھکا تھا وہیں جھکا رہ گیا ...... دم بخود ہجوم دیوار سے اچٹ اچٹ کر آگے سرک رہا تھا۔ بچے آوے کی راکھ اڑاتے ہوئے اتر آئے، نو وارد کان میں سے باہر آ گیا۔

گلے نے اپنی انگلیوں اور پنجوں کو زمین میں یوگا رکھا تھا۔ جیسے دھرتی کے سینے میں اتر جانا چاہتا ہے ...... اور پھر مولا، جو معلوم ہوتا تھا کچھ دیر کے لئے سکتے میں آ گیا ہے، ایک قدم آگے بڑھا، لٹھ کو دور دکان کے سامنے اپنے گھٹنے کی طرف پھینک دیا اور گلے کو بازو سے پکڑ کر بڑی نرمی سے اٹھاتے ہوئے بولا ...... چوہدری کو میرا اسلام دینا اور کہنا کہ انعام مل گیا ہے، رسید میں خود پہنچانے آؤں گا۔''

اس نے ہولے ہولے گلے کے کپڑے جھاڑے، اس کے ٹوٹے ہوئے طرّے کو سیدھا کیا اور بولا۔''رسید تم ہی کو دے دیتا پر تمہیں تو دولہا بننا ہے ابھی ...... اس لئے جاؤ، اپنا کام کرو ......''

گلا سر جھکائے ہولے ہولے چلتا گلی میں مڑ گیا ...... مولا آہستہ آہستہ کھاٹ کی طرف بڑھا، جیسے جیسے وہ آگے بڑھ رہا تھا ویسے ویسے لوگوں کے قدم پیچھے ہٹ رہے تھے اور جب اس نے کھاٹ پر بیٹھنا چاہا تو کمھاروں کے آوے کی طرف سے اس کی ماں چیختی چلاتی بھاگتی ہوئی آئی، اور مولا کے پاس آ کر نہایت وحشت سے بولنے لگی ۔ '' تجھے گلے نے تھپڑ مارا اور تو پی بی گیا چکے سے! ارے تو تو میرا حلالی بیٹا تھا۔ تیرا گنڈاسا کیوں نہ اٹھا؟ تو نے ......'' وہ اپنا سر پیٹتے ہوئے اچانک رک گئی اور بہت نرم آواز میں جیسے بہت دور سے بولی۔ ''تو تو رور ہا ہے مولے؟''

مولے گنڈاسے والے نے چارپائی پر بیٹھتے ہوئے اپنا ایک بازو آنکھوں پر رگڑا اور لرزتے ہوئے ہونٹوں سے بالکل معصوم بچوں کی طرح ہولے بولا ''تو کیا اب روؤں بھی نہیں!''

آپا

ممتاز مفتی

جب بھی بیٹھے بٹھائے، مجھے آپا یاد آتی ہے تو میری آنکھوں کے آگے چھوٹا سا بلوری دیا آجاتا ہے جو نیم لو سے جل رہا ہو۔

مجھے یاد ہے کہ ایک رات ہم سب چپ چاپ باورچی خانے میں بیٹھے تھے۔ میں، آپا اور امی جان، کہ چھوٹا بدو بھاگتا ہوا آیا۔ ان دنوں بدو چھ سات سال کا ہوگا۔ کہنے لگا ''امی جان! میں بھی بیاہ کروں گا۔''

''واہ ابھی سے؟ اماں نے مسکراتے ہوئے کہا۔ پھر کہنے لگیں۔ ''اچھا بدو تمہارا بیاہ آپا سے کردیں؟''

''اونہوں'' بدو نے سر ہلاتے ہوئے کہا۔

اماں کہنے لگیں۔ ''کیوں آپ کو کیا ہے؟''

''ہم تو چھا جو باجی سے بیاہ کریں گے۔''بدو نے آنکھیں چمکاتے ہوئے کہا۔

اماں نے آپا کی طرف مسکراتے ہوئے دیکھا اور کہنے لگیں۔''کیوں دیکھو تو آپا کیسی اچھی ہیں۔''

''ہواں بتاؤ تو بھلا۔''اماں نے پوچھا۔ بدو نے آنکھیں اٹھا کر چاروں طرف دیکھا جیسے کچھ ڈھونڈ رہا ہو۔ پھر اس کی نگاہ چولہے پر آکر رکی، چولہے میں اپلے کا ایک جلا ہوا ٹکڑا پڑا تھا۔ بدو نے اس کی طرف اشارہ کیا اور بولا''ایسی!'' اس بات پر ہم سب دیر تک ہنستے رہے۔ اتنے میں تصدق بھائی آگئے۔ اماں کہنے لگیں۔''تصدق بدو سے پوچھنا تو آپا کیسی ہیں؟'' آپا نے تصدق بھائی کو آتے ہوئے دیکھا تو منہ موڑ کیوں بیٹھ گئی جیسے ہنڈیا پکانے میں منہک ہو۔''

''ہاں تو کیسی ہے آپا، بدو؟'' وہ بولے۔ ''بتاؤں؟'' بدو چلا اور اس نے اپلے کا ٹکڑا اٹھانے کے لئے ہاتھ بڑھایا۔ غالباً وہ اسے ہاتھ میں لے کر ہمیں دکھانا چاہتا تھا مگر آپا نے جھٹ اس کا ہاتھ پکڑ لیا اور انگلی ہلاتے ہوئے بولیں۔''اونہہ''۔ بدو رونے لگا تو اماں کہنے لگیں، پگلے اسے ہاتھ میں نہیں اٹھاتے، اس میں چنگاری ہے۔۔۔۔۔۔ ''وہ تو جلا ہوا ہے اماں!'' بدو نے بسورتے ہوئے کہا۔ اما بولیں ''میرے لال تمہیں معلوم نہیں اس کے اندر تو آگ ہے۔ اوپر سے دکھائی نہیں دیتی۔'' بدو نے بھولے پن سے پوچھا ''کیوں آپا اس میں آگ ہے؟'' اس وقت آپا کے منہ پر ہلکی سی سرخی دوڑ گئی۔''میں کیا جانوں؟'' وہ بھرائی ہوئی آواز میں بولی اور پھونکنی اٹھا کر جلتی ہوئی آگ میں بے مصرف پھونکیں مارنے لگی۔

اب میں سمجھتی ہوں کہ آپا دل کی گہرائیوں میں جیتی تھی اور وہ گہرائیاں اتنی عمیق تھیں کہ بات ابھرتی بھی تو بھی نکل نہ سکتی۔ اس روز بدو نے کیسے بچے کی بات کہی تھی مگر وہ کہا کرتی تھی۔''آپا تم تو بس بیٹھی رہتی ہو۔''اور وہ مسکرا کر کہتی۔ ''پگلی۔''اور اپنے کام میں لگ جاتی۔ ویسے وہ سارا دن کام میں لگی رہتی تھی۔ ہر وقت کوئی نہ کوئی اسے کام کہہ دیتا اور ایک ہی وقت میں اسے کئی کام کرنے پڑ جاتے۔ ''ادھر بدو چیختا۔''آپا میرا دلیا۔''ادھر ابا گھورتے ''سجادہ ابھی تک چائے کیوں نہیں بنی؟'' بیچ میں اماں بول پڑتیں۔''بیٹا دھوبی کب سے باہر کھڑا ہے؟''اور آپا چپ چاپ سارے کاموں سے نپٹ لیتی۔ یہ تو میں خوب جانتی تھی مگر اس کے باوجود اسے کام جانے کیوں کرتے ہوئے دیکھ کر یہ محسوس نہیں ہوتا تھا کہ وہ کام کررہی ہے یا اتنا کام کرتی ہے۔ مجھے تو بس یہی معلوم تھا کہ وہ بیٹھی ہی رہتی ہے اور اسے ادھر ادھر گردن موڑنے میں بھی اتنی دیر لگتی ہے اور چلتی ہے تو چلتی ہوئی معلوم نہیں ہوتی۔ اس کے علاوہ میں نے آپا کو کبھی قہقہہ مار کر ہنستے ہوئے نہیں سنا تھا۔ زیادہ سے زیادہ وہ مسکرا دیا کرتی تھیں اور بس۔ البتہ وہ مسکرایا اکثر

کرتی تھی ۔ جب وہ مسکراتی تو اس کے ہونٹ کھل جاتے اور آنکھیں بھیگ جاتیں ۔ ہاں تو میں سمجھتی تھی کہ آپا چپکی بیٹھی ہی رہتی ہے ۔ ذرا نہیں ہلتی اور بن چلے لڑ کھ کر یہاں سے وہاں پہنچ جاتی ہے جیسے کسی نے اسے دھکیل دیا ہو ۔ اس کے برعکس ساحرہ کتنے مزے میں چلتی تھی جیسے دادرے کی تال پر ناچ رہی ہو اور اپنی خالہ زاد بہن ساجو باجی کو چلتے دیکھ کر تو میں کبھی نہ اکتاتی ۔ جی چاہتا تھا کہ باجی ہمیشہ میرے پاس رہے اور چلتی چلتی اس طرح گردن موڑ کر پنجم آواز میں کہے ''ہیں جی ! کیوں جی ؟'' اور اس کی کالی کالی آنکھوں کے گوشے مسکرانے لگیں ۔ باجی کی بات مجھے کتنی پیاری تھی ۔

ساحرہ اور ثریا ہمارے پڑوس میں رہتی تھیں ۔ دن بھر ان کا مکان ان کے قہقہوں سے گونجتا رہتا تھا جیسے کسی مندر میں گھنٹیاں بج رہی ہوں ۔ بس میرا جی چاہتا تھا کہ انہیں کے گھر جا رہوں ۔ ہمارے گھر رکھا ہی کیا تھا ۔ ایک بیٹھ رہنے والی آپا ، ایک ''یہ کرو ، وہ کرو'' والی اماں اور دن بھر حقے میں گڑ گڑ کرنے والے ابا ۔

اس روز جب میں نے ابا کو امی سے کہتے ہوئے سنا تو مجھے بے حد غصہ آیا ۔ ''سجاح کی ماں ! معلوم ہوتا ہے ساحرہ کے گھر میں بہت سے برتن ہیں ۔''

''کیوں ؟'' اماں پوچھنے لگیں ۔

کہنے لگے ''بس تمام دن برتن ہی بجتے رہتے ہیں اور یا قہقہے لگتے ہیں جیسے میلا لگا ہو'' ۔

اماں ٹنک کر بولیں ۔ ''مجھے کیا معلوم ۔ آپ تو بس لوگوں کے گھر کی طرف کان لگائے بیٹھے رہتے ہیں ۔''

ابا کہنے لگے ۔ ''افوہ ! میرا تو مطلب ہے کہ جہاں لڑ کی جوان ہوئی برتن بجتے لگے ۔ بازار کے اس موڑ تک خبر ہو جاتی ہے کہ فلاں گھر میں لڑ کی جوان ہو چکی ہے ۔ مگر دیکھو نا ہماری سجادہ میں یہ بات نہیں ۔'' میں نے ابا کی بات سنی اور میرا دل کھولنے لگا ۔ ''بڑی آئی ۔'' اپی بیٹی جو ہوئی ۔'' اس وقت میرا جی چاہتا تھا کہ جا کر باورچی خانے میں بیٹھی ہوئی آپا کا منہ چڑاؤں ۔ اسی بات پر میں نے دن بھر کھانا نہ کھایا اور دل ہی دل میں کھولتی رہی ۔ ابا جانتے ہی کیا ہیں ۔ بس حقہ لیا اور گڑ گڑ کر لیا یا زیادہ سے زیادہ کتاب کھول کر بیٹھ گئے اور گٹ مٹ گٹ مٹ کرنے لگے جیسے کوئی بھٹیاری کلی کے دانے بھون رہی ہو ۔ سارے گھر میں لے دے کے صرف تصدق بھائی ہی تھے جو دلچسپ باتیں کیا کرتے تھے اور جب ابا گھر پر نہ ہوتے تو وہ بھاری آواز میں گایا بھی کرتے تھے ۔ جانے وہ کون سا شعر تھا .... ہاں

چپ چپ سے وہ بیٹھے ہیں آنکھوں میں نمی سی ہے

نازک سی نگاہوں میں نازک سا فسانہ ہے

آپا انہیں گاتے ہوئے سن کر کسی نہ کسی بات پر مسکرا دیتی اور کوئی بات نہ ہوتی تو وہ بدو کو ہلکا سا تھپڑ مار کر کہتی ۔ ''بدو رونا'' اور پھر آپ ہی بیٹھی مسکراتی رہتی ۔

تصدق بھائی میرے پھوپھا کے بیٹے تھے ۔ انہیں ہمارے گھر آئے یہی دو ماہ ہوئے ہوں گے ۔ کالج میں پڑھتے تھے ۔ پہلے تو وہ بورڈنگ میں رہا کرتے تھے پھر ایک دن جب پھوپھی آئی ہوئی تھی تو باتوں باتوں میں ان کا ذکر چھڑ گیا ۔ پھوپھی کہنے لگی بورڈنگ میں کھانے کا انتظام ٹھیک نہیں ۔ لڑ کا آئے دن بیمار رہتا ہے ۔ اماں اس بات پر خوب لڑیں ۔ کہنے لگیں ۔ ''اپنا گھر موجود ہے تو بورڈنگ میں پڑے رہنے کا مطلب ؟'' پھر ان دونوں میں بہت سی باتیں ہوئیں ۔ اماں کی تو عادت ہے کہ اگلی پچھلی تمام باتیں لے بیٹھتی ہیں ۔ غرضیکہ نتیجہ یہ ہوا کہ ایک ہفتے کے بعد تصدق بھائی بورڈنگ چھوڑ کر ہمارے ہاں آ ٹھہرے ۔

تصدق بھائی مجھ سے اور بدو سے بڑی گپیں ہانکا کرتے تھے ۔ ان کی باتیں بے حد دلچسپ ہوتیں ۔ بدو سے تو وہ دن بھر نہ اکتاتے ۔ البتہ آپا سے وہ زیادہ باتیں نہ کرتے ۔ کرتے بھی کیسے ، جب کبھی وہ آپا کے سامنے جاتے تو آپا کے دو پٹے کا پلو آپ ہی آپ سرک کر نیم گھونگھٹ سا بن

جاتا اور آپا کی بھیگی بھیگی آنکھیں جھک جاتیں اور وہ کسی نہ کسی کام میں شدت سے مصروف دکھائی دیتی۔ اب مجھے خیال آتا ہے کہ آپا ان کی باتیں غور سے سنا کرتی تھیں گو ہتی کچھ نہ تھی۔ بھائی صاحب بھی بدو سے آپا کے متعلق پوچھتے رہتے لیکن صرف اسی وقت جب وہ دونوں اکیلے ہوتے، پوچھتے۔

"تمہاری آپا کیا کر رہی ہے؟"

"آپا؟" بدو لاپرواہی سے دہراتا۔ "بیٹھی ہے۔۔۔۔۔ بلاؤں؟"

بھائی صاحب گھبرا کر کہتے۔ "نہیں نہیں۔ اچھا بدو، آج تمہیں، یہ دیکھو اس طرف تمہیں دکھائیں۔"

اور جب بدو کا دھیان ادھر ادھر ہو جاتا تو وہ مدھم آواز میں کہتے۔ "ارے یار تم تو مفت کا ڈھنڈورا ہو۔"

بدو چیخ اٹھتا۔ "کیا ہوں میں؟" اس پر وہ میز بجانے لگتے۔ ڈگ ڈگ ڈھنڈورا یعنی یہ ڈھنڈورا ہے، دیکھا؟ جسے ڈھول بھی کہتے ہیں ڈگگ، ڈگگ سمجھے؟" اور اکثر آپا آپا چلتے چلتے ان کے دروازے پر رک ٹھہر جاتی اور ان کی باتیں سنتی رہتی اور پھر چولہے کے پاس بیٹھ کر آپ ہی آپ مسکراتی۔ اس وقت اس کے سر سے دوپٹہ سرک جاتا، بالوں کی لٹ پھسل کر گال پر آ گرتی اور وہ بھیگی بھیگی آنکھیں چولہے میں ناچتے ہوئے شعلوں کی طرح جھومتیں۔ آپا کے ہونٹ یوں ہلتے گویا گاڑی ہو مگر الفاظ سنائی نہ دیتے۔ ایسے میں اگر ماں یا بابا یا بابا ورچی خانے میں آ جاتے وہ ٹھٹھک کر کیوں اپنا دوپٹہ، بال اور آنکھیں سنبھالتی گویا کسی بے تکلف محفل میں کوئی نہ بیگانہ سا آ گھسا ہو۔

ایک دن میں، آپا اور اماں باہر صحن میں بیٹھی تھیں۔ اس وقت بھائی صاحب اندر اپنے کمرے میں بدو سے کہہ رہے تھے۔ "میرے یار، ہم تو اس سے بیاہ کریں گے جو ہم سے انگریزی میں باتیں کر سکے، کتابیں پڑھ سکے، شطرنج، کیرم اور چڑیا کھیل سکے۔ چڑیا جانتے ہو؟ وہ گول گول پروں والا گیند بلے سے یوں ڈز، ٹن، ڈز اور سب سے ضروری بات یہ ہے کہ ہمیں مزے دار کھانے پکا کر کھلا سکے، سمجھے؟"

بدو بولا، "ہم تو چھا جو باجی سے بیاہ کریں گے۔"

"انہہ!" بھائی صاحب کہنے لگے۔

بدو چیخنے لگا۔ "میں جانتا ہوں تم آپا سے بیاہ کرو گے۔ ہاں!" اس وقت اماں نے مسکرا کر آپا کی طرف دیکھا۔ مگر آپا اپنے پاؤں کے انگوٹھے کا ناخن تو ڑنے میں اس قدر مصروف تھی جیسے کچھ خبر ہی نہ ہو۔ اندر بھائی صاحب کہہ رہے تھے۔ "واہ تمہاری آپا فرنی پکاتی ہے تو اس میں پوری طرح شکر بھی نہیں ڈالتی۔ بالکل پھیکی۔ آخ تھو!"

بدو نے کہا "ابا جو کہتے ہیں فرنی میں کم میٹھا ہونا چاہیے۔"

"تو وہ اپنے ابا کے لئے پکاتی ہے نا۔ ہمارے لئے تو نہیں!"

"میں کہوں آپا سے؟" بدو چیخا۔

بھائی چلائے۔ "او پگلا۔ ڈھنڈورا۔ لو تمہیں ڈھنڈورا پیٹ کر دکھائیں۔ یہ دیکھو اس طرف ڈگ ڈگ ڈگگ۔" بدو پھر چلانے لگا۔ "میں جانتا ہوں تم میز بجار ہے ہونا؟" "۔۔۔۔۔۔ ہاں ہاں اسی طرح ڈھنڈورا پیٹا ہے نا۔" بھائی صاحب کہہ رہے تھے۔ "کشتیوں میں، اچھا بدو تم نے کبھی کشتی لڑی ہے، آؤ تم کشتی لڑیں۔ میں ہوں گا ماما اور تم بدو پہلوان۔ لو آؤ ٹھہرو، جب میں تین کہوں۔" اور اس کے ساتھ ہی انہوں نے مدھم آواز میں کہا۔ "ارے یار تمہاری دوستی تو مجھے بہت مہنگی پڑتی ہے۔"

میرا خیال ہے آپا ہنسی نہ روک سکی اس لئے وہ اٹھ کر باورچی خانے میں چلی گئی۔ میرا تو ہنسی کے مارے دم نکلا جار ہا تھا اور اماں نے اپنے منہ میں دوپٹہ ٹھونس لیا تھا کہ آواز نہ نکلے۔

میں اور آپا دونوں اپنے کمرے میں بیٹھے ہوئے تھے کہ بھائی صاحب آ گئے۔ کہنے لگے "کیا پڑھ رہی ہو جہنیا؟" ان کے منہ سے جہنیا سن

کر مجھے بڑی خوشی ہوتی تھی۔ حالانکہ مجھے اپنے نام سے بے حد نفرت تھی۔ نور جہاں کیسا پرانا نام ہے۔ بولتے ہی منہ میں باسی روٹی کا مزا آنے لگتا ہے۔ میں تو نور جہاں کیوں محسوس کیا کرتی تھی جیسے کسی تاریخ کی کتاب کے بوسیدہ ورق سے کوئی بوڑھی اماں سونائتی ہوئی آ رہی ہوں ...... مگر بھائی صاحب کو نام بگاڑ کر اسے سنوار دینے میں کمال حاصل تھا۔ان کے منہ سے جبھیا سن کر مجھے اپنے نام سے کوئی شکایت نہ رہتی اور میں محسوس کرتی گویا ایران کی شہنرادی ہوں۔ آپا کو وہ سجادہ سے سجادے کہا کرتے تھے مگر وہ تو بات تھی، جب آپا چھوٹی تھی۔ اب تو بھائی جان اسے سجدے نہ کہتے بلکہ اس کا پورا نام تک لینے سے گھبراتے تھے۔ خیر میں نے جواب دے دیا۔''سکول کا کام کر رہی ہوں۔''

پوچھنے لگے۔''تم نے کوئی برنارڈ شا کی کتاب پڑھی ہے کیا؟''

میں نے کہا۔''نہیں!''

انہوں نے میرے اور آپا کے درمیان دیوار پر لٹکی ہوئی گھڑی کی طرف دیکھتے ہوئے کہا۔''تمہاری آپا نے تو ہارٹ بریک ہاؤس پڑھی ہوگی۔'' وہ سکھیوں سے آپا کی طرف دیکھ رہے تھے۔

آپا نے آنکھیں اٹھائے بغیر ہی سر ہلا دیا اور مدھم آواز میں کہا''نہیں!''اور سویٹر بننے میں لگی رہی۔

بھائی جان بولے''اوہ کیا بتاؤں جمنیا کہ وہ کیا چیز ہے، نشہ ہے نشہ، خالص شہد، تم اسے ضرور پڑھو بالکل آسان ہے یعنی امتحان کے بعد ضرور پڑھنا۔میرے پاس پڑی ہے۔''

میں نے کہا۔''ضرور پڑھوں گی۔''

پھر پوچھنے لگے۔''میں کہتا ہوں تمہاری آپا نے میٹرک کے بعد پڑھنا کیوں چھوڑ دیا؟''

میں نے چڑ کر کہا''مجھے کیا معلوم آپ خود ہی پوچھ لیجیے۔''حالانکہ مجھے اچھی طرح سے معلوم تھا کہ آپا نے کالج جانے سے کیوں انکار کیا تھا۔ کہتی تھی میرا تو کالج جانے کو جی نہیں چاہتا۔ وہاں لڑکیوں کو دیکھ کر ایسا معلوم ہوتا ہے گویا کوئی نمائش گاہ ہو۔ درسگاہ تو معلوم ہی نہیں ہوتی جیسے مطالعہ کے بہانے میلہ لگا ہو۔''مجھے آپا کی یہ بات بہت بری لگی تھی۔ میں جانتی تھی کہ وہ گھر میں بیٹھ رہنے کے لئے کالج جانا نہیں چاہتی۔ بڑی آئی نکتہ چین۔ اس علاوہ جب کبھی بھائی جان آپا کی بات کرتے تو میں خواہ مخواہ چڑ جاتی۔ آپا تو بات کا جواب تک نہیں دیتی اور یہ آپا کر رہے ہیں اور پھر آپا کی بات مجھ سے پوچھنے کا مطلب؟ میں کیا ٹیلیفون تھی؟ خود آپا سے پوچھ لیتے اور آپا، بیٹھی ہوئی گم سم آپا، بیگی بلی۔

شام کو ابا کھانے پر بیٹھے ہوئے چلا اٹھے۔''آج فرنی میں اتنی شکر کیوں ہے؟ قند سے ہونٹ چپکے چلے جاتے ہیں۔ سجادہ! سجادہ بیٹی کیا کھانڈ اتنی سستی ہوگئی ہے۔ایک لقمہ نگلنا بھی مشکل ہے''۔

شام آپا کی بیگی بیگی آنکھیں جھوم رہی تھیں۔ حالانکہ جب کبھی ابا جان خفا ہوتے تو آپا کا رنگ زرد پڑ جاتا۔ مگر اس وقت اس کے گال تمتما رہے تھے، کہنے لگی۔''شاید زیادہ پڑ گئی ہو۔''یہ کہہ کر وہ تو باورچی خانے میں چلی گئی اور میں دانت پیس رہی تھی۔''شاید۔ کیا خوب۔ شاید۔''

ادھر ابا بدستور بڑبڑار ہے تھے۔''چار پانچ دن سے دیکھ رہا ہوں کہ فرنی میں قند بڑھتی جا رہی ہے۔''صحن میں اماں دوڑی دوڑی آ ئیں اور آتے ہی ابا پر برس پڑیں، جیسے ان کی عادت ہے۔''آپ تو ناحق بگڑتے ہیں۔ آپ ہلکا میٹھا پسند کرتے ہیں تو کیا باقی لوگ بھی کم کھائیں؟ اللہ رکھے گھر میں جوان لڑکا ہے اس کا تو خیال کرنا چا ہیے۔''ابا کو جان چھڑانی مشکل ہوگئی، کہنے لگے۔''ارے یہ بات ہے مجھے بتا دیا ہوتا میں کہتا ہوں سجادہ کی ماں ......''اور وہ دونوں کھسر پھسر کرنے لگے۔

آپا، ساحرہ کے گھر جانے کو تیار ہوئی تو میں بڑی حیران ہوئی۔ آپا اس سے ملنا تو کیا بات کرنا پسند نہیں کرتی تھی۔ بلکہ اس کے نام پر ہی ناک بھوں چڑھایا کرتی تھی۔ میں نے خیال کیا ضرور کوئی بھید ہے اس بات میں، کبھی کبھار ساحرہ دیوار کے ساتھ چار پائی گھڑی کر کے اس پر چڑھ کر

ہماری طرف جھانکتی اور کسی نہ کسی بہانے سلسلۂ گفتگو کو دراز کرنے کی کوشش کرتی تو آپا بڑی بیدلی سے دو ایک باتوں سے اسے ٹال دیتی۔ آپ ہی آپ بول اٹھتی۔ ''ابھی تو اتنا کام پڑا ہے اور میں یہاں کھڑی ہوں''۔ یہ کہہ کر وہ باورچی خان میں جا بیٹھتی۔ خیر اس وقت تو میں چپ چاپ بیٹھی رہی مگر جب آپا پلٹ چکی تو کچھ دیر کے بعد چپکے سے میں بھی ساحرہ کے گھر جا پہنچی۔ باتوں ہی باتوں میں نے ذکر چھیڑ دیا۔ ''آج آپا آئی تھی؟''

ساحرہ نے ناخن پر پالش لگاتے ہوئے کہا ک۔ ''ہاں کوئی کتاب منگوانے کو کہہ گئی ہے نہ جانے کیا نام ہے اس کا ہاں! ہارٹ بریک ہاؤس۔''

آپا اس کتاب کو مجھ سے چھپا کر دراز میں رکھتی تھی۔ مجھے کیا معلوم نہ تھا۔ رات کو دو بار بار بھی میری طرف اور کبھی گھڑی کی طرف دیکھتی رہتی۔ اسے یوں مضطرب دیکھ کر میں دو ایک انگڑائیاں لیتی اور پھر کتاب بند کر کے رضائی میں یوں پڑ جاتی جیسے مدت سے گہری نیند میں ڈوب چکی ہوں۔ جب اسے یقین ہو جا تا کہ میں سو چکی ہوں تو دراز کھول کر کتاب نکال لیتی اور اسے پڑھنا شروع کر دیتی۔ آخر ایک دن مجھ سے نہ رہا گیا۔ میں نے رضائی سے منہ نکال کر پوچھ ہی لیا۔ ''آپا یہ ہارٹ بریک ہاؤس کا مطلب کیا ہے۔ دل توڑنے والا گھر؟'' ''اس کے کیا معنی ہوئے؟'' آپا پہلے تو ٹھٹھک گئی، پھر وہ سنبھل کر اٹھی اور بیٹھی۔ مگر اس نے میری بات کا جواب نہ دیا۔ میں نے اس کی خاموشی سے جل کر کہا۔

''اس لحاظ سے تو ہمارا گھر واقعی ہارٹ بریک ہے۔''

کہنے لگی۔ ''میں کیا جانوں؟''

میں نے اسے جلانے کو کہا۔ ''ہاں! ہماری آپا بھلا کیا جانے؟'' ''میرا خیال ہے یہ بات ضرور اسے بری لگی۔ کیونکہ اس نے کتاب رکھ دی اور چپ بجھا کر سو گئی۔

ایک دن یونہی پھرتے پھرتے میں بھائی جان کے کمرے میں جا نکلی۔ پہلے تو بھائی جان ادھر ادھر کی باتیں کرتے رہے۔ پھر پوچھنے لگے۔ ''جمنیا، اچھا یہ بتاؤ کیا تمہاری آپا کو فروٹ سلاد بنانا آتا ہے؟'' میں نے کہا ''میں کیا جانوں؟ جا کر آپا سے پوچھ لیجے۔'' ہنس کر کہنے لگے۔ ''آج کیا کسی سے لڑ کر آئی ہو۔''

''کیوں میں لڑاکا ہوں؟'' میں نے کہا۔

بولے ''نہیں ابھی تو لڑکی ہو شاید کسی دن لڑاکا ہو جاؤ۔'' اس پر میری ہنسی نکل گئی۔ وہ کہنے لگے۔ ''دیکھو جمنیا مجھے لڑنا بے حد پسند ہے۔ میں تو ایسی لڑکی سے بیاہ کروں گا جو با قاعدہ صبح سے شام تک لڑ سکے، ذرا نہ اکتائے۔'' جانے کیوں میں شرما گئی اور بات بدلنے کی خاطر پوچھا ''فروٹ سلاد کیا ہوتا ہے بھائی جان؟''

بولے۔ ''وہ بھی ہوتا ہے۔ سفید سفید، لال لال، کالا کالا، نیلا نیلا سا۔'' میں ان کی بات سن کر بہت ہنسی، پھر کہنے لگے۔ ''مجھے وہ بے حد پسند ہے، یہاں تر جمنیا ہم فیرنی کھا کر اکتا گئے۔'' ''میرا خیال ہے یہ آپ نے ضرور رس لی ہوگی۔ کیونکہ اسی شام کو وہ باورچی خانے میں بیٹھی ''نعمت خانہ'' پڑھ رہی تھی۔ اس دن کے بعد روز بلا ناغہ وہ کھانا پکانے سے فارغ ہو کر فروٹ سلاد بنانے کی مشق کیا کرتی اور ہم میں کوئی اس کے پاس چلا جا تا تو جھٹ فروٹ سلاد کی کشتی چھپا دیتی۔ ایک روز آپا کو چھیڑنے کی خاطر میں نے بدو سے کہا۔ ''بدو بھلا بوجھو تو وہ کشتی جو آپا کے پیچھے پڑی ہے اس میں کیا ہے؟''

بدو ہاتھ دھو کر آپا کے پیچھے پڑ گیا۔ حتی کہ آپا کو وہ کشتی بدو کو دینی ہی پڑی۔ پھر میں نے بدو کو اور بھی چمکا دیا۔ ''بدو جاؤ، بھائی جان سے پوچھو اس کھانے کا کیا نام ہے......''

بدو بھائی جان کے کمرے کی طرف جانے لگا تو آپا نے اٹھ کر وہ کشتی اس سے چھین لی اور میری طرف گھور کر دیکھا۔ اس روز پہلی مرتبہ آپا

نے مجھے یوں گھورا تھا۔اسی رات آپا شام ہی سے لیٹ گئی، مجھے صاف دکھائی دیتا تھا کہ وہ رضائی میں پڑی رو رہی ہے ۔اس وقت مجھے اپنی بات پر بہت افسوس ہوا۔میرا جی چاہتا تھا کہ اٹھ کر آپا کے پاؤں پڑ جاؤں اور اسے خوب پیار کروں مگر وہ یسے ہی چپ بیٹھی رہی اور کتاب کا ایک لفظ تک نہ پڑھ سکی۔

انہی دنوں میری خالہ زاد بہن ساجدہ جسے ہم سب ساجو باجی کہا کرتے تھے، میٹرک کا امتحان دینے ہمارے گھر آٹھہری۔ساجو باجی کے آنے پر ہمارے گھر میں رونق ہوگئی۔ ہمارا گھر بھی قہقہوں سے گونج اٹھا۔ ساحرہ اور ثریا چارپائیوں پر کھڑی ہوکر باجی سے باتیں کرتی رہتیں۔ بدو چھا جو باجی، چھا جو باجی چیختا پھرتا اور کہتا۔''ہم تو چھا جو باجی سے باہ کریں گے۔''

باجی کہتی۔''شکل تو دیکھو اپنی، پہلے منہ دھواؤ۔''پھر وہ بھائی صاحب کی طرف یوں گردن موڑتی کہ کالی کالی آنکھوں کے گوشے مسکرانے لگتے اور پنجم تان میں پوچھتی۔''ہے نا بھئی جا آن کیو جی؟''

باجی کے منہ سے''بھئی جا آن''کچھ ایسا بھلا سنائی دیتا کہ میں خوشی سے پھولی نہ سماتی۔اس کے برعکس جب کبھی آپا''بھائی صاحب''کہتی تو کیسا بھدا معلوم ہوتا۔گویا وہ واقعی انہیں بھائی کہہ رہی ہوا اور پھر''صاحب''جیسے حلق میں کچھ پھنسا ہوا ہو مگر باجی''صاحب''کی جگہ''جا آن''کہہ کر اس سادے سے لفظ میں جان ڈال دیتی تھی۔''جا آن''کی گونج میں بھائی دب جاتا اور یہ محسوس ہی نہ ہوتا کہ وہ انہیں بھائی کہہ رہی ہے۔

اس کے علاوہ''بھائی جا آن''کہہ کر وہ اپنی کالی کالی چمکدار آنکھوں سے دیکھتی اور آنکھوں ہی آنکھوں میں مسکراتی تو سننے والے کو قطعی یہ گمان نہ ہوتا کہ اسے بھائی کہا گیا ہے۔آپا کے''بھائی صاحب''اور باجی کے''بھائی جا آن''میں کتنا فرق تھا۔

باجی کے آنے پر آپا کا بیٹھ رہنا آپا کا بیٹھ رہنا بالکل بیٹھ رہنا ہی رہ گیا۔ بدو نے بھائی جان سے کھیلنا چھوڑ دیا۔ وہ باجی کے گرد طواف کرتا رہتا اور باجی بھائی جان سے کبھی شطرنج کبھی کیرم کھیلتی۔

باجی کہتی۔''بھئی جا آن ایک بورڈ لگے گا''یا بھائی جان کی موجودگی میں بدو سے کہتے''کیوں میاں بدو!کوئی ہے جو ہم سے شطرنج میں پٹنا چاہتا ہو؟''باجی بول اٹھتی۔آپا سے پوچھتے۔''بھائی جان کہتے۔''اور تم؟''باجی جھوٹ موٹ کی سوچ میں پڑ جاتی، چہرے پر سنجیدگی پیدا کر لیتی، بھویں سمٹالیتی اور تیوری چڑھا کر کھڑی رہتی پھر کہتی۔''انہ مجھ سے آپ پٹ جائیں گے۔''بھائی جان کھلکھلا کر ہنس پڑتے اور کہتے۔''کل جو پٹی تھیں بھول گئیں کیا؟''وہ جواب دیتی۔''میں نے کہا چلو بھئی بھائی جان کا لحاظ کرو۔ورنہ دنیا کیا کہے گی کہ مجھ سے ہار گئے۔اور پھر یوں ہنستی جیسے گھنگھرو بج رہے ہوں۔''

رات کو بھائی جان اور چی خانے میں ہی کھانا کھانے بیٹھے۔ آپا چپ چاپ چولہے کے سامنے بیٹھی تھی۔ بدو چھا جو باجی چھا جو باجی کہتا ہوا باجی کے دوپٹے کا پلو پکڑے اس کے آس پاس گھوم رہا تھا۔ باجی بھائی جان کو چھڑی رہی تھی۔ کہتی تھی۔''بھئی جا آن تو صرف ساڑھے چھ پھلکے کھاتے ہیں۔ اس کے علاوہ فرنی کی پلیٹ مل جائے تو قطعی مضائقہ نہیں۔ کریں بھی کیا۔ نہ کھائیں تو ممانی ناراض ہو جائیں۔انہیں جو خوش رکھنا ہوا، ہے نا بھائی جا آن۔''ہم سب اس بات پر خوب ہنسے۔ پھر باجی ادھر ادھر ٹہلنے لگی اور آپا کے پیچھے جا کھڑی ہوئی۔ آپا کے پیچھے فروٹ سلاد کی کشتی پڑی تھی۔ باجی نے ڈھکنا سرکا کر دیکھا اور کشتی کو اٹھالیا۔ پیشتر اس کے کہ آپا کچھ کہہ سکے۔ باجی وہ کشتی بھائی جان کی طرف لے آئی۔''لیجے بھائی جا آن''اس نے آنکھوں میں ہنستے ہوئے کہا۔''آپ بھی کیا کہیں گے کہ ساجو باجی نے کبھی کچھ کھلایا ہی نہیں۔''

بھائی جان نے دو تین پیچھے منہ میں ٹھونس کر کہا''خدا کی قسم منہ بہت اچھا بناتا ہے، کس نے بنایا ہے؟''ساجو باجی نے آپا کی طرف آنکھوں سے دیکھا اور ہنستے ہوئے کہا۔''ساجو باجی نے اور کس نے بھئی جا آن کے لئے۔''بدو نے آپا کی منہ کی طرف غور سے دیکھا۔آپا کا منہ لال ہو رہا تھا۔ بدو چلا اٹھا۔''میں بتاؤں بھائی جان؟''……''آپا نے بدو کے منہ پر ہاتھ رکھ دیا اور اسے اٹھا کر باہر چلی گئی۔ باجی کے قہقہوں سے کمرہ گونج اٹھا اور

بدو کی بات آئی گئی ہوگئی۔ بھائی جان نے باجی کی طرف دیکھا۔ پھر جانے انہیں کیا ہوا۔ منہ کھلا کا کھلا رہ گیا۔ آنکھیں باجی کے چہرے پر گڑ گئیں، جانے کیوں میں نے محسوس کیا جیسے کوئی زبردستی مجھے کمرے سے باہر گھسیٹ رہا ہو۔ میں باہر چلی آئی۔ باہر آپا، الگنی کے قریب کھڑی تھی۔ اندر بھائی صاحب نے مدھم آواز میں کچھ کہا۔ آپانے کان سے دوپٹہ سرکا دیا۔ ''چھوڑیے چھوڑیے'' پھر باجی کی آواز آئی ''چھوڑیے چھوڑیے'' اور پھر خاموشی چھا گئی۔

اگلے دن ہم صحن میں بیٹھے تھے۔ اس وقت بھائی جان اپنے کمرے میں پڑھ رہے تھے۔ بدو بھی کہیں ادھر ادھر کھیل رہا تھا۔ باجی حسب معمول بھائی جان کے کمرے میں چلی گئی، کہنے لگی۔ ''آج ایک دھندنا تا بورڈ کر دکھاؤں۔ کیا رائے ہے آپ کی؟'' ذ بھائی جان بولے۔ ''واہ، یہاں سے کگ لگا دوں تو جانے کہاں جا پڑو'' ۔غالباً انہوں نے باجی کی طرف زور سے پیر چلایا ہوگا۔ وہ بناوٹی غصے سے چلائی۔ ''واہ آپ تو ہمیشہ پیر ہی سے چھیڑتے ہیں!'' بھائی جان معاً بول اٹھے ''تو کیا ہاتھ سے ......'' ''چپ ...... خاموش'' باجی چیختی۔ اس کے بھاگنے کی آواز آئی۔ ایک منٹ تک تو پکڑ دھکڑ سنائی دی۔ پھر خاموشی چھا گئی۔

اتنے میں کہیں سے بدو بھاگتا ہوا آیا کہنے لگا۔ ''آپا اندر بھائی جان سے کشتی لڑ رہے ہیں۔ چلو دکھاؤں تمہیں چلو بھی۔'' وہ آپا کا بازو پکڑ کر گھسیٹنے لگا۔ آپ کا رنگ ہلدی کی طرح زرد ہو ر ہا تھا اور وہ بت بنی کھڑی تھی۔ بدو نے آپا کو چھوڑ دیا۔ کہنے لگا۔ ''اماں کہاں ہے؟'' اور وہ ماں کے پاس جانے کے لئے دوڑا۔ آپا نے لپک کر اسے گود میں اٹھالیا۔ ''آ ؤ تمہیں مٹھائی دوں۔'' بدو بسور نے لگا۔ آپا بولیں ''آ ؤ دیکھو تو کیسی اچھی مٹھائی ہے میرے پاس۔'' اور اسے باور چی خانے میں لے گئی۔

اسی شام میں نے اپنی کتابوں کی الماری کھولی تو اس میں آپا کی ہارٹ بریک ہاؤس پڑی تھی۔ شاید آپا نے اسے وہاں رکھ دیا ہو۔ میں حیران ہوئی کہ بات کیا ہے مگر آپا باور چی خانے میں چپ چاپ بیٹھی تھی جیسے کچھ ہوا ہی نہیں۔ اس کے پیچھے فروٹ سلاد کی کشتی خالی پڑی تھی۔ البتہ آپا کے ہونٹ بھنچے ہوئے تھے۔

بھائی تصدق اور باجی کی شادی کے دو سال بعد ہمیں پہلی بار ان کے گھر جانے کا اتفاق ہوا۔ اب باجی وہ باجی نہ تھی۔ اس کے وہ قہقہے بھی نہ تھے۔ اس کا رنگ زرد تھا اور ماتھے پر شکن چڑھی تھی۔ بھائی صاحب بھی چپ چاپ رہتے تھے۔ ایک شام اماں کے علاوہ ہم سب باور چی خانے میں بیٹھے تھے۔ بدو کہنے لگے۔ بدو سا جو باجی سے بیاہ کرو گے؟

''اونہہ!'' بدو نے کہا۔ ''ہم بیاہ کریں گے ہی نہیں۔''

میں نے پوچھا۔ ''بھائی جان یاد ہے جب بدو کہا کرتا تھا۔ ہم تو چھا جو باجی سے بیاہ کریں گے۔'' اماں نے پوچھا ''آپا سے کیوں نہیں؟'' تو کہنے لگا ''بتاؤں آپا کیسی ہے؟'' پھر چولھے میں جلے ہوئے اپلے کی طرف اشارہ کر کے کہنے لگا۔ ''ایسی!'' اور چھا جو باجی؟ میں نے بدو کی طرح بجلی کے روشن بلب کی طرف انگلی سے اشارہ کیا۔ ''ایسی!'' عین اسی وقت بجلی بجھ گئی اور کمرے میں انگاروں کی روشنی کے سوا اندھیرا چھا گیا۔ ''ہاں یاد ہے!'' بھائی جان نے کہا۔ پھر جب باجی کسی کام کے لئے باہر چلی گئی تو بھائی کہنے لگے۔ ''نہ جانے اب بجلی کو کیا ہوگیا۔ جلتی بجھتی رہتی ہے۔'' آپا چپ چاپ بیٹھی چولھے میں راکھ سے دبی ہوئی چنگاریوں کو کریدر ہی تھی۔ بھائی جان نے مغموم سی آواز میں کہا ''اف کتنی سردی ہے۔'' پھر اٹھ کر آپا کے قریب چولھے کے سامنے جا بیٹھے اور ان سلگتے ہوئے اپلوں سے آگ سینکنے لگے۔ بولے۔ ''ممانی سچ کہتی تھیں کہ ان جھلسے ہوئے اپلوں میں آگ دبی ہوتی ہے۔ اوپر سے نہیں دکھائی دیتی۔ کیوں سجدے؟'' آپا پرے سرکنے لگی تو چھن سی آواز آئی جیسے کسی دبی ہوئی چنگاری پر پانی کی بوند پڑی ہو۔ بھائی جان منت بھری آواز میں کہنے لگے۔ ''اب اس چنگاری کو تو نہ بجھاؤ سجدے، دیکھو تو کتنی ٹھنڈ ہے۔''

حرام جادی

محمد حسن عسکری

دروازہ کی دھڑ دھڑ اور کواڑ کھلنے کی مسلسل اور ضدی چیخیں اس کی طرح گونجیں جسے کمرے تاریک کنویں میں ڈول کے کرنے کی طویل، کرہستی ہوئی آواز اس کی پرخواب اور نیم رضامند آنکھیں آہستہ آہستہ کھلیں لیکن دوسرے لمحہ ہی منہ اندھیرے کے ہلکے ہلکے اجالے میں ملی ہوئی سرمہ جیسی سیاہی اس کے پپوٹوں میں بھرنے لگی اور وہ پھر بند ہو گئیں۔ آنکھوں کے پردے بوجھل کمبلوں کی طرح نیچے لٹک گئے اور ڈلوں کو دباکر سلانے لگے۔ لیکن کان آنکھوں کی ہم آہنگی چھوڑ کر بھنبھنا رہے تھے۔ وہ اس سحر خیز حملہ آور کی تازہ یورش کے خلاف اپنے روزن بند کر لینا چاہتے تھے ....اور پھر بھی بھنبھنا رہے تھے۔

میڈویم کی یہ کشمکش جسے نیند شاید جلد ہی اپنے دھارے میں غرق کر لیتی، زیادہ دیر جاری نہ رہی۔ اب کے تو دروازہ کی چولیں تک ہلی جا رہی تھیں اور آوازیں زیادہ بے صبر، بے تاب، کرخت اور بھرائے ہوئے گلے سے نکل رہی تھیں۔ ''کھولو .... کھولو۔'' یہ آوازیں تیلی، نوک دار تتلیوں کی طرح دماغ میں گھس کر نیند کے پردوں کو تار تار کئے دے رہی تھیں۔ وہ یہ بھی سن رہی تھی کہ پکارنے والا کھولو ۔ کھولو کے وقفہ کے درمیان آہستہ ناخوشگوار ارادوں کا اظہار بھی کر دیتا تھا۔ یہی نہیں بلکہ کوئی شخص اسے سڑک کے ڈھیلوں کو استعمال کرنے کی ترغیب دے رہا تھا۔ آخر اس نے آنکھیں پوری کھول دی ہیں اور ہاتھوں کو چارپائی پر جھٹکتے ہوئے کہا۔ ''نصیبن دیکھ تو کون ہے؟''

یہ اس کے لئے کوئی نئی بات نہ تھی جب سے وہ اس قصبہ میں مڈوائف ہو کر آئی تھی یہ سب کچھ روز ہوتا تھا .... یہی چیخیں، یہی دھڑ دھڑ اہٹ فرض اور آرام کی یہی تلخ کشمکش یہی جھلاہٹ اور پسپائی ....سب اسی طرح، اسے صبح ہی اٹھ کر جانا پڑتا تھا اور پھر اس کا سارا دن نوواردوں کو احتجاجانہ چیختے چلاتے، ہاتھ پاؤں پھینکتے دنیا میں آتے ہوئے دیکھنے میں، کچھ دن آئے ہوؤں کی رفتار کے معائنہ میں اور آمد رفت کے اندراج کے لئے ٹاؤن ایریا کے دفتر تک بار بات دوڑنے میں گزرتا تھا۔ اسے دوپہر کو کھانا کھانے اور آرام کرنے کا وقت بھی ہزار کھینچ تان کے بعد ملتا تھا، اور وہ بھی یقینی نہ تھا کیونکہ بچے پیدا ہونے میں موقع کا مطلق لحاظ نہیں کرتے۔ صبح چار بجے، دوپہر کے بارہ بجے، رات کے دو بجے .... ہر گھنٹہ ہر گھڑی اسے کوہ ندا کی آواز پر لبیک کہنے کے لئے تیار رہنا پڑتا تھا اور بچے اس ایسی تیزی سے چلے آ رہے تھے۔ جیسے پہاڑی ندی میں لڑھکتے ہوئے پتھر، ضبط تولید کے چرچے دولت مند کو شہر سے ملانے والی پکی اور گڑھوں والی سڑک کو طے نہ کر سکتے تھے اور اگر بالفرض محال وہ رینگتے ہوئے وہاں تک پہنچ بھی جاتے تو یہ یقینی بات تھی کہ انہیں ذرا بھی قابل اعتنا نہ سمجھتے۔ کیونکہ وہ اچھی طرح جانتے تھے کہ بچے خدا کے حکم سے پیدا ہوتے ہیں۔ اس میں انسان کا کیا دخل۔ 18 سالہ لڑکے، 56 سالہ بڈھے، الھڑ لڑکیاں، ادھیڑ عورتیں، سب کے سب حیرت انگیز تن دہی اور یک جہتی کے ساتھ سڑکوں کی نالیوں میں کھیلنے والے بچوں کی تعداد میں اضافہ کے چلے جا رہے تھے۔ گویا وہ قومی دفاع کی خاطر کارخانوں میں کام کرنے والے مزدور ہیں اور پھر وہ بچار بیچار کرتے بھی کیا۔ وہ تو خدا کے حکم سے بے بس تھے۔ غرض یہ کہ بچے چلے آ رہے تھے۔ کالے بچے، پیلے بچے، پرنے مرغ کی طرح سرخ بچے اور کبھی کبھی گورے بچے دبلے پتلے، ہڈیوں کا ڈھانچہ یا بعض موٹے تازے بچے، مرے ہوئے بالوں والے چپٹی ناک والے، چھچھوندر کی طرح گلگلے، لکڑی جیسے سخت، ہر رنگ اور ہر قسم کے بچے۔

ایملی نے اپنی دادی سے سنا تھا کہ ان کے بچپن میں ایک مرتبہ پاؤ پاؤ بھر کے مینڈک برسے تھے۔ وہ کبھی کبھی سوچا کرتی تھی .... اور اس وقت اسے بے ساختہ ہنسی بھی آ جاتی تھی .... کہ یہ نیچے ہی برسنے والے مینڈک ہیں۔ پاؤ پاؤ بھر کے زرد زرد مینڈک۔

اور اسے انہی زرد مینڈکوں کی بارش کے ہر قطرے کو برستے ہوئے دیکھنے کے لئے قصبے کی ٹوٹی پھوٹی روڑوں کی سڑکوں، تنگ و تاریک، سیلی ہوئی گلیوں، گرد وغبار، کوڑے کرکٹ کے ڈھیروں، بھونکتے ہوئے لال پیلے کتوں اور کسانوں کی گاڑیوں اور گھاس دالیوں سے ٹھنسے ہوئے بازاروں میں سارا سارا دن گھومنا پڑتا تھا۔ تپتی تپتی سڑکوں پر دونوں طرف ریت کا حاشیہ ضرور بنا ہوتا تھا اور پھر نالیاں تو ٹھیک سڑکوں کے بیچوں بیچ بستی تھیں جن کی سیاہی کسی گنوار دن کے بہے ہوئے کاجل کی طرح سڑک کا کافی حصہ غصب کئے رہتی تھی۔ صفائی کے بھنگی نالیوں کی گندگی سمیٹ سمیٹ کر سڑک پر پھیلا دیتے تھے جن سے اپنی ساڑھی کو محفوظ رکھنے کے لئے ایملی کو ہلکے ہلکے فیروزی سینڈل کے بجائے اونچی ایڑی والا جوتا پہننا پڑتا تھا۔ گو اس صورت میں سڑک کے ابھرے ہوئے لاتعداد کنکر اس کے پیروں کو ڈگمگا دیتے تھے۔ راستہ میں گلی ڈنڈا اور کبڈی کھیلنے والے لونڈوں کا لال الپچن اس کے کپڑوں پر ہر دفعہ اپنا نشان چھوڑ جاتا تھا۔ مگر خیر شکر تھا کہ وہ ہمیشہ اپنی آنکھیں اور دانت سلامت لے آتی تھی اور یہاں کی گرمی! اسے معلوم ہوتا تھا کہ وہ یقیناً پسینوں میں گھل گھل کر ختم ہو جائے گی۔ ان تنگ سڑکوں پر بھی سورج اس تیزی سے چمکتا تھا کہ اس کے بدن پر چنگاریاں ناچنے لگتیں اور اس کی نیلے پھولوں والی چھتری محض ایک بوجھ بن جاتی۔ جب وہ اپنی اونچی ایڑیوں پر لڑکھڑاتی، سنبھلتی، دھوپ میں جلتی بھنتی سڑکوں پر سے گزرتی تو اسے دور را گانے کی آواز، ڈھول کی کھٹ کھٹ اور درخت کے نیچے تاش کی پارٹیوں کے بلند اور کرخت قہقہے دو پہر کی نیند حرام کر دینے والی بوجھل مکھیوں کی بھنبھناہٹ کی طرح بیزار کن اور پراستہزا معلوم ہوتے اور وہ چار مہینے پہلے چھوڑے ہوئے شہر کا خیال کرنے لگتی۔ مگر شہر اس وقت خوابوں کی وہ سرزمین بن جاتا ہے جسے صبح اٹھ کر ہزار کوششوں کے باوجود کچھ یاد نہیں کیا جا سکتا اور جس کی لطافت کا یقین دن بھر دل کو بے چین کئے رکھتا ہے۔ اسے کچھ روشنی سی معلوم ہوتی .... ایک چمک، ایک کشادگی، ایک پہنائی .... کچھ ہریالی اس کے سامنے تیرتی .... اور وہ پھر اسی تپتی ہوئی کنکروں، نالیوں اور ریت والی سڑک پر لڑکھڑاتی، سنبھلتی چل رہی ہوتی۔ بجلی کے پنکھے والے کمرے کا تصور اس تپش اور سوزش کو کم کرنے میں اس کی مدد نہ کرتا تھا۔ لیکن، ہاں! جب کبھی وہ خوش قسمتی سے رات کو فارغ ہوتی اور اسے اپنے بستر پر کچھ دیر جاگنے کا موقع مل جاتا تو اس وقت شہری زندگی کی تصویری، سینما کے پردے کی طرح پوری روشنی اور صفائی کے ساتھ اس کی نظروں کے سامنے گزرنے لگتیں اور وہ جس تصویر کو جتنا دیر چاہتی دیر ٹھہرا لیتی۔ لیکن جب وہ ان تصویروں سے لطف اٹھانے کے درمیان ان مناظر کو یاد کرتی جن سے اسے ہر وقت دو چار ہونا پڑتا تھا تو اس کی خشکی اور بیزاری آہستہ آہستہ مسموم کرا آتی۔ گھر کی دیواریں مع رات کی تاریکیوں کے اس پر جھک پڑتیں۔ دل دھڑکنے لگتا، سانس گرم اور دشوار ہو جاتا اور اس کا سر کمنی کھا کھا کر نیند کی بے ہوشی میں فرق ہو جاتا اور وہ خواب میں دیکھتی کہ وہ پھر اسی شہر کے ہسپتال میں پہنچ گئی ہے، مگر ان درد و دیوار کے بجائے رفاقت کے کچھ بیگانگی سی ٹپکتی ہے اور خود اس کے مجمد اور نا قابل حرکت ہو گئے ہیں اور کوئی نا معلوم خوف اس کے دل پر مسلط۔ وہ صبح تک یہی خواب تین چار مرتبہ دیکھتی، اور دراصل اس کے لئے ان زندگیوں کا انتقال ہونا بھی اب چا ہیے تھا۔ ایسے ہی اثرات پیدا کرنے والا۔ مانا کہ شہر میں بھی ایسی ہی ملی ہوئی گلیاں، ٹوٹی پھوٹی سڑکیں، گرد وغبار، شریر لڑکے کے وجود سے بے خبر نہ تھی لیکن وہ ہوا کی چیزوں کی طرح ان سب سے بے پرواہ اور مطمئن تانگے کے گدوں پر جھولتی ہوئی ان اطراف سے کبھی دسویں پندرھویں نکل جایا کرتی تھی۔ اس کی دنیا تو ان علاقوں سے دور ضلع کے صدر ہسپتال میں تھی۔ کتنی کھلی ہوئی جگہ تھی وہ، اور وہاں کا لطف تو ساری عمر نہ بھول سکے گی۔ ہسپتال کے سامنے تارکول کی چوڑی سڑک تھی جس پر دن میں دو مرتبہ جھاڑو دی جاتی تھی اور جو ہمیشہ شیشے کی طرح چمکا کرتی تھی جب وہ اپنی سہیلی ڈینا کے ساتھ اس پر ٹہلنے کے لئے نکلتی تو دور دور تک دور دور تک پھیلے ہوئے کھیتوں اور میدانوں پر سے آنے والی ٹھنڈی ہوا کے جھونکے چہرے اور آنکھوں پر لگ لگ کا دماغ کو ہلکا کر دیتے تھے۔ اس کی ساڑھی پھڑ پھڑانے لگتی، ماتھے پر بالوں کی ایک لڑی تیرتی اور اس کی رفتار سبک اور تیز ہو جاتی۔ ایسے وقت باتیں کرنا کتنا خوشگوار اور

پرلطف ہوتا تھا۔ گردو غبار کا تو یہاں نام بھی نہ تھا۔ مئی جون کے جھکڑ بھی ہسپتال کی سفید اور شیشوں والی عمارت پر سے سنسناتے ہوئے شہر کی طرف گزرتے چلے جاتے تھے اور بجلی کے پنکھے سے سردر ہنے والے کمرے میں دو پہر کی سختی اور وہ اسی اپنا سایہ تک نہ ڈال سکتی تھی۔ جب وہ پروقار انداز سے ساڑھی کا پلہ سنبھالے گزرتی تھی تو ہسپتال کے نوکر چاروں طرف سے اسے ''میم صاحب کہہ کر سلام کرنے لگتے تھے۔ گویا یہاں بھی اسے سب میم صاحب ہی کہتے تھے۔ سڑکوں پر جھاڑو دینے والے بھگی اسے آتے دیکھ کر کھڑم جا تے تھے۔ بلکہ قصبہ کے زمیندار تک اسے ''آپ'' سے مخاطب کرتے تھے۔ مگر پھر بھی یہاں وہ بات کہاں حاصل ہو سکتی تھی۔ وہ رعب، وہ دبدبہ، وہ مالکانہ احساس، وہاں تو اس کی شخصیت ہسپتال کا ایک اجزا زولا ینفک تھی۔ اس سفید، سرد اور متین عمارت اور اس کے غیر مرئی مگر اٹل قانونوں اور اصولوں کا ایک زندہ مجسمہ۔ ہسپتال کے نشتر کے سامنے آنے کے بعد کوئی شخص احتیا جانہ نہ حرکت نہیں کر سکتا تھا۔ اسی طرح اس کی حدود میں داخل ہونے والی ہر چیز کو اس کی مرضی کا پابند ہونا پڑتا تھا۔ جب اس کا مریضوں کے معائنہ کا وقت آتا تھا تو وارڈ میں پہلے ہی سے تیاریاں ہونے لگتی تھیں۔ وہ دورو پے روزانہ کرایہ دینے والیوں تک کو جھٹک دیتی تھی کیونکہ اسے صاف کمروں میں پان کی پیک تک دیکھنا گوارا نہ تھا۔ وہ بڑی بڑی باز کن مزا جوں کو ذرا سی بے احتیاطی اور ہدایات کی خلاف ورزی پر بے طرح ڈانٹتی تھی اور ہمیشہ سب سے تم کہہ کر بولتی تھی۔ مگر یہاں کی عورتیں تو بہت ہی منہ پھٹ تھیں۔ وہ اسے سے ہراساں اور خوف زدہ تو ضرور تھیں مگر اسے دو بد جواب دینے سے نہ چوکتی تھیں۔ تھوڑے دن تک ان پر اپنا اختیار جمانے کی کوشش کر تی وہ تھک وہ چکی تھی اور ان کی باتوں میں زیادہ دخل نہ دیتی تھی اور صفائی اور سلیقہ کی تو ان عورتوں کو ہوا تک نہ لگی تھی۔ ز چہ کو گرمی میں بھی فوراً ایک کمرے میں بند کردیا جاتا تھا جس میں جاڑوں کے لحاف پکھونے، چاروں اور دوسری جنسوں کے ٹکے، ٹوٹی ہوئی چار پائیاں، برتن، کوئلوں کا گھڑا، سوت اور رروڑی کی گٹھریاں، سب الم غلم بھرے ہوتے تھے اور ایک انگیٹھی پر گھٹی چڑھا دی جاتی تھی۔ بعض بعض جگہ تو جلدی جلدی کمرہ میں گو بری ہونے لگتی تھی جو بھیپروں سے اکھڑا اکھڑ کر فرش کو چلنے کے قابل بھی نہ رہنے دیتی تھی اور جس کی سلین انگیٹھی کی گرمی سے مل کر سانس لینا دشوار کر دیتی تھی۔ .... اور وہ سے کم چار ہوتی تھیں۔ گھر کی سب عورتیں، اپنے بد بودار کپڑوں سمیت کمرے میں گھس آتی تھیں اور گھبراہٹ میں سارے سامان کو ایسا الٹ پلٹ کردیتی تھیں کہ ذرا سی کترن تک نہ ملتی تھی۔ اندر کی کھسر پھسر، گھڑ زبڑ بڑ کراہوں ''یا اللہ یا اللہ'' اور عورتوں کے بار بار کو اٹر کھول کر اندر باہر آنے جانے سے گھر کے بچے جاگ جاتے تھے، اور اپنے آپ کے اماں نہ پاک چیخنا شروع کردیتے تھے اور ان کی بڑی بہنیں چپ کار چپ کرا اور تھپک تھپک کر انہیں بہلانے کی کوشش کرتی تھی۔ ''ارے چپ چپ .... دیکھ بھیا آیا ہے .... صبح کو دیکھو .... مننا سا بھیا ......'' ''مگر صبح کو مننا سا بھیا دیکھ سکنے کی امید انہیں اس وقت تک کوئی تسکین نہ دے سکتی اور ان کی روں روں دھاڑوں کی شکل تبدیل ہوکر کمرہ کے خلفشار میں اضافہ کردیتی۔ یہ تو خبر جو کچھ تھا سو تھا، کیشف بستروں پر لیپ چڑھے ہوئے تکیوں، پسینے میں سڑے ہوئے کپڑوں اور مدتوں سے نہ دھلے ہوئے بالوں کی بدبو سے جیسے گرمی اور بھی دو آ تشہ کر دیتی تھی، اس کا جی الٹنے لگتا تھا۔ وہ تمام وقت ہر چیز سے دامن بچاتی ہوئی کھڑی کھڑی پھرتی تھی۔ اس کمرہ میں ایک گھنٹہ گزار ان گویا جہنم کے عذابوں کے لئے تیاری کرنا تھا یہ مانا کہ خود اسے کچھ نہیں کرنا پڑتا تھا۔ کیونکہ قصبہ کی عورتیں اپنے آپ کو نئے نئے انگریزی تجربوں کے لئے پیش کرنے اور اپنے آپ کو ایک اجنبی اور عیسائی مڈ وائف کے، جوان دیکھے اور مشتبہ آلات سے مسلح تھی' ہاتھوں میں دے دینے کے لئے قطعاً تیار نہ تھیں انہیں تو قصبہ کی پرانی دائی اور چھوٹے ہوئے گھر کے ٹھیکروں پر ہی اعتقاد تھا تا ہم ان کے مردوں نے ٹاؤن ایریا سے ڈر کر انہیں اس پر راضی کرلیا تھا کہ وہ نئی عیسائی مڈ وائف کے کمرے میں موجودگی برداشت کرلیں۔ اس طرح عملی حیثیت سے تو اس کا کام بہت کم ہو گیا تھا۔ لیکن آخر ذمہ داری تو اس کی ہی تھی اور وہی ٹاؤن ایریا کمیٹی کے سامنے ہر برائی بھلائی کے لئے جواب دہ تھی اور اس کی ذمہ داری سے عہدہ ہر آ ہونا واہ اوں سے لڑنا تھا۔ اکثر نو گر فتار آرا تنا چیختی چلاتیں اور ہاتھ پیر پھینکتی تھیں کہ انہیں قابو میں کرنا دو بھر ہو جاتا تھا پھر ایسی میم ہو جاتی کہ وہ ڈر کے مارے ذرا سی حرکت نہ کرتی تھیں۔ تین تین چار چار بچوں کی مائیں تو اور بھی آفت تھیں۔ وہ اپنے تجربوں کے سامنے اس ساڑھی پہن کر باہر گھو منے والی عیسائی عورت کی انوکھی ہدایتوں کو کوئی دقت دینے پر تیار نہ تھیں۔ وہ اپنی آہوں

کے درمیان بھی رک کر دوائی کو مشورہ دینے لگتی تھیں اور ایملی کو دانتوں سے ہونٹ چبا چبا کر خاموش رہ جانا پڑتا تھا اور دائی تو بھلا اس کی کہاں سننے والی تھی۔ اسے اپنی برتری اور مڈوائف کی نا اہلیت کا یقین تو خیر تھا ہی مگر اس کی موجودگی سے اپنی آمدنی پر اثر پڑتا دیکھ کر اس نے ایملی کی ہر بات کی تردید کرنا اپنا فرض بنا لیا تھا۔ گویا ایملی نے اس کے طنز یہ جملوں کو پینے کی عادت ڈالی لی تھی۔ لیکن ایملی کا دل کوئی پتھر کا تھوڑے ہی تھا۔ دائی کی طرز عمل کو دیکھ کر دوسری عورتیں بھی دلیر ہوگئی تھیں۔ اس کی طرف توجہ کیے بغیر ہی وہ پلنگ کو گھیر لیتی تھیں۔ اور وہ سب سے پیچھے چھوڑ دی جاتی تھی۔ اب اس کے سوا کیا رہ جاتا تھا کہ وہ جھنجھلا جھنجھلا کر پیر پٹخے اور انہیں پکار پکار کر اپنی طرف متوجہ کرنے کی کوشش کرے۔

ان سب آزمائشوں سے گزرنے کے بعد اسے ہر بار اندراج کے لیے ٹاؤن ایریا کے دفتر جانا پڑتا تھا۔ اسے دیکھ کر بخشی جی کی آنکھیں چمکنے لگتیں اور ان کے پان میں سنے ہوئے کالے دانت نیم تمسخرانہ انداز میں ان کو چھوٹی داڑھی اور بڑی بڑی مونچھوں سے باہر نکل آتے اور وہ اس کی طرف کرسی کھسکاتے ہوئے کہتے''کہو میم صاحب! لڑکا کہ لڑکی؟'' مونچھوں کے ان گھنے کالے بالوں کی قربت اسے ہراساں کر دیتی اور اسے ایسا معلوم ہونے لگتا جیسے ان بالوں میں یکا یک بجلی کی لہر دوڑ جائے گی اور وہ سیدھے ہو کر اس کے چہرے سے آ ملیں گے۔ وہ نفرت اور خوف سے پیچھے سمٹ جاتی اور بخشی جی سے نظریں بچاتی ہوئی جلد سے جلد اپنا کام ختم کرنے کی کوشش کرتی۔

یہ سارے مرحلے طے کرتی ہوئی وہ عموماً آٹھ نو بجے رات کو تھکی ہاری اپنے گھر پہنچتی تھی۔ جب پیر کہیں سے کہیں پڑ رہے ہوں، سر بھٹایا ہوا ہو، جب جسم کا کوئی بھی عضو دوسرے ایک کا ساتھ دینے کو تیار نہ ہو، تو بھلا بھوک کیا خاک لگ سکتی ہے۔ وہ جوتا کھول کر پیر سے کونے میں اچھال دیتی اور کپڑے اس طرح جھنجھلا جھنجھلا کر اتارتی کا دوسرے دن نسیم کو انہیں دھوبی کے یہاں استری کرانے لے جانا پڑتا۔ النا سید ھا کھانا حلق کے نیچے اتار کر وہ بستر پر گر پڑتی۔ تکیے پر سر رکھتے ہی دیواریں، پیڑ، ساری دنیا اس کے گرد تیزی سے گھومنے لگتے۔ بھبجا دھرا دھرا دھرا اکھڑی پڑی میں سے نکل بھاگنے کی کوشش کرتا۔ سر تکیے میں گھسا جا تا مگر تکیہ اسے اوپرا اچھالتا معلوم ہوتا۔ بازو شل ہو جاتے۔ ہتھیلیوں میں سیسہ سا بھر جانا اور ہاتھ اوپر نہ اٹھ سکتے ۔ اسی طرح ٹانگیں بھی حرکت سے انکار کر دیتیں اور کر تو بالکل پتھر بن جاتی۔ وہ اپنے پرانے ہسپتال کو یاد کرنا چاہتی، مگر وہ کسی چیز کو بھی پوری طرح یاد نہ کر سکتی .... کھڑکی کا کواڑ، مریضوں کی آہنی چار پائی کا پایہ، موٹر کے پہیے، نیم کے پیڑ کی چوٹی، پان میں سنے ہوئے کالے دانت اور گھنی سخت مونچھیں، یہ سب باری باری بجلی کے گوندے کی طرح سامنے آتے اور آنکھ جھپکتے میں غائب ہو جاتے وہ کھڑکی کے کواڑ میں ایک کمرہ جوڑنا چاہتی۔ مگر اس میں زیادہ سے زیادہ ایک چخنی کا اضافہ کر سکتی بلکہ بعض اوقات آہنی چار پائی کا ایک پایہ تو ایک کھونٹے کی طرح اس کے دماغ میں گڑ جاتا اور کوشش کے باوجود بھی ٹس سے مس نہ ہوتا، نیم کی چوٹی کو کبھی تنا حاصل نہ ہو سکتا .... پھر نیم کی ہری ہری چوٹی پر ایک ریت کے حاشیے والی نالی بہنے لگتی اور کھڑکی کے شیشے پر پان میں سنے ہوئے کالے دانت مسکراتے اور گھنے بالوں والی مونچھیں بے تابی سے پلٹیں .... مختلف شکلیں ایک سے دست و گریبان ہو جانیں اور دماغ کے ایک سرے سے دوسرے تک لڑتی جھگڑتی ٹکراتی، روندتی، دوڑتی .... سیاہ آسمان پر روشن ان گنت تاروں کے کچھے کے کچھے بھگوں کی طرح آنکھوں میں گھس گھس کر نا چنے لگتے اور جلتی ہوئی آنکھیں کنپٹیوں کی خواب آ ور بھدے بھدے سے آ ہستہ آ ہستہ بند ہو جاتیں .... سونے کے بعد تو ان شکلوں کے اور بھی چھوٹے چھوٹے ٹکڑے ہو جاتے جو باری باری آتے اور اس کے دماغ پر مسلط ہو جانا چاہتے۔ اتنے ہی میں ایک ایک دوسرا آ پہنچتا اور پہلے والے کو دھکے دے کر باہر نکال دیتا۔ ابھی یہ کشمکش ختم بھی نہ ہوتی کہ ایک تیسرا آ دھمکتا۔ ان سب کی حریفانہ زور آ زمائیاں اسے بار بار چونکا دیتیں اور وہ ہلکی سی کراہ کے ساتھ آنکھیں کھول دیت .... پھر آنکھوں میں تاروں کے کچھے کے کچھے بھرنے لگتے .... کہیں صبح کے قریب جا کر یہ شکلیں تھلتیں اور اپنی رزم گاہ سے رخصت ہوتیں ہو کر ابھی ہلکی ہلکی ہوا چلنی شروع ہو جاتی اور ایملی نیند میں بالکل بے جوش ہو جاتی مگر اس کی نیند پوری ہونے سے پہلے ''کواڑ کھولو'' کی مسلسل اور ضدی چیخیں اس کے دماغ میں گونجتیں .... وہی چیخیں، وہی دھڑ دھڑاہٹ، فرض اور آ رام کی وہی تلخ کشمکش، وہی جھلاہٹ اور لپسائی۔ نسیم بہار سے لوٹ آ ئی تھی۔ اسے شیخ صفدر علی کے ہاں بلایا گیا تھا اور پکار نے

والے نے بار بار کہا تھا''جلدی .... بلایا ہے ....جلدی ....''ہر ایک یہی کہتا ہوا آتا ہے جلدی .... آخر وہ کیوں جلدی کرے؟ کیا وہ ان کی نوکر ہے؟ یا وہ اسے دولت بخش دیتے ہیں ۔ ہونہہ ....جلدی! وہ نہ پہنچے گی تو کیا سب مر جائیں گے؟ اور پھر وہ کریں گے ہی کیا اسے بلا کر؟ ....کہتی ہیں چڑیلیں''اسے کیا خاک آتا ہے ....''کیا خاک آتا ہے ....کچھ نہیں آتا .... اچھا پھر؟ بیٹھیں اپنے گھر ،کون ان کی خوشامد کرنے جاتا ہے .... کچھ نہیں آتا؟ جیسے جیسے آئے اس نے دیکھے ہیں ان لوگوں کے تو خواب و خیال میں بھی نہ گزرے ہوں گے ....چمکدار ،تیز، ہاتھی دانت کے دنتے والے .... اور وہ ڈاکٹر کارٹ فیلڈ کے لیکچر ، وہ نقشے دکھا دکھا کر جسم کے حصوں کو سمجھاتی تھی کچھ نہیں آتا .... ہونہہ!

ایملی کے ہونٹوں پر مسکراہٹ آ گئی ۔ پہلے تو اس کا جی چاہا کہ کہلوا دے وہ جلدی نہیں آ سکتی ۔ وہ بالکل نہیں آئے گی ۔مگر پھر اسے خیال آیا کہ یہ لوگ محض جاہل ہی تو ہیں ۔ان کے کہنے سے اس کا بگڑتا کیا ہے اور آخر ذمہ داری تو خود اس کی ہی ہے ۔ چنانچہ اس نے نسیمن سے کہا''کہہ دو کہ چلو میں آ رہی ہوں۔''مطمئن ہو کر اس نے کروٹ لے لی ۔سر کو نیچے پڑ ھیلا چھوڑ دیا۔آنکھیں بند کر لیں ،ایک بازو بستر کی ٹھنڈی چادر پر پھیلا دیا، اور ہاتھ چہرے پر رکھ لیا۔اس نے چاہا کہ دماغ کو بالکل خالی کر لے اور ساکت ہو جائے مگر اس کے دل کی کھٹ کھٹ کانوں میں نچ رہی تھی اور تھوڑی تھوڑی دیر بعد یکا یک ایک پتھر سا دماغ میں آ کر لگتا تھا۔''جلد ....''جس سے اس کے ماتھے اور کنپٹیوں کی نسیں تن جاتی تھیں اور ٹوٹتی ہوئی معلوم ہونے لگتی تھیں ۔اسے جلدی جانا تھا ....جلدی ....اور اسی بات کے تو وہ ٹاؤن ایریا کمیٹی سے تیس روپے ماہوار پاتی تھی ۔ جلد جانا تھا ....لیکن آخر وہ فرض پر صحت کو تو نہیں قربان کر سکتی تھی ۔کل رات ہی اسے بہت دیر ہو گئی تھی ۔ وہ انسان ہی تو تھی نہ کہ مشین ....اب وہ محسوس کر رہی تھی کہ اس کے سر میں درد ہو رہا ہے ،کمر بیٹھی جا رہی ہے ،کندھے اور ٹانگیں بے جان ہو گئے ہیں ۔ایسی حالت میں اتنی جلدی بہت مضر ہو گا اور خصوصاً اس قصبہ جیسی آب وہوا میں جہاں اسکی صحت روز بروز کرتی جا رہی ہے ۔ابھی آخر چار مہینے میں اسے چار دن بخار آ چکا تھا ....اور پھر وہ وہاں جا کر بنا ہی کیا لے گی ،ان لوگوں کو ایسی کیا خاص ضرورت ہے اس کی ....تھوڑا اسا اور سو لینا ہی بہتر ہو گا۔

وہ سو جاتی مگر انگلیوں کے بیچ میں ہو کر صبح کی روشنی آ رہی تھی اور اس کی آنکھوں کو بند نہ ہونے دیتی تھی ۔اس نے ہاتھ آنکھوں پر رکھ کا لیا اور آنکھیں خوب بھینچ کر بند کر لیں ۔اب اسے جھپکیاں آنا شروع ہو گئیں ۔ مگر ہر دفعہ''دودھ اور دودھ'' ''ابو کلو ہوئے ....''اٹھ! اٹھ! اب پڑھنے نہیں جانے کا؟'' کی صداؤں اور نسیمن کی لکڑیاں توڑنے اور دیگچیاں اٹھانے کی آوازوں سے وہ چونک پڑتی تھی ۔سونے کی کوشش کرتے کرتے اس کی آنکھوں میں پانی بھر آیا ۔سر میں درد ہونے لگا اور ماتھا جلنے لگا ۔وہ مایوس ہو کر سیدھی لیٹ گئی اور آنکھوں پر دونوں بازو رکھ لئے ۔اوب اس کے اعضاء اور بھی بوجھل اور نا قابل حرکت ہو گئے اور وہ ان صداؤں، آوازوں ،ان تحکمانہ طلبیوں ....''جلدی بلایا ہے ۔''اس صبح کے چاند نے ،اس قصبہ پر دانت پیسنے لگی ۔وہ چاہتی تھی کہ کوئی ایسی چادر اوڑھ لی کہ اس کو ان صداؤں، آوازوں ،ان تحکمانہ طلبیوں ۔''جلدی بلایا ہے ....''اس صبح کے چاند نے ،اس قصبہ ،سب سے چھٹا کے ۔جس کے نیچے ان میں سے کسی کی بھی پہنچ نہ ہو، جہاں وہ ان سب سے .... اپنے آپ سے غافل ہو جائے .... اپنے کو کھودے ....اسے محسوس ہوا کہ دو مضبوط اور مدت کے آشنا بازو اس کے جسم کا حلقہ کئے نیچے کھینچ رہے ہیں ....سر کے درد کو گویا یکا یک کسی نے پکڑ لیا ....دو آنکھیں بھی ذرا دور چمکیں، مسکراتی ہوئی معلوم ہوئیں اور اس نے اپنے آپ کو ان بازوؤں کی گرفت میں چھوڑ دیا ....جسم ہوا کی طرح ہلکا ہو گیا تھا ۔سر ہلکے ہلکے جھکولے کھاتا موجوں پر بہا چلا جا رہا تھا ۔سکون تھا ، خاموشی تھی اور صرف دل کے مسرت سے دھڑکنے کی آواز آ رہی تھی ....دو بازو اس کے جسم کو نیچے کھینچ رہے تھے ۔ وہ مضبوط اور مدت کے آشنا بازو ....

اس نے ڈرتے ڈرتے آنکھیں کھولیں ۔صبح کے چاند میں چمک آ گئی تھی ۔نسیمن نے چوتھے پر دیگچی پر رکھی ۔بکری والا لمحہ کے جانے کے لئے بکریاں جمع کر رہا تھا ۔اور کنویں کی گراری زور سے چل رہی تھی ۔اس کی آنکھیں اوپر اٹھیں اور ہوا میں کسی چیز کو تلاش کرنے لگیں ۔دو بادامی

سائے اترنے لگے۔آنکھوں کے پردے پھڑ کے اور پلکیں آہستہ آہستہ ایک دوسرے سے مل گئیں ....گویا وہ ان سایوں کو پھسالینا چاہتی ہیں ......سائے کچھ دور پر رک گئے، وہ ڈگمگائے اور دھندلے ہوتے ہوتے ہوا میں تحلیل ہوگئے .... آنکھیں صبح بے رنگ آسمان کو دیکھ رہی تھیں ۔ اس کی گردن ڈھلک گئی اور بازو دونوں طرف گر پڑے .... وہ مدت کے آشنا بازو ....مگر وہ یہاں کہاں!

چند لمحے بے حس پڑے رہنے کے بعد وہ ویلیس کو یاد کرنے لگی ہر لمبے لمبے الٹے ہوئے بال ، چوڑا سینہ ،سرخ ڈوروں والی جلد جلد پھرتی ہوئی آنکھیں ،موٹا سانچلا ہونٹ ،کان کی لو تک کٹی ہوئی قلمیں ،ساولے رنگ پر مندھی ہوئی داڑھی کا گہرا نشان آنکھوں کے نچے ابھری ہوئی ہڈیاں اور مضبوط بازو .... دن میں کتنی کتنی مرتبہ اس کے بازو اسے کھینچتے تھے اور ان کے درمیان وہ بالکل بے بس ہو جاتی تھی اور بعض دفعہ تو جھنجھلا پڑتی تھی مگر اس کے جواب میں اس کا پیار اور بڑھ جا تا تھا .... اور اس کے دونوں گالوں پر گرم اور نم آلود ہو بوسے ....اور دن میں کتنی کتنی مرتبہ اس کے منہ سے شراب کی تیز بد بو تو ضرور آتی تھی ۔مگر وہ کیسے جوش سے اسے اپنے بازوؤں میں اٹھالیتا تھا،اور پاگلوں کی طرح اس کے چہرے اس کے ہاتھوں ،گردن ،سینے پر سب بوسلے دے ڈالتا تھا اور پھر قہقہے مار کر ہنستا تھا ''........میر جان .... ہاہاہا ....اے می لی ....ڈیر .... پیاری پیاری ......ہاہاہا ....'' اور وہ اس کی کیسی نگہداشت کرتا تھا ۔ وہ اس سے اپنے بازوؤں میں پوچھتا ۔''اس مہینے میں کیسی ساڑھی لاؤ گی ،میر جان؟ ..... ہیں؟ ......اس سینے پر تو سرخ کھلے گی! کہو کیسی رہی؟ ہاہاہا ....''اور وہ اسے دو پہر میں تو کبھی نہ نکلنے دیتا تھا اگر اسے ایسے وقت ہسپتال سے بلایا جا تا تو وہ کہلوا دیتا کہ مس ویلیس سوری ہی لیس اور وہ اس کے اٹھنے سے پہلے چائے تیار کراکے اپنے آپ اس کے قریب میز پر لا رکھتا تھا اور وہ اسے کتنے پیار سے بھیجتا تھا مگر وہ یہاں کہاں! ....اگر وہ یہاں ہوتا تو وہ اسے اتنے سویرے کہیں نہ جانے نہ دیتا۔وہ یہاں ہوتا تو وہ خود کہیں نہ جاتی ۔ وہ تو ایسے کواڑ پیٹ کر جگانے والے کا سر تو ڑ دیتا ....لیکن وہ یہاں ہوتا ۔ وہ اس کے پاس ہوتا تو وہ خود یہاں کیوں ہوتی ۔

لیکن .... کچھ دوسری شکلیں ابھریں ۔ .... اچھا ہی ہے کہ وہ اس کے پاس نہیں ہے .... اس کے بال الجھے ہوئے اور پریشان تھے اور وہ اس طرح دانتوں سے ہونٹ چبار ہا تھا گویا ان کا قیمہ کر کے رکھ دے گا اور اس نے اسے کیسی بے رحی سے بید سے پیٹا تھا۔''لے ....اور لے گی ..... بڑی بن کر آئی ہے وہاں سے وہ ....''اگر میم صاحب شورس کرنہ آ جاتیں تو نہ معلوم وہ ابھی اور کتنا مارتا ....ایملی اپنے بازوؤں پر نشان ڈھونڈنے لگی .... ایسے ظالم سے تو چھٹکارہ ہی اچھا .... کیسی خونی آنکھیں ،اور آخر میں وہ شراب کتنی پینے لگا تھا .... مگر وہ ہوتا تو اسے اتنے سویرے کہیں نہ جانے نہ دیتا .... مانا کہ وہ روڑا کے ساتھ رات کو بڑی دیر ٹہلتا رہتا تھا۔لیکن ظاہرا!تو اس کے ساتھ اس کا برتاؤ ویسا ہی رہا تھا ....اگر وہ خود اتنا نہ بگڑتی اور اسے اتنے بیٹھتے بیٹھتے طعنے نہ دیتں تو شاید بات یہاں تک نہ پہنچتی .... وہ اسے کتنے پیار سے بچا تا تھا لیکن وہ لمبے منہ پر ہڈیاں نکلی ہوئی،سوکھی جیسے لکڑی ہو ....اور فراک پہننے کا بڑا شوق تھا آپ کو، بڑی میم صاحب بنتی تھیں ۔ چار حرف انگریزی کے آگئے تھے تو زمین پر قدم نہ رکھتی تھی ہوئی اس میں جو وہ ایسا لٹو ہو گیا تھا ....نہ معلوم ایسی کیا چیز لگی ہوئی تھی اس میں جو وہ ایسا لٹو ہو گیا تھا ....اس نے خواہ مخواہ فکر کی وہ خدا سے تھک کر چھوڑ دیتا .... وہ اسے تھوڑے دن یونہی چلنے دیتی تو کیا تھا .... مگر اس نے کیسی بے رحی سے اسے مارا تھا ۔

ہاں .... ایک دفعہ مار ہی لیا تو کیا ہوگیا ۔وہ خود بھی شرمندہ معلوم ہوتا تھا اور اس کے سامنے نہ آتا تھا ....اور اگر دینا اسے اتنا نہ بہکاتی تو وہ شاید طلاق بھی نہ لیتی ۔بس وہ اپنا ذرا مزا لینے کو اسے اکساتی رہی ....یہ اچھی دوستی ہے ....اب وہ دینا سے نہیں بولے گی ،اور اگر ملے گی بھی تو منہ پھیر کر دوسری طرف چل دے گی اور جو دینا اس سے بولی تو وہ صاف کہہ دے گی کہ وہ دھوکا دینے والوں سے نہیں بولنا چاہتی ....دینا بگڑ جائے گی تو بگڑا کرے۔اب وہ شہر کے ہسپتال سے چلی ہی آئی ،اب کوئی روز کا کام کاج تو ہے نہیں کہ بولنا ہی پڑے ....

وہ اسی طرح دینا کی مکاری پر پیچ و تاب کھاتی رہتی،اگر حسین اسے نہ پکارتی۔''اجی میم صاحب اٹھو،سورج نکل آیا۔''وہ ہڑ بڑا کر اٹھ بیٹھی اور چاروں طرف دیکھا۔اب تو واقعی اسے چلنا چاہیے تھا مگر پھر بھی پلنگ سے نیچے اترنے سے پہلے اس نے کئی مرتبہ انگڑائیاں لیں اور تکیہ پر سر سرکا رگڑا۔

وہ منہ دھو کر چائے کے انتظار میں پھر بستر پر آ بیٹھی۔ نسبین لکڑیوں کو چولہے میں ٹھیک کرتی ہوئی بولی ۔"وہ بنیا ین کہہ رہی تھیں کہ تمہاری میم صاحب تو عید کا چاند ہوگئیں ۔ کبھی آ کے بھی نہیں جھانکتی ۔۔۔۔۔آجی ہوئی آ دان کی طرف میم صاحب کسی دن بڑا یاد کریں ہیں تمہیں!"

ہوہی آئے ان کی طرف ۔۔۔۔۔۔۔کیا کرے وہ جا کر میلے چیلے پلنگوں پر بیٹھنا پڑتا ہے ۔ٹوٹے ٹاٹے ۔۔۔۔۔۔۔یہاں کی عورتوں سے کیا وہ باتیں کرے؟ بس انہیں تو قصے سناتے جاؤ کہ اس کے بچہ مرا ہوا پیدا ہوا۔اس کو اتنی تکلیف ہوئی۔وہ کہاں تک لائے ایسے قصے سنانے کو،اور کوئی بات تو جیسے آتی ہی نہیں انہیں ۔۔۔۔۔۔اور پھر یہ لوگ کتنی بد تمیز ہیں ۔سڑے ہوئے کپڑے لے کر سر پر چڑھی جاتی ہیں ۔۔۔۔۔۔۔اسے ان لوگوں کے ہاتھ کا پان کھاتے ہوئے کتنی گھن آتی ہے مگر مجبوراً کھانا ہی پڑتا ہے ۔۔۔۔۔جب وہ اس سے باتیں کرتی ہیں تو ہلکے ہلکے مسکراتے جاتی ہیں جیسے اس کا مذاق اڑا رہی ہوں ۔۔۔۔۔۔ کن آنکھوں سے ایک دوسرے کو اور سارے گھر کو دیکھتی جاتی ہیں گویا وہ چور ہے اور ان کی آنکھ بچتے ہی کوئی چیز اڑا دے گی ۔۔۔۔۔۔یہ اس سے سب عورتیں جھجکتی کیوں ہیں؟ کیا وہ ان کی طرح عورت نہیں ہے؟ یا وہ وہ کوئی ہوا ہے ۔۔۔۔۔۔عجیب بے وقوف ہیں یہ عورتیں ۔۔۔۔۔۔اور ہاں جب وہ ان کے ہاں جاتی ہے۔تو ان کے اشارے سے جوان لڑکیاں جلدی جلدی بھاگ کر کمرے میں چھپ جاتی ہیں ۔وہ اندر سے جھانک جھانک کر اسے دیکھتی ہیں اور اگر کہیں اس کی نظر پر جائے تو وہ فوراً ہٹ اس سے ہنسنے کی آ واز آتی ہی اور اگر انہیں اس کے سامنے آ نا ہی پڑ جائے تو وہ بدن چراتی ہوئی اوپر سے نیچے خوب دوپٹہ تانے ہوئے آتے ہیں ۔ جیسے اس کی نظر ان میں سے کچھ چھٹا لے یا اس کی نگاہ پڑ جانے سے ان میں کوئی گندگی لگ جائے گی ۔۔۔۔۔ان کی یہ حرکت اسے بالکل نہ پسند ہے ۔کیا انہیں اس پر اعتماد نہیں،اور وہ اس پر شک کرتی ہیں ۔۔۔۔۔؟اس سے ان کے ہاں نہ جانا ہی اچھا ۔۔۔۔۔۔بیٹیوں اپنی لڑکیوں کو لے کر اپنے گھر میں ۔۔۔۔۔اور وہ گندے بچے، مٹی سے سنے، ناک بہتی، آ دھے ننگے، پیٹ نکلا ہوا، وہ سامنے آ کر کھڑے ہو جاتے ہیں اور اسے غور سے ایسے دیکھتے رہتے ہیں، جیسے وہ نیا پکڑا ہوا عجیب و غریب جانور ہے ۔۔۔۔۔اور جب وہ ان سے بولتی ہے تو وہ سیدھے باہر بھاگ جاتے ہیں ۔وہشی ہیں بالکل، جانور ۔۔۔۔بالکل ۔۔۔۔۔اور یہ خوب ہے کہ اس کے پہنچتے ہی وہاں جھاڑو شروع ہو جاتی ہے ۔ مارے گرد کے سانس لینا مشکل ہو جاتا ہے ۔ذرا خیال نہیں تندرستی کا انہیں،اور کوئی کیوں ان کے ہاں جا کر بیماری مول لے اور ان کے مرد کتنی شرم آتی ہے اسے ان حرکتوں سے ۔ وہ ہمیشہ ڈیوڑھی میں راستہ گھیرے بیٹھے رہتے ہیں اور جب تک وہ بالکل قریب نہ پہنچ جائے نہیں ہٹتے ۔۔۔۔۔۔"ارے حقہ ہٹاؤ، حقہ ہٹاؤ" اٹھتے اٹھتے ہی اتنی دیر لگا دیتے ہیں کہ وہ گھبرا جاتی ہے جان کے کرتے ہوں گے یہ ایسی باتیں ۔۔۔۔۔۔تا کہ کھڑی رہے وہ تھوڑی دیر وہاں ۔اور جب وہ اندر پہنچ جاتی ہے تو اسے قہقہوں کی آ واز آتی ہے ۔عجیب بد تمیز ہیں ۔۔۔۔انگریزوں کے ہاں کتنی عزت ہوتی ہے عورتوں کی ۔وہ بڈھے پادری صاحب جو آ یا کرتے تھے ۔ بہت اچھے آ دمی تھے بیچارے، ہر ایک سے کوئی نہ کوئی بات ضرور کرتے تھے، بلکہ اسے تو وہ پہنچان گئے تھے۔سب مل کر جایا کرتے تھے اتوار کو گر جا ۔۔۔۔۔ وہ خود، دینا، کٹی، میری، شیلا اور ہاں مری ۔۔۔۔۔۔مسز جیس کا کتنا نذ اڑاتے تھے سب مل کر ۔۔۔۔۔۔سب سے پیچھے چلتی تھیں، چھتری ہاتھ میں لئے ہانپتی ہوئی اور ان میں تھا کیا۔ ہڈیوں کا ڈھانچہ تھیں بس ۔۔۔۔۔۔اور گر جا سے لوٹتے ہوئے تو اور بھی مزا آ تا تھا۔سب چلتے تھے، آ پس میں ہنستے، مذاق کرتے ۔۔۔۔۔۔افوہ، شیلا کس قدر منسوڑتی تھی ، کیسے کیسے منہ بناتی تھی ۔ جب ہنسنے پر آ تی تھی تو رکنے کا نام نہ لیتی تھی ۔۔۔۔۔مگر یہاں وہ سب باتیں کہاں اب تو جیسے وہ آ دمیوں میں رہتی ہی نہیں ۔۔۔۔۔۔اور واقعی کیا آ دمی ہیں یہاں والے؟ اول تو اسے اتنی فرصت ہی کہاں ملتی ہے ۔ ہر وقت پاؤں میں چکر رہتا ہے، اور پھر ایسوں سے کوئی کیا ملے؟ ۔۔۔۔۔جیسے جانور ۔نہ کوئی بات کرنے کو، نہ کوئی ذرا ہنسنے بولنے کو، بس آ ؤ اور پڑ رہو لے دے کے رہ گئی نسبین ،تو اس سے اس کے سوا کوئی بات ہی نہیں آ تی کہ اس کا اپنے میاں سے لڑائی ہوگئی ۔اس کے یہاں برات بڑی دھوم دھام سے آ ئی ۔۔۔۔۔اسے کیا ان باتوں سے ہوا کرے،اس سے مطلب ۔۔۔۔۔یا بہت ہوا تو اسے خواہ مخواہ ڈرائے رہے گی چوروں کے قصے سنا سنا کر ۔۔۔۔۔ایک دفعہ اس نے سنایا تھا کہ ایک دوسرے قصبے کی ٹڈ دائف کو کچھ لوگ کیسے بہکا کر لے گئے تھے اور اس کے

ساتھ کیسا سلوک کیا کرتا تھا۔۔۔۔۔۔ بجتی ہے بھلا کہیں یوں بھی ہوا ہے۔لیکن اگر کہیں اس کے ساتھ ۔۔۔۔۔۔۔۔ مگر نہیں، بیکار کا ڈر ہے،۔۔۔۔۔۔ جو یوں ہوا کرے تو لوگ گھر سے نکلنا چھوڑ دیں ۔۔۔۔۔۔۔ بھلا دنیا کا کام کیسے چلے ۔۔۔۔۔۔۔ پاگل ہے بڑھیا، بہکا دیا ہے کسی نے اسے ۔۔۔۔۔۔۔۔۔۔ مگر ایسی جگہ کا کیا اعتبار، نہ معلوم کیا ہو گیا نہ ہو۔کوئی ساتھ بھی تو نہیں ۔۔۔۔۔۔۔۔۔ اگر وہ مڈ وائف نہ بنتی تو اچھا تھا اور وہ تو خود ٹیچر بننا چاہتی تھی بلکہ پاپا بھی یہی چاہتے تھے مگر ماما ہی کسی طرح راضی نہ ہوئیں ۔۔۔۔۔۔۔ کتنے دن ہو گئے پاپا کو بھی مرے ہوئے ۔۔۔۔۔۔۔ بارہ سال، کتنا زمانہ گزر گیا اور معلوم ہوتا ہے جیسے کل کی بات ہو ۔۔۔۔۔۔۔ کتنا پیار کرتے تھے وہ اسے ۔۔۔۔۔۔۔۔ روز اسکول پہنچانے جاتے تھے ساتھ ۔۔۔۔۔۔۔۔۔ کلاس میں اس کی سیٹ میز کے پاس تھی اور وہ انگریزی کے ماسٹر صاحب بہت اچھے آدمی تھے ۔۔۔۔۔۔۔ بے چارے، چاہے وہ کام کر کے نہ لے جائے ۔۔۔۔۔۔۔۔ مگر بھی کچھ نہیں کہتے تھے ۔۔۔۔۔۔۔ اور لڑکے تو نہ جانے اسے کیا سمجھتے تھے ۔۔۔۔۔۔۔ سارے اسکول میں وہ اکیلی ہی لڑکی تھی نا ،سب کے سب ماسٹر صاحب بچا بچا کر اس کی طرف دیکھتے رہتے تھے ۔۔۔۔۔۔۔ ارے وہ مونا کرم چند، بھلا وہ بھی تو اس کی طرف دیکھتا تھا جیسے وہ بڑا خوبصورت سمجھتی تھی اسے ۔۔۔۔۔۔۔۔۔ اور ہاں وہ عظیم! یاد دھولا تھا۔ بے چارا، سوکھا سا زرد،مگر آنکھیں بڑی بڑی تھیں اس کی ۔ دیکھتا تو وہ بھی رہتا تھا اس کی طرف،مگر جب کبھی وہ اسے دیکھ لیتی تھی تو وہ فوراً شرما کر نظریں نیچی کر لیتا تھا۔اور رومال نکال کر منہ پونچھنے لگتا تھا۔۔۔۔۔۔۔ اور اس دن وہ دل میں کتنا ہنسی تھی ۔اس دن وہ اتفاق سے جلدی سے آ گئی تھی ۔ برآمدہ میں دوسری وہ آ رہا تھا، جب وہ قریب آیا تو اس کا چہرہ سرخ ہو گیا اور گھبرا کر چاروں طرف دیکھنے لگا۔اس کے پاس پہنچ کر وہ رک گیا اور کچھ کہنے سا لگا، ڈرتے ڈرتے عظیم نے اس کا ہاتھ پکڑ لیا اور پھر جلدی سے چھوڑ دیا،اسے گھبرایا ہوا دیکھ کر وہ خود پریشان ہو گیا تھا، اور اس نے بہت گڑ گڑا کر کہا تھا ''کہے گا نہیں ۔''وہ کتنے دن اس بات کو یاد کر کے ہنستی رہی تھی ۔۔۔۔۔۔۔ کتنا سیدھا تھا واقعی وہ ۔۔۔۔۔۔۔۔ وہ ابھی اسکول ہی میں رہتی تو کتنا مزار رہتا ۔۔۔۔۔۔۔ مگر ۔۔۔۔۔۔۔۔ وہ زمانہ تو اب گیا ۔۔۔۔۔۔۔ اب تو وہ یہاں دنیا سے الگ پڑی ہے۔کوئی بات تک کرنے کو نہیں ۔۔۔۔۔۔ کسی کا خط بھی جواب وہی ''نہیں '' ۔۔۔۔۔۔۔۔ اور جو آیا بھی تو بس وہی لمبے بادامی لفافے ۔۔۔۔۔۔۔ آن ہنر مجسٹیز سروس ۔۔۔۔۔۔۔۔ ڈسٹرکٹ ہیلتھ آفیسر کی ہدایتیں ،یوں کرو اور دوں دوں کرو ۔۔۔۔۔۔ کوئی اس کی مانے بھی وج وہ یوں کرے ۔۔۔۔۔۔۔ خواہ مخواہ کی آفت ۔۔۔۔۔۔۔ اور پھر خط آئے بھی کہاں سے،؟ اگر آنٹی ہی دلی سے خط بھیج دیا کریں تو کیا ہے ۔۔۔۔۔۔۔ مگر وہ تو برسوں بھی خبر نہیں لیتیں ۔۔۔۔۔۔ ایک دفعہ جانا چاہیے اسے دلی ۔۔۔۔۔۔۔ اچھا شہر ہے ۔۔۔۔۔۔۔ کیا چوڑی سڑکیں ہیں ۔۔۔۔۔۔ اور سنیما کس کثرت سے ہیں ۔۔۔۔۔۔ اور وہ ۔۔۔۔۔۔۔ وہ خیر ہے ہی ۔۔۔۔۔۔ مگر ہو کائیں، کائیں، کائیں نے اسے چونکا دیا۔دھوپ آدھی دیوار تک اتر آئی تھی ،کوا زور زور سے چیخ رہا تھا اور وہ بستر پر پیر نیچے لٹکائے لٹکائے لیٹی تھی۔اسے جلدی جانا تھا اور اس نے بے کار لیٹے لیٹے اتنی دیر لگا دی تھی ۔وہ نسبین پر اپنا غصہ اتارنے لگی کہ اس نے چائے کیوں نہیں لا کر کی مگر وہ سمجھ رہی تھی کہ میم صاحب سو رہی ہیں اور واقعی ،اس نے خیال کیا، اس سے تو وہ اتنی دیر سو ہی لیتی تو اچھا تھا۔ بہر حال اس نے نسبین کو جلدی سے چائے لانے کو کہا۔

اس نے دوبارہ منہ دھویا اور الٹی سیدھی چائے پینے کے بعد وہ کپڑے بدلنے چلی ۔ ٹرنگ کھول کر وہ سوچنے لگی کہ کونسی ساڑھی پہنے ۔۔۔۔۔۔۔ سفید، سرخ کناروں والی ۔مگر کیا روز روز ایک ہی رنگ ۔۔۔۔۔۔۔ اور پھر سفید ساڑھی میلی کتنی جلدی ہوتی ہے ۔اس کی بہار تو بس ایک دن ہے ۔اگلے دن کام کی نہیں رہتی ۔۔۔۔۔۔۔ نیلی ساڑھی نیچے سے چمک رہی تھی ۔۔۔۔۔۔ اسے ہی کیوں نہ پہنے؟ ۔۔۔۔۔۔۔ مگر اسے نیلی ساڑھی پہنے دیکھ کر تو لوگ اور بھی باؤلے ہو جائیں گے ۔۔۔۔۔۔۔ وہ جدھر سے نکلتی ہے سب کے سب اسے گھورنے لگتے ہیں ۔اسے بڑی بری معلوم ہوتی ہے ان کی یہ عادت ۔۔۔۔۔۔۔ اور ان زمینداروں کو دیکھو، بڑے شریف بنتے ہیں ؟ ۔۔۔۔۔۔ خیر وہ تو جو کچھ ہے سو ہے، جب وہ آگے بڑھ جاتی ہے تو وہ ہنستے ہیں اور طرح طرح کے آوازے کستے ہیں ۔۔۔۔۔۔۔ ''کہو یار!'' ''ابے مجید ذرا لیو!'' ۔۔۔۔۔۔۔ کوئی کھانسنے لگتا ہے کیا وہ سمجھتی نہیں ۔۔۔۔۔۔۔ ذرا شہر میں کر کے دیکھتے ایسی باتیں ۔۔۔۔۔۔۔ وہ مزا چکھا دیتی انہیں ۔۔۔۔۔۔۔ مگر یہاں وہ کیا کرے، مجبور ہو جاتی ہے ۔۔۔۔۔۔۔ ان کی

ہی وجہ سے تو اس نے رنگدار ساڑھیاں چھوڑ دیں اور سفید پہننے لگی، مگر پھر بھی نہیں مانتے .... اب اگر آج وہ نیلی ساڑھی پہن کر جائے گی تو نہ معلوم کیا کریں گے .... تو پھر سفید ہی پہن لے .... مگر روز سفید اور کیا، وہ کوئی ان سے ڈرتی ہے۔ ہنستے ہیں تو ہنسا کریں، کوئی اسے کھا تھوڑی لیں گے، بھلا کیا بگاڑ سکتے ہیں وہ اس کا ؟ .... اب وہ پھر رنگدار ساڑھیاں پہنا کرے گی .... دیکھیں وہ اس کا کیا بناتے ہیں .... ہنسیں گے تو ضرور مگر اس سے ہوتا ہی کیا ہے .... آج ضرور نیلی ساڑھی پہنے گی!

نیلی ساڑھی پہن کر اس نے بال بنانے کے لئے آئینہ سامنے رکھا۔ کم خوابی سے اس کی آنکھیں لال اور کچھ سوجی ہوئی سی تھیں۔ وہ ہاتھ میں آئینہ اٹھا کر غور سے دیکھنے لگی .... مگر یہ اس کا رنگ کیوں خراب ہوتا چلا جا رہا تھا اور کھال بھی کھر دری ہو چلی تھی۔ جب وہ لڑکی تھی تو اس کے چہرے پر کتنی چمک تھی .... رنگ سانولا تھا تو کیا، چمکدار تو تھا .... اس کی آنٹی ہمیشہ ماما سے کہا کرتی تھیں۔ ''تمہیں بیٹی اچھی ملی ہے مگر اب ....

اس نے آئینہ رکھ دیا اور اپنے جسم کو اوپر سے نیچے تک ایسی حسرت سے دیکھنے لگی جیسے مورا پنے پروں کو .... اس کے بازوؤں کا گوشت لٹک آیا ہے اور تھوڑی بھی موٹی ہوگئی ہے اور ہاتھ اب کتنے سخت ہیں۔ بال بھی سوکھے اور ہلکے رہ گئے ہیں، اور تیزی تو اس میں بالکل نہیں رہی ہے۔ پہلے وہ کتنا کتنا دوڑتی بھاگتی تھی اور پھر بھی نہ تھکتی تھی۔ مگر اب تو تھوڑی ہی دیر میں اس کی کمر ٹوٹنے لگتی ہے۔

اس نے ایک لمبی سی انگڑائی اور پھر ایک گہرا سانس لیا۔ بے رونق چہرے اور پیلے بازوؤں نے نیلی ساڑھی کا رنگ اڑا دیا تھا۔ اس نے بال ایسی بے دلی سے بنائے کہ بہت سے تو ادھر ادھر اڑتے رہ گئے۔ بال بن چکے تھے مگر وہ برابر آئینے کو تکے جا رہی تھی اور اس کا دماغ سمٹ کر آنکھوں کے پپوٹوں میں آ گیا تھا جن میں ایک ہی جگہ ٹھہرے ٹھہرے مرچیں سی لگنے لگی تھیں۔

جب اس نے آئینہ رکھا تو اسے میز کے کونے پر دیوار کے قریب بائیبل رکھی نظر آئی۔ یہ بچپن میں سالگرہ کے موقع پر اس کے پاپا نے اسے دی تھی۔ مدتوں میں اس نے اسے کھولا تک نہ تھا اور وہ گرد سے اٹی پڑی تھی۔ اس کتاب نے اسے پھر پاپا کی یاد دلا دی اور وہ اسے اٹھانے پر مجبور ہوگئی پہلے ہی صفحہ پر اس کا نام لکھا تھا۔ یہ دیکھ کر اسے ہنسی آئی کہ وہ اس وقت کیسے ٹیڑھے میڑھے حرف بنایا کرتی تھی۔ اسے یہ بھی یاد آیا کہ اس زمانہ میں اس کے پاس ہرا قلم تھا۔ اس کا ارادہ ہوا کہ اب کے جب وہ شہر جائے گی تو ایک ہرا قلم ضرور خریدے گی مگر اسے خیال آیا کہ وہ قلم لے کر کرے گی ہی کیا۔ اب اسے کونسا بڑا الکھنا پڑھنا رہتا ہے۔

اس کے پاپا اسے بائیبل پڑھنے کی کتنی ہدایت کیا کرتے تھے۔ اسے اپنی بے پروائی پر شرم سی محسوس ہوئی اور وہ بائیبل کے ورق الٹنے لگی .... پیدائش .... خروج .... ورق تیزی سے الٹے جانے لگے .... استثنا .... روت .... یرمیاہ .... حقوق .... متی .... لوقا .... رسولوں کے اعمال .... کہاں سے پڑھے .... آدم .... نوح .... طوفان .... ابراہیم .... کشتی .... صلیب .... مسیح .... یسوع آ جائے .... گرجا کا گھنٹہ .... سب مل کر گرجا جاتے تھے، ہنستے مذاق کرتے ....

آخرہ فیصلہ نہ کر سکی کہ کون سی جگہ سے پڑھے اور اسے جلدی بھی جانا تھا، اتنا وقت بھی نہیں تھا لیکن اس نے ارادہ کر لیا کہ وہ اب روز صبح کو بائیبل پڑھا کرے گی ورنہ کم سے کم اتوار کو ضرور .... لیکن دعا تو ماما ہی لینی چاہیے .... بہت سے بری بات ہے ماما کبھی بغیر دعا مانگے نہیں سونے دیتی تھیں .... اور پھر اس میں وقت بھی کچھ نہیں لگتا، اور لگے بھی تو کیا دنیا کے دھندے تو ہوتے ہی رہتے ہیں۔

اس نے دماغ کو ساکن بنانا چاہا اور آنکھیں بند کر لیں مگر باوجود اس کے آنکھیں پٹ پٹانے سے پہلے تو اس کی ماما اس کی آنکھوں میں گھس اور پھر پاپا اور ان کے پیچھے پیچھے گرجا کی سڑک، گھنٹہ اور سب مل کر گرجا جایا کرتے تھے۔ ہنستے، مذاق کرتے۔ اس نے آنکھیں کھول کر اس

طرح جھٹکے دے گویا ان سب کو اپنی آنکھوں میں سے جھاڑ رہی ہے .... آخر دماغ اب بالکل خالی ہوگیا، اور خاموش۔ صرف کانوں اور سر میں دل کے دھڑکنے کی آواز آرہی تھی۔ اس نے دوبارہ آنکھیں بند کرلیں۔ دونوں ہاتھ جوڑ لئے اور دعا کو دہراتی چلی گئی۔ ''اے میرے باپ تو جو آسمان پر ہے تیرا نام پاک مانا جائے تیری بادشاہی آئے۔ تیری مرضی جیسے آسمان پر پوری ہوتی ہے ویسے ہی زمین پر ہو۔ ہماری روز کی روٹی آج ہمیں دے اور ہمارے قصوروں کو معاف کر جیسے ہم بھی اپنے قصوروں کو معاف کرتے ہیں۔ کیونکہ قدرت جلال ابد تک تیرا ہی ہو۔ آمین!''

آنکھیں کھولنے پر اس نے کچھ اطمینان سا محسوس کیا اور مسکرانے کی کوشش کرنے لگی اس نے پھر آئینہ میں جھانکا اور چاہا کہ کسی خاص چیز کے لئے دعا مانگے۔ لیکن کیا چیز؟ کوئی! .... اس کا تبادلہ شہر میں ہوجائے ...... مگر وہاں اسے پھر ویسین کا سامنا کرنا پڑے گا۔ اس سے تو قصبہ ہی بہتر ہے۔ .... پھر اور کیا؟ .... وہ ایک کہانی تھی کہ ایک پری نے ایک آدمی سے تین خواہشیں پوری کرنے کا وعدہ کیا تھا۔ .... پھر آخر کیا .... ؟

اس نے بہت باز ولے۔ مگر کوئی بات یاد نہ آئی۔ اسے دیر ہو رہی تھی اس لئے اس نے اپنی دعاؤں اور خواہشوں کو چھوڑ دیا اور چھتری اٹھا کر چل پڑی۔

سڑک پر پہنچ کر اس پر محض ایک جلدی پہنچنے کا خیال غالب تھا۔ صبح کی اس تمام کاہلی اور سستی کے بعد اسے عضا کو حرکت دینے میں فرحت محسوس ہورہی تھی۔ سورج کی ہلکی سی گرمی اور چلنے سے اس کے خون کی حرکت تیز ہوگئی تھی اور وہ سڑک کی نالی ریت کنکروں سب سے بے پروا اپنا راستہ طے کرنے میں لگی ہوئی تھی۔ اگر اسے اپنی رفتار میں کبھی سستی معلوم ہوتی تو وہ اور قدم بڑھانے کی کوشش کرتی۔ سڑک پر کھیلنے والے لڑکے ابھی تک نہ نکلے تھے۔ اس لئے اپنی آنکھ ناک کی حفاظت کی ضرورت نہ تھی۔ جب وہ دیواروں کے سایہ میں سے گزرتی تو اس کے پیر اور بھی تیز اٹھنے لگتے تھے۔

وہ جلدی ہی بازار میں پہنچ گئی۔ شیخ صفدر علی کا مکان ابھی تھوڑی ہی دور رہ گیا تھا اور اطمینان سا ہوگیا کہ زیادہ دیر نہیں ہوئی۔ وہ چلی جا رہی تھی کہ اس کی نظر ایک دکاندار پر پڑی۔ وہ اپنے سامنے والے کو آنکھ سے اشارہ کر رہا تھا اور مسکرا رہا تھا۔ کیا یہ اسے دیکھ رہا تھا؟ ممکن ہے وہ پہلے سے کسی بات پر ہنس رہے ہوں اور اس سے دیر بھی ہوگئی تھی۔ وہ آگے بڑھی ہی تھی کہ آواز آئی ''آج تو آسمان نیلا ہے بھی ...... بڑے دن میں ایسا ہوا ہے آج'' .... اس نے چاپا پلٹ کر چھتری رسید کرے اس بدتمیز کے ...... چاہے کچھ ہو آج وہ کھڑی ہوجائے اور صاف صاف کہہ دے کہ وہ ان لوگوں کی باتیں اچھی طرح سمجھتی ہے، اور اب وہ زیادہ برداشت نہیں کرسکتی ...... آخر کہاں تک پیر من من بھر کے ہوگئے تھے اور ٹانگیں تھر تھرا رہی تھیں جس سے وہ کئی دفعہ چلتے چلتے ڈگمگائی ...... مگر ان آنکھوں نے جواب ہر طرف سے اس کی طرف دیکھ رہی تھیں اسے رکنے نہ دیا۔

وہ اپنی ساڑھی میں کچھ سکڑسی گئی۔ اس نے پلہ اچھی طرح سینے پر کھینچ لیا اور سر جھکا کر قدموں کو سڑک پر سے اکھاڑنے لگی .... جو وہ شیخ صفدر علی کے مکان پر پہنچی تو وہ ڈیوڑھی میں کچھ لوگوں کے ساتھ بیٹھے حقہ پی رہے تھے۔ اسے دیکھتے ہی وہ کھڑے ہوگئے، اور ایسے شکایت آمیز لہجے میں جیسے اس نے کوئی نایاب موقع ہاتھ سے نکل جانے دیا تھا جس پر شیخ جی کو اس سے ہمدردی تھی بولے:

''آہا میم صاحب! بڑی ہی دیر کردی تم نے تو!''

''جی ...... ہاں ...... وہ ذرا دیر ہوگئی۔'' کہتی ہوئی وہ دروازے کی طرف بڑھی۔ جب وہ دروازے پر پہنچی تو اس نے دیکھا کہ قصبہ کی پرانی دائی بائیں ہاتھ پر کپڑے اٹھائے اور دائیں ہاتھ میں لوٹا ہلاتی صحن سے گزر رہی ہے، یہ کہتی ہوئی ''جراد کیجو ...... ابھی تک نہ نکلی گھر سے حرام جادی!''

مہالکشمی کا پل

کرشن چندر

مہالکشمی کے اسٹیشن کے اس پارلکشمی جی کا ایک مندر ہے اسے ریس کورس بھی کہتے ہیں اس مندر میں پوجا کرنے والے ہارنے والے زیادہ ہیں ۔ جیتتے بہت کم ہیں ۔ مہالکشمی اسٹیشن کے اس پارا یک بہت بڑی بدرو ہے جو انسانی جسموں کی غلاظت کو اپنے متعفن پانیوں میں گھولتی ہوئی شہر سے باہر چلی جاتی ہے ۔ مندر میں انسان کے دل کی غلاظت دھلتی ہے ۔ اور اس بدرو میں انسان کے جسم کی غلاظت اور ان دونوں کے بیچ میں لکشمی کا پل ہے ۔

مہالکشمی کے پل کے اوپر بائیں طرف لوہے کے جنگلے پر چھ ساڑھیاں لہرا رہی ہیں ۔ پل کے اس طرح ہمیشہ اس مقام پر چند ساڑھیاں لہراتی رہتی ہیں ۔ یہ ساڑھیاں کوئی بہت قیمتی نہیں ہیں ۔ ان کے پہننے والے بھی کوئی بہت زیادہ قیمتی نہیں ہیں ۔ لوگ ہر روز ان ساڑھیوں کو دھو کر سوکھنے کے لئے ڈال دیتے ہیں اور ریلوے لائن کے اس پار جاتے ہوئے لوگ مہالکشمی اسٹیشن پر گاڑی کا انتظار کرتے ہوئے لوگ گاڑی کی کھڑکی اور دروازوں سے جھانک کر باہر دیکھنے والے لوگ اکثر ان ساڑھیوں کو ہوا میں جھولتا ہوا دیکھتے ہیں ۔ وہ ان کے مختلف رنگ دیکھتے ہیں ۔ بھورا، گہرا بھورا، مٹ میلا نیلا، قرمزی بھورا، گندا سرخ کنارہ گہرا نیلا اور لال، وہ اکثر انہی رنگوں کو فضا میں پھیلے ہوئے دیکھتے ہیں ۔ ایک لمحے کے لئے ۔ دوسرے لمحے میں گاڑی پل کے نیچے سے گزر جاتی ہے ۔

ان ساڑھیوں کے رنگ اب جاذب نظر نہیں آ رہے ۔ کسی زمانہ میں ممکن ہے جب یہ نئی خریدی گئی ہوں ۔ ان کے رنگ خوبصورت اور چمکتے ہوئے ہوں مگر اب نہیں ہیں ۔ دھوئے جانے سے ان کے آب و تاب دھوما مر چکی ہے اور اب یہ ساڑھیاں اپنے پھیکے پھیکے روزمرہ کے انداز کو لئے بڑی بے دلی سے جنگلے پر پڑی نظر آتی ہیں ۔ آپ دن میں انہیں سو بار دیکھے ۔ یہ آپ کو کبھی دکھائی نہ دیں گی نہ ان کا رنگ روپ اچھا ہے نہ ان کا کپڑا ۔ یہ بڑی سستی، گھٹیا قسم کی ساڑھیاں ہیں ۔ ہر روز دھلنے سے ان کا کپڑا بھی تار تار ہو رہا ہے ۔ ان میں کہیں کہیں روزن بھی نظر آتے ہیں ۔ کہیں ادھڑے ہوئے ٹانکے ہیں ۔ بدنما داغ جو اس قدر پائیدار ہیں کہ دھوئے جانے سے بھی نہیں دھلتے بلکہ اور گہرے ہوتے جاتے ہیں ۔

میں ان ساڑھیوں کی زندگی کو جانتا ہوں کیونکہ میں ان لوگوں کو جانتا ہوں جو ان ساڑھیوں کو استعمال کرتے ہیں ۔ یہ لوگ مہالکشمی کے پل کے قریب ہی بائیں طرف آٹھ نمبر کی چال میں رہتے ہیں ۔ یہ چال متوالی نہیں ہے بڑی غریب کی چال ہے ۔ میں بھی اسی چال میں رہتا ہوں ۔ اس لئے آپ کو ان ساڑھیوں اور ان کے پہننے والوں کے متعلق سب کچھ بتا سکتا ہوں ۔ ابھی وزیری کی گاڑی آنے میں بہت دیر ہے ۔ آپ انتظار کرتے کرتے اکتا جائیں گے اس لئے اگر آپ ان چھ ساڑھیوں کی زندگی کے بارے میں مجھ سے کچھ سن لیں تو وقت آسانی سے کٹ جائے گا ۔

ادھر یہ جو بھورے رنگ کی ساڑھی لٹک رہی ہے یہ شانتا بائی کی ساڑھی ہے ۔ اس کے قریب جو ساڑھی لٹک رہی ہے وہ بھی آپ کو بھورے رنگ کی ساڑھی دکھائی دیتی ہوگی مگر وہ تو گہرے بھورے رنگ کی ہے اب نہیں میں اس کا گہرا بھورا رنگ دیکھ سکتا ہوں کیونکہ میں اسے اس وقت سے جانتا ہوں جب اس کا رنگ چمکتا ہوا گہرا بھورا تھا اور اب اس دوسری ساڑھی کا رنگ بھی ویسا ہی بھورا ہے جیسا شانتا بھائی کی ساڑھی کا اور شائد آپ ان دونوں ساڑھیوں میں بڑی مشکل سے کوئی فرق محسوس کر سکیں ۔ میں بھی جب ان کے پہننے والوں کی زندگیوں کو دیکھتا ہوں تو بہت کم فرق محسوس کرتا ہوں مگر یہ پہلی ساڑھی جو بھورے رنگ کی ہے وہ شانتا بھائی کی ساڑھی ہے اور جو دوسری بھورے رنگ کی ہے اس کا گہرا رنگ بھورا صرف

میری آنکھیں دیکھ سکتی ہیں ۔ وہ جیون بائی کی ساڑھی ہے ۔

شانتا بائی کی زندگی بھی اس کی ساڑھی کے رنگ کی طرح بھوری ہے ۔ شانتا بائی برتن مانجنے کا کام کرتی ہے ۔ اس کے تین بچے ہیں ۔ ایک بڑی لڑکی ہے دو چھوٹے لڑکے ہیں ۔ بڑی لڑکی کی عمر چھ سال ہوگی ۔ سب سے چھوٹا لڑکا دو سال کا ہے ۔ شانتا بائی کا خاوند سیون مل کے کپڑ کھاتے میں کام کرتا ہے ۔ اسے بہت جلد جانا ہوتا ہے ۔ اس لئے شانتا بائی اپنے خاوند کے لئے دوسرے دن کی دو پہر کا کھانا ان کی رات ہی کو پکا کے رکھتی ہے ۔ کیونکہ صبح اسے خود برتن صاف کرنے کے لئے اور پانی ڈھونے کے لئے دوسروں کے گھروں میں جانا ہوتا ہے اور اب وہ ساتھ میں اپنے چھ برس کی بچی کو بھی لے جاتی ہے اور دو پہر کے قریب واپس چال میں آتی ہے ۔ واپس آکے وہ نہاتی ہے اور اپنی ساڑھی دھوتی ہے اور سکھانے کے لئے بل کے جنگلے پر ڈال دیتی ہے اور پھر ایک بے حد غلیظ اور پرانی دھوتی پہن کر کھانا پکانے میں لگ جاتی ہے ۔ شانتا بائی کے گھر چولھا اس وقت سلگ سکتا ہے جب دوسروں کے ہاں چولھے ٹھنڈے ہو جائیں ۔ یعنی دو پہر کو دو بجے اور رات کے نو بجے ۔ ان اوقات میں ادھر اور ادھر سے دونوں وقت گھر سے باہر برتن مانجنے اور پانی ڈھونے کا کام کرنا ہوتا ہے ۔ اب تو چھوٹی لڑکی بھی اس کا ہاتھ بٹاتی ہے ۔ شانتا بائی برتن صاف کرتی ہے ۔ چھوٹی لڑکی برتن دھوتی جاتی ہے ۔ دو تین بار ایسا ہوا کہ چھوٹی لڑکی کے ہاتھ سے چینی کے برتن گر کر ٹوٹ گئے ، اب میں جب بھی چھوٹی لڑکی کی آنکھیں سوجی ہوئی اور اس کے گال سرخ دیکھتا ہوں تو سمجھ جاتا ہوں کہ کسی بڑے گھر میں چینی کے برتن ٹوٹے ہیں اور اس وقت شانتا بائی بھی میری نمستے کا جواب نہیں دیتی ۔ جلتی بھنتی بڑ بڑاتی چولھا سلگانے میں مصروف ہو جاتی ہے اور چولھے میں آگ کم اور دھواں زیادہ نکالنے میں کامیاب ہو جاتی ہے ۔ چھوٹا لڑکا جو دو سال کا ہے دھوئیں سے اپنا دم گھٹتا دیکھ کر چیختا ہے ۔ شانتا بائی اس کے چینی کے ایسے نازک رخساروں پر زور زور کی چپتیں لگانے سے باز نہیں آتی اس پر بچہ اور زیادہ چیختا ہے ۔ یوں تو یہ دن بھر رویا رہتا ہے کیونکہ اسے دودھ نہیں ملتا ہے اور اسے اکثر بھوک رہتی ہے اور دو سال کی عمر ہی میں اسے باجرے کی روٹی کھانی پڑتی ہے ۔ اسے اپنی ماں کا دودھ دوسرے بھائی بہن کی طرح صرف پہلے چھ سات ماہ نصیب ہوا وہ بھی بڑی مشکل سے ۔ پھر یہ بھی خشک باجرے اور ٹھنڈے پانی پر پلنے لگا ۔ ہماری چال کے سارے بچے اسی خوراک پر پلتے ہیں وہ دن بھر ننگے رہتے ہیں اور رات کو گڈری اوڑھ کر سو جاتے ہیں ۔ سوتے میں بھی وہ بھوکے رہتے ہیں ۔ بھوکے رہتے ہیں اور جب شانتا بائی کے خاوند کی طرف کے بڑے ہو جاتے ہیں تو پھر دن بھر باجرا اور ٹھنڈا پانی پی پی کر کام کرتے جاتے ہیں اور ان کی بھوک بڑھتی جاتی ہے اور ہر وقت معدے کے اندر اور دل اور دماغ کے اندر ایک بوجھل سی دھمک محسوس کرتے ہیں اور جب پیکار ملتی ہے تو ان میں سے کئی ایک سیدھے تاڑی خانے کا رخ کرتے ہیں ۔ تاڑی پی کر چند گھنٹوں کے لئے یہ دھمک زائل ہو جاتی ہے ۔ لیکن آدمی ہمیشہ تو تاڑی نہیں پی سکتا ۔ ایک دن پئے گا ۔ دو دن پئے گا ۔ تیسرے دن کی تاڑی کے پیسے کہاں سے لائے گا ۔ آخر کھولی کا کرایہ دینا ہے ۔ راشن کا خرچ ہے ۔ بھاجی ترکاری ہے ۔ تیل اور نمک ہے ۔ بجلی اور پانی ہے ۔ شانتا بائی کی بھوری ساڑھی ہے جو چھٹے ساتویں ماہ تار تار ہو جاتی ہے ۔ جبھی سات ماہ سے زیادہ نہیں چلتی ۔ بل والے بھی پانچ روپے چار آنے میں کیسی کھدی نکمی ساڑھی دیتے ہیں ، ان کے کپڑے میں ذرا جان نہیں ہوتی ۔ چھٹے ماہ سے جو تار تار ہونا شروع ہوتا ہے تو ساتویں ماہ بڑی مشکل سے کر جوڑ کے گانٹھ کے ٹانگے لگا کے کام دیتا ہے اور پھر وہی پانچ روپے چار آنے خرچ کرنا پڑتے ہیں ۔ اور وہی بھورے رنگ کی ساڑھی آ جاتی ہے ۔ شانتا کو یہ رنگ بہت پسند ہے ۔ اس لئے کہ یہ میلا بہت دیر میں ہوتا ہے ۔ اسے گھروں میں جھاڑو دینا ہوتی ہے ۔ برتن صاف کرنے ہوتے ہیں ، تیسری چوتھی منزل تک پانی ڈھونا ہوتا ہے ۔ وہ بھورا رنگ پسند نہیں کرے گی تو کیا کھلتے ہوئے شوخ رنگ گلابی ، بسنتی ، نارنجی پسند کرے گی اور اتنی بے وقوف نہیں ہے ۔ وہ تین بچوں کی ماں ہے ۔

لیکن کبھی اس نے یہ شوخ رنگ بھی دیکھے تھے ۔ پہنے تھے ۔ انہیں اپنے دھڑکتے ہوئے دل کے ساتھ پیار کیا تھا جب وہ دھار دار میں اپنے گاؤں میں تھی جب اس نے بادلوں میں شوخ رنگوں والی دھنک دیکھی تھی جہاں میلوں اس نے شوخ رنگ ناچتے ہوئے دیکھے تھے ۔ جہاں اس کے باپ کے دھان کے کھیت تھے ، ایسے شوخ ہرے رنگ کے کھیت اور آنگن میں پیڑ کا پیڑ جس کے پیڑ تو زتو زکر کھایا کرتی

تھی۔ جانے اب پیڑے میں وہ مزاح ہی نہیں ہے وہ شیرینی اور گھلاوٹ نہیں ہے۔ وہ رنگ اور چمک دھمک کہاں جا کے مر گئی اور وہ سارے رنگ کیوں یک لخت بھورے ہو گئے۔ شانتا بائی بھی برتن مانجھتے کھانا پکاتے، اپنی ساڑھی دھوتے، اسے بل کے جنگلے پر لا کر ڈالتے ہوئے یہ سوچا کرتی ہے اور اس کی بھوری ساڑھی سے پانی کے قطرے آنسوؤں کی طرح ریل کی پٹڑی پر بہتے جاتے ہیں اور دوسرے دیکھنے والے لوگ ایک بھورے رنگ کی بدصورت عورت کو بل کے اوپر جنگلے پر ایک بھوری ساڑھی کو پھیلائے دیکھتے ہیں اور بس دوسری لمحے گاڑی بل کے نیچے سے گزر جاتی ہے۔

جیونا بائی کی ساڑھی جو شانتا بائی کی ساڑھی کے ساتھ لٹک رہی ہے۔ گہرے بھورے رنگ کی ہے بظاہر اس کا رنگ شانتا بائی کی ساڑھی سے بھی پھیکا نظر آئے گا لیکن اگر آپ غور سے دیکھیں تو اس پھیکے پن کے باوجود یہ کو گہرے بھورے رنگ کی نظر آئے گی۔ یہ ساڑھی بھی پانچ روپے چار آنے کی ہے اور بڑی ہی بوسیدہ ہے۔ دو ایک جگہ سے پھٹی ہوئی تھی لیکن اب وہاں پر ٹانکے لگ گئے ہیں اور اتنی دور سے معلوم بھی نہیں ہوتے۔ ہاں آپ وہ بڑا انکڑا ضرور دیکھ سکتے ہیں جو گہرے نیلے رنگ کا ہے اور اس ساڑھی میں جہاں سے یہ ساڑھی بہت پھٹ چکی تھی لگایا گیا ہے۔ یہ ٹکڑا جیونا بائی کی اس سے پہلی ساڑھی کا ہے اور دوسری ساڑھی کو مضبوط بنانے کے لئے استعمال کیا گیا ہے۔ جیونا بائی بیوہ ہے اور اس لئے وہ ہمیشہ پرانی چیزوں سے نئی چیزوں کو مضبوط بنانے کے ڈھنگ سوچا کرتی ہے۔ پرانی یادوں سے نئی یادوں کی تلخیوں کو بھول جانے کی کوشش کرتی ہے۔ جیونا بائی اپنے خاوند کے لئے روتی رہتی ہے۔ جس نے ایک دن اسے نشے میں مار مار کر اس کی آنکھ کانی کر ڈالی تھی، وہ اس لئے نشے میں تھا کہ وہ اس روز مل سے نکالا گیا تھا۔ بڈھا ڈھونڈو۔ اب مل میں کسی کام کا نہیں رہا تھا۔ گو وہ بہت تجربے کار تھا لیکن اس کے ہاتھوں میں اتنی طاقت نہ رہی تھی کہ وہ جوان مزدوروں کا مقابلہ کر سکتا بلکہ وہ تو اب دن رات کھانسی میں جلا رہنے لگا تھا۔ کپاس کے ننھے ننھے ریشے اس کے پھیپڑوں میں ایسے جا کے دھنس گئے تھے جیسے کھیموں اور اینٹوں میں سوت کے چھوٹے چھوٹے مہین ناکے میں پھنس کر لگ جاتے ہیں۔ جب برسات آتی تو یہ ننھے ننھے ریشے اسے دمے میں جلا کر دیتے اور جب برسات نہ ہوتی تو وہ دن بھر اور رات بھر کھانستا۔ ایک خشک مسلسل کھنکار گھر میں اور کارخانے میں جہاں وہ کام کرتا تھا سنائی دیتی رہتی تھی۔ مل کے مالک نے اس کھانسی کی خطرناک گھنٹی کو سنا اور ڈھونڈو کو مل سے نکال دیا۔ ڈھونڈو اس کے چھ ماہ بعد مر گیا۔ جیونا بائی کو اس کے مرنا کا بہت غم ہوا۔ کیا ہوا اگر غصے میں آ کے ایک دن اس نے جیونا بائی کی آنکھ نکالی، تیس کی شادی شدہ شدہ زندگی ایک لمحے پر قربان نہیں کی جا سکتی اور اس کا غصہ بجا تھا۔ اگر مل مالک ڈھونڈو کو یوں بے قصور نوکری سے الگ نہ کرتا تو کیا جیونا کی آنکھ نکل سکتی تھی۔ ڈھونڈو بایسانہ تھا۔ اسے اپنی بیکاری کا غم تھا۔ اپنی پینتیس سالہ ملازمت سے برطرف ہونے کا رنج تھا اور سب سے بڑا رنج اسے اس بات کا تھا کہ مل نے چلتے وقت اسے ایک دھیلہ بھی نہ دیا تھا۔ پینتیس سال پہلے جیسے ڈھونڈو خالی ہاتھ مل میں کام کرنے آیا تھا اسی طرح خالی ہاتھ واپس لوٹا اور دروازے سے باہر نکلنے اور اپنا نمبری کارڈ پیچھے چھوڑ آنے پر اسے ایک دھکا سا لگا۔ باہر آ کے اسے ایسا معلوم ہوا کہ جیسے ان پینتیس سالوں میں کسی نے اس کا سارا رنگ، اس کا سارا خون اس کا سارا رس چوس لیا ہوا اور اسے بیکار سمجھ کر باہر کوڑے کرکٹ کے ڈھیر پر پھینک دیا ہو اور ڈھونڈو بڑی حیرت سے مل کے دروازے کو اور اس بڑی چمنی کو دیکھنے لگا جو بالکل اس کے سر پر خوفناک دیوی کی طرح آسمان سے لگی کھڑی تھی۔ یکا یک ڈھونڈو نے غم اور غصے سے اپنے ہاتھ ملے اور زمین پر زور سے تھوکا اور پھر تانڑی خانے چلا گیا۔

لیکن جیونا کی ایک آنکھ بھی نہ جاتی، اگر اسکے پاس علاج کے لئے پیسے ہوتے وہ آنکھ تو گل گل کر سڑ سڑ کر خیراتی ہسپتالوں میں ڈاکٹروں اور کمپونڈروں اور نرسوں کی بداحتیاطیوں، گالیوں اور لاپرواہیوں کا شکار ہوگئی اور جب جیونا اچھی ہوئی تو ڈھونڈو بیمار پڑ گیا اور اسا بیمار پڑا کہ پھر بستر سے اٹھ نہ سکا، ان دنوں جیونا اس کی دیکھ بھال کرتی تھی۔ شانتا بائی نے مدد کے طور پر اسے چند گھروں میں برتن مانجھنے کا کام دلوا دیا تھا اور گو وہ اب بوڑھی تھی اور مشاقی اور صفائی سے برتنوں کو صاف نہ رکھ سکتی تھی پھر بھی وہ آہستہ آہستہ رینگ کر اپنے کمزور ہاتھوں میں جھوٹی طاقت کے پورے سہارے پر جیسے تیسے کام کرتی رہی، خوبصورت شیت لباس پہننے والی۔ خوشبودار تیل لگانے والی بیویوں کی گالیاں سنتی رہی، اور کام کرتی رہی کیونکہ

اس کا ڈھونڈ و بیمار تھا اور اسے اپنے آپ کو اور اپنے خاوند کو زندہ رکھنا تھا۔

لیکن ڈھونڈ و زندہ نہ رہا اور اب جیونا بائی اکیلی تھی۔ خیریت اس میں تھی کہ وہ بالکل اکیلی تھی اور اب اسے صرف اپنا دھندا کرنا تھا۔ شادی کے دو سال بعد اس کے ہاں ایک لڑکی پیدا ہوئی لیکن جب وہ جوان ہوئی تو کسی بدمعاش کے ساتھ بھاگ گئی اور اس کا آج تک کسی کو پتہ نہ چلا کہ وہ کہاں ہے پھر کسی نے بتایا اور پھر بعد میں بہت سے لوگوں نے بتایا کہ جیونا بائی کی بیٹی فارس روڈ پر چمکیلا بھڑکیلا ریشمی لباس پہنے بیٹھی ہے لیکن جیونا کو یقین نہ آیا۔ اس نے اپنی ساری زندگی پانچ روپے چار آنے کی دھوتی میں بسر کر دی تھی اور اسے یقین تھا کہ اس کی لڑکی بھی ایسا کرے گی۔ وہ ایسا نہیں کرے گی۔ اس کا اسے کبھی خیال نہ آیا تھا۔ وہ کبھی فارس روڈ نہیں گئی کیونکہ اسے اس کا یقین تھا کہ اس کی بیٹی وہاں نہیں ہے۔ بھلا اس کی بیٹی وہاں کیوں جانے لگی۔ یہاں اپنی کھولی میں کیا تھا۔ پانچ روپے چار آنے والی دھوتی تھی۔ باجرے کی روٹی تھی۔ ٹھنڈا پانی تھا۔ سوکھی عزت تھی۔ یہ سب کچھ چھوڑ کر فارس روڈ کیوں جانے لگی۔ اسے تو کوئی بدمعاش اپنی محبت کا سبز باغ دکھا کر لے گیا تھا کیونکہ عورت محبت کے لئے سب کچھ کر گزرتی ہے۔ خود وہ تین سال پہلے اپنے ماں باپ کا گھر چھوڑ کے چلی نہیں آئی تھی ہاں جس دن ڈھونڈ و مرا اور جب لوگ اس کی لاش جلانے کے لئے لے جانے لگے اور جیونا نے اپنی سیندور کی ڈبیا اپنی بیٹی کی انگیا پر انڈیل دی جو اس نے بڑی مدت سے ڈھونڈ و کی نظروں سے چھپا رکھی تھی۔ عین اسی وقت ایک گدرائے ہوئے جسم کی بھاری عورت بڑا چمکیلا لباس پہنے اس سے آگے لپٹ گئی اور پھوٹ پھوٹ کے رونے لگی اور اسے دیکھ کر جیونا کو یقین آ گیا کہ جیسے اس کا سب کچھ مر گیا ہے۔ اس کا پتی، اس کی بیٹی، اس کی عزت جیسے جیسے وہ زندگی بھر روٹی اور غلاظت کھاتی رہی ہے۔ جیسے اس کے پاس کچھ نہیں تھا۔ شروع دن ہی سے کچھ نہیں تھا۔ پیدا ہونے سے پہلے ہی اس سے سب کچھ چھین لیا گیا تھا۔ اسے ننگا اور بے عزت کر دیا گیا تھا اور جیونا کو اسی ایک لمحے میں احساس ہوا کہ وہ ایک جگہ جہاں اس کا خاوند زندگی بھر کام کرتا رہا اور وہ جگہ جہاں اس کی آنکھ اندھی ہو گئی اور وہ جگہ جہاں اس کی بیٹی اپنی دکان سجا کے بیٹھی۔ ایک بہت بڑا کارخانہ تھا جس میں کوئی ظالم جابر ہاتھ انسانی جسموں کے لے کر گنے کا رس نکالنے والی چرخی میں ٹھونستا چلا جاتا ہے۔ اور دوسرے ہاتھ سے تو ڑ مروڑ کر دوسری طرف پھینکتا جاتا ہے۔ اور ایکا یکا جیونا اپنی بیٹی کو دھکا دے کر الگ کھڑی ہو گئی اور چیخیں مار مار کر رونے لگی۔

تیسری ساڑھی کا رنگ مٹ میلا نیلا بھی ہے اور میلا بھی ہے اور مٹیلا بھی ہے کچھ ایسا عجیب سا رنگ ہے جو بار بار دھونے پر بھی نکھرتا نہیں بلکہ غلیظ ہو جاتا ہے۔ یہ میری بیوی کی ساڑھی ہے۔ میں فورٹ میں دھنو بھائی کی فرم میں کلرک کی کرتا ہوں مجھے پینسٹھ روپے تنخواہ ملتی ہے۔ سیون مل اور کبریا مل کے مزدوروں کو یہی تنخواہ ملتی ہے اس لئے میں بھی ان کے ساتھ آٹھ نمبر کی چال کی ایک کھولی میں رہتا ہوں۔ مگر میں مزدور نہیں ہوں کلرک ہوں۔ میں فورٹ میں نوکر ہوں۔ میں دسویں پاس ہوں۔ میں ٹائپ کر سکتا ہوں۔ میں انگریزی میں عرضی بھی لکھ سکتا ہوں۔ میں اپنے وزیر اعظم کی تقریریں کرسی سمجھ بھی لیتا ہوں، آج ان کی گاڑی تھوڑی دیر میں مہالکشمی کے پل پر آئے گی، نہیں وہ ریس کورس نہیں جائیں گے۔ وہ سمندر کے کنارے ایک شاندار تقریر کریں گے۔ اس موقع پر لاکھوں آدمی جمع ہوں گے۔ ان لاکھوں میں ایک میں بھی ہوں گا۔ میری بیوی کو اپنی وزیر اعظم کی باتیں سننے کا بہت شوق ہے۔ مگر میں اسے اپنے ساتھ نہیں لے جا سکتا کیونکہ ہمارے آٹھ بچے ہیں اور گھر میں ہر وقت پریشانی سی رہتی ہے۔ جب دیکھو کوئی نہ کوئی چیز کم ہو جاتی ہے۔ راشن تو روز کم پڑتا ہے۔ اب نل میں پانی بھی کم آتا ہے۔ رات کو سونے کے لئے جگہ بھی کم پڑ جاتی ہے اور تنخواہ تو اس قدر کم پڑتی ہے کہ مہینے میں صرف پندرہ دن چلتی ہے۔ باقی پندرہ دن سود خور پٹھان چلاتا ہے اور وہ بھی ہمیں کیسے گالیاں بکتے بکتے۔ گھسیٹ گھسیٹ کر کسی سست رفتاری گاڑی کی طرح یہ زندگی چلتی ہے۔

میرے آٹھ بچے ہیں۔ مگر یہ اسکول میں نہیں پڑھ سکتے۔ میرے پاس ان کی فیس کے پیسے کبھی نہ ہوں گے۔ پہلے پہل جب میں نے بیاہ کیا تھا اور ساوتری کو اپنے گھر یعنی اس کھولی میں لایا تھا تو میں نے بہت کچھ سوچا تھا۔ ان دنوں ساوتری بھی بڑی اچھی اچھی باتیں سوچا کرتی تھی۔

گوبھی کے نازک نازک ہرے ہرے پتوں کی طرح پیاری پیاری باتیں جب وہ مسکراتی تھی تو سینما کی تصویر کی طرح خوبصورت دکھائی دیا کرتی تھی۔ اب وہ مسکراہٹ نہ جانے کہاں چلی گئی ہے۔اس کی جگہ ایک مستقل تیوری نے لے لی ہے، وہ ذرا سی بات پر بچوں کو بے تحاشہ پیٹنا شروع کر دیتی ہے اور میں تو کچھ بھی کہوں، کیسے بھی کہوں، کتنی ہی لجاجت سے کہوں وہ بس کاٹ کھانے کو دوڑتی ہے۔ پتہ نہیں ساوتری کو کیا ہو گیا ہے پتہ نہیں کیا ہو گیا ہے۔ میں دفتر میں سیٹھ کی گالیاں سنتا ہوں۔ گھر پر بیوی کی گالیاں سہتا ہوں اور ہمیشہ خاموش رہتا ہوں۔ کبھی کبھی سوچتا ہوں، شاید میری بیوی کو ایک نئی ساڑھی کی ضرورت ہے، شاید اسے صرف ایک نئی ساڑھی ہی نہیں، اک نئے چہرے، ایک نئے گھر، ایک نئے ماحول، ایک نئی زندگی کی ضرورت ہے   مگر اب ان باتوں کے سوچنے سے کیا ہوتا ہے اب تو آزادی آ گئی ہے اور ہمارے وزیراعظم نے یہ کہہ دیا ہے کہ اس نسل کو یعنی ہم لوگوں کو اپنی زندگی میں کوئی کام کوئی آرام نہیں مل سکتا۔ میں ساوتری کو اپنے وزیراعظم کی جو اخبار میں چھپی تھی سنائی تو وہ اسے سن کر آگ بگولہ ہو گئی اور اس نے غصے میں آ کر چولھے کا قریب پڑا ہوا ایک چمٹا میرے سر پر دے مارا۔ زخم کا نشان جو آپ میرے ماتھے پر دیکھ رہے ہیں اسی کا نشان ہے۔ ساوتری کی مٹ میلی نیلی ساڑھی پر بھی ایسے کئی زخموں کے نشان ہیں مگر آپ انہیں دیکھ نہیں سکیں گے۔ میں دیکھ سکتا ہوں۔ ان میں سے ایک نشان تو اسی مونگیا رنگ کی جارجٹ کی ساڑھی کا ہے جو اس نے اوپیرا ہاؤس کے نزدیک بھوندورام پار چہ فروش کی دکان پر دیکھی تھی۔ ایک نشان اس کھلونے کا ہے جو بچپیں روپے کا تھا اور جسے دیکھ کر میرا پہلا بچہ خوشی سے کلکاریاں مارنے لگا تھا، لیکن جسے ہم خرید نہ سکے، اور جسے نہ پا کر میرا بچہ دن بھر روتا رہا، ایک نشان اس تار کا ہے جو ایک دن جبل پور سے آیا تھا۔ جس میں ساوتری کی ماں کی شدید علالت کی خبر تھی۔ ساوتری جبل پور جانا چاہتی تھی لیکن ہزار کوشش کے بعد بھی کسی سے مجھے روپے ادھار نہ مل سکے اور ساوتری کی جبل پورنہ جا سکتی تھی۔ ایک نشان اس تار کا تھا جس میں اس کی ماں کی موت کا ذکر تھا۔ ایک نشان مگر کس نشان کا ذکر کروں ان چھلے چھٹے گدلے گدلے غلیظ داغوں سے ساوتری کی پانچ روپے چار آنے والی ساڑھی بھری پڑی ہے۔ روز روز دھونے پر بھی یہ داغ نہیں چھوٹتے اور شاید جب تک یہ زندگی رہے گی یہ داغ یوں ہی رہیں گے۔ ایک ساڑھی سے دوسری ساڑھی میں منتقل ہوتے جائیں گے۔

چوتھی ساڑی قرمزی رنگ کی ہے اور قرمزی رنگ کی ساڑھیاں ہیں جھلکتا ہے لیکن ان میں ایسا معلوم ہوتا ہے جیسے ان سب کی زندگی ایک ہے۔ جیسے ان سب کی قیمت ایک ہے جیسے یہ سب زمین سے کبھی اوپر نہیں اٹھیں۔ جیسے انہوں نے کبھی شبنم میں ہنستی ہوئی دھنک، افق پر چمکتی ہوئی شفق، بادلوں میں لہراتی ہوئی برق نہیں دیکھی ۔ جیسے شانتا بائی کی جوانی   ہے وہ جیونو کا بڑھاپا ہے۔ وہ ساوتری کا ادھیڑ پن ہے۔ جیسے یہ سب ساڑھیاں، زندگیاں، ایک رنگ، ایک سطح، ایک تواتر، ایک تسلسل یکسانیت لئے ہوئے ہوا میں جھولتی جاتی ہیں ۔

یہ قرمزی رنگ کی بھورے رنگ کی ساڑھی جھمو بٹھے کی عورت کی ہے ۔ اس عورت سے میری بیوی بھی بات نہیں کرتی کیونکہ اس کے تو کوئی بچہ وچہ نہیں ہے اور ایسی عورت جس کے کوئی بچہ نہ ہو بڑی نحس ہوتی ہے ۔ جادو ٹونے کر کے دوسروں کے بچوں کو مار ڈالتی ہے اور بد روحوں کو بلا کے اپنے گھر میں بسا لیتی ہے۔ میری بیوی اسے کبھی منہ نہیں لگاتی۔ یہ عورت جھمو بھیا نے خرید کر حاصل کی ہے۔ جھمو بھیا مراد آباد کا رہنے والا ہے لیکن بچپن ہی سے اپنا دیس چھوڑ کر ادھر چلا آیا۔ وہ مراٹھی اور گجراتی زبان میں بڑی مزے سے گفتگو کر سکتا ہے۔ اسی وجہ سے اسے بہت جلد پوار گئی کھاتے میں جگ مل گئی۔ جھمو بھیا کو شروع ہی سے بیاہ کا شوق تھا۔ اسے بیڑی کا تاڑی کا کسی چیز کا شوق نہیں تھا۔ شوق تھا تو اس صرف اس بات کا کہ اس کی شادی جلد سے جلد ہو جائے ۔ جب اس کے پاس سترای روپے اکٹھے ہو گئے تو اس نے اپنے دیس جانے کی ٹھانی تا کہ وہاں اپنی برادری سے کسی کو بیاہ لائے، مگر   پھر اس نے سوچا ان سترای روپوں سے کیا ہو گا، آنے جانے کا کرایہ بھی بڑی مشکل سے پورا ہو گا، چار سال کی محنت اس نے یہ رقم جوڑی تھی لیکن اس رقم سے وہ مراد آباد جا کے شادی نہیں کر سکتا تھا۔ اس لئے جھمو بھیا نے ایک بدمعاش سے بات چیت کر کے اس عورت کو سو روپے میں خرید لیا۔ اسی روپے اس نے نقد دیے ہیں روپے ادھار میں رہے جو اس نے ایک سال کے عرصے میں بعد دیئے اور کر دیئے ادا بعد میں جھمو

بھیا کو معلوم ہوا کہ یہ عورت بھی مراد آباد کی رہنے والی تھی ۔ دھیرج گاؤں کی اس کی برادری کی ہی تھی ۔ جھمو بڑا خوش تھا چلو یہیں بیٹھے بیٹھے کام ہو گیا۔اپنی جات برادری کی،اپنے ضلعے کی۔اپنے دھرم کی عورت یہیں بیٹھے سورے پے میں مل گئی۔اس نے بڑے چاؤ سے اپنا بیاہ رچایا اور پھر اسے معلوم ہوا کہ اس کی بیوی بڑی بری بہت اچھا گاتی ہے ۔وہ خودبھی اپنی پاٹ دار آواز میں زور سے گانے گا نے بلکہ گانے سے زیادہ چلانے کا شوقین تھا۔اب تو کھولی میں دن رات گویا کسی نے ریڈیو کھول دیا ہو،دن میں کھولی میں لڑیا کام کرتے ہوئے گاتی تھی ۔رات کو جھمو اور لڑیا دونوں گاتے تھے ۔ان کے ہاں کوئی بچہ نہ تھا۔اس لئے انہوں نے ایک طوطا پال رکھا تھا،میاں مٹھو خاوند اور بیوی کو گاتے دیکھ کر خودبھی لہک لہک کر گانے لگے۔لڑیا میں ایک اور بات تھی ۔ جھمو نہ بیڑی پیتا نہ سگریٹ نہ تاڑی بیڑی،لڑیا بیڑی،سگریٹ،تاڑی سبھی کچھ پیتی تھی ۔ کہتی تھی پہلے وہ یہ سب کچھ نہیں جانتی تھی مگر جب سے وہ بدمعاش کے پلے پڑی اسے یہ باتیں سیکھنا پڑیں اور اب وہ سب باتیں تو چھوڑ سکتی ہے مگر بیڑی اور تاڑی نہیں چھوڑ سکتی۔کئی بار تاڑی پی کر لڑیا نے جھمو پر حملہ کردیا اور جھمو نے اسے روئی کی طرح دھنک کر رکھ دیا۔اس موقع پر طوطا بہت شور مچا تا تھا۔رات کو دونوں کو گالیاں بکتے دیکھ کر خودبھی پنجرے میں منگا ہوا دور زور سے چلانے لگتا۔لڑیا کو مت مار واور مادر چود لڑیا کو مت مارو۔ایک بار تو اس کی گالی سن کر جھمو غصے میں آ کے طوطے کو پنجرے سمیت بدرو میں پھینکنے لگا تھا مگر جیونا نے بیچ میں پڑ کے طوطے کو بچا لیا۔طوطے کو مارنا بڑا پاپ ہے ۔جیونا نے کہا۔تمہیں پھر براہمنوں کو بلا کے پرائشچت کرنا پڑے گا اور تمہارے پندرہ میں روپے کھل جائیں گے ۔ یہ سوچ کر جھمو نے چھوٹے طوطے کو بدرو میں غرق کر دینے کا خیال ترک کر دیا۔

شروع شروع میں تو جھمو کو ایسی شادی پر چاروں طرف سے گالیاں پڑیں وہ خودبھی لڑیا کو بڑے شبے کی نظروں سے دیکھتا اور کئی بار بلا دیجہ اسے پیٹا اور خودبھی مل سے غیر حاضرہ کر اس کی نگرانی کرتا رہا مگر آہستہ آہستہ لڑیا نے اپنا اعتبار ساری چال میں قائم کرلیا۔لڑیا کہتی تھی کہ عورت بچے دل سے بدمعاشوں کے پلے پڑنا پسند نہیں کرتی، وہ تو ایک گھر چاہے وہ چھوٹا ہی سا گھر ہو۔وہ ایک خاوند چاہتی ہے ۔ جو اس کا اپنا ہو۔چاہے وہ جھمو بھیا جیسا ہر وقت جھگور مچان والا،زبان دراز،شیخی خوری کیوں نہ ہو،وہ ایک نٹھا بچہ چاہتی ہے چاہے وہ کتنا ہی بدصورت کیوں نہ ہو اور اب لڑیا کے پاس بھی گھر تھا،اور جھمو بھی تھا اور اگر بچہ نہیں تھا تو کیا ہوا ہو جائے گا اور اگر نہیں ہوتا تو بھگوان کی مرضی ۔ یہ میاں مٹھو ہی اس کا بیٹا بنے گا۔

ایک روز لڑیا اپنے میاں مٹھو کا پنجرہ جھلا جھلا رہی تھی اور اسے چوری کھلا رہی تھی اور اپنے دن کے سپنوں میں اس نے اس کو دیکھ رہی تھی اور جو فضا میں ہمکتا ہمکتا اس کی آغوش کی طرف بڑھتا چلا آ رہا تھا کہ چال میں شور بڑھنے لگا اور اس نے دروازے سے جھانک کر دیکھا کہ چند مزدور جھمو کو اٹھائے چلے آ رہے ہیں اور ان کے کپڑے خون سے رنگے ہوئے ہیں ۔لڑیا کا دل دھک سے رہ گیا۔ وہ بھاگتی بھاگتی نیچے گئی اور اس نے بڑی دردنتی سے اپنے خاوند کو مزدوروں سے چھین کر اپنے کندھے پر اٹھالیا اور اپنی کھولی میں لے آئی۔ پوچھنے پر پتہ چلا کہ جھمو سے گئی کھاتے کے منیجر نے کچھ ڈانٹ ڈپٹ کی، اس پر جھمو نے بھی دو ہاتھ جڑ دیے ۔اس پر بہت واویلا مچا اور منیجر نے اپنے بدمعاشوں کو بلا کے جھمو کی خوب پٹائی کی اور اسے مل سے باہر نکال دیا، خیریت ہوئی کہ جھمو بچ گیا کہ جھمو بچ گیا۔ورنہ اس کے مرنے میں کوئی کسر نہ تھی۔لڑیا نے بہت بڑی ہمت سے کام لیا۔اس نے اسی روز سے اپنے سر پر ٹوکری اٹھالی اور گلی گلی ترکاری بھاجی بیچنے لگی، جیسے وہ زندگی میں یہی دھندا کرتی آئی تھی۔اس طرح محنت مزدوری کر کے اس نے اپنے جھمو کو اچھا کرلیا۔جھمو اب بھلا چنگا ہے مگر اب اسے کسی مل میں کام نہیں ملتا ۔ وہ دن بھر اپنی کھولی میں کھڑا مہالکشمی کے اسٹیشن کے چاروں طرف بلند و بالا کارخانوں کی چمنیوں کو تکتا رہتا ہے ۔سیون مل، لال مل، دھن راج مل لیکن اس کے لئے لڑیا بازاروں اور گلیوں میں آوازیں دے کر بھاجی ترکاری فروخت کرتی ہے اور گھر کا سارا کام کاج بھی کرتی ہے ۔اس نے بیڑی تاڑی سب چھوڑ دی ہے ۔ہاں اس کی ساڑھی قرمزی بھورے رنگ کی ساڑھی جگہ جگہ سے پھٹتی جا رہی ہے ۔تھوڑے دنوں تک اگر جھمو کو کام نہ ملا تو لڑیا کو اپنی ساڑھی پر پرانی ساڑھی کے ٹکڑے جوڑ نا پڑیں گے اور اپنے میاں مٹھو کو چوری کھلانا بند کرنا پڑے گی۔

پانچویں ساڑھی کا کنارہ گہرا نیلا ہے۔ ساڑھی کا رنگ گدلا سرخ ہے۔ لیکن کنارہ گہرا نیلا ہے اور اس نیلے میں اب بھی کہیں کہیں باقی ہے۔ یہ ساڑھی دوسری ساڑھیوں سے بڑھیا ہے کیونکہ یہ ساڑھے پانچ روپے چار آنے کی ہے۔ اس کا کپڑا اس کی چمک دمک کہتے ہیں کہ یہ ان سے ذرا مختلف ہے۔ آپ کو دور سے یہ مختلف معلوم نہیں ہوتی ہوگی مگر میں جانتا ہوں کہ یہ ان سے ذرا مختلف ہے۔ اس کا کپڑا بہتر ہے۔ اس کا کنارہ چمک دار ہے۔ اس کی قیمت پونے نو روپے ہے۔ یہ ساڑھی منجولا کی ہے۔ یہ ساڑھی منجولا کے بیاہ کی ہے۔ منجولا کے بیاہ کو ابھی چھ ماہ بھی نہیں ہوئے ہیں۔ اس کا خاوند گذشتہ ماہ چرخی کے گھومتے ہوئے پٹے کی لپیٹ میں آ کے مارا گیا تھا اور اب سولہ برس کی خوبصورت منجولا بیوہ ہے۔ اس کا دن جوان ہے۔ اس کا جسم جوان ہے۔ اس کی انگلیں جوان ہیں۔ لیکن وہ اب کچھ نہیں کر سکتی کیونکہ اس کا خاوند مل کے ایک حادثے میں مر گیا ہے۔ وہ پٹہ بڑا ڈھیلا ہے اور گھومتے ہوئے بار بار چھپٹاتا تھا اور کام کرنے والوں کے احتجاج کے باوجود اسے مل مالکوں نے نہیں بدلا تھا کیونکہ کام چل رہا تھا اور اور دوسری صورت میں تھوڑی دیر کے لئے کام بند کرنا پڑتا ہے۔ پٹے کو تبدیل کرنے کے لئے روپیہ خرچ ہوتا ہے۔ مزدور تو کسی وقت بھی تبدیل کیا جا سکتا ہے۔ اس کے لئے روپیہ تھوڑی خرچ ہوتا ہے لیکن پٹہ تو بڑی قیمتی شے ہے۔

جب منجولا کا خاوند مارا گیا تو منجولا نے ہر جانے کی درخواست دی جو نا منظور ہوئی کیونکہ منجولا کا خاوند اپنی غفلت سے مرا تھا، اس لئے منجولا کو کوئی ہر جانہ نہ ملا اور وہ اپنی وہی نئی دلہن کی ساڑھی پہنے رہی جو اس کے خاوند نے پونے نو روپے میں اس کے لئے خریدی کی تھی کیونکہ اس کے پاس کوئی دوسری ساڑھی نہ تھی جو وہ اپنے خاوند کی موت کے سوگ میں پہن سکتی۔ وہ اپنے خاوند کے مر جانے کے بعد بھی وہ دلہن کا لباس پہنے پر مجبور تھی کیونکہ اس کے پاس کوئی دوسری ساڑھی نہ تھی۔ اور جو ساڑھی تھی وہ یہی گدلے سرخ رنگ کی تھی پونے نو روپے کی ساڑھی جس کا کنارہ گہرا نیلا ہے۔

شاید اب منجولا بھی پانچ روپے چار آنے کی ساڑھی پہنے گی۔ اس کا خاوند زندہ رہتا جب بھی وہ دوسری ساڑھی پانچ روپے چار آنے کی لاتی، اس لحاظ سے اس کی زندگی میں کوئی خاص فرق نہیں آیا۔ مگر فرق اتنا ضرور ہوا ہے کہ وہ یہ ساڑھی آج پہننا چاہتی ہے۔ ایک سفید ساڑھی پانچ روپے چار آنے والی جسے پہن کر وہ دلہن نہیں بیوہ معلوم ہو سکے۔ یہ ساڑھی اسے دن رات کاٹ کھانے کو دوڑتی ہے۔ اس ساڑھی سے جیسے اس کے مرحوم خاوند کی بانہیں لپٹی ہیں۔ جیسے اس کے ہر تار پر اس کے شفاف بوسے مرتسم ہیں۔ جیسے اس کے تانے بانے میں اس کے خاوند کی گرم گرم سانسوں کی حدت آمیز غنودگی۔ اس کے سیاہ بالوں والی چھاتی کا سارا پیار دفن ہے۔ جیسے اب یہ ساڑھی نہیں ہے۔ ایک گہری قبر ہے جس کی ہولناک پہنائیوں کو وہ ہر وقت اپنے جسم کے گرد لپیٹ لینے پر مجبور ہے۔ منجولا زندہ قبر میں گاڑی جا رہی ہے۔

چھٹی ساڑھی کا رنگ لال ہے لیکن اسے یہاں نہیں ہونا چاہیے کیونکہ اس کی پہننے والی مر چکی ہے پھر بھی یہ ساڑھی یہاں جھنگلے پر بدستور موجود ہے۔ روز کی طرح دھلی دھلائی ہوا میں جھول رہی ہے۔ یہ مائی کی ساڑھی ہے جو ہماری چال کے دروازے کے قریب اندر کھلے آنگن میں رہا کرتی تھی۔ مائی کا ایک بیٹا تھا ستیہ۔ وہ اب جیل میں ہے۔ ہاں ستیہ کی بیوی اور اس کا کوئی لڑکا یہیں نیچے آنگن میں دروازے کے قریب نیچے پڑے رہتے ہیں۔ ستیہ ستیہ کی بیوی۔ ان کی لڑکی اور بڑھیا مائی۔ یہ سب لوگ ہماری چال کے بھنگی ہیں۔ ان کے لئے کھولی بھی نہیں ہے اور ان کے لئے اتنا کپڑا بھی نہیں ملتا جتنا ہم لوگوں کو ملتا ہے اس لئے یہ لوگ آنگن میں رہتے ہیں۔ یہیں پکاتے ہیں جہاں نازمین پر پڑے کے سورہتے ہیں۔ یہیں یہ بڑھیا ماری گئی تھی، وہ بڑا سوراخ جو آپ اس ساڑھی میں دیکھ رہے ہیں پلو کے قریب۔ یہ گولی کا سوراخ ہے، یہ کار تو س کی گولی مائی کی بھنگیوں کی ہڑتال کے دنوں میں لگی تھی۔ نہیں وہ اس ہڑتال میں حصہ نہیں لے رہی تھی وہ بے چاری تو بہت بوڑھی تھی، چل پھر بھی نہ سکتی تھی۔ اس ہڑتال میں تو اس کا بیٹا ستیہ اور دوسرے بھنگی شامل تھے، یہ لوگ مہنگائی مانگتے تھے اور کھولی کا کرایہ مانگتے تھے یعنی اپنی زندگی کے لئے دو وقت کی روٹی، کپڑا اور سر پر ایک چھت چاہتے تھے۔ اس لئے ان لوگوں نے ہڑتال کی تھی اور جب ہڑتال خلاف قانون قرار دے دی گئی تو ان لوگوں نے جلوس نکالا اور اس جلوس میں مائی کا بیٹا ستیہ آگے آگے تھا اور خوب زور و شور سے نعرے لگا رہا تھا۔ پھر جب جلوس بھی خلاف قانون قرار دے دیا گیا تو گولی چلی اور ہماری چال کے سامنے چلی۔

ہم لوگوں نے اپنے دروازے بند کرلئے گھبراہٹ میں چال کا دروازہ بند کرنا کسی کو یاد نہ رہا اور پھر ہمیں بند کمروں میں ایسا معلوم ہوا گویا گولی ادھر سے ادھر سے چاروں طرف سے چل رہی ہو۔ تھوڑی دیر کے بعد سناٹا ہوگیا اور جب ہم لوگوں نے ڈرتے ڈرتے دروازہ کھولا اور باہر جھانک کے دیکھا تو جلوس تتر بتر ہو چکا تھا اور ہماری چال کے قریب بڑھیا پڑی تھی۔ یہ اسی بڑھیا کی لال ساڑھی ہے۔ جس کا بیٹا ستیو اب جیل میں ہے، اس لال ساڑھی کو اب بڑھیا کی بہو پہنتی ہے۔ اس ساڑھی کو بڑھیا کے ساتھ جلا دینا چاہیے تھا مگر کیا کیا جائے تن ڈھکنا زیادہ ضروری ہے۔

مردوں کی عزت واحترام سے بھی کہیں زیادہ ضروری ہے کہ زندوں کا تن ڈھکا جائے۔ یہ ساڑھی چلنے چلانے کے لئے نہیں ہے۔ تن ڈھکے کے لئے ہے، وہاں بھی کبھی ستیہ کی بیوی اس کے پلو سے اپنے آنسو پونچھ لیتی ہے۔ کیونکہ اس میں پچھلے اسی برسوں کے سارے آنسو اور ساری انگڑائیں اور ساری فتحیں اور شکستیں جذب ہیں۔ آنسو پونچھ کر ستیہ کی بیوی پھر اسی ہمت سے کام کرنے لگتی ہے جیسے کچھ ہوا ہی نہیں۔ نہیں گولی نہیں چلی، کوئی جیل نہیں گیا۔ بھنگن کی جھاڑو اسی طرح چل رہی ہے۔

اے لو باتوں باتوں میں وزیراعظم صاحب کی گاڑی نکل گئی۔ وہ یہاں نہیں ٹھہری۔ میں سمجھتا تھا وہ یہاں ضرور ٹھہرے گی۔ وزیراعظم صاحب درشن دینے کے لئے گاڑی سے نکل کر تھوڑی دیر کے لئے پلیٹ فارم پر ٹہلیں گے اور شائد ہوام میں جھولتی ہوئی ان چھ ساڑھیوں کو بھی دیکھ لیں گے۔ جو مہالکشمی کے پل کے بائیں طرف لٹک رہی ہیں۔ یہ چھ ساڑھیاں جو بہت معمولی عورتوں کی ساڑھیاں ہیں۔ ایسی معمولی عورتیں جن سے ہمارے دیس کے چھوٹے چھوٹے گھر بنتے ہیں۔ جہاں ایک کونے میں چولھا سلگتا ہے، ایک کونے میں پانی کا گھڑا رکھا ہے۔ اوپری طاق میں شیشہ ہے، کنگھی ہے، سندور کی ڈبیا ہے، کھاٹ پر ننھا سور رہا ہے۔ الگنی پر کپڑے سوکھ رہے ہیں۔ ان چھوٹے چھوٹے لاکھوں کروڑوں، گھروں کو بنانے والی عورتوں کی ساڑھیاں ہیں جنہیں ہم ہندوستان کہتے ہیں۔ یہ عورتیں جو ہمارے پیارے پیارے بچوں کی ماؤں میں ہمارے بھولے بھائیوں کی عزیز بہنیں ہیں ہماری معصوم محبتوں کا گیت ہیں۔ ہماری پانچ ہزار سالہ تہذیب کا سب سے اونچا نشان ہیں وزیراعظم صاحب! یہ ہوا میں جھولتی ہوئی ساڑھیاں تم سے کچھ کہنا چاہتی ہیں۔ تم کچھ مانگتی ہیں۔ یہ کوئی بہت بڑی قیمتی چیز تم نہیں مانگتی ہیں۔ یہ کوئی بڑا ملک، بڑا عہدہ اور بڑی موٹرکار، کوئی پرمٹ، کوئی ٹھیکہ، کوئی پراپرٹی، یہ ایسی کسی چیز کی طالب نہیں ہیں۔ دیکھئے شانتا بائی کی ساڑھی ہے جو اپنے بچپن کی کھوئی ہوئی دھنک تم سے مانگتی ہے۔ جیونا بائی کی ساڑھی ہے جو اپنی آنکھ کی روشنی اور اپنی بیٹی کی عزت مانگتی ہے۔ یہ ساوتری کی ساڑھی ہے جس کے گیت مر چکے ہیں۔ اور جس کے پاس اپنے بچوں کے لئے اسکول کی فیس نہیں ہے۔ یہ لڑیا ہے جس کا خاوند بے کار ہے اور جس کے کمرے میں ایک طوطا ہے جو دو دن کا بھوکا ہے۔ یہ نئی دلہن کی ساڑھی ہے جس کے خاوند کی زندگی چیڑے کے پتے سے بھی کم قیمتی ہے۔ یہ بڑھی بھنگن کی لال ساڑھی ہے جو بندوق کی گولی کو بل کے پھیل میں تبدیل کر دینا چاہتی ہے تاکہ دھرتی سے انسان کا لہو پھول بن کر کھل اٹھے اور گندم کے سنہرے خوشے بن کر لہرانے لگے۔

لیکن وزیراعظم صاحب کی گاڑی نہیں رکی اور وہ ان چھ ساڑھیوں کو نہیں دیکھ سکتے اور تقریر کرنے کے لئے چوپاٹی پر چلے گئے، اس لئے اب میں آپ سے کہتا ہوں۔ اگر آپ کی گاڑی ادھر سے گزرے تو آپ ان چھ ساڑھیوں کو ضرور دیکھیے جو مہالکشمی کے پل کے بائیں طرف لٹک رہی ہیں اور پھر ان رنگا رنگ ریشمی ساڑھیوں کو بھی دیکھیے جنہیں دھوبیوں نے اسی پل کے دائیں طرف سوکھنے کے لئے لٹکا رکھا ہے اور جوان گھروں سے آئی ہیں جہاں اونچی اونچی چمنیوں والے کارخانوں کے مالک یا اونچی اونچی تنخواہ پانے والے رہتے ہیں۔ آپ اس پل کے دائیں بائیں دونوں طرف ضرور دیکھیے اور پھر اپنے آپ سے پوچھیے کہ آپ کس طرف جانا چاہتے ہیں۔ دیکھئے میں آپ سے اشتراکی بنے کے لئے نہیں کہہ رہا ہوں، میں آپ کو جماعتی جنگ کی تلقین بھی نہیں کر رہا ہوں۔ میں صرف یہ جاننا چاہتا ہوں کہ آپ مہالکشمی پل کے دائیں طرف ہیں یا بائیں طرف؟

گڈریا

اشفاق احمد

یہ سردیوں کی ایک یخ بستہ اور طویل رات کی بات ہے۔ میں اپنے گرم بستر میں سر ڈھانپے گہری نیند سور ہا تھا کہ کسی نے زور سے جھنجھوڑ کر مجھے جگا دیا۔

''کون ہے۔'' میں نے چیخ کر پوچھا اور اس کے جواب میں ایک بڑا سا ہاتھ میرے سر سے ٹکرایا، اور گھپ اندھیرے سے آواز آئی ''تھانے والوں نے رانو کو گرفتار کرلیا۔''

''کیا؟'' میں لرزتے ہوئے ہاتھ کو پرے دھکیلنا چاہا۔ ''کیا ہے؟''

اور تاریکی کا بھوت بولا'' تھانے والوں نے رانو کو گرفتار کرلیا.......اس کا فارسی میں ترجمہ کرو۔''

''داؤ جی کے بچے'' میں نے اونگھتے ہوئے کہا'' آدھی آدھی رات کو تنگ کرتے ہو.......دفع ہو جاؤ.......میں نہیں.......میں نہیں.......آپ کے گھر رہتا۔ میں نہیں پڑھتا.......داؤ جی کے بچے.......کتے!'' اور میں رونے لگا۔

داؤ جی نے چمکار کر کہا'' اگر پڑھے گا نہیں تو پاس کیسے ہوگا! پاس نہیں ہوگا تو بڑا آدمی نہ بن سکے گا، پھر لوگ تیرے داؤ کو کیسے جانیں گے؟''

''اللہ کرے سب مر جائیں۔ آپ بھی آپ کو جاننے والے بھی.......اور میں بھی.......میں بھی.......''اپنی جوانمرگی پر ایسا رویا کہ دو ہی لخموں میں گھگھی بندھ گئی۔

داؤ جی بڑے پیار سے میرے سر پر ہاتھ پھیرتے جاتے تھے اور کہہ رہے تھے''بس اب چپ کر شاباش.......میرا اچھا بیٹا۔ اس وقت یہ ترجمہ کردے، پھر نہیں جگاؤں گا۔''

آنسوؤں کا تار ٹوٹتا جا رہا تھا۔ میں نے جل کر کہا'' آج ہرا مزاد سے رانو کو پکڑ کر لے گئے کل کسی اور کو پکڑ لیں گے۔ آپ کا ترجمہ تو.......''

''نہیں نہیں'' انہوں نے بات کاٹ کر کہا''میرا تیرا وعدہ رہا آج کے بعد رات کو جگا کر کچھ نہ پوچھوں گا.......شاباش اب بتا''تھانے والوں نے رانو کو گرفتار کرلیا۔''میں نے روٹھ کر کہا''مجھے نہیں آتا''۔

''فوراً نہیں کہہ دیتا ہے''انہوں نے سر سے ہاتھ اٹھا کر کہا''کوشش تو کرو۔''''نہیں کرتا!'' میں نے جل کر جواب دیا۔

اس پر وہ ذرا ہنسے اور بولے'' کارکنان گزمہ خانہ رانو را توقیف کردند.......کارکنان گزمہ خانہ،تھانے والے۔ بھولنا نہیں یہ لفظ ہے۔ نئی ترکیب ہے،دس مرتبہ کہو۔''

مجھے پتہ تھا کہ یہ بلا ٹلنے والی نہیں، نا چار گزمہ خانہ والوں کا پہاڑہ شروع کردیا، جب دس مرتبہ کہہ چکا تو داؤ جی نے بڑی لجاجت سے کہا اب سارا فقرہ پانچ بار کہو۔ جب پنجگا نہ مصیبت بھی ختم ہوئی تو انہوں نے مجھے آرام سے بستر میں لٹاتے ہوئے اور رضائی اوڑھاتے ہوئے کہا۔ ''بھولنا نہیں! صبح اٹھتے ہی پوچھوں گا۔'' پھر وہ جدھر سے آئے تھے ادھر لوٹ گئے۔

شام کو جب میں ملاجی سے سیپارے کا سبق لے کر لوٹتا تو خراسیوں والی گلی سے ہو کر اپنے گھر جایا کرتا۔ اس گلی میں طرح طرح کے لوگ بستے تھے۔ مگر میں صرف موٹے ماشکی سے واقف تھا جس کو ہم سب'' کدو کریلا ڈھائی آنے'' کہتے تھے۔ ماشکی کے گھر کے ساتھ بکریوں کا ایک باڑہ

تھا جس کے تین طرف کچے پکے مکانوں کی دیواریں تھیں اور سامنے آڑی ترچھی لکڑیوں اور خاردار جھاڑیوں کا اونچا اونچا جنگلا تھا۔اس کے بعد ایک چوکور میدان آتا تھا، پھر لنگڑے کمہار کی کوٹھڑی اور اس کے ساتھ گیر ورنگی کھڑکیوں اور پیتل کی کیلوں والے دروازوں کا ایک چھوٹا سا پکا مکان۔ اس کے بعد گلی میں ذرا سا خم پیدا ہوتا اور قدر ے تنگ ہو جاتی پھر جوں جوں جوں اس کی لمبائی بڑھتی توں توں اس کے دونوں بازو بھی ایک دوسرے کے قریب آتے جاتے۔شاید وہ ہمارے قصبے کی سب سے لمبی گلی تھی اور حد سے زیادہ سنسان! اس میں اکیلے چلتے ہوئے مجھے ہمیشہ یوں لگتا تھا جیسے میں بندوق کی نالی میں چلا جا رہا ہوں اور جونہی میں اس کے دہانے سے باہر نکلوں گا زور سے ''ٹھاّئیں'' ہوگا اور میں مر جاؤں گا۔ مگر شام کے وقت کوئی نہ کوئی راہگیر اس گلی میں ضرور مل جاتا اور میری جان بچ جاتی۔ان آنے جانے والوں میں کبھی کبھار ایک سفیدی مونچھوں والا لمبا سا آدمی ہوتا جس کی شکل بارہ ماہ والے ملکھی سے بہت ملتی تھی۔ سر پر ململ کی بڑی سی پگڑی۔ ذرا سی خمیدہ کمر پر خاکی رنگ کا ڈھیلا اور لمبا کوٹ۔ کھدر کا تنگ پائجامہ اور پاؤں میں فلیٹ بوٹ۔اکثر اس کے ساتھ میری ہی عمر کا ایک لڑکا بھی ہوتا۔جس نے عین اسی طرح کے کپڑے پہنے ہوتے اور وہ آدمی سر جھکائے اور اپنے کوٹ کی جیبوں میں ہاتھ ڈالے آہستہ آہستہ اس سے باتیں کیا کرتا۔ جب وہ میرے برابر آتے تو لڑکا میری طرف دیکھتا اور میں اس کی طرف اور پھر ایک ثانیہ ٹھٹکے بغیر گردنوں کو ذرا زرا موڑتے ہم اپنی اپنی راہ پر چلتے جاتے۔

ایک دن میں اور میرا بھائی ٹھٹیاں مچھلیاں پکڑنے کی ناکام کوشش کے بعد قصبہ کو واپس آرہے تھے تو نہر کے پل پر یہی آدمی اپنی پگڑی میں ڈالے بیٹھا تھا اور اس کی سفید چٹیا میری مرغی کے پر کی طرح اس کے سر سے چپکی ہوئی تھی۔اس کے قریب سے گزرتے ہوئے میرے بھائی نے ماتھے پر ہاتھ رکھ کر زور سے سلام کیا۔''داؤ جی سلام'' اور داؤ جی نے سر ہلا کر جواب دیا۔''جیتے رہو''۔

یہ جان کر کہ میرا بھائی اس سے واقف ہے میں بے حد خوش ہوا اور میں تھوڑی دیر بعد اپنی منمنی آواز میں چلایا۔''داؤ جی سلام''۔

''جیتے رہو۔ جیتے رہو!'' انہوں نے دونوں ہاتھ اوپر اٹھا کر کہا اور میرے بھائی نے پتاخ سے میرے زناٹے کا ایک تھپڑ دیا۔

''شیخی خورے، کتے'' وہ چیخا۔ جب میں نے سلام کر دیا تو تیری کیا ضرورت رہ گئی تھی؟ ہر بات میں اپنی ٹانگ پھنسا تا ہے کمینہ......'' بھلا کون ہے وہ؟''

''داؤ جی'' میں نے بسور کر کہا۔

''کون داؤ جی'' میرے بھائی نے تنگ کر پوچھا۔

''وہ جو بیٹھے ہیں'' میں نے آنسو پی کر کہا۔

'' بکواس نہ کر'' میرا بھائی چڑ گیا اور آنکھیں نکال کر بولا۔ ہر بات میں میری نقل کرتا ہے کتا۔ ......شیخی خورا''

میں نہیں بولا اور اپنی خاموشی کے ساتھ راہ چلتا رہا۔ دراصل مجھے اس بات کی خوشی تھی کہ داؤ جی سے تعارف ہو گیا۔اس کا رنج نہ تھا کہ بھائی نے مجھے تھپڑ کیوں مارا۔ وہ تو اس کی عادت تھی۔ بڑا تھا نا اس لئے ہر بات میں اپنی شیخی بگھار تا تھا۔

داؤ جی سے علیک سلیک تو ہوئی گئی تھی۔اس لئے میں کوشش کر کے گلی میں اس سے اس وقت گزر نے لگا جب وہ جب وہ آرہے ہوں۔ انہیں سلام کرکے بڑا مزا آتا تھا اور جواب پا کر اس سے بھی زیادہ اور اس سے بھی زیادہ۔ جیتے رہو کچھ ایسی محبت سے کہتے کہ زندگی دو چند ہوئی جاتی اور آدمی زمین سے ذرا اوپر اٹھ کر ہوا میں چلنے لگتا......سلام کا یہ سلسلہ کوئی سال بھر یونہی چلتا رہا اور اس اثناء میں مجھے اس قدر معلوم ہو سکا کہ داؤ جی گیر ورنگی کھڑکیوں والے مکان میں رہتے ہیں اور چھوٹا سائلر ان کا بیٹا ہے، میں نے اپنے بھائی سے ان کے متعلق کچھ اور بھی پوچھنا چاہا مگر وہ بڑا سخت آدمی تھا اور میری چھوٹی بات پر چڑ جاتا تھا۔ میرے ہر سوال کے جواب میں اس کے پاس گھڑے گھڑائے دو فقرے ہوتے تھے۔ ''تجھے کیا'' اور'' بکواس نہ کر'' مگر خدا کا شکر ہے میرے جس کا یہ سلسلہ زیادہ دیر تک نہ چلا۔ اسلامیہ پرائمری سکول سے چوتھی پاس کرکے میں ایم۔ بی ہائی سکول کی پانچویں جماعت میں

داخل ہوا، تو وہی داؤ جی کا لڑکا میرا ہم جماعت نکلا۔ اس کی مدد سے اور اپنے بھائی کا احسان اٹھائے بغیر میں یہ جان گیا کہ داؤ جی کھتری تھے اور قصبے کی منصفی میں عرضی نویسی کا کام کرتے تھے۔ لڑکے کا نام امی چند تھا اور وہ جماعت میں سب سے زیادہ ہشیار تھا۔ اس کی پگڑی کلاس بھر میں سب سے بڑی تھی اور چہرہ بلی کی طرح چھوٹا۔ چند لڑکے اسے میاؤں کہتے تھے اور باقی نیولا کہہ کر پکارتے تھے مگر میں داؤ جی کیوجہ سے اس کے اصلی نام ہی سے پکارتا تھا۔ اس لئے وہ میرا دوست بن گیا اور ہم نے ایک دوسرے کو نشانیاں دے کر پکے یار بننے کا وعدہ کر لیا تھا۔

گرمیوں کی چھٹیاں شروع ہونے میں کوئی ایک ہفتہ ہوگا جب میں امی چند کے ساتھ پہلی مرتبہ اس کے گھر گیا۔ وہ گرمیوں کی ایک جھلسا دینے والی دوپہر تھی۔ لیکن شیخ چلی کی کہانیاں حاصل کرنے کا شوق مجھ پر بھوت بن کر سوار تھا اور میں دھوپ اور بھوک دونوں سے بے پرواہ ہو کر سکول سے سیدھا اس کے ساتھ چل دیا۔

امی چند کا گھر چھوٹا سا تھا لیکن بہت ہی صاف ستھرا اور روشن۔ پیتل کی کیلوں والے دروازے کے بعد ذرا سی ڈیوڑھی تھی۔ آگے مستطیل صحن، سامنے سرخ رنگ کا برآمدہ اور اس کے پیچھے انتہائی بڑا کمرہ۔ صحن میں ایک طرف انار کا پیڑ۔ عقیق کے چند پودے اور دنیا کی ایک چھوٹی سی کیار ی تھی۔ دوسری طرف چوڑی سیڑھیوں کا ایک زینہ جس کی محراب تلے مختصر سی رسوئی تھی۔ گیرو رنگی کھڑکیاں ڈیوڑھی سے ملحقہ بیٹھک میں کھلتی تھیں اور بیٹھک کا دروازہ نیلے رنگ کا تھا۔ جب ہم ڈیوڑھی میں داخل ہوئے تو امی چند نے چلا کر ''بے بے نمستے!'' کہا اور مجھے صحن کے بچوں میں پیچ چھوڑ کر بیٹھک میں گھس گیا۔ برآمدے میں بوریا بچھائے بے بے مشین چلا رہی تھی اور اس کے پاس ہی ایک لڑکی بڑی سی قینچی سے کپڑے قطع کر رہی تھی۔ بے بے نے منہ ہی منہ میں کچھ جواب دیا اور ویسے ہی مشین چلاتی رہی۔ لڑکی نے نگاہیں اٹھا کر میری طرف دیکھا اور گردن موڑ کر کہا۔ ''بے بے شاید ڈاکٹر صاحب کا لڑکا ہے۔''

مشین رک گئی۔

''ہاں ہاں'' بے بے نے مسکرا کر کہا اور ہاتھ کے اشارے سے مجھے اپنی طرف بلایا۔ میں اپنے جزدان کی رسی مروڑتا اور ٹیڑھے ٹیڑھے پاؤں دھرتا برآمدے کے ستون کے ساتھ آ لگا۔

''کیا نام ہے تمہارا'' بے بے نے چمکا کر پوچھا اور میں نے نگاہیں جھکا کر آہستہ سے اپنا نام بتا دیا۔

''آفتاب سے بہت شکل ملتی ہے۔'' اس لڑکی نے قینچی زمین پر رکھ کر کہا۔ ''ہے نا بے بے؟''

''کیوں نہیں بھائی جو ہوا۔''

''آفتاب کیا؟'' اندر سے آواز آئی، آفتاب کیا بیٹا؟''

''آفتاب کا بھائی ہے داؤ جی'' لڑکی نے رکتے ہوئے کہا۔ ''امی چند کے ساتھ آیا ہے۔''

اندر سے داؤ جی برآمد ہوئے۔ انہوں نے اپنا پاجامہ تک گھٹنوں تک چڑھا رکھا اور کرتہ اتارا ہوا تھا۔ مگر سر پر پگڑی بدستور تھی۔ پانی کی ہلکی سی بالٹی اٹھا وہ برآمدے میں آ گئے اور میری طرف غور سے دیکھتے ہوئے بولے۔ ''ہاں بہت شکل ملتی ہے مگر میرا آفتاب بہت دبلا ہے اور یہ گولو مولو سا ہے۔'' پھر بالٹی فرش پر رکھ کے انہوں نے میرے سر ہاتھ پھیرا اور پاس کا ٹھ کا ایک اسٹول کھینچ کر اس پر بیٹھ گئے۔ زمین سے پاؤں اٹھا کر انہوں نے آہستہ سے انہیں جھاڑا اور پھر بالٹی میں ڈال دیے۔

''آفتاب کا خط آتا ہے؟'' انہوں نے بالٹی سے پانی کے چلو بھر کر ٹانگوں پر ڈالتے ہوئے پوچھا۔

''آتا ہے جی'' میں نے ہولے سے کہا۔ ''پرسوں آیا تھا''۔

''کیا لکھتا ہے؟''

''پتانہیں جی،اباجی کوپتہ ہے۔''

''اچھا''انہوں نے سرہلاکرکہا۔''توابا جی سے پوچھا کرنا!......جو پوچھتانہیں اسے کسی بھی بات کاعلم نہیں ہوتا۔''

میں چپ رہا۔

تھوڑی دیرانہوں نے ویسے ہی چلوڈالتے ہوئے پوچھا۔''کونسا سیپارہ پڑھ رہے ہو؟''

''چوتھا''میں نے وثوق سے جواب دیا۔

''کیانام ہے تیسرے سیپارے کا؟''انہوں نے پوچھا۔

''جی نہیں پتہ۔''میری آواز پھر ڈوب گئی۔

''تلک الرسل''انہوں نے پانی سے ہاتھ باہرنکال کرکہا۔ پھرتھوڑی دیر بعد وہ ہاتھ جھٹکتے اور ہوا میں لہراتے رہے۔ بے بے مشین چلاتی رہی۔ وہ لڑ کی نعمت خانے سے روٹی نکال کر برآمدے کی چوکی نے پر لگانے لگی اور میں جزدان کی ڈوری کوکھولتا لپیٹتار ہا۔امی چندابھی تک بیٹھک کے اندر ہی تھااور میں ستون کے ساتھ ساتھ جھینپ کی عمیق گہرائیوں میں اترتا جار ہاتھا،معا داؤ جی نے نگاہیں میری طرف پھیر کرکہا……

''سورة فاتحہ سناؤ۔''

''مجھے نہیں آتی جی''میں نے شرمندہ ہوکرکہا۔

انہوں نے حیرانی سے میری طرف دیکھااور پوچھا''الحمدللہ بھی نہیں جانتے؟''

''الحمدللہ تو میں جانتا ہوں جی''میں نے جلدی سے کہا۔

وہ ذرامسکرائے اور گویا اپنے آپ سے کہنے لگے۔''ایک ہی بات ہے!ایک ہی بات ہے!!''پھرانہوں نے سرکے اشارے سے کہا سناؤ۔ جب میں سنانے لگا تو انہوں نے اپنا پاجامہ گھٹنوں سے نیچے کرلیااور پگڑی کا شملہ چوڑا کر کے کندھوں پر ڈال دیا اور جب میں نے والضالین کہا تو میر ے ساتھ ہی انہوں نے بھی آمین کہا۔ مجھے خیال ہوا کہ وہ ابھی اٹھ کر مجھے کچھ انعام دیں گے کیونکہ پہلی مرتبہ جب میں نے اپنے تایا جی کوالحمدللہ سنائی تھی تو انہوں نے ایسے ہی آمین کہا تھااور ساتھ ہی ایک روپیہ مجھے انعام بھی دیا تھا۔ مگر داؤ جی اسی طرح بیٹھے رہے۔ بلکہ اوربھی پتھر ہوگئے۔اتنے میں امی چند کتاب تلاش کر کے لے آیااور میں چلنے لگا تو میں نے عادت کے خلاف آہستہ سے کہا''داؤ جی سلام'' اورانہوں نے ویسے ہی ڈوبے ڈوبے ہولے سے جواب دیا۔''جیتے رہو''۔

بے بے نے مشین روک کرکہا''کبھی کبھی امی چند کے ساتھ کھیلنے آجایا کرو۔''

''ہاں ہاں آجایا کر''داؤ جی چونک کر بولے۔''آفتاب بھی آیا کرتا تھا''پھرانہوں نے پانی پر جھکتے ہوئے کہا''ہمارا آفتاب تو ہم سے بہت دور ہوگیااور فارسی کا شعر سایہ جھنے لگے۔

یہ داؤ جی سے میری پہلی با قاعدہ ملاقات تھی اور اس ملاقات سے میں یہ نتائج اخذ کر کے چلا کہ داؤ جی بڑے کنجوس ہیں۔ حد سے زیادہ چپ ہیں اور کچھ بہرے سے ہیں۔ اسی دن شام کو میں نے اپنی اماں کو بتایا کہ میں داؤ جی کے گھر گیا تھااور وہ آفتاب بھائی کو یاد کر رہے تھے۔ اماں نے قدرے تلخی سے کہا''تو مجھ سے پوچھ لیتا۔ بے شک آفتاب ان سے پڑھتا رہا ہے اور ان کی بہت عزت کرتا ہے مگر تیرے اباجی ان سے بولتے نہیں ہیں۔ کسی بات پر جھگڑا ہوگیا تھا سواب تک ناراضگی چلی آتی ہے۔ اگر انہیں پتہ چل گیا کہ تو ان کے ہاں گیا تھا تو وہ خفا ہوں گے، پھراماں نے ہمدرد بن کرکہا''اپنے ابا سے اس کا ذکر نہ کرنا''

میں اباجی سے بھلا اس کا ذکر کیوں کرتا،مگر سچی بات تو یہ ہے کہ میں داؤ جی کے ہاں جاتا رہا اور خوب خوب ان سے معتبری کی باتیں کرتا رہا۔

وہ چٹائی بچھائی کوئی کتاب پڑھ رہے ہوتے ۔ میں آہستہ سے ان کے پیچھے جاکر کھڑا ہو جاتا اور وہ کتاب بند کرکے کہتے ''گولو آ گیا'' پھر میری طرف مڑتے اور ہنس کر کہتے ''کوئی گپ سنا'' اور میں اپنی بساط کے اور سمجھ کے مطابق ڈھونڈ ڈھانڈ کے کوئی بات سنا تا تو وہ خوب ہنستے ۔ بس یونہی میرے لئے ہنستے حالانکہ مجھے اب محسوس ہوتا ہے کہ وہ ایسی دلچسپ باتیں بھی نہ ہوتی تھیں ، پھر وہ اپنے رجسٹر سے کوئی کا غذ نکال کر کہتے لے ایک سوال نکال ۔ اس سے میری جان جاتی تھی ۔ لیکن ان کا وعدہ بڑا رسیلا ہوتا تھا کہ ایک سوال اور پندرہ منٹ باتیں ۔ اس کے بعد ایک اور سوال اور پھر پندرہ منٹ گپیں ۔ چنانچہ میں مان جاتا اور کاغذ لے کر بیٹھ جاتا ۔ لیکن ان کے خود ساختہ سوال کچھ ایسے الجھے ہوتے کہ اگلی باتوں اور اگلے سوالوں کا وقت بھی نکل جا تا ۔ اگر خوش قسمتی سے سوال جلدی حل ہو جاتا تو وہ چٹائی کو ہاتھ لگا کر پوچھتے یہ کیا ہے؟ '' چٹائی '' میں منہ پھاڑ کر جواب دیتا '' اوں ہوں '' وہ سر ہلا کر کہتے '' فارسی میں بتاؤ'' تو میں ٹنک کر جواب دیتا '' لو جی ہمیں کوئی فارسی پڑھائی جاتی ہے '' اس پردہ چمکار کر کہتے ''میں جو پڑھاتا ہوں گولو …… میں جو سکھاتا ہوں …… سنو! فارسی میں بوریا ، عربی میں حصیر'' میں شرارت سے ہاتھ جوڑ کر کہتا '' بخشو جی بخشو ، فارسی بھی اور عربی بھی میں نہیں پڑھتا مجھے معاف کرو'' مگر وہ سنی ان سنی ایک کر کے کہے جاتے فارسی بوریا ، عربی حصیر ۔ اور پھر کوئی چا ہے اپنے کانوں میں سیسہ بھر لیتا ۔ داؤ جی کے الفاظ گھستے چلے جاتے تھے …… ای ام چند کتابوں کا کیڑا تھا ۔ سارا دن بیٹھک میں بیٹھا لکھتا پڑھتا رہتا ۔ داؤ جی اس کے اوقات میں مخل نہ ہوتے تھے ، لیکن ان کے داؤ امی چند پر بھی برابر ہوتے تھے ، وہ اپنی نشست سے اٹھ کر گھڑے سے پانی پینے آیا ، داؤ جی نے کتاب سے نگاہیں اٹھا کر پوچھا '' بیٹا؟؟؟ کیا ہے اس نے گلاس کے ساتھ منہ لگائے لگائے ''ڈیڈ'' کہا اور پھر گلاس گھڑ ونچی تلے پھینک کر اپنے کمرے میں آ گیا ۔ داؤ جی پھر پڑھنے میں مصروف ہوگئے ۔ گھر میں ان کو اپنی بیٹی سے بڑا پیار تھا ۔ ہم سب اسے بی بی کہہ کر پکارتے تھے ۔ ا کیلے داؤ جی نے اس کا نام قرۃ رکھا ہوا تھا ۔ اکثر بیٹھے بیٹھے ہانک لگا کر کہتے '' قرۃ بیٹی یہ قینچی تجھ سے کب چھوٹے گی ؟ '' اور وہ اس کے جواب میں مسکرا کر خاموش ہو جاتی ۔ بے بے کو اس نام سے بڑی چڑ تھی ۔ وہ جھنجھ کر جواب دیتی ۔ '' تم نے اس کا نام قرۃ رکھ کر اس کے بھاگ میں کرتے سینے لکھوا دیے ہیں ۔ منہ اچھانہ ہوتو شبدو تو اچھے نکال نے چاہئیں '' اور داؤ جی ایک لمبی سانس لے کر کہتے '' جاہل اس کا مطلب کیا ہیں '' اس پر بے بے کا غصہ چمک اٹھتا اور اس کے منہ میں جو کچھ آ تا کہتی چلی جاتی ۔ پہلے کوسنے ، پھر بد دعائیں اور آخر میں گالیوں پر اتر آتی ۔ بی بی رکتی تو داؤ جی کہتے ''ہوا ئیں چلنے کو ہوتی ہیں بیٹا اور گالیاں برسنے کو تم انہیں روکو مت ، انہیں ٹو کو مت ۔ پھر وہ اپنی کتابیں سمیٹتے اور اپنا محبوب حصیر اٹھا کر چپکے سے سیڑھیوں پر چڑھ جاتے ۔

نویں جماعت کے شروع میں مجھے ایک بری عادت پڑ گئی اور اس بری عادت نے عجیب گل کھلائے ۔ حکیم علی احمد مرحوم ہمارے قصبے کے ایک ہی حکیم تھے ۔ علاج معالجہ سے ان کو کچھ ایسی دلچسپی نہ تھی لیکن باتیں بڑی مزیدار سناتے تھے ۔ اولیاؤں کے تذکرے ، جنوں بھوتوں کی کہانیاں اور حضرت سلیمان اور ملکہ سبا کی گھریلو زندگی کی داستانیں ان کے تیر بہدف ٹوٹکے تھے ۔ ان کے تنگ و تار یک دستار میں مطلب ایک معجون کے چند ڈبوں ، شربت کی دس پندرہ بوتلوں اور دو آتشی شیشیوں کے سوا اور کچھ نہ تھا ۔ دواؤں کے علاوہ وہ اپنی طلسماتی تقریر اور حضرت سلیمان کے خاص صدری تعویذ وں سے مریض کا علاج کیا کرتے تھے ۔ انھی باتوں کے لئے دور دراز گاؤں کے مریض ان کے پاس کھنچے چلے آتے اور فیض یاب ہو کر جاتے ۔ ہفتہ دو ہفتے کی صحبت میں میرا ان کے ساتھ ایک معاہدہ ہو گیا ، میں اپنے ہسپتال سے ان کے لئے خالی بوتلیں اور شیشیاں چرا کے لاتا اور اس کے بدلے وہ مجھے داستان امیر حمزہ کی جلدیں پڑھنے کے لئے دیا کرتے ۔

یہ کتابیں کچھ ایسی دلچسپ تھیں کہ میں رات رات بھر اپنے بستر میں دبک کر انہیں پڑھا کرتا ۔ اور صبح دیر تک سویا رہتا ، اماں میرے اس رویے سے سخت نالاں تھیں ، ابا جی کو میری صحت برباد ہونے کا خطرہ لاحق تھا لیکن میں نے ان کو بتا دیا تھا کہ چا ہے جان چلی جائے اب کے دسویں میں وظیفہ ضرور حاصل کروں گا ۔ رات ظلمِ ہوشربا کے ایوانوں میں بسر ہوتی ، اور دن بینچ پر کھڑے ہو کر ، سہ ماہی امتحان میں فیل ہوتے ہوتے بچا ۔ ششماہی میں بیمار پڑ گیا اور سالانہ امتحان کے موقع پر حکیم جی کی مدد سے ماسٹروں سے مل کر پاس ہو گیا ۔ دسویں میں صندلی نامہ ، فسانہ آزاد اور

الف لیلیٰ ساتھ ساتھ چلتے تھے، فسانہ آزاد اور صندلی نامہ گھر پر رکھے تھے، لیکن الف لیلیٰ سکول کے ڈیسک میں بند رہتی۔ آخری پیریڈ پر جغرافیہ کی کتاب تلے سند باد جہازی کے ساتھ ساتھ چلتا اور اس طرح دنیا کی سیر کرتا ۔۔۔۔۔۔ بائیس مئی کا واقعہ ہے کہ صبح دس بجے یونیورسٹی سے نتیجہ کی کتاب ایم ۔ بی ہائی سکول پہنچی۔ امی چند، نہ صرف سکول میں بلکہ ضلع بھر میں اول آیا تھا۔ چھالڑ کے فیل تھے اور بائیس پاس۔ حکیم جی کا جادو یونیورسٹی پر نہ چل سکا اور پنجاب کی جابر دانش گاہ نے میرا نام بھی ان چھ لڑکوں میں شامل کر دیا۔ اسی شام قبلہ گاہی نے بید سے میری پٹائی کی اور گھر سے باہر نکال دیا۔ میں ہسپتال کے رہٹ کی گدی پر آ بیٹھا اور رات گئے تک سوچتا رہا کہ اب کیا کرنا چاہیے اور اب کدھر جانا چاہیے۔ خدا کا ملک تنگ نہیں تھا اور میں عمرو عیار کے ہتھکنڈوں اور سند باد جہازی کے تمام طریقوں سے واقف تھا مگر پھر بھی کوئی راہ سجھائی نہ دیتی تھی۔ کوئی دو تین گھنٹے اسی طرح ساکت و جامد اس گدی پر بیٹھا زیست کرنے کی راہیں سوچتا رہا۔ اتنے میں اماں سفید چادر اوڑھے مجھے ڈھونڈتی ڈھونڈتی ادھر آ گئیں اور اباجی سے معافی لے دینے کا وعدہ کر کے مجھے پھر گھر لے گئیں ۔ مجھے معافی وافی سے کوئی دلچسپی نہ تھی، مجھے تو بس ایک رات ان کے یہاں گزارنی تھی ۔ اور صبح سویرے اپنے سفر پر روانہ ہونا تھا، چنانچہ میں آرام سے ان کے ساتھ جا کر حسب معمول اپنے بستر پر دراز ہو گیا۔

اگلے دن میرے فیل ہونے میں ساتھیوں سے خوشیا کوڈ واور دیسو یب مسجد کے پچھواڑے ٹال کے پاس بیٹھے ملے گئے ۔ وہ لاہور جا کر بزنس کرنے کا پروگرام بنار ہے تھے۔ دیسو یب نے مجھے بتایا کہ لاہور میں بڑا بزنس ہے کیونکہ اس کے بھایا جی اکثر اپنے دوست فتح چند کے ٹھیکوں کا ذکر کیا کرتے تھے۔ جس نے ایک سال کے اندر اندر دو کاریں خرید لی تھیں، میں نے ان سے اس بزنس کی نوعیت کے بارے میں پوچھا تو یب نے کہا لاہور میں ہر طرح کا بزنس مل جاتا ہے۔ بس ایک دفتر ہونا چاہیے اور اس کے سامنے بڑا سا سائن بورڈ۔ سائن بورڈ دیکھ کر لوگ خود ہی بزنس دے جاتے ہیں۔ اس وقت بزنس سے مراد وہ کرنسی نوٹ لے رہا تھا۔

میں نے ایک مرتبہ پھر وضاحت چاہی تو کوڈ و چمک کر بولا ''یار دیسو سب جانتا ہے ۔ یہ بتا، تو تیار ہے یا نہیں؟''

پھر اس نے پلٹ کر دیسو سے پوچھا ''انار کلی میں دفتر بنائیں گے نا؟''

دیسو نے ذرا سوچ کر کہا ''انار کلی میں یا شاہ عالمی کے باہر دونوں ہی جگہیں ایک سی ہیں ۔''

میں نے کہا انار کلی زیادہ مناسب ہے کیونکہ وہی زیادہ مشہور جگہ ہے اور اخباروں میں جتنے بھی اشتہار نکلتے ہیں ان میں انار کلی لاہور لکھا ہوتا ہے۔''

چنانچہ یہ طے پایا کہ اگلے دن دو بجے کی گاڑی سے ہم لاہور روانہ ہو جائیں!

گھر پہنچ کر میں سفری تیاری کرنے لگا ۔ بوٹ پالش کر رہا تھا کہ نوکر نے آ کر شرارت سے مسکراتے ہوئے کہا ''چلو جی ڈاکٹر صاحب بلاتے ہیں ۔''

''کہاں ہیں؟'' میں نے برش زمین پر رکھ دیا اور کھڑا ہو گیا۔

''ہسپتال میں'' وہ بدستور مسکرا رہا تھا کیونکہ میری پٹائی کے روز حاضرین میں وہ بھی شامل تھا۔

میں ڈرتے ڈرتے برآمدے کی سیڑھیاں چڑھا ۔ پھر آہستہ سے جالی والا دروازہ کھول کر اباجی کے کمرے میں داخل ہوا تو وہاں ان کے علاوہ دا دَ جی بھی بیٹھے تھے۔ میں نے سہمے سہمے دا دَ جی کو سلام کیا اور اس کے جواب میں بڑی دیر کے بعد جیتے رہو کی مانوس دعا سنی ۔

''ان کو پہچانتے ہو؟'' اباجی نے سختی سے پوچھا۔

''بے شک'' میں نے ایک مہذب سیلز مین کی طرح کہا۔

''بے شک کے بچے، حرامزادے، میں تیری یہ سب ۔۔۔۔۔۔''

''نہ نہ ڈاکٹر صاحب'' داؤ جی نے ہاتھ اوپر اٹھا کر کہا ''یہ تو بہت ہی اچھا بچہ ہے اس کو تو……''

اور ڈاکٹر صاحب نے بات کاٹ کر تلخی سے کہا ''آپ نہیں جانتے منشی جی اس کمینے نے میری عزت خاک میں ملا دی۔''

''اب فکر نہ کریں'' داؤ جی نے سر جھکا کے کہا ''یہ ہمارے آفتاب سے بھی ذہین ہے اور ایک دن……''

اب کے ڈاکٹر صاحب کو غصہ آ گیا اور انہوں نے میز پر ہاتھ مار کر کہا ''کیسی بات کرتے ہو منشی جی! یہ آفتاب کے جوتے کی برابری نہیں کر سکتا۔''

''کرے گا، کرے گا…… ڈاکٹر صاحب'' داؤ جی نے اثبات میں سر ہلاتے ہوئے کہا ''آپ خاطر جمع رکھیں۔''

پھر وہ اپنی کرسی سے اٹھے اور میرے کندھے پر ہاتھ رکھ کر بولے ''میں سیر کو چلتا ہوں، تم بھی میرے ساتھ آؤ، راستے میں باتیں کریں گے۔''

اباجی اسی طرح کرسی بیٹھے غصے کے عالم میں اپنا رجسٹر الٹ پلٹ کرتے اور بڑبڑاتے رہے۔ میں نے آہستہ آہستہ چل کر جالی والا دروازہ کھولا تو پیچھے مڑ کر داؤ جی نے کہا ''ڈاکٹر صاحب بھول نہ جائیے ابھی بھجوا دیجئے گا۔''

داؤ جی نے مجھے ادھر ادھر گھماتے اور مختلف درختوں کے نام فارسی میں بتاتے نہر کے اسی پل پر لے گئے جہاں پہلے پہل میرا ان سے تعارف ہوا تھا۔ اپنی مخصوص نشست پر بیٹھ کر انہوں نے پگڑی اتار کر گول میں ڈال لی سر پر ہاتھ پھیرا اور مجھے سامنے بیٹھنے کا اشارہ کیا۔ پھر انہوں نے آنکھیں بند کر لیں اور کہا '' آج سے میں تمہیں پڑھاؤں گا اور اگر جماعت میں اول نہ لا سکا تو فرسٹ ڈویژن ضرور دلوا دوں گا۔ میرے ہر ارادے میں خداوند تعالیٰ کی مدد شامل ہوتی ہے اور اس ہستی نے مجھے اپنی رحمت سے کبھی مایوس نہیں کیا……''

''مجھ سے پڑھائی نہ ہوگی'' میں نے گستاخی سے بات کاٹی۔

''تو اور کیا ہوگا گولو؟'' انہوں نے مسکرا کر پوچھا۔

میں نے کہا ''میں بزنس کروں گا، روپیہ کماؤں گا اور اپنی کار لے کر یہاں ضرور آؤں گا، پھر دیکھنا……''

اب کے داؤ جی نے میری بات کاٹی اور بڑی محبت سے کہا ''خدا ایک چھوڑ دس دے کار یں ایک ان پڑھ کی کار میں نہ بیٹھوں گا نہ ڈاکٹر صاحب۔''

میں نے جل کر کہا ''مجھے کسی کی پرواہ نہیں ڈاکٹر صاحب اپنے گھر راضی، میں اپنے یہاں خوش۔''

انہوں نے حیران ہو کر پوچھا ''میری بھی پرواہ نہیں؟'' میں کچھ کہنے ہی والا تھا کہ وہ دکھی سے ہو گئے اور بار بار پوچھنے لگے۔ ''میری بھی پرواہ نہیں؟''

''او گولو میری بھی پرواہ نہیں؟''

مجھے ان کے لہجے پر ترس آنے لگا اور میں نے آہستے سے کہا ''آپ کی تو ہے مگر……'' مگر انہوں نے میری بات نہ سنی اور کہنے لگے اگر اپنے حضرت کے سامنے میرے منہ سے ایسی بات نکل جاتی؟ اگر میں یہ کفر کا کلمہ کہہ جاتا…… تو…… تو……'' انہوں نے فوراً پگڑی اٹھا کر سر پر رکھ لی اور ہاتھ جوڑ کے کہنے لگے۔ ''میں حضور کے دربار کا ایک ادنیٰ کتا۔ میں حضرت مولانا کی خاک پا سے بدتر بندہ ہو کر آقا سے یہ کہتا۔ لعنت کا طوق نہ پہنتا؟ خاندان ابوجہل کا خانوادہ اور آقا کی ایک نظر کرم۔ حضرت کا اشارہ۔ حضور نے چٹو کو منشی رام بنا دیا۔ لوگ کہتے ہیں منشی جی، میں کہتا ہوں رحمۃ اللہ علیہ کا کفش بردار…… لوگ سمجھتے ہیں……'' داؤ جی کبھی ہاتھ جوڑتے، کبھی سر جھکاتے، کبھی انگلیاں چوم کر آنکھوں کو لگاتے اور بیچ بیچ میں فارسی کے اشعار پڑھتے جاتے۔ میں کچھ پریشان سا پشیمان سا، ان کا زانو چھو کر آہستہ آہستہ کہہ رہا تھا ''داؤ جی! داؤ جی'' اور داؤ جی ''میرے آقا، میرے مولانا،

میرے مرشد'' کا وظیفہ کئے جاتے۔ جب جذب کا یہ عالم دور ہوا تو نگاہیں اوپر اٹھا کر بولے ''کیا اچھا موسم ہے دن بھر دھوپ پڑتی ہے تو خوشگوار شاموں کا نزول ہوتا ہے'' پھر وہ پل کی دیوار سے اٹھے اور بولے ''چلو اب چلیں بازار سے تھوڑا اسودا خریدنا ہے۔'' میں جیسا سرکش و بدمزاج بن کر ان کے ساتھ آیا تھا، اس سے کہیں زیادہ منفعل اور خجل ان کے ساتھ لوٹا۔ گھمسے پنساری یعنی دیسو یب کے باپ کی دکان سے انہوں نے گھریلو ضرورت کی چند چیزیں خریدیں اور لفافے گود میں اٹھا کر چل دیے، میں بار بار ان سے لفافے لینے کی کوشش کرتا۔ مگر ہمت نہ پڑتی۔ ایک عجیب سی شرم ایک انوکھی سی ہچکچاہٹ مانع تھی اور اسی تامل اور جھجک میں ڈوبتا ابھرتا میں ان کے گھر پہنچ گیا۔

وہاں پہنچ کر یہ بھید کھلا کہ اب میں انہی کے ہاں سویا کروں گا اور وہ ہیں پڑھا کروں گا۔ کیونکہ میرا بستر مجھ سے بھی پہلے وہاں پہنچا ہوا تھا اور اس کے پاس ہی ہمارے یہاں سے بھیجی ہوئی ایک بری کین لالٹین بھی رکھی تھی۔

بزنس مین بننا اور پاں کرتی پیکارڈ اڑائے پھرنا میرے مقدر میں نہ تھا۔ گو میرے ساتھیوں کی روانگی کے تیسرے ہی روز ان کے والدین بھی انہیں لاہور سے پکڑ لائے لیکن اگر میں ان کے ساتھ ہوتا تو شاید اس وقت انار کلی میں ہمارا دفتر، پتہ نہیں ترقی کے کون سے شاندار سال میں داخل ہو چکا ہوتا۔

داؤ جی نے میری زندگی اجیرن کر دی، مجھے تباہ کر دیا، مجھ پر جینا حرام کر دیا، سارا دن سکول کی بکواس میں گزرتا، اور رات، اور رات، گرمیوں کی مختصر رات، ان کے سوالات کا جواب دینے، کوٹھے پران کی کھاٹ میرے بستر کے ساتھ لگی ہے، اور وہ مونگ، رسول اور مرالہ کی نہروں کے بابت پوچھ رہے ہیں، میں نے بالکل ٹھیک بتا دیا ہے، وہ پھر اسی سوال کو دہرا رہے ہیں، میں نے پھر ٹھیک بتا دیا ہے اور انہوں نے پھر انہی نہروں کو آگے لا کھڑا کیا ہے، میں جل جاتا اور جھٹرک کر کہتا ''مجھے نہیں پتہ میں نہیں بتایا'' تو وہ خاموش ہو جاتے اور دم سادھ لیتے، میں آنکھیں بند کرکے سونے کی کوشش کرتا تو وہ شرمندگی کی کنکر بن کر پتلیوں میں اتر جاتی۔

میں آہستہ سے کہتا ''داؤ جی۔''

''ہوں' ایک گمبیری سی آواز آتی۔

'دداؤ جی کچھ اور پوچھو۔''

داؤ جی نے کہا ''بہت بے آبرو ہو کر تیرے کوچے سے ہم نکلے۔ اس کی ترکیب نحوی کرو۔''

میں نے سعادت مندی کے ساتھ کہا ''جی یہ تو بہت لمبا فقرہ ہے صبح لکھ کر بتا دوں گا کوئی اور پوچھے۔''

انہوں نے آسمان کی طرف انگلی اٹھائے کہا ''میرا گولو بہت اچھا ہے۔''

میں نے ذرا سوچ کر کہنا شروع کیا ''بہت اچھا صفت ہے، حرف ربط ہل کر بنا مسند ......

اور داؤ جی اٹھ کر چار پائی پر بیٹھ گئے۔ ہاتھ اٹھا کر بولے جان پدر، تجھے پہلے بھی کہا ہے مند الیہ پہلے بنایا ہے۔

میں نے ترکیب نحوی سے جان چھڑانے کے لئے پوچھا ''آپ مجھے جان پدر کیوں کہتے ہیں جان داؤ کیوں نہیں کہتے؟''

''شاباش' وہ خوش ہو کر کہتے ''ایسی باتیں پوچھنے کی ہوتی ہیں۔ جان لفظ فارسی کا ہے اور داؤ بھاشا کا۔ ان کے درمیان فارسی اضافت نہیں لگ سکتی۔ جو لوگ دن بدن لکھتے یا بولتے ہیں سخت غلطی کرتے ہیں، روز بروز کہو یا دن پر دن اسی طرح سے .....''

اور جب میں سوچتا کہ یہ تو ترکیب نحوی سے بھی زیادہ خطرناک معاملے میں الجھ گیا ہوں تو جمائی لے کر پیار سے کہا ''داؤ جی اب تو نیند آ رہی ہے!''

''اور وہ ترکیب نحوی؟'' وہ جھٹ سے پوچھتے۔

اس کے بعد چاہے میں لاکھ بہانے کرتا تادھر ادھر کی ہزار باتیں کرتا ،مگروہ اپنی کھاٹ پرایسے بیٹھے رہتے ، بلکہ اگر ذرا سی دیر ہو جاتی تو کرسی پررکھی ہوئی پگڑی اٹھا کر سر پر دھر لیتے ۔ چنانچہ کچھ بھی ہوتا۔ان کے ہرسوال کا خاطر خواہ جواب دینا پڑتا۔

امی چند کالج چلا گیا تو اس کی بیٹھک مجھے مل گئی اور داؤجی کے دل میں اس کی محبت پربھی میں نے قبضہ کرلیا۔اب مجھے داؤجی بہت اچھے لگنے لگے تھے۔لیکن ان کی باتیں جو اس وقت مجھے بری لگتی تھیں ۔ وہ اب بھی بری لگتی ہیں بلکہ اب بھی پہلے سے بھی کسی قدر زیادہ ،شاید اس لئے کہ میں نفسیات کا ایک ہونہار طالب علم ہوں اور داؤجی پرانے ملائی مکتب کے پروردہ تھے ۔ سب سے بری عادت ان کی اٹھتے بیٹھتے سوال پوچھتے رہنے کی تھی اور دوسری کھیل کود سے منع کرنے کی ۔ وہ تو بس یہ چاہتے تھے کہ آدمی پڑھتا ہے پڑھتا رہے اور جب اس مقوق کی موت کا دن قریب آئے تو کتابوں کے ڈھیر پر جان دے دے۔صحت جسمانی قائم رکھنے کے لئے ان کے پاس ایک ہی نسخہ تھا ،لمبی سیر اور وہ بھی صبح کی ۔تقریباً سورج نکلنے سے دو گھنٹے پیشتر وہ مجھے بیٹھک میں جگانے آتے اور کندھا ہلا کر کہتے ''اٹھو گولو موٹا ہو گیا بیٹا'' دنیا جہاں کے والدین صبح جگانے کے لئے کہا کرتے ہیں کہ اٹھو بیٹا صبح ہو گئی یا سورج نکل آیا مگروہ ''موٹا ہو گیا'' کہہ کر میری تذلیل کیا کرتے ، میں منمنا تا تو چپکا کر کہتے ''بھدا ہوا جائے گا بیٹا تو ،گھوڑے پر ضلع کا دورہ کیسا کرے گا!''اور میں گرم گرم بستر سے ہاتھ جوڑ کر کہتا''داؤجی خدا کے لئے مجھے صبح نہ جگاؤ ، چاہے مجھے قتل کردو ، جان سے مار ڈالو ۔''

یہ فقرہ ان کی سب سے بڑی کمزوری تھی وہ فوراً میرے سر پرلحاف ڈال دیتے اور باہر نکل جاتے ۔

بے بے کو ان داؤجی سے اللہ واسطے کا بیر تھا اور داؤجی ان سے بہت ڈرتے تھے ،وہ سارا دن محلے والیوں کے کپڑے سیا کرتیں اور داؤجی کو کوسنے دیے جائیں ۔ان کی اس زبان درازی پر مجھے بڑا غصہ آتا تھا مگر داؤجی میں رہ کر مجھ سے بیرنہ ہو سکتا تھا ۔ کبھی کبھار جب وہ ناگفتنی گالیوں پر اتر آتیں تو داؤجی میری بیٹھک میں آ جاتے اور کانوں پر ہاتھ رکھ کر کرسی پر بیٹھ جاتے ۔تھوڑی دیر بعد کہتے ''غیبت کرنا بڑا گناہ ہے ۔لیکن میرا خدا مجھے معاف کرے تیری بے بے بھٹیارن ہے اور اس کی سرائے میں ، میں ،میری قرۃ العین اور تھوڑا تھوڑا ،تو بھی ،ہم تینوں بڑے عاجز مسافر ہیں ۔''اور واقعی بے بے بھٹیارن سی تھی ۔ان کا رنگ سخت کالا تھا اور دانت بے حد سفید ، ماتھا محراب دار اور آنکھیں چنیاں سی ۔ چلتی تو ایسی گربہ پائی کے ساتھ جیسے (خدا مجھے معاف کرے) کٹنی کنسوئیاں لیتی پھرتی ہے ۔ بیچاری بی بی کو ایسی ایسی بری باتیں کہتی کہ وہ دد دن رو رو کر ہلکان ہوا کرتی ۔ ایک امی چند کے ساتھ اس کی بنتی تھی اس وجہ سے ہم دونوں ہم شکل تھے یا شاید اس وجہ سے کہ اس کو بی بی کی طرح اپنے داؤجی سے پیار نہ تھا ۔ یوں تو بی بی بے چاری بہت اچھی لگتی تھی مگر اسے میری بھی نہ بنتی ۔ میں کوٹھے پر بیٹھا سوال نکال رہا ہوں ،داؤجی نیچے بیٹھے ہیں اور بی بی اوپر برساتی سے ایندھن لینے آئی تو ذرا رک کر مجھے دیکھا پھر مندر سے جھانک کر بولی ،داؤجی! پڑھ تو نہیں رہا ،تنکوں کی طرح چار پائیاں بنار ہا ہے۔''

میں غصیل بچے کی طرح منہ چڑا کر کہتا''تھے کیا ،نہیں پڑھتا ،تو کیوں بڑ بڑ کرتی ہے ۔۔۔۔۔آئی بڑی تھانیدار نی ۔''

اور داؤجی نیچے سے ہانک لگا کر کہتے ''نہ گولو مولو بہنوں سے جھگڑا نہیں کرتے ۔''

اور میں زور سے چلا تا''پڑھ رہا ہوں جی ،جھوٹ بولتی ہے ۔''

داؤجی آہستہ آہستہ سیڑھیاں چڑھ کر اوپر آ جاتے اور کا پیوں کے نیچے پوشیدہ چار پائیاں دیکھ کر کہتے ''قرۃ بیٹا تو اس کو چڑایا نہ کر ۔ یہ جن بڑی مشکل سے قابو کیا ہے ۔اگر ایک بار بگڑ گیا تو مشکل سے سنبھلے گا ۔''

بی بی کہتی''کا پی اٹھا کر دیکھو داؤجی اس کے نیچے ہے وہ چار پائی جس سے کھیل رہا تھا ۔''

میں قہر آلو نگاہوں سے بی بی کو دیکھتا اور وہ ٹکڑیاں اٹھا کر نیچے اتر جاتی ۔ پھر داؤجی سمجھاتے کہ بی بی یہ کچھ تیرے فائدے کے لئے کہتی ہے ۔ورنہ اسے کیا پڑی ہے کہ مجھے بتاتی پھرے ۔فیل ہوا پاس اس کی بلا سے ۔''مگر وہ تیری بھلائی چاہتی ہے ، تیری بہتری چاہتی ہے اور داؤجی کی یہ بات ہرگز سمجھ میں نہ آتی تھی ۔میری شکایتیں کرنے والی میری بھلائی کیونکر چاہ سکتی تھی!

ان دنوں معمول یہ تھا کہ صبح دس بجے سے پہلے داؤ جی کے ہاں سے چل دیتا۔ گھر جا کر ناشتہ کرتا اور پھر سکول پہنچ جاتا۔ آدھی چھٹی پر میرا کھانا سکول بھیج دیا جاتا اور شام کو سکول بند ہونے پر گھر آ کے لالٹین تیل سے بھرتا اور داؤ جی کے یہاں آ جاتا۔ پھر رات کا کھانا بھی مجھے داؤ جی کے گھر ہی بھجوا دیا جاتا۔ جن ایام میں منصفی بند ہوتی، داؤ جی سکول کی گراؤنڈ میں آ کر بیٹھ جاتے اور میرا انتظار کرنے لگتے۔ وہاں سے گھر تک سوالات کی بوچھاڑ رہتی

سکول میں جو کچھ پڑھایا جاتا اس کی تفصیل پوچھتے، پھر مجھے گھر تک چھوڑ کر خود سیر کو چلے جاتے۔ ہمارے قصبے میں منصفی کا کام مہینے میں دس دن ہوتا تھا اور بیس دن منصف صاحب بہادر کی کچہری ضلع میں رہتی تھی۔ یہ دس دن داؤ جی باقاعدہ کچہری میں گزارتے تھے۔ ایک آدھ عرضی آ جاتی تو دو چار روپے کما لیتے ورنہ فارغ اوقات میں وہاں بھی مطالعہ کا سلسلہ جاری رکھتے۔ بے بے کا کام اچھا تھا۔ اس کی کتر بیونت اور محلے والوں سے جوڑ تو ڑ اچھے مالی نتائج پیدا کرتی تھی۔ چونکہ پچھلے چند سالوں سے گھر کا بیشتر خرچ اس کی سلائی سے چلتا تھا۔ اس لئے داؤ جی اور بھی حاوی ہو گئی تھی ...... ایک دن خلاف معمول داؤ جی کو لینے میں منصفی چلا گیا۔ اس وقت کچہری بند ہو گئی تھی اور داؤ جی نانبائی کے چھپر تلے ایک بینچ پر بیٹھے گڑ کی چائے پی رہے تھے۔ میں نے ہولے سے جا کر ان کا بستہ اٹھا لیا اور ان کے گلے میں بانہیں ڈال کر کہا ''چلیے، آج میں آپ کو لینے آیا ہوں'' انہوں نے میری طرف دیکھے بغیر چائے کے بڑے بڑے گھونٹ بھرے، ایک آنہ جیب سے نکال کر نانبائی کے حوالے کیا اور چپ چاپ میرے ساتھ چل دیے۔

میں نے شرارت سے ناچ کر کہا ''گھر چلیے، بے بے کو بتاؤں گا کہ آپ چوری چوری یہاں چائے پیتے ہیں۔''

داؤ جی جیسے شرمندگی ٹالنے کو مسکرائے اور بولے ''اس کی چائے بہت اچھی ہوتی ہے اور گڑ کی چائے سے تھکن بھی دور ہو جاتی ہے پھر یہ ایک آنہ میں گلاس بھر کے دیتا ہے۔ تم اپنی بے بے نہ کہنا، خواہ مخواہ ہنگامہ کھڑا کر دے گی، پھر انہوں نے خوفزدہ ہو کر کچھ مایوس ہو کر کہا ''اس کی تو فطرت ہی ایسی ہے''۔ اس دن مجھے داؤ جی پر رحم آیا۔ میرا جی ان کے لئے بہت کچھ کرنے کو چاہنے لگا مگر اس میں میں بے بے سے نہ کہنے کا ہی وعدہ کر کے ان کے کے لئے بہت کچھ کیا۔ جب اس واقعہ کا ذکر میں نے اماں سے کیا تو وہ بھی کبھی میرے ہاتھ اور کبھی نوکر کی معرفت داؤ جی کے ہاں دودھ، پھل اور چینی وغیرہ بھیجے لگیں مگر اس رسد سے داؤ جی کو کبھی بھی کچھ نصیب نہ ہوا۔ ہاں بے بے کی نگاہوں میں میری قدر بڑھ گئی اور اس نے کسی حد تک مجھ سے رعایتی برتاؤ شروع کر دیا۔''

مجھے یاد ہے، ایک صبح میں دودھ سے بھرا تا ملوٹ ان کے یہاں لے کر آیا تھا اور بے بے نہ تھی۔ وہ اپنی سکھیوں کے ساتھ بابا ساون کے جوہڑ میں اشنان کرنے گئی تھی۔ اور گھر میں صرف داؤ جی اور بی بی تھے۔ دودھ دیکھ کر داؤ جی نے کہا ''چلو آج تینوں چائے پئیں گے۔ میں دکان سے گڑ لے کر آ تا ہوں، تم پانی چولہے پر رکھو''۔ بی بی نے جلدی سے چولہا سلگایا۔ میں پتیلی میں پانی ڈال کر لایا اور پھر ہم دونوں وہیں چوکے پر بیٹھ کر باتیں کرنے لگے۔ داؤ جی گڑ لے کر آ گئے تو انہوں نے کہا ''تم دونوں اپنے اپنے کام پر بیٹھو چائے میں بناتا ہوں۔'' چنانچہ بی بی مشین چلانے لگی اور میں ڈائریکٹ ان ڈائریکٹ کی مشقیں لکھنے لگا۔ داؤ جی چولہا بھی جھونکتے جاتے تھے اور عادت کے مطابق مجھے بھی اونچے اونچے بتاتے جاتے تھے گلیلیو نے کہا ''زمین سورج کے گرد گھومتی ہے'' گلیلیو نے دریافت کیا کہ زمین سورج کے گرد گھومتی ہے۔ یہ نہ لکھ دینا کہ سورج کے گرد گھومتی ہے پانی ابل رہا تھا داؤ جی خوش ہو رہے تھے۔ اسی خوشی میں جھوم جھوم کر وہ اپنا تازہ بنایا ہوا گیت گا رہے تھے۔ او گولو! او گولو! گلیلیو کی بات مت بھولنا، گلیلیو کی بات مت بھولنا۔ انہوں نے چائے کی پتی کھولتے ہوئے پانی میں ڈال دی۔ برتن ابھی تک چولہے پر ہی تھا اور داؤ جی ایک چھوٹے سے بچے کی طرح پانی کی گلگب گل گب کے ساتھ گولو گلیلیو! گولو گلیلیو کے جا رہے تھے، میں ہنس رہا تھا اور اپنا کام کئے جا رہا تھا، بی بی مسکرا رہی تھی اور مشین چلائے جاتی تھی اور ہم تینوں اپنے چھوٹے سے گھر میں بڑے ہی خوش تھے گویا سارے محلے بلکہ سارے قصبے کی خوشیاں بڑے بڑے رنگین پروں والی پریوں کی

طرح ہمارے گھر میں اتر آئی ہوں ۔ اتنے میں دروازے کھلا اور بے بے اندر داخل ہوئی۔ داؤ جی نے دروازہ کھلنے کی آواز پر پیچھے مڑ کر دیکھا اور ان کا رنگ فق ہوگیا۔ چمکتی ہوئی پتیلی سے گرم بھاپ اٹھ رہی تھی۔ اس کے اندر چائے کے چھوٹے چھوٹے چھالے ایک دوسرے کے پیچھے شور مچاتے پھرتے تھے اور ممنوعہ کھیل رچانے والا بڈھا موقع پر پکڑا گیا۔ بے بے نے آگے بڑھ کر چولہے کی طرف دیکھا اور داؤ جی نے چوکے سے اٹھتے ہوئے معذرت بھرے لہجے میں کہا''چائے ہے!''

بے بے نے ایک دو ہنٹر داؤ جی کی کمر پر مارا اور کہا''بڈھے بروا! تجھے لاج نہیں آتی۔ تجھ پر بہار پھرے، تجھے یم سمیٹے، یہ تیرے چائے پینے کے دن ہیں۔ میں بیوہ گھر میں نہ تھی تو تجھے کسی کا ڈر نہ رہا۔ تیرے بھانویں میں کل کی مرتی آج تیرا من تیرا من امن راضی ہو۔ تیری آسیں پوری ہوں۔ کس مرن جوگی نے جنا اور کس لیکھ کی ریکھا نے میرے پلے باندھ دیا…… تجھے موت نہیں آتی……اوں ہوں تجھے کیوں آئے گی''اس فقرے کی گردان کرتے ہوئے بے بے بھیتڑنی کی طرح چوکے پر چڑھی کپڑے سے پتیلی پکڑ کر چولہے سے اٹھائی اور زمین پر دے ماری۔ گرم گرم چائے کے چھیٹے داؤ جی کی پنڈلیوں اور پاؤں پر گرے اور وہ''اوہ تیرا بھلا ہو جائے! او تیرا بھلا ہو جائے'' کہتے وہاں سے ایک بچے کی طرح بھاگے اور بیٹھک میں گھس گئے۔ ان کے اس فرار بلکہ انداز فرار کو دیکھ کر میں اور بی بی ہنسے بنانہ رہ سکے اور ہماری ہنسی کی آواز ثانیہ کے لئے چاروں دیواروں سے ٹکرائی۔ میں تو خیر بچ گیا لیکن بے بے نے سیدھے جا کر بی بی کو بالوں سے پکڑ لیا اور چیخ کر بولی''میری سوت بڈھے سے تیرا کیا ناطہ ہے، بتا نہیں تو اپنی پران لیتی ہوں۔ تو نے اس کو چائے کی کنجی کیوں دی؟''

بی بی بیچاری پھس پھس رونے لگی تو میں بھی اندر بیٹھک میں کھسک آیا۔ داؤ جی اپنی مخصوص کرسی میں بیٹھے تھے اور اپنے پاؤں سہلا رہے تھے ۔ پتہ نہیں انہیں اس حالت میں دیکھ کر مجھے پھر کیوں گدگدی ہوئی کہ میں الماری کے اندر منہ کر کے ہنسنے لگا، انہوں نے ہاتھ کے اشارے سے مجھے پاس بلایا اور بولے''شکر کر دگار کرم کہ گر فتارم بہ مصیبتے نہ کر مصیبتے ۔

تھوڑی دیر رک کر پھر کہا''میں اس کے کتوں کا بھی کتا ہوں جس کے سر مطلب پر کبھی کی ایک کم نصیب بڑھیا غلاظت پھینکا کرتی تھی ۔''

میں نے حیرانی سے ان کی طرف دیکھا تو وہ بولے''آ قائے نامدار کا ایک ادنیٰ حلقہ بگوش، گرم پانی کے چند چھینٹے پڑنے پر نالہ شیون کرے تو لعنت ہے اس کی زندگی پر۔ وہ اپنے محبوبﷺ کے طفیل نار جہنم سے بچائے ۔ خدائے ابراہیمؑ مجھے جرأت عطا کرے، مولائے ایوبؑ مجھے صبر کی نعمت دے۔''

میں نے کہا''داؤ جی آ قائے نامدار کون؟''

تو داؤ جی کو یہ سن کر ذرا تکلیف ہوئی۔ انہوں نے شفقت سے کہا''جان پدر یوں نہ پوچھا کر۔ میرے استاد، میرے حضرت کی روح کو مجھ سے بیزار نہ کر، وہ میرے آ قا بھی تھے، میرے باپ بھی، اور میرے استاد بھی، وہ تیرے دادا استاد ہیں……''دادا استاد……''اور انہوں نے دونوں ہاتھ سینے پر رکھ لئے۔ آ قائے نامدار کا لفظ اور کوتاہ وقسمت مجوزہ کی ترکیب میں نے پہلی بار داؤ جی سے سنی۔ یہ واقعہ سنانے میں انہوں نے کتنی ہی دیر لگا دی کیونکہ ایک ایک فقرے کے بعد فارسی کے بیشتار نعتیہ اشعار پڑھتے تھے اور بار بار اپنے استاد کی روح کو ثواب پہنچاتے تھے۔''

جب وہ یہ واقعہ بیان کر چکے تو میں نے بڑے ادب سے پوچھا'' داؤ جی آپ کو اپنے استاد صاحب اس قدر راچھے کیوں لگتے اور آپ کا نام لے کر ہاتھ کیوں جوڑتے ہیں اپنے آپ کو ان کا نوکر کیوں کہتے ہیں؟''

داؤ جی نے مسکرا کر کہا''جو طوطے کے ایک خر کو ایسا بنا دے کہ کہیں یہ منشی چنت رام جی ہیں۔ وہ مسیحانہ ہو، آ قا نہ ہو تو پھر کیا ہو؟''

میں چار پائی کے کونے سے آہستہ آہستہ پھسل کر بستر میں پہنچ گیا، اور چاروں طرف رضائی لپیٹ کر داؤ جی کی طرف دیکھنے لگا جو سر جھکا کر کبھی اپنے پاؤں کی طرف دیکھتے تھے اور کبھی پنڈلیاں سہلاتے تھے۔ چھوٹے چھوٹے وقفوں کے بعد ذرا سا ہنستے اور پھر خاموش ہو جاتے …… کہنے

لگے''میں تمہارا کیا تھا اور کیا ہو گیا ……حضرت مولانا کی پہلی آواز اٹھا کر فرمایا، چوپال زادے ہمارے پاس آؤ، میں لاٹھی ٹیک کر ان کے پاس جا کھڑا ہوا۔ جھتہ پہاڑ اور دیگر دیہات کے لڑکے نیم دائرہ بنائے ہوئے ان کے سامنے بیٹھے سبق یاد کر رہے تھے۔ ایک دربار لگا تھا، اور کسی کو آنکھ اوپر اٹھانے کی ہمت نہ تھی ……میں حضور کے قریب گیا تو فرمایا، بھی ہم تم کو روز یہاں بکریاں چراتے دیکھتے ہیں۔ انہیں چرنے چگنے کے لئے چھوڑ کر ہمارے پاس آ جایا کرو اور کچھ پڑھ لیا کرو ……پھر حضور نے میری عرض سنے بغیر پوچھا کہ کیا نام ہے تمہارا؟''میں نے گنواروں کی طرح کہا چنٹو ……مسکرائے ……تھوڑا سا فیضے بھی ……فرمانے لگے پورا نام کیا ہے؟ پھر خود ہی بولے چنگو رام ہوگا ……میں نے سر ہلا دیا ……حضور کے شاگرد کتاب سے نظریں چرا کر میری طرف دیکھ رہے تھے۔ میرے گلے میں کھدر کا لمبا سا کرتا تھا۔ پائجامہ کی بجائے صرف لنگوٹ بندھا تھا۔ پاؤں میں ادھوڑی کے موٹے جوتے اور سر پر سرخ رنگ کا جانگیہ لپیٹا ہوا تھا۔ بکریاں میری ……''

میں نے بات کاٹ کر پوچھا''آپ بکریاں چراتے تھے داؤجی؟''

''ہاں ہاں''وہ فخر سے بولے''میں گڈریا تھا اور میرے باپ کی بارہ بکریاں تھیں ۔''

حیرانی سے میرا منہ کھلا رہ گیا اور میں نے معاملہ کی تہہ کو پہنچنے کے لئے جلدی سے پوچھا۔''اور آپ سکول کے پاس بکریاں چرایا کرتے تھے۔''داؤجی نے کرسی چار پائی کے قریب کھینچ لی۔اور اپنے پاؤں پائے پر رکھ کر بولے''جان پدر اس زمانے میں تو شہروں میں بھی سکول نہیں ہوتے تھے، میں گاؤں کی بات کر رہا ہوں۔ آج سے چوہتر برس پہلے کوئی تمہارے ایم بی ہائی سکول کا نام بھی جانتا تھا؟ وہ تو میرے آقا کو پڑھانے کا شوق تھا۔ ارد گرد کے لوگ اپنے لڑکے پڑھنے کو ان کے پاس بھیج دیتے ……ان کا سارا خاندان زیور تعلیم سے آراستہ اور دینی اور دنیوی نعمتوں سے مالا مال تھا۔ والدان کے ضلع بھر کے ایک ہی حکیم اور چوٹی کے مبلغ تھے۔ جد امجد مہاراجہ کشمیر کے میر منشی تھے۔ گھر میں علم کے دریا بہتے تھے، فارسی، عربی، جبر و مقابلہ۔ اقلیدس، حکمت اور علم ہیئت ان کے گھر کی لونڈیاں تھیں۔ حضور کے والد کو دیکھنا مجھے نصیب نہیں ہوا۔ لیکن آپ کی زبانی ان کے تبحر علمی کی سب داستانیں سنیں، شیفتۃ اور حکیم مومن خاں مومن سے ان کے بڑے مراسم تھے اور خود مولانا کی تعلیم دلی میں مفتی آزردہ مرحوم کی نگرانی میں ہوئی تھی ……''

مجھے داؤجی کے موضوع سے بھٹک جانے کا ڈر تھا اس لئے میں نے جلدی سے پوچھا۔''پھر آپ نے حضرت مولانا کے پاس پڑھنا شروع کر دیا۔'' ''ہاں''داؤجی اپنے آپ سے باتیں کرنے لگے،''ان کی باتیں ہی ایسی تھیں ۔ان کی نگاہیں ہی ایسی تھیں جس کی طرف توجہ فرماتے تھے، بندے سے مولا کر دیتے تھے۔ مٹی کے ذرے کو اکسیر کی خاصیت دے دیتے تھے ……میں تو اپنی لاٹھی زمین پر ڈال کر ان کے پاس بیٹھ گیا۔ فرمایا، اپنے بھائیوں کے بورئے پر بیٹھو۔ میں نے کہا جی اٹھارہ برس دھرتی پر بیٹھے گزر گئے اب کیا فرق پڑتا ہے۔ پھر مسکرا دیئے اپنے چوبی صندوقچے سے حروف ابجد کا ایک مقوا نکالا اور بولے الف۔ بے۔ پے۔ تے ……سبحان اللہ کیا آواز تھی ، کس شفقت سے بولے تھے، کس لہجے میں فرما رہے تھے الف، بے، پے، ت''اور جی داؤجی ان حرفوں کا ورد کرتے ہوئے اپنے ماضی میں کھو گئے ۔

تھوڑی دیر بعد انہوں نے اپنا دایاں ہاتھ اٹھا کر کہا۔''ادھر رہٹ تھا اور اس کے ساتھ مچھلیوں کا حوض۔''پھر انہوں نے اپنا بایاں ہاتھ ہوا میں لہرا کر کہا''اور اس طرف مزارعین کے کوٹھے، دونوں کے درمیان حضور کا باغیچہ تھا اور سامنے ان کی عظیم الشان حویلی۔ اسی باغیچے میں ان کا مکتب تھا۔ در فیض کا کھلا تھا جس کا جی چا ہے آئے نہ مذہب کی قید نہ ملک کی پابندی ……''

میں نے کافی دیر سوچنے کے بعد با ادب با ملاحظہ قسم کا فقرہ تیار کر کے پوچھا''حضرت مولانا کا اسم گرامی شریف کیا تھا؟'' تو پہلے انہوں نے میرا فقرہ ٹھیک کیا اور پھر بولے۔''حضرت اسماعیل چشتی فرماتے تھے کہ ان کے والد ہمیشہ انہیں جان جاناں کہہ کر پکارتے تھے ۔کبھی جان جاناں کی رعایت سے مظہر جان جاناں بھی کہہ دیتے تھے۔''

میں ایسی دلچسپ کہانی سننے کا ابھی اور خواہش مند تھا کہ داؤ جی اچانک رک گئے اور بولے ۔ سب سڈی اری سسٹم کیا تھا؟ ان انگریزوں کا یہ براہِ یہ ایسٹ انڈیا کمپنی کی صورت میں آئیں یا ملکہ وکٹوریہ کا فرمان لے ، سارے معاملے میں کھنڈت ڈال دیتے ہیں ۔ سوا کے پہاڑے کی طرح میں نے سب سڈی اری سسٹم کا ڈھانچہ ان کی خدمت میں کر دیا ۔ پھر انہوں نے میز سے گرائمر کی اٹھائی اور بولے" باہر جا کر دیکھ کے آ کہ تیری بے بے کا غصہ کم ہوا یا نہیں ۔" میں دوات میں پانی ڈالنے کے بہانے باہر گیا تو بے بے کو مشین چلاتے اور بی بی کو چکوا صاف کرتے پایا ۔"

داؤ جی کی زندگی میں بے والا پہلو بڑا ہی کمزور تھا ۔ جب وہ دیکھتے کہ گھر میں مطلع صاف ہے اور بے بے کے چہرے پر کوئی شکن نہیں ہے ، تو وہ پکار کر کہتے" سب ایک ایک شعر سناؤ" پہلے مجھی سے تقاضا ہوتا اور میں چھوٹتے ہی کہتا :

لازم   تھا   کہ   دیکھو   میرا   رستہ   کوئی   دن   اور

تنہا   گئے   کیوں   اب   رہو   تنہا   کوئی   دن   اور

اس پر وہ تالی بجاتے اور کہتے" اولین شعر نہ سنوں گا ، اردو کم سنوں گا اور مسلسل نظم کا ہرگز نہ سنوں گا ۔"

بی بی بھی میری طرح اکثر اس شعر سے شروع کرتی ۔

شنیدم   کہ   شاپوردم   در   کشید

چو خسرو   براتش   قلم   در   کشید

اس پر داؤ جی ایک مرتبہ پھر آرڈر آرڈر پکارتے

بی بی قینچی رکھ کر کہتی :

شورے   شد   و   از   خواب   عدم   چشم   کشودیم

دیدیم   کہ   باقی   ست   شب   فتنہ   غنودیم

داؤ جی شاباش تو ضرور کہہ دیتے لیکن ساتھ ہی یہ بھی کہہ دیتے" بیٹا یہ شعر تو کئی مرتبہ سنا چکی ہے ۔"

پھر وہ بے بے کی طرف دیکھ کر کہتے ۔" بھئی آج تمہاری بے بے بھی ایک سنائے گی" مگر بے بے رکھا سا جواب دیتی" مجھے نہیں آتے شیر ، ویر ۔"

اس پر داؤ جی کہتے ۔" گھوڑیاں ہی سنا دے ۔ اپنے بیٹوں کے بیاہ کی گھوڑیاں ہی گا دے ۔" اس پر بے بے کے ہونٹ مسکرانے کو کرتے لیکن وہ مسکرانے سکتی اور داؤ جی عین عورتوں کی طرح گھوڑیاں گانے لگتے ۔ ان کے درمیان کبھی امی چندا اور کبھی میرا نام ٹانک دیتے ۔ پھر کہتے" میں اپنے اس گولو مولو کی شادی پر سرخ پگڑی باندھوں گا ۔ برات میں ڈاکٹر صاحب کے ساتھ ساتھ چلوں گا اور نکاح نامے میں شہادت کے دستخط کروں گا ۔ میں دستور کے مطابق شرما کر نگاہیں نیچی کر لیتا تو وہ کہتے ۔" یہ نہیں اس ملک کے کسی شہر میں میری چھوٹی بہو پانچویں یا چھٹی جماعت میں پڑھ رہی ہوگی ، ہفتے میں ایک دن لڑکیوں کی خانہ داری کی ہوتی ہے ۔ اس نے تو بہت سی چیزیں پکانی سیکھ لی ہوگی ۔ پڑھنے میں بھی ہوشیار ہوگی ۔ اس بدھو کو تو یہ بھی یاد نہیں رہتا کہ مادیاں گھوڑیاں ہوتی ہے یا مرغی ۔ وہ تو فر فر سب کچھ سناتی ہوگی ۔ میں تو اس کو فارسی پڑھاؤں گا پہلے اس کو خطاطی کی تعلیم دوں گا پھر خطِ شکستہ سکھاؤں گا ۔ مستورات کو خطِ شکستہ نہیں آتا ۔ میں اپنی بہو کو سکھا دوں گا ۔۔۔۔۔ سن گولو! پھر میں تیرے پاس ہی رہوں گا ۔ میں اور میری بہو فارسی میں باتیں کریں گے ۔ وہ بات بات پر بفرمائید بفرمائید کہے گی اور تو احمقوں کی طرح منہ دیکھا کرے گا ۔ پھر وہ سینے پر ہاتھ رکھ کر جھکتے خلیے خوب کہتے ۔ جان پدر چرا ایں قدر زحمت می کشی ۔۔۔۔۔ خوب ۔۔۔۔۔ یاد دارم ۔۔۔۔۔ اور پتہ نہیں کیا کیا کہتے ۔ بیچارے داؤ جی! چٹائی پر اپنی چھوٹی سی دنیا بسا کر

اس میں فارسی کے فرمان جاری کئے جاتے ..... ایک دن جب چھت پر دھوپ پر بیٹھے ہوئے وہ ایسی ہی دنیا بسا چکے تھے تو ہولے سے مجھ سے کہنے لگے۔
''جس طرح خدا نے تجھے ایک نیک سیرت بیوی اور مجھے سعادت مند بہو عطا کی ہے ویسے ہی وہ اپنے ہی فضل سے میرے امی چند کو بھی دے۔''
اس کے خیالات مجھے کچھ اچھے نہیں لگتے، یہ سوانگ یہ مسلم لیگ یہ بیلچہ پارٹیاں مجھے پسند نہیں اور امی چند لاٹھی چلانا گتکا کھیلنا سیکھ رہا ہے
میری تو وہ کب مانے گا، ہاں خدائے بزرگ و برتر اس کو ایک نیک مومن ہی بیوی دلا دے تو وہ اسے راہ راست پر لے آئے گی۔
اس مومن کے لفظ پر مجھے بہت تکلیف ہوئی اور میں چپ سا ہو گیا۔ چپ محض اس لئے ہوا تھا کہ اگر میں نے منہ کھولا تو یقیناً ایسی بات
نکلے گی جس سے داؤ جی کو برا دکھ ہو گا ..... میری اور امی چند کی تو خیر باتیں ہی تھیں، لیکن بارہ جنوری کو بی بی کی برات سچ مچ آ گئی۔ جیجا جی رام پرتاب
کے بارے میں داؤ جی مجھے بہت کچھ بتا چکے تھے کہ وہ بہت اچھا لڑکا ہے اور اس شادی کے بارے میں انہوں نے جو استخارہ کیا تھا اس پر وہ پورا اترتا
ہے۔ سب سے زیادہ خوشی داؤ جی کو اس بات کی تھی کہ ان کے سمدھی فارسی کے استاد تھے اور کبیر منہجتی مذہب سے تعلق رکھتے تھے۔ بارہ تاریخ کی شام کو
بی بی رخصت ہونے لگی تو گھر بھر میں کہرام مچ گیا، بے زار و قطار رو رہی ہے امی چند آنسو بہار رہا ہے اور محلے کی عورتیں پھس پھس کر رہی ہیں۔ میں
دیوار کے ساتھ لگا کھڑا ہوں اور داؤ جی میرے کندھے پر ہاتھ رکھے کھڑے ہیں اور بار بار کہہ رہے ہیں آج یہ زمین کچھ میرے پاؤں نہیں پکڑتی۔ میں
توازن قائم نہیں رکھ سکتا۔ جیجا جی کے باپ بولے ''منشی جی اب ہمیں اجازت دیجئے'' تو بی بی پچھاڑ کر گر پڑی۔ اسے چارپائی پر ڈالا، عورتیں ہوا
کرنے لگیں اور داؤ جی میرا سہارا لے کر اس کی چارپائی کی طرف چلے۔ انہوں نے بی بی کو کندھے سے پکڑ کر اٹھایا اور کہا ''یہ کیا ہوا بیٹا۔ اٹھو! یہ تو
تمہاری نئی اور خودمختار زندگی کی پہلی گھڑی ہے۔ اسے یوں منحوس نہ بناؤ۔ بی بی اس طرح دھاڑیں مارتے ہوئے داؤ جی سے لپٹ گئی، انہوں نے اس
کے سر پر ہاتھ پھیرتے ہوئے کہا ''قرۃ العین میں تیرا گنہگار ہوں کہ تجھے پڑھانہ سکا۔ تیرے سامنے شرمندہ ہوں کہ تجھے علم کا جہیز نہ دے سکا۔ تو مجھے
معاف کر دے گی اور شاید برخوردار رام پرتاب بھی۔ لیکن میں اپنے کو معاف نہ کر سکوں گا۔ میں خطا کا رہوں اور میرا انجل سر تیرے سامنے ختم ہے۔'' یہ
سن کر بی بی اور بھی زور زور سے رونے لگی اور داؤ جی کی آنکھوں سے کتنے سارے موٹے موٹے آنسوؤں کے قطرے ٹوٹ کر زمین پر گرے۔ ان
کے سمدھی نے آگے بڑھ کر کہا ''منشی جی آپ فکر نہ کریں یہ بیٹی کو کریما پڑھا دوں گا'' داؤ جی ادھر پلٹے اور ہاتھ جوڑ کر کہا ''کریما تو یہ پڑھ چکی ہے،
گلستان بوستان بھی ختم کر چکا ہوں، لیکن میری حسرت پوری نہیں ہوئی۔'' اس پر وہ ہنس کر بولے ''ساری گلستان تو میں نے بھی نہیں پڑھی، جہاں
عربی آتی تھی، آگے گزر جاتا تھا ..... داؤ جی اسی طرح ہاتھ جوڑے کتنی دیر خاموش کھڑے ہے، بی بی نے گوندلی سرخ رنگ کی ریشمی چادر سے ہاتھ
نکال کر پہلے امی چند اور پھر میرے سر پر ہاتھ پھیرا اور سکھیوں کے بازوؤں میں ڈیوڑھی کی طرف چل دی۔ داؤ جی میرا سہارا لے کر چلے تو انہوں نے
مجھے اپنے ساتھ زور سے بھینچ کر کہا ''یہ لو یہ بھی رو رہا ہے۔ دیکھو ہمارا سہارا بنا پھرتا ہے۔ او گولو ..... او مرد دم دیدہ ..... تجھے کیا ہو گیا ..... جان پدر تو
کیوں .....''
اس پر ان کا گلا رندھ گیا اور میرے آنسو بھی نکل آئے۔ برات والے تانگوں اور اکوں پر سوار تھے۔ بی بی رتھ میں جا رہی تھی اور اس کے
پیچھے امی چند اور ہمارے درمیان میں داؤ جی پیدل چل رہے تھے۔ اگر بی بی کی چیخ ذرا زور سے نکل جاتی تو داؤ جی آگے بڑھ کر رتھ کا پردہ اٹھا
تے اور کہتے ''لاحول پڑھو بیٹا، لاحول پڑھو۔''
اور خود آنکھوں پر رکھے رکھے ان کی پگڑی کا شملہ بھیگ گیا تھا۔

رانو ہمارے محلے کا کثیف سا انسان تھا، بدی اور کینہ پروری اس کی طبیعت میں کوٹ کوٹ کر بھری تھی۔ وہ بازہ جس میں نے ذکر کیا ہے،
اسی کا تھا۔ اس میں بیں تیں بکریاں اور گائیں تھیں جن کا دودھ صبح و شام رانو گلی کے بغلی میدان میں بیٹھ کر بیچا کرتا تھا۔ تقریباً سارے محلے والے اسی
سے دودھ لیتے تھے اور اس کی شرارتوں کی وجہ سے دیتے بھی تھے۔ ہمارے گھر کے آگے سے گزرتے ہوئے وہ یونہی شوقیہ لاٹھی زمین پر بجا کر داؤ جی کو

''پنڈتا جے رام جی کی'' کہہ کر سلام کیا کرتا۔ داؤجی نے اسے کئی مرتبہ سمجھایا بھی کہ وہ پنڈت نہیں ہیں معمولی آدمی ہیں کیونکہ پنڈت ان کے نزدیک بڑے پڑھے لکھے اور فاضل آدمی کو کہا جا سکتا تھا۔ لیکن رانو نہیں مانتا تھا وہ اپنی مونچھ کو چبا کر کہتا۔ ''ارے بھئی جس کے سر پر بودی (چٹیا) ہو وہی پنڈت ہوتا ہے......'' چوروں یاروں سے اس کی آشنائی تھی کواس کے بازے میں شام کو جوا بھی ہوتا اور گندی اور فحش بولیوں کا مشاعرہ، بی بی کے جانے کے ایک دن بعد جب میں اس سے دودھ لینے گیا تو اس نے شرارت سے آنکھ مچ کر کہا۔ ''مورنی تو چلی گئی بابو اب تو اس گھر میں کیا رہے گا'' میں چپ رہا تو اس نے جھاگ والے دودھ میں ڈبہ پھیرتے ہوئے کہا۔ ''گھر میں گنگا بہتی تھی جج بتا کہ غوطہ لگایا کہ نہیں۔'' مجھے اس بات پر غصہ آ گیا اور میں نے تا ملوٹ گھما کر اس کے سر دے مارا۔ اس ضرب شدید سے خون وغیرہ تو برآمد نہ ہوا لیکن وہ چکرا کر تخت پر گر پڑا اور میں بھاگ گیا۔ داؤجی کو سارا واقعہ سنا کر میں دوڑ ادوڑ اا اپنے گھر گیا اور ابا جی سے ساری حکایت بیان کی ۔ان کی بدولت رانو کی تھانہ میں طلبی ہوئی اور حوالدار صاحب نے ہلکی سی گوشمالی کے بعد اسے سخت تنبیہ کر کے چھوڑ دیا۔ اس دن کے بعد رانو داؤجی پر آتے جاتے طرح طرح کے فقرے کسنے لگا۔ وہ سب سے زیادہ مذاق ان کی بودی کا اڑایا کرتا تھا اور واقعی داؤجی کے فاضل سر پر وہ چپٹی سی بودی ذرا اچھی نہ لگتی تھی ۔ مگر وہ کہتے تھے۔ ''یہ میری مرحوم ماں کی نشانی ہے اور مجھے اپنی زندگی کی طرح عزیز ہے۔ وہ اپنی آغوش میں میرا سر رکھ کر اسے دہی سے دھوتی تھی اور کڑوا تیل لگا کر چمکاتی تھی ۔ گو میں نے حضرت مولانا کے سامنے کبھی بھی پگڑی اتارنے کی جسارت نہیں کی ، لیکن وہ جانتے تھے اور جب میں نے دیال سنگھ میموریل ہائی سکول سے ایک سال کی ملازمت کے بعد چھٹیوں میں گاؤں آیا تو حضور نے پوچھا ''شہر جا کر چوٹی تو نہیں کٹوادی؟'' تو میں نے نفی میں جواب دیا۔ اس پر وہ بہت خوش ہوئے اور فرمایا تم سا سعادت مند بیٹا کم ماؤں کو نصیب ہوتا ہے اور ہم سا خوش قسمت استاد بھی خال خال ہوگا جسے تم ایسے شاگردوں کو پڑھانے کا فخر حاصل ہوا ہو، میں نے ان کے پاؤں چھو کر کہا حضور آپ مجھے شرمندہ کرتے ہیں۔ یہ سب آپ کے قدموں کی برکت ہے ،ہنس کر فرمانے لگے چنت رام ہمارے پاؤں نے چھوا کرو بھلا ایسے لمس کا کیا فائدہ جس کا ہمیں احساس نہ ہو۔ میری آنکھوں میں آنسو آ گئے۔ میں نے کہا اگر کوئی مجھے بتا دے سمندر پھاڑ کر بھی آپ کے لئے دوائی نکال لاؤں ۔ میں اپنی زندگی کی حرارت حضور کی ٹانگوں کے لئے نذر کر دوں لیکن میرا بس نہیں چلتا......خاموش ہو گئے اور نگاہیں اوپر اٹھا کر بولے خدا کو یہی منظور ہے تو ایسے ہی سہی۔ تم سلامت رہو کہ تمہارے کندھوں پر میں نے کوئی دس سال سارا گاؤں دیکھ لیا ہے ......'' داؤجی گزرے ایام کی تہہ میں اترتے ہوئے کہہ رہے تھے۔

''میں صبح سویرے حویلی کی ڈیوڑھی میں جا کر آواز دیتا ''خادم آ گیا'' مستورات ایک طرف ہو جاتیں تو حضور صحن سے آواز دے کر مجھے بلاتے اور میں اپنی قسمت کو سراہتا ہاتھ جوڑے ان کی طرف بڑھتا۔ پاؤں چھوتا اور پھر حکم کا انتظار کرنے لگتا ،وہ دعا دیتے میرے والدین کی خیریت پوچھتے ،گاؤں کا حال دریافت فرماتے اور پھر کہتے ''لو بھئی چنت رام ان گناہوں کی گٹھری کو اٹھالو'' میں سبد گل کی طرح انہیں اٹھاتا اور کمر پر لاد کر حویلی سے باہرا آجا تا ۔ کبھی فرماتے ،ہمیں باغ کا چکر دو کبھی حکم ہوتا سیدھے رہٹ کے پاس لے چلو اور کبھی بھار بڑی نرمی سے کہتے چنت رام تھک نہ جاؤ تو ہمیں مسجد تک لے چلو۔ میں نے کئی بار عرض کیا کہ حضور ہر روز مسجد لے جایا کروں گا مگر نہیں مانے یہی فرماتے رہے کہ کبھی جی چاہتا ہے تو تم سے کہہ دیتا ہوں۔ میں وضو کرنے والے چبوترے پر بٹھا کر ان کے ہلکے ہلکے جوتے اتارتا اور انہیں جھولی میں رکھ کر دیوار سے الگ رکھ کر بیٹھ جا تا ۔ چبوترے سے حضور خود گھسٹ کر صف کی جانب جاتے تھے۔ میں نے صرف ایک مرتبہ انہیں اس طرح جاتے دیکھا تھا اس کے بعد اس کی جرأت نہ ہوئی ۔ ان کے جوتے اتارنے کے بعد دامن میں منہ چھپا لیتا اور پھر اسی وہ سرا اٹھا تا جب وہ میرا نام لے کر یاد فرماتے ۔ واپسی پر میں قصبے کی لمبی لمبی گلیوں کا چکر کاٹ کر حویلی کو لوٹتا ۔ تو فرماتے ہم جانتے ہیں چنت رام تم ہماری خوشنودی کے لئے قصبہ کی سیر کراتے ہو لیکن ہمیں بڑی تکلیف ہوتی ہے ۔ایک تو تم پر لدا لدا پھرتا ہوں اور مجھے یہ محسوس ہوتا ہے کہ یہ دوسرے تمہارا وقت ضائع کرتا ہوں ۔اور حضور سے کون کہہ سکتا کہ آ قا یہ ہی میری زندگی کا نقطہ عروج ہے ۔اور یہ تکلیف ہی میری حیات کا مرکز ہے ۔ اور حضور سے کون کہہ سکتا کہ آ قا یہ وقت ہی ایک ہما ہے جس نے اپنا سایہ ہماری محض

میرے لئے وقف کردیا ہے......جس دن میں نے سکندرنامہ زبانی یادکرکے انہیں سنایا۔اس قدر خوش ہوئے گویا بفت اقلیم کی بادشاہی نصیب ہوگئی۔ دین ودنیا کی ہردعا سے مجھے مالامال کیا۔ دستِ شفقت میرے سر پر پھیرااور جیب سے ایک روپیہ نکال کرانعام دیا۔ میں نے اسے حجرِاسود جان کر بوسہ دیا۔ آنکھوں سے لگا یااور سکندرکا افسر سمجھ کر پگڑی میں رکھ لیا۔ دونوں ہاتھ اٹھاکر دعائیں دے رہے تھے اور فرمارہے تھے جوکام ہم سے نہ ہو سکاوہ تونے کردکھایا۔تو نیک ہے خدانے تجھے یہ سعادت نصیب کی۔ چنت رام تیراموئشی چرانا پیشہ ہے تو شاہ بطحّا کا پیرو ہے اس لئے خدائے عزوجل تجھے برکت دیتا ہے وہ تجھے اوربھی برکت دے گا۔ تجھے اور کشائش میسرآئے گی......''

داؤجی یہ باتیں کرتے کرتے گھٹنوں پر سررکھ کر خاموش ہوگئے۔

میرا امتحان قریب آرہاتھااور داؤجی سخت ہوتے جارہے تھے۔ انہوں نے میرے ہر فارغ وقت پر کوئی نہ کوئی کام پھیلا دیا تھا۔ ایک مضمون سے عہدہ برآہوتا تو دوسری کتابیں نکال کرسر پرسوار ہو جاتے تھے۔ پانی پینے اٹھتا تو سایہ کی طرح ساتھ ساتھ چلے آتے اورنہیں تو تاریخ کے سن ہی پوچھتے جاتے۔ شام کے وقت سکول پہنچنے کا انہوں نے وطیرہ بنا لیا تھا۔ ایک دن میں سکول کے بڑے دروازے سے نکلنے کے بجائے بورڈنگ کی راہ پر کھسک لیا تو انہوں نے جماعت کے کمرے کے سامنے آکر بیٹھنا شروع کردیا۔ میں چڑ چڑا اور ضدی ہونے کے علاوہ بدزبان بھی ہو گیا تھا۔ داؤجی کے بچے، گویا میرا تکیہ کلام بن گیا تھا اور کبھی کبھی جب ان کی یا ان کے سوالات کی سختی بڑھ جاتی تو میں انہیں کہتے کہنے سے بھی نہ چوکتا۔ ناراض ہو جاتے تو بس اس قدر کہتے''دیکھ لے ڈومنی تو کیسی باتیں کررہا ہے۔ تیری بیوی بیاہ کرلاؤں گا تو پہلے اسے یہی بتاؤں گا کہ جان پدر یہ تیرے باپ کو کیا کہتا تھا۔''میری گالیوں کے بدلے وہ مجھے ڈومنی کہا کرتے تھے۔ اگرانہیں زیادہ دکھ ہوتا تو منہ سے چڑی ڈومنی کہتے۔ اس سے زیادہ نہ انہیں غصّہ آتا تھا نہ دکھ ہوتا تھا۔ میرے اصلی نام سے انہوں نے کبھی نہیں پکارا میرے بڑے بھائی کا ذکرآتا تو بیٹا آفتاب، برخورداراآفتاب، برخورداراآفتاب کہہ کرانہیں یادکرتے تھے لیکن میرے ہرروز نئے نئے نام رکھتے تھے۔جن میں گولو انہیں بہت مرغوب تھا۔ طنبورا دوسرے درجہ پر مسٹر ہونق اور حفش اسکوائر ان سب کے بعدآتے تھے اور ڈومنی صرف غصّہ کی حالت میں۔وہ کبھی کبھی ان کو بہت دق کرتا۔وہ اپنی چٹائی پر بیٹھے کچھ پڑھ رہے ہیں، مجھے الجبرے کا ایک سوال دے رکھا ہے اور میں سارے جہان کی ابجد کوضرب دے دے کرتنگ آچکا ہوں تو میں کاپیوں اور کتابوں کے ڈھیر کو پاؤں سے پرے دھکیل کراونچے اونچے گانے لگتا۔

تیرے سامنے بیٹھ کے رونا تے دکھ تینوں نیو دسنا

داؤجی حیرانی سے میری طرف دیکھتے تو میں تالیاں بجانے لگتا اور قوالی شروع کردیتا۔ نیوں نیوں دستا۔ تے دکھ تینوں نیوں دستا...... دسنا دسنا دسنا...... تینوں تینوں تینوں۔ سارے گاما رونا سارے گاما رونا رونا......تے دیکھ تینوں نیوں دسنا۔وہ عینک کے اوپر سے مسکراتے۔ میرے پاس آکر کاپی اٹھاتے، صفحہ نکالتے اور تالیوں کے درمیان اپنا بڑا سا ہاتھ کھڑا کردیتے۔

''سن بیٹا'' وہ بڑی محبت سے کہتے''یہ کوئی مشکل سوال ہے!'' جونہی وہ سوال سمجھانے کے لئے ہاتھ نیچے کرتے میں پھر تالیاں بجانے لگتا۔ ''دیکھ پھر، میں تیرا داؤنہیں ہو؟'' وہ بڑے مان سے پوچھتے۔

''نہیں'' میں منہ پھاڑ کرکہتا۔

''تواورکون ہے؟'' وہ مایوس سے ہوجاتے۔

''وہ جی سرکار'' میں انگلی آسمان کی طرف کرکے شرارت سے کہتا۔وہ جی سرکار، وہ سب کا پالنے والا......بول بکرے سب کاوالی کون؟''

وہ میرے پاس سے اٹھ کر جانے لگتے تو میں ان کی کمر میں ہاتھ ڈال دیتا''داؤجی خفاہوگئے کیا۔''

وہ مسکرانے لگتے۔ ''چھوٹ طنبورے! چھوڑ بیٹا! میں تو پانی پینے جار ہاتھا...... مجھے پانی تو پی آنے دے۔''

میں جھوٹ موٹ برامان کرکے کہتا۔ ''لو جی جب مجھے سوال سمجھنا ہوادا ؤ جی کو پانی یاد آ گیا۔''

وہ آرام سے بیٹھ جاتے اور کا پی کھول کر کہتے۔ ''انفش اسکوائر جب تجھے چار ایکس کا مربع نظر آر ہا تھا تو تو نے تیسرا فارمولا کیوں نہ لگایا اور اگر ایسا نہ بھی کرتا تو ......''

اور اس کے بعد پتہ نہیں دا ؤ جی کتنے دن پانی نہ پیتے۔

فروری کے دوسرے ہفتے کی بات ہے۔ امتحان میں کل ڈیڑھ مہینہ رہ گیا تھا اور مجھ پر آنے والے خطرناک وقت کا خوف بھوت بن کر سوار ہو گیا تھا۔ میں نے خود اپنی پڑھائی پہلے سے تیز کر دی تھی اور کافی سنجیدہ ہو گیا تھا۔ لیکن جیومیٹری کے مسائل میری سمجھ میں نہ آتے تھے۔ دا ؤ جی نے بہت کوشش کی لیکن بات نہ بنی۔ آخر ایک دن انہوں نے کہا کل باون پراپوزیشنیں ہیں زبانی یاد کرلے اس کے سوا کوئی چارہ نہیں۔ چنانچہ میں انہیں رٹنے میں مصروف ہو گیا۔ لیکن جو پراپوزیشن رات کو یاد کرتا صبح کو ہمت چھوڑ سی بیٹھا۔ میں دل برداشتہ ہو کر ہمت چھوڑ سی بیٹھا۔ ایک رات دا ؤ جی مجھ سے جیومیٹری کی شکلیں بنوا کر اور مشقیں سن کراتھے تو دہ بھی کچھ پریشان سے ہو گئے تھے۔ میں بار بار اٹکا تھا اور انہیں بہت کوفت ہوئی تھی۔ مجھے سونے کی تاکید کر کے وہ اپنے کمرے میں چلے گئے تو میں کا پی پینسل لے کر پھر بیٹھ گیا اور رات کے ڈیڑھ بجے تک لکھ لکھ کر رٹا لگا تا رہا مگر جب کتاب بند کر کے لکھنے لگتا تو چند فقروں کے بعد اٹک جاتا۔ مجھے دا ؤ جی کا مایوس چہرہ یاد کر کے اور اپنی حالت کا اندازہ کر کے رونا آ گیا اور میں باہر صحن میں آ کر سیڑھیوں پر بیٹھ کے بچ بچ رونے لگا، گھٹنوں پر سر رکھے رو رہا تھا اور سردی کی شدت سے کانپ رہا تھا۔ اسی طرح بیٹھے بیٹھے کوئی ڈیڑھ گھنٹہ گزر گیا تو میں نے دا ؤ جی کی عزت بچانے کے لئے یہی ترکیب سوچی کہ ڈیوڑھی کا دروازہ کھول کر چپکے سے نکل جا ؤں اور پھر واپس نہ آ ؤں۔ جب یہ فیصلہ کر چکا اور عملی قدم آگے بڑھانے کے لئے سراو پر اٹھایا تو دا ؤ جی کمبل اوڑھے میرے پاس سے کھڑے تھے۔ انہوں نے مجھے بڑے پیار سے اپنے ساتھ لگایا تو سسکیوں کا لامتناہی سلسلہ صحن میں پھیل گیا۔ دا ؤ جی نے میرا سر چوم کر کہا۔ ''لے بھی طنبورے میں تو یوں نہ سمجھتا تھا تو تو بہت ہی کم ہمت نکلا۔'' پھر انہوں نے مجھے اپنے ساتھ کمبل میں لپیٹ لیا اور بیٹھک میں لے آئے۔ بستر میں بٹھا کر انہوں نے میرے چاروں طرف رضائی لپیٹی اور خود پا ؤں اوپر کر کے کرسی پر بیٹھ گئے۔

انہوں نے کہا ''اقلیدس چیز ہی ایسی ہے۔ تو اس کے ہاتھوں یوں نالاں ہے، میں اس سے اور طرح تنگ ہوا تھا۔ حضرت مولانا کے پاس جبر و مقابلہ اور اقلیدس کی جس قدر کتابیں تھیں انہیں میں اچھی طرح پڑھ کر اپنی کا پیوں پر اتار چکا تھا۔ کوئی ایسی بات نہیں تھی جس سے الجھن ہوتی۔ میں نے یہ جانا کہ ریاضی کا ماہر ہو گیا ہوں لیکن ایک رات میں اپنی کھاٹ پر پڑا امتساوی الساقلین پر غور کر رہا تھا کہ بات الجھ گئی۔ میں نے دیا جلا کر شکل بنائی اور اس پر غور کرنے لگا۔ جبر و مقابلہ کی رو سے اس کا جواب ٹھیک آ تا تھا لیکن علم ہندسہ سے یہ ثبوت کو نہ پہنچتا تھا۔ میں ساری رات کا غذ سیاہ کرتا رہا لیکن ہائیکن تیری طرح سے رویا نہیں۔ علی الصبح میں حضرت کی خدمت میں حاضر ہوا تو انہوں نے اپنے دست مبارک سے کاغذ پر شکل کھینچ کر سمجھانا شروع کیا لیکن جہاں مجھے الجھن ہوئی تھی وہیں حضرت مولانا کی طبع رسا کو بھی کوفت ہوئی۔ فرمانے لگے۔ ''چنت رام اب ہم تم کو نہیں پڑھا سکتے۔ جب استاد اور شاگرد کا علم ایک سا ہو جائے تو شاگرد کو کسی اور معلم کی طرف رجوع کرنا چاہیے۔'' میں نے جرأت کر کے کہہ دیا کہ حضور اگر کوئی اور یہ جملہ کہتا تو میں اسے کفر کے مترادف سمجھتا۔ لیکن پپ کا ہر حرف اور ہر شوشہ میرے لئے حکم ربانی سے کم نہیں۔ اس لئے خاموش ہوں۔ بھلا آ قائے غزنوی کے سامنے ایاز کی مجال! لیکن حضور نے مجھے بہت دکھ ہوا ہے۔ فرمانے لگے ''تم بے حد جذباتی آدمی ہو۔ بات تو سن لی ہوتی، میں نے سر جھکا کر کہا ارشاد! فرمایا ''دلی میں حکیم ناصر علی سیتانی علم ہندسہ کے بڑے ماہر ہیں اگر تم کو اس کا ایسا ہی شوق ہے تو ان کے پاس چلے جا ؤ اور اکتساب علم کرو۔ ہم ان کے نام رقعہ لکھ دیں گے۔ میں نے رضامندی ظاہر کی تو فرمایا اپنی والدہ سے پوچھ لینا اگر وہ رضامند ہوں تو ہمارے پاس آنا......والدہ مرحومہ سے پوچھا اور ان سے اپنی مرضی کے مطابق جواب پانا انہونی بات تھی۔ چنانچہ میں نے ان سے نہیں پوچھا۔ حضور تو پوچھتے تو میں

دروغ بیانی سے کام لیتا کہ گھر کی لپائی تپائی کر رہا ہوں جب فارغ ہوں گا تو والدہ سے عرض کروں گا۔''

چند ایام بڑے اضطرار کی حالت میں گزرے۔ میں دن رات اس شکل کو حل کرنے کی کوشش کرتا مگر صحیح جواب برآمد نہ ہوتا۔ اس لا ینحل مسئلہ سے طبیعت میں اور انتشار پیدا ہوا۔ میں دلی جانا چاہتا تھا لیکن حضور سے اجازت مل سکتی تھی نہ رقعہ، وہ والدہ کی رضا مندی کے بغیر اجازت دینے والے نہ تھے۔ اور والدہ اس بڑھاپا میں کیسے آمادہ ہو سکتی تھیں ...... ایک رات جب سارا گاؤں سو رہا تھا اور میں تیری طرح پریشان تھا تو میں نے اپنی والدہ کی پٹاری سے اس کی کل پونجی دو روپے چرا ئے اور نصف اس کے لئے چھوڑ کر گاؤں سے نکل گیا۔ خدا مجھے معاف کرے اور میرے دونوں بزرگوں کی روحوں کو مجھ پر مہربان رکھے! واقعی میں نے بڑا گناہ کیا اور ابد تک میرا سر ان دونوں کے سامنے ندامت سے جھکا رہے گا ...... گاؤں سے نکل کر میں حضور کی حویلی کے پیچھے ان کی مسند کے پاس پہنچا جہاں بیٹھ کر آپ پڑھاتے تھے۔ گھٹنوں کے بل ہو کر میں نے زمین کو بوسہ دیا اور دل میں کہا۔ ''بدقسمت ہوں، بے اجازت جا رہا ہوں لیکن آپ کی دعاؤں کا عمر بھر محتاج رہوں گا۔ میرا قصور معاف نہ کیا تو آ کے قدموں میں جان دے دوں گا۔ اتنا کہہ کر اٹھا اور لاٹھی کندھے پر رکھ کر میں وہاں سے چل دیا ...... سن رہا ہے؟''

داؤ جی نے میری طرف غور سے دیکھ کر پوچھا۔

رضائی کے پیچ خار پشت بنے، میں نے آنکھیں جھکا ئیں اور ہولے سے کہا۔ ''جی؟''

داؤ جی نے پھر کہنا شروع کیا۔ ''قدرت نے میری کمال مدد کی ۔ ان دنوں جاکھل جنید سرسہ حصار والی پٹڑی بن رہی تھی۔ یہی راستہ سیدھا دلی کو جاتا تھا اور یہیں مزدوری ملتی تھی۔ ایک دن میں مزدوری کرتا اور دن چلتا، اس طرح تائید غیبی کے سہارے سولہ دن میں دلی پہنچ گیا۔ منزل مقصود تو ہاتھ آ گئی تھی لیکن گوہر مقصود کا سراغ نہ ملتا تھا۔ جس کسی سے پوچھتا حکیم ناصر علی سیتانی کا دولت خانہ کیا ہے، نفی میں جواب ملتا۔ دو دن ان کی تلاش جاری رہی لیکن پتہ نہ پا سکا۔ قسمت یاور تھی صحت اچھی تھی۔ انگریزوں کے لئے نئی کوٹھیاں بن رہی تھیں۔ وہاں کام پر جانے لگا۔ شام کو فارغ ہو کر حکیم صاحب کا پتہ معلوم کرتا اور رات ایک دھرم شالہ میں کھیس پھینک کر گہری نیند سو جاتا۔ مثل مشہور ہے، جو بندہ یا بندہ! آخر ایک دن مجھے حکیم صاحب کی جائے رہائش معلوم ہو گئی، وہ پتھر پھوڑوں کے محلہ کی ایک تیرہ و تاریک گلی میں رہتے تھے شام کے وقت ان کی خدمت میں حاضر ہوا۔ ایک چھوٹی سی کوٹھری میں فرد کش تھے اور چند دوستوں سے اونچے اونچے گفتگو ہو رہی تھی۔ میں نے جوتے اتار کر دہلیز کے اندر کھڑا ہو گیا۔ ایک صاحب نے پوچھا۔ ''کون ہے؟'' میں نے سلام کر کے کہا۔ ''حکیم صاحب سے ملنا ہے۔'' حکیم صاحب دوستوں کے حلقہ میں سر جھکائے بیٹھے تھے اور ان کی پشت میری طرف تھی۔ اسی طرح بیٹھے بولے ''اسم گرامی''میں نے ہاتھ جوڑ کر کہا۔ ''پنجاب سے آیا ہوں اور ......''میں بات پوری بھی نہ کر پا یا تھا کہ زور سے بولے ''اوہو! چنت رام ہو؟'' میں کچھ جواب نہ دے سکا فرمانے لگے۔ ''مجھے اسماعیل کا خط ملا ہے لکھتا ہے شاید چنت رام تمہارے پاس آ ئے ۔ ہمیں بتائے بغیر گھر سے فرار ہو گیا ہے اس کی مدد کرنا۔'' میں اسی طرح خاموش کھڑا رہا تو پاٹ دار آواز میں بولے ''میاں اندر آ جاؤ کیا چپ کا روزہ رکھا ہے؟'' میں ذرا آگے بڑھا تو بھی میری طرف نہ دیکھا اور ویسے ہی عروس نو کی طرح بیٹھے رہے۔ پھر قدرے حکمانہ انداز میں کہا۔ ''برخوردار بیٹھ جاؤ۔ میں وہیں بیٹھ گیا تو اپنے دوستوں سے فرمایا، بھی ذرا ٹھہرو مجھے اس سے دو دو ہاتھ کر لینے دو ۔ پھر حکم ہوا بتا ؤ ہندسہ کا کونسا مسئلہ تمہاری سمجھ میں نہیں آتا۔ میں نے ڈرتے ڈرتے عرض کیا تو انہوں نے اسی طرح کندھوں کی طرف اپنے ہاتھ بڑھائے اور آہستہ آہستہ کرتا یوں اوپر کھینچ لیا کہ ان کی کمر برہنہ ہو گئی۔ پھر فرمایا۔ ''بنا ؤ اپنی انگلی سے میری کمر پر ایک متساوی الساقین۔'' مجھ پر سکتہ کا عالم طاری تھا۔ نہ آگے بڑھنے کی ہمت تھی نہ پیچھے ہٹنے کی طاقت ۔ ایک لمحہ کے بعد بولے، میاں جلدی کرو ۔ نا بینا ہوں ۔ کاغذ قلم کچھ نہیں سمجھتا۔ میں ڈرتے ڈرتے آگے بڑھا اور ان کی چوڑی چکلی کمر پر ہانپتی ہوئی انگلیوں سے متساوی الساقین بنانے لگا ۔ جب وہ غیر مرئی شکل بن چکی تو بولے اب اس نقطہ سے خط ب ج پر عمودی گراؤ ۔ ایک تو میں گھبرایا ہوا تھا دوسرے وہاں کچھ نہ آتا تھا۔ یونہی انکل سے میں نے ایک مقام پر انگلی رکھ کر عمودی گرانا چاہا تو تیزی سے بولے یہ ہے ہے ہے کیا

کرتے ہو یہ نقطہ ہے کیا؟ پھر خود ہی بولے آہستہ آہستہ عادی ہو جاؤ گے۔ وہ بول رہے تھے اور میں مبہوت بیٹھا تھا۔ یوں لگ رہا تھا کہ ابھی ان کے آخری جملے کے ساتھ نور کی لکیر متساوی الساقین بن کر ان کی کمر پر ابھر آئیں گی۔'' پھر داؤ جی دلی کے دنوں میں ڈوب گئے ۔ان کی آنکھیں کھلی تھیں وہ میری طرف دیکھ رہے تھے لیکن مجھے نہیں دیکھ رہے تھے۔ میں نے بے چین ہو کر پوچھا۔ ''پھر کیا ہوا داؤ جی؟'' انہوں نے کرسی سے اٹھتے ہوئے کہا ''رات بہت گزر چکی ہے اب تو سوجا ہر بتاؤں گا۔'' میں ضدی بچے کی طرح ان کے پیچھے پڑ گیا تو انہوں نے کہا۔'' پہلے وعدہ کر کہ آئندہ مایوس نہیں ہوگا اور ان چھوٹی چھوٹی پر اپوزیشنوں کو بتاشے سمجھے گا'' میں نے جواب دیا۔ ''حلوہ سمجھوں گا آپ فکر نہ کریں'' انہوں نے کھڑے کھڑے کمبل لپیٹتے ہوئے کہا۔''بس مختصر یہ کہ میں ایک سال حکیم صاحب کی حضوری میں رہا اور اس بحر علم سے چند قطرے حاصل کر کے اپنی کور آنکھوں کو دھویا۔ واپسی پر میں سیدھا اپنے آقا کی خدمت میں پہنچا اور ان کے قدموں پر سر رکھ دیا۔ فرمانے لگے چنت رام اگر ہم میں قوت ہوتو ان پاؤں کو کھینچ لیں۔ اس پر میں رو دیا تو دست مبارک محبت سے میرے سر پر پھیر کر کہنے لگے، ہم تم سے ناراض نہیں ہیں لیکن ایک سال کی فرقت بہت طویل ہے ۔آئندہ کہیں جانا ہو تو ہمیں کہیں بھی ساتھ لے جانا، یہ کہتے ہوئے داؤ جی کی آنکھوں میں آنسو آگئے اور وہ مجھے اسی طرح گم سم چھوڑ کر بیٹھک میں چلے گئے۔''

امتحان کی قربت سے میرا خون خشک ہو رہا تھا لیکن جسم پھول رہا تھا۔ داؤ جی کو میرے موٹاپے کی فکر رہنے لگی ۔اکثر میرے متھتے ہاتھ پکڑ کر کہتے۔''اسپ تازی بن طویلہ خرہ نہ بن'' مجھے ان کا یہ فقرہ بہت ناگوار گزرتا اور میں احتجاجاً جان سے کلام بند کر دیتا۔ میرے مسلسل مرن برت نے بھی ان پر کوئی اثر نہ لیا اور ان کی فکر، اندیشہ کی حد تک بڑھ گئی۔ ایک صبح سیر کو جانے سے پہلے انہوں نے مجھے آ بجگایا اور میری منتوں، خوشامدوں، گالیوں اور جھڑکیوں کے باوجود بستر سے اٹھا کوٹ پہنا کر کھڑا کر دیا۔ پھر وہ مجھے بازو سے پکڑ کر گویا گھسیٹتے ہوئے باہر گئے ۔سردیوں کی صبح کوئی چار بجے کا عمل۔ گلی میں آدم نہ آدم زاد، تاریکی سے کچھ بھی سجھائی نہ دیتا تھا اور داؤ جی مجھے اسی طرح سیر کو لے جا رہے تھے۔ میں کچھ بک رہا تھا اور وہ کہہ رہے تھے ابھی گراں خوابی دور نہیں ہوئی طنبور ابھی بڑ بڑا رہا ہے۔ تھوڑے تھوڑے وقفہ کے بعد کہتے کوئی سرنکال طنبورے کی آہنگ پر یہ پیچ یہ کیا کر رہا ہے! جب ہم بستی سے دور نکل گئے اور صبح کی نخ ہوانے کوز بردستی میری آنکھوں کو بردستی کھول دیا تو داؤ جی نے میرا بازو چھوڑ دیا۔ سرداروں کا رہٹ آیا اور نکل گیا۔ ندی آئی اور پیچھے رہ گئی۔ قبرستان گزر گیا مگر داؤ جی تو کچھ آیتیں ہی پڑھتے چلے جا رہے تھے۔ جب ٹھبہ پر پہنچے تو میری روح فنا ہوگئی ۔یہاں سے لوگ دو پہر کے وقت بھی نہ گزرتے تھے کیونکہ یہاں ایک شہر غرق ہوا تھا۔ مرنے والوں کی روحیں اسی ٹیلے پر رہتی تھیں اور آنے جانے والوں کا کلیجہ چبا جاتی تھیں ۔میں خوف سے کانپنے لگا تو داؤ جی نے میرے گلے کے گرد مظفرا اچھی طرح لپیٹ کر کہا۔

سامنے ان دو کیکروں کے درمیان اپنی پوری رفتار سے دس چکر لگاؤ، پھر سولہ بی سانسیں کھینچو اور چھوڑ دو، تب میرے پاس آؤ، میں یہاں بیٹھتا ہوں، میں تھبہ سے جان بچانے کے لئے سیدھا ان کیکروں کی طرف روانہ ہوگیا۔ پہلے ایک بڑے سے ڈھیلے پر بیٹھ کر آرام کیا اور ساتھ ہی حساب لگایا کہ چھ چکروں کا وقت گزر چکا ہوگا، اس کے بعد آہستہ آہستہ اونٹ کی طرح کیکروں کے درمیان دوڑنے لگا اور جب دس یعنی چار چکر پورے ہو گئے تو پھر اسی ڈھیلے پر بیٹھ کر لمبی لمبی سانسیں کھینچنے لگا۔ایک تو درخت پر عجیب و غریب قسم کے جانور بولنے لگے تھے دوسرے میری پسلی میں بلا کا درد شروع ہو گیا تھا۔ یہی مناسب سمجھا کہ تھبہ پر جا کر داؤ جی کو سوئے ہوئے اٹھاؤں اور گھر لے جا کر خوب خاطر کروں؟ غصہ سے بھرا اور دہشت سے لرزتا میں ٹیلے کے پاس پہنچا۔ داؤ جی تھبہ کی ٹھیکیریوں پر گھٹنوں کے بل گرے ہوئے دیوانوں کی طرح سر مار رہے تھے اور او نچے اپنا محبوب شعر گار ہے تھے۔

جنا کم کن کہ فردا روز محشر

پیش عاشقاں شرمندہ باشی!

کبھی دونوں ہتھیلیاں زور سے زمین پر مارتے اور سر او پر اٹھا کر انگشت شہادت فضا میں یوں ہلاتے جیسے کوئی ان کے سامنے کھڑا ہوا اور

اس سے کہہ رہے ہو دیکھ لو، سوچ لو میں تمہیں ...... میں تمہیں بتار ہا ہوں ...... سنار ہا ہوں ...... ایک دھمکی دیے جاتے تھے۔ پھر تڑپ کر ٹھیکریوں پر گرتے اور جفا کم کن جفا کم کن کہتے ہوئے رونے لگتے۔ تھوڑی دیر میں ساکت و جامد کھڑا رہا اور پھر زور سے چیخ مار کر بجائے قصبہ کی طرف بھاگنے کے پھر کیکروں کی طرف دوڑ گیا۔ داؤ جی ضرور اسم اعظم جانتے تھے اور وہ جن جن کو قابو کر رہے تھے۔ میں نے اپنی آنکھوں سے ایک جن ان کے سامنے کھڑا دیکھا تھا۔ بالکل الف لیلیٰ با تصویر والا جن تھا۔ جب داؤ جی کا طلسم اس پر نہ چل سکا تو اس نے انہیں نیچے گرا لیا تھا۔ وہ چیخ رہے تھے جفا کم کن مگر وہ چھوڑ تا نہیں تھا۔ میں اسی ڈھیلے پر بیٹھ کر رونے لگا ...... تھوڑی دیر بعد داؤ جی آئے انہوں نے پہلے جیسا چہرہ بنا کر کہا۔ "چل طنبورے" اور میں ڈرتا ڈرتا ان کے پیچھے ہو لیا۔ راستہ میں انہوں نے گلے میں لٹکتی ہوئی کھلی پڑی کے دونوں کونے ہاتھ میں پکڑ لئے اور جھوم جھوم کر گانے لگے۔

تیرے لمے لمے وال فرید اٹریا جا!

اس جادوگر کے پیچھے چلتے ہوئے میں نے ان آنکھوں سے سے دیکھا کہ ان آنکھوں سے واقعی ان کا سر تبدیل ہو گیا۔ ان کی لمبی لمبی زلفیں کندھوں پر جھولنے لگیں اور ان کا سارا وجود جٹا دھاری ہو گیا ...... اس کے بعد چا ہے کوئی میری بوٹی بوٹی اڑا دیتا، میں ان کے ساتھ سیر کو ہرگز نہ جاتا!

اس واقعہ کے چند ہی دن بعد کا قصہ ہے کہ ہمارے گھر میں مٹی کے بڑے بڑے ڈھیلے اور اینٹوں کے ٹکڑے آ کر گرنے لگے۔ بے بے نے آسمان سر پر اٹھا لیا۔ بچوں کو کتیا کی طرح داؤ جی سے چمٹ گئی۔ چچ چچ ان سے لپٹ کر گئی اور انہیں دھکا دے کر زمین پر گرا دیا۔ وہ چلا رہی تھی۔ "بڈھے ٹوٹکی یہ سب تیرے منتر ہیں۔ یہ سب تیری خاری ہے۔ تیرا کالا علم ہے جو الٹا ہمارے سر پر آ گیا ہے۔ تیرے پریت میرے گھر میں اینٹیں پھینکتے ہیں۔ اجاڑ مانگتے ہیں۔ موت چا ہتے ہیں۔" پھر وہ زور زور سے چیخنے لگی "میں مر گئی، میں جل گئی، لوگوں اس بڈھے نے میرے امی چند کی جان لینے کا سمبند ھ کیا ہے۔ مجھ پر جادو کیا ہے اور میرا امی ٹنگ اٹنگ توڑ دیا ہے۔" امی چند تو داؤ جی کو اپنی زندگی کی طرح عزیز تھا اور اس کی جان کے دشمن بھلا وہ کیونکر ہو سکتے تھے۔ لیکن جنوں کی خشت باری انہیں کی وجہ سے عمل میں آئی تھی۔ جب میں نے بے بے کی تائید کی تو داؤ جی نے زندگی میں پہلی بار مجھے جھڑک کر کہا "تو احمق ہے اور تیری بے بے ام الجاہلین ...... میری ایک سال کی تعلیم یہ اثر ہوا کہ تو جنوں بھوتوں میں اعتقاد کرنے لگا۔ افسوس تو نے مجھے مایوس کر دیا، اے وائے کہ تو شعور کی بجائے عورتوں کے اعتقاد کا غلام نکلا۔ افسوس ...... صد افسوس" بے بے کو اسی طرح چلاتے اور داؤ جی کو یوں کراہتے چھوڑ کر وہ اوپر کوٹھے پر دھوپ میں جا بیٹھا ...... اسی دن شام کو جب میں اپنے گھر جا رہا تھا تو راستے میں رانو نے اپنے مخصوص انداز میں آنکھ کانی کر کے پوچھا "سنا با بو تیرے کوئی اینٹ ڈھیلا تو نہیں لگا؟ سنا ہے تمہارے پنڈت کے گھر میں روڑے گرتے ہیں ہے۔"

میں نے اس کمینے کے منہ لگنا پسند نہ کیا اور چپ چاپ ڈیوڑھی میں داخل ہو گیا۔ رات کے وقت داؤ جی مجھ سے جیومیٹری کی پراپوزیشن سنتے ہوئے پوچھنے لگے "بیٹا کیا تم سچ مچ جن، بھوت یا پری چڑیل کو کوئی مخلوق سمجھتے ہو؟" میں نے اثبات میں جواب دیا تو وہ ہنس پڑے اور بولے واقعی تو بہت بھولا ہے اور میں نے خواہ مخواہ جھڑک دیا۔ بھلا تو نے مجھے پہلے کیوں نہ بتایا کہ جن ہوتے ہیں اور اس طرح سے اینٹیں پھینک سکتے ہیں۔ ہم نے جو دلی اور پھتے مزدور کو بلا کر برساتی بنوائی ہے، وہ تیرے کسی جن کو کہہ کر بنوا لیتے۔ لیکن یہ تو بتا کہ جن صرف اینٹیں پھینکنے کا کام ہی کرتے ہیں کہ چنائی بھی کر لیتے ہیں۔" میں نے جل کر کہا "جتنے مذاق چاہو کر لو مگر جس دن سر پیٹھے دن پتہ چلے گا اس داؤ" داؤ جی نے کہا "تیرے جن کی پھینکی ہوئی اینٹ سے تو قیامت سر نہیں پھٹ سکتا اس لئے کہ وہ نہ اس سے اینٹ اٹھائی جا سکے گی اور نہ میرے تیرے یا تیری بے بے کے سر میں لگے گی۔"

پھر بولے "سن! علم طبعی کا موٹا اصول ہے کہ کوئی مادی شے کو غیر مادی وجہ سے حرکت میں نہیں لائی جا سکتی ...... سمجھ گیا۔"

"سمجھ گیا" میں نے چڑ کر کہا۔

ہمارے قصبہ میں ہائی سکول ضرور تھا لیکن میٹرک کا امتحان کا سنٹر نہ تھا۔ امتحان دینے کے لئے ہمیں ضلع جانا ہوتا تھا۔ چنانچہ وہ صبح آ گئی

جس ہماری جماعت امتحان دینے کے لئے ضلع جار ہی تھی اور لاری کے ارد گرد والدین قسم کے لوگوں کا ہجوم تھا اور اس ہجوم میں داؤ جی کیسے پیچھے رہ سکتے تھے۔اور سب لڑکوں کے گھر والے انہیں خیر و برکت کی دعاؤں سے نواز رہے تھے اور داؤ جی سارے سال کی پڑھائی کا خلاصہ تیار کر کے جلدی جلدی سوال پوچھ رہے تھے اور میرے ساتھ ساتھ خود ہی جواب دیتے جاتے تھے۔اکبر کی اصطلاحات سے اچھل کر موسم کے تغیر و تبدل پر پہنچ جاتے وہاں تے پلٹتے تو ''اس کے بعد ایک اور بادشاہ آیا کہ اپنی وضع سے ہندو معلوم ہوتا تھا۔وہ نشہ میں چور تھا ایک صاحب جمال اس کا ہاتھ پکڑ لے کرلے آئی تھی اور جدھر ی چاہتی تھی پھراتی تھی'' کہہ کر پوچھتے تھے یہ کون تھا؟

''جہانگیر''میں نے جواب دیا۔اور وہ عورت ۔''نور جہاں'' ہم دونوں ایک ساتھ بولے ......''صفت مشبہ اور اسم فاعل میں فرق؟'' میں نے دونوں کی تعریفیں بیان کیں۔ بولے مثالیں؟ میں نے مثالیں دیں۔سب لڑکے لاری میں بیٹھ گئے اور میں ان سے جان چھڑا کر جلدی سے داخل ہوا تو گھوم کر کھڑ کی کے پاس آ گئے اور پوچھنے لگے بریک ان اور بیک ان ٹو فقروں میں استعمال کرو۔ان کا استعمال بھی ہو گیا اور موٹر سٹارٹ ہو چلی تو اس کے ساتھ قدم اٹھا کر بولے طنبورے مادیاں گھوڑیاں ماکیاں مرغی ...... مادیاں گھوڑیاں ...... ماکیاں ......ایک سال بعد خدا خدا کر کے یہ آواز دور ہوئی اور میں نے آزادی کا سانس لیا!

پہلے دن تاریخ کا پرچہ بہت اچھا ہوا۔دوسرے دن جغرافیہ کا اس بھی بڑھ کر، تیسرے دن اتوار تھا اور اس کے بعد حساب کی باری تھی۔ اتوار کی صبح کو داؤ جی کا کوئی بیس صفحہ لمبا خط ملا جس میں الجبرے کے فارمولوں اور حساب کے قاعدوں کے علاوہ اور کوئی بات نہ تھی۔

حساب کا پرچہ کرنے کے بعد برآمدے میں میں نے لڑکوں سے جواب ات ملائے تو سو میں سے اسی نمبر کا پرچہ ٹھیک تھا۔ میں خوشی سے پاگل ہو گیا۔زمین پر پاؤں نہ پڑتا تھا اور میرے منہ سے مسرت کے نعرے نکل رہے تھے۔ جونہی میں نے برآمدے سے پاؤں باہر رکھا ۔داؤ جی میس کندھے پر ڈالے ایک لڑکے کا پرچہ دیکھ رہے تھے۔ میں چیخ مار کر ان سے لپٹ گیا۔اور اسی نمبر!!اسی نمبر'' کے نعرے لگانے شروع کر دیے۔ انہوں نے پرچہ میرے ہاتھ سے چھین کر تلخی سے پوچھا ''کون سا سوال غلط ہو گیا؟''میں نے جھوم کر کہا ''چار ی دیواری والا'' جھلا کر بولے ''تو نے کھڑ کیاں اور دروازے منفی نہ کیے ہوں گے'' میں نے ان کی کمر میں ہاتھ ڈال کر پینڈ کی طرح جھلاتے ہوئے کہا ''ہاں ہاں جی ......گولی مارو کھڑ کیوں کو'' داؤ جی ڈوبی ہوئی آواز میں بولے ''دتو نے مجھے بر باد کر دیا طنبورے سال کے تین سو پینسٹھ دن میں پکار پکار کر کہتا ہا سطحات کا سوال آنکھیں کھول کر حل کرنا مگر تو نے میری بات نہ مانی ۔بیس نمبر ضائع کیے ...... پورے بیس نمبر۔''

اور داؤ جی کا چہرہ دیکھ کر میری اسی فیصد کامیابی بیس فیصد نا کا می کے نیچے یوں دب گئی گویا اس کا کوئی وجودی نہ تھا۔راستہ بھر وہ اپنے آپ سے کہتے رہے ۔''اگر ممتحن اچھے دل کا ہوا تو دو دا ایک نمبر تو ضرور دے گا، تیرا باقی حل تو ٹھیک ہے''۔اس پرچہ کے بعد داؤ جی امتحان کے آخری دن تک میرے ساتھ رہے۔ وہ رات کے بارہ بجے تک مجھے اس سرائے میں بیٹھ کر پڑھاتے جہاں کلاس مقیم تھی اور اس کے بعد بقول ان کے اپنے ایک دوست کے ہاں چلے جاتے۔ صبح آٹھ بجے پھر آ جاتے اور کمرہ امتحان تک میرے ساتھ چلتے۔

امتحان ختم ہوتے ہی میں نے داؤ جی کو یوں چھوڑ دیا گویا میری ان سے جان پہچان نہ تھی۔سارا دن دوستوں یاروں کے ساتھ گھومتا اور شام کو ناولیں پڑھا کرتا ۔اس دوران میں اگر کبھی فرصت ملتی تو داؤ جی کو سلام کرنے بھی چلا جا تا ۔وہ اس بات پر مصر تھے کہ میں ہر روز کم از کم ایک گھنٹہ ان کے ساتھ گزاروں تا کہ وہ مجھے کالج کی پڑھائی کے لئے بھی تیار کریں۔لیکن میں ان کے پھندے میں آنے والا نہ تھا۔ مجھے کالج میں سو بار فیل ہونا گوارا تھا اور داؤ جی سے پڑھنا منظور نہیں۔ پڑھنے کو چھوڑ یے ان سے باتیں کرنا بھی مشکل تھا۔ میں نے کچھ پوچھا۔انہوں نے کہا اس کا فارسی میں ترجمہ کرو، میں نے کچھ جواب دیا فرمایا اس کی ترکیب نحوی کرو ۔حوالداروں کی گائے اندر گھس آئی میں اسے لکڑی سے باہر نکال رہا ہوں اور داؤ جی پوچھ رہے ہیں cow ناؤن ہے یا ورب ۔اب ہر عقل کا اندھا پانچویں جماعت پڑھتا ہے کہ گائے اسم ہے مگر داؤ جی فرما رہے ہیں کہ اسم

بھی ہے اور فعل بھی۔ cow to کا مطلب ہے ڈرانا، دھمکی دینا۔اور یہ ان دنوں کی باتیں ہیں جب میں امتحان سے فارغ ہوکر نتیجہ کا انتظار کر رہا تھا....... پھر ایک دن وہ بھی آیا جب ہم چند دوست شکار کھیلنے کے لئے نکلے تو میں نے ان سے درخواست کی کہ منصفی کے آگے سے نہ جائیں کیونکہ وہاں داؤ جی ہوں گے اور مجھے روک کر شکار، بندوق اور کارتوسوں کے محاورے پوچھنے لگیں گے۔ بازار میں دکھائی دیتے تو میں   کسی بغلی گلی میں گھس جاتا۔ گھر پر رسما ملنے جاتا تو بے سے زیادہ اور داؤ جی سے کم باتیں کرتا۔ اکثر کہا کرتے ۔افسوس آفتاب کی طرح تو بھی ہمیں فراموش کرر ہا ہے۔ میں شرارتا خیلے خوب خیلے خوب کہہ کر ہنسنے لگتا۔

جس دن نتیجہ نکلا اور ابا جی لڈوؤں کی چھوٹی سی ٹوکری لے کران کے گھر گئے ۔داؤ جی سر جھکائے اپنے حصیر میں بیٹھے تھے ۔ابا جی کو دیکھ کر اٹھ کھڑے ہوئے اور اندر سے کرسی اٹھا لائے اور اپنے بوریئے کے پاس ڈال کر بولے''ڈاکٹر صاحب آپ کے سامنے شرمندہ ہوں،لیکن اسے بھی مقسوم کی خوبی سمجھے، میرا خیال تھا کہ اس کی فرسٹ ڈویژن آجائے گی لیکن نہ آسکی۔ بنیاد کمزور تھی......''

''ایک ہی تو نمبر کم ہے۔''میں نے چمک کر بات کاٹی۔

اور وہ میری طرف دیکھ کر بولے''تو نہیں جانتا اس ایک نمبر سے میرا دل دو نیم ہو گیا ہے۔ خیر میں اسے منجانب اللہ خیال کرتا ہوں ۔ پھر ابا جی اور وہ باتیں کرنے لگے اور میں بے کے ساتھ گیس لڑانے میں مشغول ہوگیا۔

اول اول کالج سے میں داؤ جی کے خطوں کا باقاعدہ جواب دیتا رہا۔اس کے بعد بے قاعدگی سے لکھنے لگا ،اورآہستہ آہستہ یہ سلسلہ بھی ختم ہوگیا۔ چھٹیوں میں جب گھر آتا تو جیسے اسکول کے دیگر ماسٹروں سے ملتا ویسے ہی داؤ جی کو بھی سلام کرآتا۔ اب وہ مجھ سے سوال وغیرہ نہ پوچھتے تھے، کوٹ، پتلون اور ٹائی دیکھ کر بہت خوش ہوتے۔ چار پائی پر بیٹھنے نہ دیتے۔''اگر مجھے اٹھنے نہیں دیتا تو خود کرسی لے لے'' اور میں کرسی   کھینچ کر ان کے پاس ڈٹ جاتا۔ کالج لائبریری سے میں جو کتابیں ساتھ لایا کرتا انہیں دیکھنے کی تمنا ضرور کرتے اور میرے وعدے کے باوجود اگلے دن خود ہمارے گھر آ کر کتابیں دیکھ جاتے ۔امی چند بوجوہ کالج چھوڑ کر بنک میں ملازم ہوگیا تھا اور دلی چلا گیا تھا۔ بے بے کی سلائی کا کام بدستور تھا۔داؤ جی منصفی جاتے تھے لیکن کچھ نہ لاتے تھے۔ بی بی کے خط آتے تھے وہ اپنے گھر میں خوش تھی ...... کالج کی ایک سال کی زندگی نے مجھے داؤ جی سے بہت دور کھینچ لیا۔ وہ لڑکیاں جو دو سال پہلے ہمارے ساتھ آپو ٹاپو کھیلا کرتی تھیں بنت عم بنت بن گئی تھیں ۔سیکنڈ ائیر کے زمانے کی ہر چھٹی میں آپوٹاپو میں گزارنے کی کوشش کرتا اور کسی حد تک کامیاب بھی ہوتا۔گھر کی مختصر مسافت کے سامنے ایبٹ آباد کا طویل سفر زیادہ تسکین دہ اور سہانا بن گیا۔

انہی ایام میں میں نے پہلی مرتبہ ایک خوبصورت گلابی پیڈ اور ایسے ہی لفافوں کا ایک پیکٹ خریدا تھا اور ان پر نہ اباجی کو خط لکھے جا سکتے تھے اور نہ ہی داؤ جی کو۔ نہ دسہرے کی چھٹیوں میں داؤ جی سے ملاقات ہوسکی تھی نہ کرسمس کی تعطیلات میں ایسے ہی ایسٹر گزر گیا اور یوں ہی ایم ایم گزرتے رہے......ملک کو آزادی ملنے لگی تو کچھ بلوے ہوئے پھر لڑائیاں شروع ہوگئیں ۔ہر طرف سے فسادات کی خبریں آنے لگیں اور اماں نے ہم سب کو گھر بلوالیا۔ ہمارے لئے یہ بہت محفوظ جگہ تھی ۔ بنے ساہوکار گھر بار چھوڑ کر بھاگ رہے تھے لیکن دوسرے لوگ خاموش تھے۔ تھوڑے ہی دنوں بعد مہاجرین کی آمد کا سلسلہ شروع ہوگیا اور وہی لوگ یہ خبر لائے کہ آزادی مل گئی! ایک دن ہمارے قصبے میں بھی چند گھروں کو آگ لگی اور دو ناؤں پر سخت لڑائی ہوئی ۔ تھانے والے اور ملٹری کے سپاہیوں نے کرفیو لگا دیا اور جب کرفیو ختم ہوا تو سب ہندو سکھ قصبہ چھوڑ کر چل دیئے، دو پہر کو اماں جی نے مجھے داؤ جی کی خبر لینے بھیجا تو اس جانی پہچانی گلی میں عجیب و غریب صورتیں نظر آئیں ۔ ہمارے گھر یعنی داؤ جی کے گھر کی ڈیوڑھی میں ایک بیل بندھا تھا اور اس کے پیچھے بوری کا پردہ لٹک رہا تھا۔ میں نے گھر آ کر بتایا کہ داؤ جی اور بے بے اپنا گھر چھوڑ کر چلے گئے ہیں اور یہ کہتے ہوئے کہ میرا اگلا رستہ بندھ گیا ۔ اس مجھے یوں لگا جیسے داؤ جی ہمیشہ ہمیشہ کے لئے چلے گئے ہیں اور لوٹ کر نہ آئیں گے ۔داؤ جی ایسے بے وفا تھے!......

کوئی تیسرے روز غروب آفتاب کے بعد جب میں مسجد میں نئے پناہ گزینوں کے نام نوٹ کر کے اور کمبل بھجوانے کا وعدہ کر کے اس گلی

سے گز راتو کھلے میدان میں سو دوسوآدمیوں کی بھیڑ جمع دیکھی، مہاجر لڑکے لاٹھیاں پکڑے نعرے لگا رہے تھے اور گالیاں دے رہے تھے۔ میں نے تماشائیوں کو پھاڑ کر مرکز میں گھسنے کی کوشش کی مگر مہاجرین کی خونخوار آنکھیں دیکھ کر سہم گیا۔ ایک لڑکا کسی بزرگ سے کہہ رہا تھا۔

''ساتھ والے گاؤں گیا ہوا تھا جب لوٹا تو اپنے گھر میں گھستا چلا گیا۔''

''کون سے گھر میں؟'' بزرگ نے پوچھا۔

''ہتکی مہاجروں کے گھر میں'' لڑکے نے کہا۔

''پھر کیا انہوں نے پکڑ لیا۔ دیکھا تو ہندو نکلا۔''

اتنے میں بھیڑ میں سے کسی نے چلا کر کہا۔ ''اوئے رانو جلدآ اوئے جلدی آ ...... تیری سامی ...... پنڈت ...... تیری سامی۔''

رانو بکریوں کا ریوڑ باڑے کی طرف لے جار ہا تھا۔ انہیں روک کر اور ایک لاٹھی والے لڑکے کو ان کے آگے کھڑا کر کے وہ بھیڑ میں گھس گیا۔ میرے دل کو ایک دھکا سا لگا جیسے انہوں نے داؤ جی کو پکڑ لیا ہو۔ میں نے ملزم کو دیکھے بغیر اپنے قریبی لوگوں سے کہا۔

''یہ بڑا اچھا آدمی ہے بڑا انیک آدمی ہے ...... اسے کچھ مت کہو ...... یہ تو ...... یہ تو ......'' خون میں نہائی ہوئی چند آنکھوں نے میری طرف دیکھا اور ایک نوجوان گنڈ اسی تول کر بولا۔

''بتاؤں تجھے بھی ...... آ گیا بڑا حمایتی بن کر ...... تیرے ساتھ کچھ ہوا نہیں نا'' اور لوگوں نے گالیاں بک کر کہا۔ ''انصار ہوگا شاید۔''

میں ڈر کر دوسری جانب بھیڑ میں گھس گیا۔ رانو کی قیادت میں اس کے دوست داؤ جی کو گھیرے کھڑے تھے اور رانو داؤ جی کی ٹھوڑی پکڑ کر ہلا رہا تھا اور پوچھ رہا تھا۔ ''اب بول بیٹا، اب بول'' اور داؤ جی خاموش کھڑے تھے، ایک لڑکے نے گھڑی اتار کر کہا۔ ''پہلے بودی کا ٹو بودی'' اور رانو نے مسواکیں کاٹنے والی درانتی سے داؤ جی کی بودی کاٹ دی۔ وہی لڑکا پھر بولا ''بلا دیں جج؟'' اور رانوں نے کہا۔ ''جانے دو بڈھا ہے، میرے ساتھ بکریاں چرایا کرے گا۔'' پھر اس نے داؤ جی کی ٹھوڑی اوپر اٹھاتے ہوئے کہا ''کلمہ پڑھ پنڈتا'' اور داؤ جی آہستہ سے بولے:

''کون؟''

رانوں نے ان کے ننگے سر پر ایسا تھپڑ مارا کہ وہ گرتے گرتے بچے اور بولا ''سالے کلمے بھی کوئی پانچ سات ہیں!''

جب وہ کلمہ پڑھ چکے تو رانو نے اپنی لاٹھی ان کے ہاتھ میں تھما کر کہا۔ ''چل بکریاں تیرا انتظار کرتی ہیں۔''

اور ننگے سر داؤ جی بکریوں کے پیچھے پیچھے یوں چلے جیسے لمبے لمبے بالوں والا فرید اچل رہا ہو!

جینی

شفیق الرحمٰن

ہوائی جہاز پر سوار ہوتے وقت مجھے کچھ شبہ ہوا۔ نیلے لباس والے لڑکی سے پوچھا تو اس نے بھی اثبات میں سر ہلایا، جب ہم جہاز سے اترے تو مجھے یقین ہوگیا۔ اور میں نے پائپ پیتے آکسفورڈ لہجے میں انگریزی بولتے ہوئے پائلٹ کو پوچ لیا۔ ہم مدتوں کے بعد ملے تھے۔ کالج میں دیر تک اکٹھے رہے۔ کچھ عرصہ تک خط و کتابت بھی رہی۔ پھر ایک دوسرے کے لئے معدوم ہو گئے۔ اتنے دنوں کے بعد اور اتنی دور اچانک ملاقات بڑی عجیب سی معلوم ہو رہی تھی۔

طے ہوا کہ یہ شام کسی اچھی جگہ گزاری جائے اور بیتے دنوں کی یاد میں جشن منایا جائے۔ میں نے اپنا سفر ایک روز کے لئے ملتوی کر دیا۔

جب باتیں ہو رہی تھیں تو میں نے دیکھا کہ وہ کافی حد تک بدل چکا تھا۔ موٹاپے نے اس کے تیکھے خد و خال کو مبہم بنا دیا تھا۔ اس کی آنکھوں کا وہ تحسین نگاہوں کی وہ بے چینی، وہ ذہین گفتگو سب مفقود ہو چکے تھے وہ عامیانہ سی گفتگو کر رہا تھا۔ یوں معلوم ہوتا تھا جیسے وہ اپنی زندگی اور ماحول سے اس قدر مطمئن ہے کہ اس نے سوچنا بالکل ترک کر دیا ہے۔ دیر تک ہم پرانی باتیں دوہراتے رہے۔

سہ پہر کو وہ مجھے ایک اینگلو انڈین لڑکی کے ہاں لے گیا جسے وہ شام کو مدعو کرنا چاہتا تھا۔ لڑکی نے بتایا کہ شام کا وقت وہ گرجے کے لئے وقف کر چکی ہے۔ ہم ایک اور لڑکی کے ہاں گئے۔ اس نے بھی معذرت چاہی کیوں کہ اس کی طبیعت نا ساز تھی۔ پھر تیسری کے گھر پہنچے اگر چہ وہ دوسرے کمرے سے خوشبوئیں بھی آ رہی تھیں اور کبھی کبھی بھاری آہٹ بھی سنائی دے جاتی تھی لیکن دروازہ نہیں کھلا وہ ایک اور شنا سا لڑکی کے ہاں جانا چاہتا تھا لیکن میں نے منع کر دیا تھا کہ کوئی ضرورت نہیں اور پھر اگر کوئی اور دوسرے وقت اور ساتھ ہوا تو اچھی طرح باتیں نہ کر سکیں گے۔ واپس آ کر اس نے ٹیلی فون پر کوشش کی تیسری لڑکی گھر پہنچ چکی تھی لیکن شام کو اس کی امی اسے نانی جان کے ہاں لے جا رہی تھی۔

شام ہوئی تو ہم وہاں کے سب سے بڑے ہوٹل میں گئے۔ رقص کا پروگرام بھی تھا۔ اس نے پینا بھی شروع کر دی۔ میرے لئے بھی انڈیلی اور اصرار کرنے لگا۔ یہ اس کی پرانی عادت تھی۔

میں نے گلاس اٹھا کر ہونٹوں سے چھوا، کچھ دیر گلاس سے کھیلتا رہا پھر ٹھلما ٹھلما در بیچے تک گیا۔ ایک بڑے سے گملے میں انڈیل کر واپس آ گیا اس نے دوسری مرتبہ انڈیلی مجھے بھی دی میں پھر اٹھا اور اپنا حصہ کھڑکی سے باہر پھینک آیا۔

وہ اپنی روزانہ زندگی کی باتیں سنا رہا تھا سنار ہا تھا کمپنی کی لڑکیوں کے متعلق جو نہایت طوطا چشم تھیں۔ شراب کے متعلق جو دن بدن مہنگی ہوتی جا رہی تھی۔ اپنے معاشقوں کے متعلق جو اسے بے حد پریشان رکھتے تھے۔ اس کی بیوی بھی اسی شہر میں رہتی تھی لیکن وہ اسے مہینوں نہ ملتا جب کبھی بھولے سے گھر جاتا تو اتنے سوال پوچھتی کہ عاجز آ جاتا تا نا انہیں سمجھتی کہ ایک ہوا باز کی زندگی کس قدر خطرناک زندگی ہے۔ اگر چہ یہ اس نے خود منتخب کی تھی۔

یہ باتیں ہو رہی تھیں کہ واقعتاً ہم نے اس لڑکی کو رقص گاہ میں دیکھا جسے اس وقت گرجے میں ہونا چاہیے تھا وہ ایک لڑکے کے ساتھ آئی ہوئی تھی۔ اس کے بعد وہ دو لڑکی کی آ گئی جس کی طبیعت نا ساز تھی پھر معلوم ہوا کہ تیسری لڑکی بھی ہمارے سامنے رقص کر رہی ہے اپنی امی یا نانی جان کے ساتھ نہیں، ایک دوسرے ہوا باز کے ساتھ۔

وہ اپنی قسمت کو کوسنے لگا نہ جانے یہ لڑکیاں ہمیشہ اسی کو کیوں دھوکہ دیتی ہیں۔ ہمیشہ ترچھا دیتی ہیں آج تک کسی لڑکی نے اسے دل سے نہیں

چاہا۔ یہ اس کی زندگی کی سب سے بڑی ٹریجڈی ہے۔

وہ گلاس پر گلاس خالی کئے جا رہا تھا۔ میرے حصے کی ساری شراب گملوں اور پودوں کو سیراب کر رہی تھی۔ اسے حیرت تھی کہ مجھ جیسا لڑکا جو کالج کے دنوں میں با قاعدہ سگریٹ بھی نہ پیتا تھا، اب ایسا شرابی ہو گیا کہ اتنی پی چکنے کے بعد بھی ہوش میں ہے۔ اس کے خیال میں ایسے شخص کو پلانا قیمتی شراب کا ستیاناس کرنا تھا۔

پھر ان اجنبی چہروں میں ایک جانا پہچانا مانوس چہرہ دکھائی دیا۔ یہ جینی تھی۔ جو رقص کا لباس پہنے ایک ادھیڑ عمر کے شخص کے ساتھ ابھی ابھی آئی تھی۔ ہم دونوں اٹھے۔ ہمیں دیکھ کر جینی کا مسکراتا ہوا چہرہ کھل گیا۔ وہ بڑے تپاک سے ملی۔ تعارف ہوا .... میرے خاوند سے ملئے .... اور یہ دونوں میرے پرانے دوست ہیں ....

میں نے ہاتھ ملاتے وقت اس کے خاوند کو مبارک باد دی .... اور کہا کہ وہ دنیا کا سب سے خوش نصیب انسان ہے۔

میں نے اسے غور سے دیکھا وہ چالیس سے اوپر کا ہوگا۔ اچھا خاصا سیاہ رنگ، دھندلی تھکی تھکی آنکھیں، بے حد معمولی شکل، پستہ قد، اگر وہ جینی کا خاوند نہ ہوتا تو شاید ہم اس کی طرف دوسری مرتبہ نہ دیکھتے۔ لیکن جینی کی مسکراتی ہوئی آنکھیں اس کے سوا اور کسی کی طرف دیکھتی ہی نہ تھیں۔ وہ اس کی تعریف کر رہی تھی کہ وہ قریب کی بندرگاہ کا سب سے بڑا بیرسٹر ہے۔ اس علاقے میں سب سے مشہور شخص ہے۔ میں نے جینی کو رقص کے لئے کہا۔ میں نے محسوس کیا کہ وہ بے حد مسرور ہے۔ اس قدر مسرور شاید میں نے اسے پہلے بھی کبھی نہیں دیکھا۔ اس کے چہرے کی چمک دمک دیکھا۔ اس کے چہرے کی چمک دمک ویسی ہی ہے اس کے ہونٹوں کی وہ دلآویز اور مخمور مسکراہٹ جوں کی توں ہے۔ وہ مسکراہٹ جو اس قدر مشہور تھی جسے مونا لزا کی مسکراہٹ سے تشبیہ دی جاتی تھی .... نہایت پراسرار اور نا فہم مسکراہٹ۔ جس کی گہرائیوں کا کسی کو علم نہ ہو سکا۔ جو ہمیشہ راز رہی۔

اور یہی مسکراہٹ میں نے سالہا سال سے دیکھی تھی۔ اس مسکراہٹ سے میں مدتوں سے شناسا رہا۔ جینی کے خاوند کے دوست آ گئے اور مقامی باتیں ہونے لگیں۔ کچھ دیر کے بعد میں اور میرا دوست اٹھ کر واپس اپنی جگہ چلے آئے، جہاں بوتل اس کی منتظر تھی۔

میں نے اسے جینی کے متعلق باتیں کرنا چاہیں لیکن اس نے جیسے سنا ہی نہیں۔ وہ ان تین لڑکیوں کے لئے اداس تھا جو اسے دھوکہ دے دے کر دوسروں کے ساتھ چلی آئیں۔ آج یہ پہلی مرتبہ نہیں ہوا، ایسا پہلے بھی کئی بار ہو چکا تھا اور لڑکیاں اجنبی نہیں تھیں، پرانی دوست تھیں اس کے ساتھ باہر جا چکی تھیں۔ اس سے بیش قیمت تحائف لے چکی تھیں۔ دراصل اب اس کی ٹھوکریں اسے ہر طرف سے لگ رہی تھیں، ایس، برج، ٹی اہر جگہ وہ ہار رہا تھا۔ ایک ادنیٰ فلم کمپنی کی ایکسٹرا لڑکی جس کے لئے اس نے سمندر کے کنارے مکان لیا، اسے چھوڑ کر کسی بوڑھے سیٹھ کے ساتھ چلی گئی۔ اور میں دزدیدہ نگاہوں سے اس طرف دیکھ رہا تھا جہاں جینی تھی۔ وفورِ مسرت سے اس کا چہرہ جگمگا رہا تھا، اس کی آنکھیں روشن تھیں۔ وہی آنکھیں جو کبھی غمگین اور نم ناک رہا کرتی تھیں، اب مسرور تھیں۔ رخسار جن پر مدتوں آنسوؤں کی لڑیاں ٹوٹ ٹوٹ کر بکھرتی رہیں، اب تاباں تھے۔ وہ کھلی ہوئی مسکراہٹ شاہد تھی کہ دل سے اس شدید دیدِ عالم کا احساس جا چکا ہے جو جینی کی قسمت بن چکا تھا۔ اس خوشی میں اب غم کی رمق تک نہیں دکھائی دیتی تھی۔

لیکن اتنی زائد مسرت کیسی تھی؟ یہ انبساط کیا تھا؟ اور اس پراسرار مسکراہٹ کے پیچھے کیا تھا؟

میں صرف اس کے چہرے کو دیکھ سکتا تھا۔ اس کی روح بہت دور تھی۔ وہاں تک میری نگاہیں نہیں پہنچ سکتی تھیں کیا وہاں کوئی عظیم طوفان بپا تھا؟ اذیت کن، کرب ناک شدید تلاطم یا جلتے ہوئے شعلوں کی تپش نے بہت کچھ بھسم کر دیا تھا؟ یا وہاں سب کچھ جل خ ہو چکا تھا؟ برف کے تودوں کے سوا کچھ بھی نہ رہا تھا؟

اس کا جواب میں نے اس کی مسکراہٹ سے مانگا۔

وہ لگاتار اپنے خاوند کے ساتھ رقص کرتی رہی۔ اس کی آنکھوں میں آنکھیں ڈال کر کئی مرتبہ وہ بالکل قریب سے گزری، اس نے میری

طرف دیکھا اور مسکرائی پھر جیسے وہ مسکراہٹ پھیلتی چلی گئی۔ اس نے ماضی اور حال کی حدوں کو محیط کرلیا۔ وہ سب تصویریں سامنے آنے لگیں جو ذہن کے تاریک گوشوں میں مدفون تھیں۔

میں نے برسوں پہلے آپ کو یونیورسٹی کے مباحثے میں دیکھا۔ میرے ساتھ میرا پرانا دوست رفیق اور ہم جماعت جی بی تھا۔ وہ ان دنوں بہترین مقرر تھا۔ سٹیج پر ہمیشہ فاتح کی طرح جاتا اور فاتح کی طرح لوٹتا۔ اس کی تقریر ختم ہوئی تو ایک لڑکی سٹیج پر آئی۔ گھنگھریالے بال، جھکی ہوئی آنکھیں، لبوں پر مجوب مسکراہٹ، ملا جلا انگریزی لباس پہنے۔

ہال میں سرگوشیاں ہونے لگیں، ہمیں بتایا گیا کہ یہ نئی نئی کہیں سے آئی ہے۔ اس کا نام کچھ اور ہے لیکن اسے لیلیٰ کہتے ہیں۔ شاید اس کی ملیح رنگت اور گھنگھریالی پریشان زلفوں کی وجہ سے۔

کچھ دیر وہ شرماتی رہی، بول ہی نہ سکی، پھر ذرا سنبھل کر اس نے جی بی کی تقریر کی مخالفت شروع کی ایسے ایسے نکتے لائی کہ سب حیران رہ گئے۔ جی بی کی تقریر بالکل بے معنی معلوم ہونے لگی۔

جب وہ سٹیج سے اتری تو دیر تک تالیاں بجتی رہیں۔ پھر معلوم ہوا کہ پہلا انعام جی بی اور اس لڑکی میں تقسیم کیا جائے گا لیکن جی بی نے ججوں سے درخواست کی کہ انعام کی وہی حقدار ہے اور اسی کو ملنا چاہیے۔ جی بی کے رویے کو سراہا گیا۔ ہجوم میں ہیجان پھیل گیا۔ مدتوں کے بعد ایک لڑکی نے پہلا انعام جیت رہی تھی، وہ بھی ایسی لڑکی کی جو بالکل نو وارد تھی۔

جب لیلیٰ سٹیج پر چاندی کا بڑا سا ونی کپ لینے آئی تو اس کی پریشان زلفیں اور پریشان ہو گئیں۔ نگاہیں جھک گئیں۔ جب اس سے اتنا بڑا کپ نہ سنبھالا گیا، تو جی بی نے لپک کر چوتھی حصہ خود اٹھا لیا۔ لیلیٰ نے جی بی کو جھکی ہوئی نگاہوں سے ایک مرتبہ دیکھا۔

اس بھولی بھالی الہڑ لڑکی سے ہمارا تعارف یوں ہوا۔ اس کے بعد ملاقاتوں کا تا نتا باندھ گیا۔ جی بی کالج کا ہیرو تھا۔ لڑکوں اور استادوں میں ہر دلعزیز کالج میں سب سے ذہین، چست، ہنس مکھ اور خوش پوشاک۔ بڑے امیر والدین کا اکلوتا بیٹا۔ اس کی کار پروفیسروں کی کاروں سے بھی بڑھیا تھی۔ جہاں بھی ادبی تقریب ہوتی مجھے اور جی بی کو مدعو کیا جاتا۔ ہمارے کہے پر لیلیٰ کو بھی بلایا جاتا ......لیلیٰ کے خد و خال حسین نہیں تھے۔ اگر اسے نقادانہ طور سے دیکھا جاتا تو وہ حسین ہرگز نہیں تھی ......لیکن اگر حسین خد و خال کے بغیر بھی کوئی خوبصورت ہوسکتا ہے تو وہ لیلیٰ تھی۔ اس لہراتی ہوئی زلفیں، جھکی ہوئی شرمیلی آنکھیں، مسکراتے ہوئے ننھے منے ہونٹ ملیح چمپئی رنگت۔ اور نہایت معصوم باتیں ...... سب مل کر نرالی جاذبیت پیدا کردیتے۔ بعض اوقات تو وہ بے حد پیاری معلوم ہوتی۔

وہ ہوسٹل میں رہتی تھی، سب سے الگ تھلگ۔ کبھی ہم نے اسے کسی کے ساتھ نہیں دیکھا۔ اس کے والدین کے متعلق طرح طرح کی افواہیں سننے میں آتیں ان کے خاندان میں انگریزی اور پرتگالی خون کی آمیزش تھی۔ اس کی والدہ جنوبی ہندوستان کی تھی۔ اس لئے نہ ان کا کوئی خاص مذہب تھا نہ کوئی نسل۔ لیلیٰ کا نام بھی عجیب تھا، اس کا لباس بھی ملا جلا ہوتا وہ وہ اپنے والدین کے ذکر سے احتراز کرتی۔ یہ مشہور تھا کہ ان کی خانگی زندگی نہایت نا خوشگوار ہے۔ وہ ہمیشہ جدار ہتے ہیں ایک دفعہ ان کا تنازعہ عدالت میں پہنچ چکا ہے۔

پھر کسی نے یونہی کہہ دیا کہ لیلیٰ بی جی کی طرف دیکھتی رہتی ہے۔ یہ افواہ بنی، پھر عام ہوگئی۔ ہر جگہ اس نئے معاشقے پر تبصرے ہونے لگے۔ سب نے دیکھا کہ لیلیٰ کے دل کا راز عیاں ہو چکا تھا وہ بی جی کو چاہتی ہے طرح طرح کے بہانوں سے وہ اسے ملتی۔ جانے پہچانے راستوں سے ایسے گزرتی کہ بی جی نظر آ جاتا۔ بی جی کو دیکھ کر اسے دنیا بھر کی نعمتیں مل جاتیں۔ یہ نو زائیدہ محبت اس کی زندگی میں طرح طرح کی تبدیلیاں لے آئی۔ وہ مسرور رہنے لگی۔ ادبی سرگرمیوں میں نمایاں حصہ لینے لگی۔ اس کا اجنبی لہجہ درست ہوتا گیا۔ اس کی گفتگو میں مٹھاس آ گئی۔

لیکن جی بی کچھ اتنا متاثر نہیں ہوا۔ اس کے لئے یہ کوئی نئی بات نہیں تھی۔ کتنی ہی مرتبہ اسے محبت کے خراج کے طور پر ملی تھی۔ وہ لیلیٰ سے ملتا،

اسے ملنے کے موقع دیتا، خوب باتیں کرتا بڑی شوخ اور چنچل قسم کی گفتگو، جس کا وہ عادی تھا۔

چاندنی رات میں دو دراک باغ میں تقریب ہوئی۔ لڑکیوں کے ساتھ لیلیٰ بھی آئی۔ جی بی ہمارے ساتھ نہیں آیا معلوم ہوا کہ وہ ایک انگریز لڑکی کو لے کر آئے گا جس کا شہر بھر میں چرچا تھا جو نو جوانوں کی گفتگو کا محبوب ترین موضوع تھی۔ یہ اس کی نئی محبوبہ تھی۔

جی بی دیر میں آیا، کار سے وہ اکیلا اترا۔ وہ لڑکی اس کے ساتھ نہیں تھی، وہ مایوس اور کھویا سا تھا۔ اور فوراً واپس جانا چاہتا تھا لیکن اسے اجازت نہ ملی، وہ تو ایسی محفلوں کی جان تھا۔ جب وہ اپنا سانیٹ سنا رہا تھا تو لیلیٰ اسے ایسی نظروں سے دیکھ رہی تھی جیسے آئینے میں خود اپنا عکس دیکھ رہی ہو جیسے خود اپنی روح کو کسی اور روپ میں دیکھ رہی ہو۔ جی بی نے خلاف توقع غم آمیز اشعار سنائے جن میں شکوے تھے، التجا تھی، اور وہ اشعار کسی خاص ہستی کے لئے تھے جو وہاں نہیں تھی۔

لیلیٰ نے کئی مرتبہ اس سے باتیں کرنے کی کوشش کی لیکن وہ بدستور خاموش رہا۔ میں نے اسے ٹوکا، ایک طرف لے جا کر ڈانٹا بھی لیکن وہ جیسے وہ وہاں تھا ہی نہیں۔ ہم دونوں اکیلے کھڑے تھے کہ لیلیٰ آگئی۔ جی بی کچھ دیر اس کی طرف یونہی دیکھتا رہا پھر اس کا ہاتھ پکڑا اور ایک اور نیچے سرو کے پیچھے لے گیا۔ وہ مبہوت بنی چپ چاپ چلی گئی۔ جی بی نے اسے بازوؤں میں لے کر چوم لیا۔ پہلے بوسے سے وہ کانپ اٹھی۔ ان جانی لذت سے مغلوب ہو کر اس نے آنکھیں بند کر لیں اور جی بی کے سینے پر سر لگا دیا۔ وہ اسے پیچھے ہونٹوں سے چومتا رہا ایسے الفاظ اس کے لبوں سے نکلتے رہے جو لیلیٰ کے لئے نہیں کسی اور کے لئے تھے۔ اس کے بازوؤں میں لیلیٰ نہیں تھی، کوئی اور بے وفا حسینہ تھی جس کے لئے وہ بے تاب تھا۔

لیلیٰ شدت احساس سے آنکھیں بند کئے خاموش کھڑی رہی، وہ جی بی اور اس کے بوسوں کی دنیا سے دور نکل گئی۔ وہ شعر و نغمے کی وادیوں میں جا پہنچی جہاں اس کے سہے ہوئے خوابوں کی تعبیریں آباد تھیں جہاں فضاؤں میں اس کی معصوم امنگیں تخلیل ہو چکی تھیں، جہاں کیف و خمار چھائے ہوئے تھے جہاں صرف رعنائیاں تھیں اور محبت پاشیاں!

اس کے بعد لیلیٰ کی نئی زندگی شروع ہوئی۔ اس کی دنیا میں ہر چیز پر نیا نکھار آ گیا جو پہلے محض تخیل تھا وہ تخلیق ہو گیا۔ غنچے چٹکے، خوش الحان طیور چہچہانے لگے۔ رنگ برنگ پھولوں کی خوشبوؤں نے ہوائیں بوجھل کر دیں۔ زمین سے آسمان تک قوس قزح کے رنگ پھلنے لگے، ہر شے کا خوابیدہ حسن جاگ اٹھا اور اس کے بعد نہ دنیا رہی اور نہ زندگی محض خواب تخیل اور حقیقت کی حدوں پر چھا گیا۔

بہت دیر کے بعد لیلیٰ اس خواب سے چونکی۔ دفعتاً اس پر اس بھیانک حقیقت کا انکشاف ہوا کہ وہ جی بی کے لئے محض ایک کھلونا تھی۔ جی بی کو اس سے محبت نہیں تھی اور وہ جی بی کے لئے ان متعدد لڑکیوں میں سے ایک تھی جو اس کا تعاقب کرتی تھیں۔ بغیر کسی صلے کے اسے چاہتی تھیں۔

جب بات بہت مشہور ہوئی تو جی بی کترانے لگا۔ اسے تقریبوں میں آنا بند کر دیا۔ لیلیٰ کو دیکھ کر کتریز کر دیتا۔ اسکی طرف سے منہ پھیر لیتا۔

اپنی پہلی محبت کی شکست پر لیلیٰ کو یقین نہ آیا۔ اس کے وہم و گمان میں بھی نہ تھا کہ یوں بھی ہو سکتا ہے۔ اس صدمے کو اس نے اپنی روح کی گہرائیوں میں چھپا لیا لیکن اس کی محبت جوں کی توں رہی۔ وہ اس سے ملنے کے بہانے تلاش کرتی۔ اسے خط لکھتی، تحائف بھیجتی۔ وہ دوسرے کالج میں تھی۔ پھر بھی کسی نہ کسی طرح جی بی کو ہر روز دیکھ لیتی۔

ایک روز سب نے لیلیٰ کے خطوط کو نوٹس بورڈ پر دیکھا۔ یہ محبت بھرے خطوط تھے جو اس نے جی بی کو لکھے۔ بہت سے لڑکے یہ خطوط دیکھنے گئے میں بھی ان سب نے مزے لے لے کر خطوط کو پڑھا دلچسپ فقرے نقل کئے۔ خوب ہنسے بھی۔

بعد میں جب مجھے کچھ خیال آیا تو میں نے جی بی کو برا بھلا کہا، اسے یہ حرکت ہرگز نہیں کرنی چاہیے تھی۔ وہ کہنے لگا کہ لیلیٰ نے اسے اس قدر بدنام کر دیا ہے کہ اب وہ اس کے نام سے نفرت کرتا ہے۔ وہ اسے سے ملتا ضرور رہا لیکن اسے علم تھا کہ معمولی سا مذاق ایسی شکل اختیار کر لے گا، اور وہ مفت میں بدنام ہو جائے گا۔ محض لیلیٰ کی وجہ سے بقیہ لڑکیاں اس سے دور دور رہنے لگی ہیں۔

جی بی میرا گہرا دوست تھا، ہم دونوں ہم عمر تھے، ہمارے خیالات یکساں تھے۔ میں خاموش ہو گیا۔ دیر تک خطوط کا چرچا رہا، لیلیٰ کئی دن کالج میں نہیں آئی تنہا گوشوں میں بیٹھ کر رویا کرتی۔ اس نے کسی سے کچھ نہیں کہا......جو کچھ اسے کہا گیا اس نے خاموشی سے برداشت کیا۔

جی بی نے لیلیٰ کی سہیلیوں کی منتیں کیں کہ اسے سمجھائیں، کسی طرح اسے دور رکھیں، اس نے ان راستوں سے ہرگز گزرنا چھوڑ دیا جہاں لیلیٰ کے نظر آنے کا احتمال ہوتا، اپنے کمرے کی وہ کھڑکیاں مقفل کر دیں جو سڑک کی طرف کھلتی تھیں جن کی طرف سے لیلیٰ گزرتے ہوئے دیکھ لیا کرتی۔

ایک دن مجھے ترس آ گیا، میں جی بی سے خوب لڑا، جہاں ہم اتنی لڑکیوں سے ملتے رہتے ہیں وہاں کبھی کبھی لیلیٰ سے مل لینے میں کیا حرج ہے۔ وہ بولا......تمہیں معصومیت اور سادگی پسند ہے مجھے نہیں۔ مجھے نا پختہ اور الھڑ لڑکیاں اچھی نہیں لگتیں۔ ذرا ذرا سی بات پر آنسو نکل آتے ہیں۔ خوش ہوئیں تو رونے لگیں۔ غمگین ہوئیں تو آنسو بہنے لگے۔ دنیا کی کسی چیز کا بھی انہیں علم نہیں۔ ہر چیز خود بتانی پڑتی ہے اور میرے پاس اتنا وقت نہیں مجھے تجربہ کار اور کھیلی ہوئی لڑکیاں زیادہ پسند ہیں۔

جی بی کو اس رویے کا اثر یہ ہوا کہ لیلیٰ اسے سے ڈرنے لگی، وہ اسے دور دور سے دیکھتی کہیں آمنا سامنا ہوتا تو وہ کترا جاتی۔ دوسروں سے جی بی کے متعلق پوچھتی رہی، کئی مرتبہ میں نے خود اسے جی بی کے بارے میں باتیں بتائیں اس کی تصویریں بھی دیں جس پر وہ مجھ سے خفا ہو گیا۔

پھر جی بی کو کچھ عرصہ کے لئے اپنی تعلیم چھوڑ دینی پڑی۔ اس کے کچھ رشتہ دار دوسرے ملک میں بہت بڑے تجار تھے۔ اسی سلسلے میں جی بی کے والد اسے باہر بھیجنا چاہتے تھے اور ان کے لئے تعلیم اتنی اہم نہ تھی۔ ہم دونوں کو ایک دوسرے سے بچھڑنے کا بہت افسوس ہوا۔ ایک شام ہم اداس بیٹھے تھے کہ میں نے اسے لیلیٰ سے آخری مرتبہ ملنے کو کہا، اس نے انکار کر دیا۔ جب میں نے پرانی دوستی کا واسطہ دیا تو وہ راضی ہو گیا۔ میں نے لیلیٰ کو بتایا تو اسے یقین نہ آیا۔ اس نے آنسو خشک کئے۔ اپنا بہترین لباس پہنا۔ سہیلیوں سے مانگ کر زیور پہنے، ان کے مشورے سے سنگار کیا۔ اپنے چہرے پر مسکراہٹ اور دل میں آرزوئیں لئے اپنے محبوب سے ملنے گئی۔ اس رات بی جی چپے ہوئے تھے، بعد میں اس نے بتایا کہ اس نے محض میری وجہ سے پی تھی تا کہ وہ لیلیٰ سے پیار بھری باتیں کر سکے۔

اس نے لیلیٰ سے بہت سی باتیں کیں، اسے ہمیشہ مسرور رہنے کو کہا، جلد لوٹنے کے وعدے کیے۔ لیلیٰ کو ایک بار پھر اس نے فردوس گمشدہ کی جھلک دکھا دی جسے محبت کے پہلے بوسے نے تخلیق کیا تھا۔ لیلیٰ نے اقرار کیا کہ وہ ہمیشہ خوش رہے گی اور اس کا انتظار کرے گی۔ اگر اس کی وجہ سے جی بی کو کوئی تکلیف پہنچی ہو تو وہ سزا کی طالب ہے، اگر جی بی حکم دے تو وہ کہیں دور چلی جائے۔ اگر وہ چاہے تو لیلیٰ مر جائے۔ جدا ہوتے وقت اس نے اپنا رومال جی بی کو نشانی کے طور پر دیا۔ یہ رومال جی بی نے مجھے دے دیا ''شاید تمہارے پاس محفوظ رہے ورنہ میں تو اسے کہیں ادھر ادھر پھینک دوں گا۔'' رومال سے بھینی بھینی خوشبو آ رہی تھی۔ ایک کونے میں سرخ دھاگے سے سنہا سا دل بنا ہوا تھا جسے لیلیٰ نے خود کاڑھا تھا۔

جی بی کے چلے جانے پر لیلیٰ ذرا بھی غمگین نہ ہوئی، اس کے وعدوں کو دل سے لگائے انتظار کرتی رہی۔ یہ انتظار طویل ہوتا گیا۔ پتے زرد ہو کر گر پڑے، پھول مرجھا گئے، ٹہنیاں لنج منج رہ گئیں، خزاں آ گئی وہ نہ آیا۔ جھکڑ چلے سوکھے پتے اڑنے لگے۔ گرد و غبار نے آسمان پر چھا کر چاندنی اوس کر دی، تاروں کو بے نور کر دیا، وحشتیں پھیل گئیں......وہ نہ آیا۔

کونپلیں پھوٹیں، ہریالی میں پیلی پیلی سرسوں پھولی، رنگین تتلیاں اڑنے لگیں، غنچے مسکرانے لگے، پرندوں کے نغموں سے ویرانے گونج اٹھے، بہار آ گئی۔ لیکن وہ نہ آیا۔

دن لمبے ہوتے گئے، لمبی لمبی جھڑیاں لگیں۔ سفید بگلوں کی قطاریں سیاہ گھٹاؤں کو چیرتی ہوئی گزر گئیں۔ نیلے بادل آئے اور برس کر چلے گئے۔ جھیلوں کے کنارے قوس قزح سے رنگین ہو گئے......لیکن وہ پھر بھی نہ آیا۔

بہت دنوں تک لیلیٰ کھوئی سی رہی۔ بہت دیر کے بعد وہ سب کچھ سمجھ سکی۔ جب جی بی لوٹا تو وہ سنبھل چکی تھی۔ بی جی اکیلا نہیں آیا، اس کے

ساتھ اس کی بیوی بھی تھی۔ گوری چٹی فربہ عورت جو کسی لکھ پتی کی بیٹی تھی۔ جس کا گول مول چہرہ کسی قسم کے اظہار سے مبرا تھا جس کے دل میں جذبات کے لئے جگہ نہ تھی۔ جو اس ٹھوس اور مادی دنیا میں پیدا ہوئی اور اسی دنیا سے تعلق رکھتی تھی۔

ایسے اونچے اور امیر گھرانے میں شادی ہو جانے پر سب نے جی بی کو مبارکباد دی۔ اس کی قسمت پر رشک کیا۔

میں لیلیٰ کو بھی جانتا تھا اور جی بی کو بھی یہ محض اتفاق تھا کہ وہ دونوں اس وقت رقص گاہ میں تھے۔ جی بی میرا پرانا دوست تھا جو میرے ساتھ بیٹھا تھا اور پی رہا تھا اور یہ لیلیٰ وہ جینی تھی جو میرے سامنے اپنے خاوند کے ساتھ رقص کر رہی تھی۔

لیلیٰ کو بدستور چھیڑا جاتا۔ طنعے دیے جاتے۔ سب اس کا مذاق اڑاتے۔ ایک روز ہم نے سنا کہ وہ کالج چھوڑ کر گھر چلی گئی۔ کچھ دنوں تک اس کا انتظار کیا لیکن وہ واپس نہ آئی۔ آہستہ آہستہ اس کی باتیں بھی بھولتی گئیں۔ کچھ عرصے کے بعد لیلیٰ کا ذکر ایک پرانی بات ہو گئی۔

ایک دن وہ کہیں سے آ کر کالج میں داخل ہوئی۔ اب وہ بالکل بدلی ہوئی تھی۔ اب وہ شرماتی لجاتی سہمی ہوئی لیلیٰ نہیں بلکہ شوخ و بے باک جینی تھی۔ یہ نیا نام اس نے خود اپنے عیسائی نام سے چنا تھا۔ وہ کالج کے قریب ہی ایک عیسائی کنبے میں رہتی۔ صبح جب گردن اونچی کیے نگاہیں اٹھائے سائیکل پر آتی تو لڑکے ٹھٹک کر رہ جاتے۔ ہر وقت اس کے لبوں پر نہایت بے باک مسکراہٹ ہوتی۔

یونین کا جلسہ ہے تو جینی تقریر کر رہی ہے۔ ڈراما ہے تو وہ ضرور حصہ لے گی۔ مباحثہ ہے تو جینی اچھے اچھوں کی دھجیاں اڑا دے گی۔ اس کی دلیری اور صاف گوئی سے لوگ ڈرتے تھے۔

جینی کی بے باکی کو سراہا جانے لگا اور سب اسے عزت کی نگاہوں سے دیکھنے لگے۔

ڈے یونین کا صدر تھا، وہ دبلا پتلا سا بنگالی لڑکا تھا۔ اس میں صرف یہ خوبی تھی کہ وہ کئی سال سے یونین کا صدر تھا۔ میری اس کی جان پہچان تب سے ہوئی جب وہ ہوسٹل میں میرا پڑوسی بنا۔ اس کی شاعرانہ باتیں، اس کے انوکھے نظریے، اس کا حساس پن، وائلن پر غمناک نغمے..... یہ سب مجھے اچھے معلوم ہوئے لیکن مجموعی طور پر بطور انسان کے میں نے اسے کبھی بھی پسند نہیں کیا۔ ویسے اس میں کوئی نمایاں عیب یا خامی نظر نہیں آئی شاید یہ اس کا اجڑا ہوا سا حلیہ، اس کی آنکھوں کی مجرمانہ بناوٹ، اس کے چہرے کا فاقہ زدہ اظہار تھا جو مجھے ہمیشہ اس سے دور رکھتا۔

کبھی کبھی شام کو بھی اسے ہمراہ لے جاتا۔ اس طرح اس کی جینی سے ملاقات ہوئی۔ غالباً ڈے کی سب سے بڑی خوبی اس کا انکسار تھا۔ اسے اپنی کمزوریوں کا ہمیشہ احساس رہتا۔ بعض اوقات تو وہ اس قدر کسر نفسی سے کام لیتا کہ ترس آنے لگتا۔ یوں معلوم ہوتا جیسے وہ رحم کا طالب ہے۔ شروع شروع میں شاید جینی کو اس کی یہی ادا بھا گئی۔

وہ جینی میں ضرورت سے زیادہ دلچسپی لینے لگا۔ پھر جیسے جینی بھی اس کی جانب ملتفت ہوتی گئی۔ جب وہ وائلن پر درد بھرے نغمے سناتا تو اس کی نگاہیں جینی کے چہرے پر جم جاتیں۔ نغمے کی پرواز نہایت مختصر ہوتی۔ ڈے کی انگلیوں سے لے کر جینی کے دل تک......؟

جب وہ دونوں فلسفے کی کتابیں ہاتھ میں لئے بحث میں مصروف ہوتے تو اکثر بہک بہک جاتے، آنکھوں آنکھوں میں کچھ اور گفتگو ہونے لگتی۔

ان دونوں کی دوستی اشاروں اور کتابوں کی حدود سے نکل کر کھلم کھلا ملاقاتوں تک پہنچ چکی تھی۔ جینی کو بنگالی موسیقی سے لگاؤ ہو چلا تھا وہ بنگالی زبان سیکھ رہی تھی۔ جب وہ بالوں میں پھول گا کر ساڑی کو ایک خاص وضع سے پہن کر نکلتی تو بالکل بنگالی لڑکی کی معلوم ہوتی۔ کالج کی کئی لڑکیاں اسے دیکھ کر بالوں میں پھول لگانے لگیں۔

ان دنوں ہم ڈراما کھیل رہے تھے، دو پہر سے ریہرسل شروع ہو جاتی شام بھی اکٹھے گزرتی۔ اکثر میں اسے گھر چھوڑنے جاتا، اس کے کمرے کی زیبائش خوب ہوتی، کسی روز تو یوں معلوم ہوتا جیسے کمرہ نہیں جنگل ہے۔ دیواروں پر گہرا سبز وال پیپر ہے جس پر درخت اور گھنی جھاڑیاں بنی

ہوئی ہیں۔گلدانوں میں لمبی لمبی گھاس اور بڑے بڑے پتے ہیں، سبز قمقمے روشن ہیں، فرش پر بچھے ہوئے قالینوں کے نقش و نگار، دیوار سے ٹنگی ہوئی تصویریں،سبزی مائل پردے،گملوں میں رکھے ہوئے پودے ...... یوں معلوم ہوتا جیسے درندوں کی یہ تصویریں ابھی متحرک ہو جائیں گی پر کسی روز سب کچھ زرد ہوتا۔دیواریں، پردے غلاف، قالین، قمقموں کے شیڈ،گلدانوں میں صحرائی پھول اور خشک ٹہنیاں ہوتیں، اینٹھی کے سامنے کے چھوٹے چھوٹے ٹیلے۔خیالات کہیں سے کہیں پہنچ جاتے۔تصور میں لق و دق صحرا پھرنے لگتا۔تاروں کی چھت تلے صدی خوانوں کا نغمہ گونجنے لگتا۔

پھر کسی روز برف باری کے نظارے آنکھوں کے سامنے آ جاتے ، یہی آرائش کبھی طوفان زدہ سمندر کی یاد دلا دیتی۔جھاگ اڑاتی ہوئی چنگھاڑتی لہریں، ہوا کے تند و تیز تھپیڑے اور آندھیوں میں پتے کی طرح کا نپتا ہوا سفینہ ......!

اس کے کمرے میں کبھی ایک جیسا گلدستہ میں نے دو مرتبہ نہیں دیکھا۔گلدان میں بڑے بڑے پھول بھی ہیں۔شوخ پھول بھی ہیں۔لیکن صرف ننھی منی کلیاں نمایاں ہیں، باقی سب رنگ آپس میں گل مل کر کھوگئے ہیں۔کبھی گنچے،کلیاں، پھول سب کہیں جا چھپے ہیں،صرف خوشنما وضع کے پتے سامنے آ گئے ہیں،اس کے ترتیب دیے ہوئے گلدستوں کو دیکھ کر مجھے حیرت ہوتی ہے کہ ایسے حسین و جمیل پھول بھی آسمان تلے کھلتے ہیں جنہیں گلشن میں نگاہ پہچانتی تک نہیں۔

ایک پروفیسر کی تبدیلی پر باغ میں پارٹی ہوئی طے ہوا کہ وہیں شام کو بارہ دری میں چھوٹا سا ڈرامہ بھی کھیلا جائے گا۔جینی کو المیہ پارٹ ملا۔ وہ دن اس نے اکیلے گزارا۔کسی سے بات نہیں کی۔دن بھر اداس رہی لیمپوں کی روشنی میں ڈراما شروع ہوا۔جینی نے اپنا گانا بالکل آخر میں رکھا۔لیمپ بجھا دیے گئے۔سب نے دیکھا کہ درختوں کے جھنڈ سے چاند طلوع ہو رہا تھا وہ ایک بنگالی نظم گا رہی تھی جس میں چودھویں کے چاند کو مخاطب کیا گیا تھا۔ڈے والکن بجا رہا تھا۔ وہ سادا سا گیت اور والکن کا تھرتھراتا ہوا نغمہ اس کی انگلیوں کی جنبش جسم کے لوچ اور ٹھنگرو کی تال پر چاند تارے ناچنے لگے پھر جیسے مندروں میں گھنٹیاں بجنے لگیں۔دیوداسیاں سنگار کیے کنول کے پھول تھامے آ گئیں۔پجاریوں کے سر جھک گئے۔فضاؤں میں تقدس برسنے لگا۔چراغوں سے دھواں اٹھا، دھند بن کر چھا گیا۔سب کچھ آنکھوں سے اوجھل ہو گیا۔صرف جینی رہ گئی اور اس کا محبوب ...... پجاری اور دیوتا۔

یہ غنائیہ باغ کی اس چاندنی رات میں ختم نہیں ہوا۔ساز اور لے دیر تک ہم آہنگ رہے۔ڈے نے ان پیار بھرے جذبات کا اظہار کر دیا۔ یہ بھی کہا کہ مرتے دم تک وہ جینی سے اسی شدت سے محبت کرتا رہے گا۔اس نے اپنے والدین کو سب کچھ لکھ دیا ہے۔عنقریب اس کی والدہ آئیں گی اور جینی سے ملیں گی۔پھر وہ جینی کو رسم کے مطابق سنہرا ہار دے گا۔جس میں دل کی شکل کا لاکٹ پرویا ہوا ہوگا۔ان دونوں کو ایک بہت بڑی قوت نے آپس میں ملا دیا ہے۔آرٹ نے دونوں۔وہ دونوں آرٹسٹ ہیں انسان فنا ہو جاتے ہیں آرٹ فنا نہیں ہوتا۔آرٹ جاودواں ہے۔

میں نے اس کے کمرے میں ساز دیکھے، معلوم ہوا کہ وہ ہندوستانی موسیقی سیکھ رہی ہے۔مغربی موسیقی سے وہ شناسا ساتھی میں نے اسے جانے پہچانے نغمے گنگناتے سنا تھا۔ پیانو پر اس کی انگلیاں خوب چلتی کئی مرتبہ یوں ہوا کہ ریڈیو پر آرکسٹرا سمفنی بجا رہا ہے اور جینی مجھے سمجھا رہی ہے کہ سمفنی ایک نغمہ نہیں مختلف نغموں کا مرکب ہے۔ ایسے نغمے جو مختلف کیفیتوں کو ظاہر کرتے ہیں اور یہ کیفیتیں بغیر کسی تسلسل کے آتی ہیں۔رنج و مسرت، انبساط و حسرت آشامیاں،شک، دوسے، امید و بیم، اعتراف غم، ہماری سرتیں کبھی رنج کی آمیزش سے خالی نہیں ہوتی،اسی طرح غم کی گھٹائیں بھی اکثر بہجت کی کرنوں سے جگمگا اٹھتی ہیں۔انسان کے دل میں کوئی جذبہ مکمل اور دیرپا نہیں ہوتا۔ یہ کیفیتیں بدلتی رہتی ہیں ......تبھی سمفنی میں اتنے اتار چڑھاؤ آتے ہیں اور کئی کئی گتیں ساتھ ساتھ چلتی ہیں۔

میں نے اسے ہندوستانی راگ راگنیوں کے کچھ ریکارڈ دیے جنہیں اس نے بڑے شوق سے سنا۔اسے یہ نغمے نہایت دلکش معلوم ہوئے۔اسے یہ بھی محسوس ہوا کہ یہ سب راگ مختلف جذبوں اور کیفیتوں کو ظاہر کرتے ہیں۔

میں نے در باری کی تشریح کی کہ جیسے ایک بہت بڑا ہال ہے،سامنے تخت پر بادشاہ بیٹھا ہے۔قندیلیں روشن ہیں، فانوس جگمگا رہے ہیں۔

دور دور تک امراء اور وزراء بیٹھے ہیں۔ پر ہول خاموشی طاری ہے۔ موسیقار کو بلایا جاتا ہے۔ ایسے ماحول میں شوخ موسیقی سے بے ادبی میں شمار ہوگی۔ غمگین موسیقی بھی موزوں نہیں۔ ہلکی پھلکی چیزوں سے بھی موسیقار گریز کرے گا۔ وہ اپنے جو ہر دکھانا چاہتا ہے ...... ان سب باتوں کو مدنظر رکھ کر وہ چیز چنے گا وہ دربار کی ہے۔

جینی سنتی رہی۔ پھر ایک روز اس نے مجھے چند تصویریں دکھائیں جو اس نے خود بنائی تھیں۔ اسے مصوری کا شوق ضرور تھا۔ لیکن معمولی سا۔ یہ اس کی پہلی کوشش تھی۔ ان تصویروں میں اس نے ذہنی تاثرات برش کے ذریعے کاغذ پر منتقل کئے تھے وہ تاثرات جو مختلف راگنیاں سن کر اس نے محسوس کئے تھے۔ اس نے پہلے کبھی نہیں سنے تھے۔ ہندوستانی موسیقی اس کے لئے بالکل نئی چیز تھی۔ جوگیا کی تصویر میں تا حدافق ننھے منے خود رو پھول کھلے ہوئے تھے، چھوٹے چھوٹے رنگ برنگے پھول جن میں کلیاں بھی شامل تھیں اور ادھ کھلے ہوئے غنچے بھی۔ پتیوں پر شبنم کے قطرے چمک رہے تھے۔ پس منظر دور افق کے پرے برفانی چوٹیاں تھیں، اونچی اونچی برف سے لدی ہوئی چوٹیاں ...... جن سے نورانی شعاعیں منعکس تھیں۔ پودوں کے سائے شبنم کے چمکیلے قطرے اور جگمگاتی چوٹیاں ...... سب اس امر کے شاہد تھے کہ سورج ابھی ابھی نکلا ہے اور سارے نظارے پر ایک اوس سی دھند پھیلی ہوئی تھی۔ ہلکی ہلکی نو زائدہ دھند جس نے فضا میں رنگ و بو کے اس طوفان کے باوجود ایک غمگین تاثر پیدا کر دیا تھا۔

جینی سنتی رہی۔ پھر ایک روز اس نے مجھے چند تصویریں دکھائیں جو اس نے خود بنائی تھیں اسے مصوری کا شوق ضرور تھا۔ لیکن یوں ہی معمولی سا۔ یہ اس کی پہلی کوشش تھی ان تصویروں میں اس نیو ذہنی تاثرات برش کے ذریعے کاغذ پر منتقل کئے تھے وہ تاثرات جو مختلف راگنیاں سن کر اس نے محسوس کئے تھے اس نے پہلے کبھی نہیں سنے تھے ہندوستانی موسیقی اس کیلئے بالکل نئی چیز تھی۔ جوگی کی تصاویر میں تا حدافق ننھے ننھے خود رو پھول کھلے ہوئے تھے چھوٹے چھوٹے رنگ برنگے پھول جن میں کلیاں بھی شامل تھیں اور ادھ کھلے ہوئے غنچے بھی۔ پتیوں پر شبنم کے قطرے چمک رہے تھے۔ پس منظر دور افق کے پرے برفانی چوٹیاں تھیں، اونچی اونچی برف سے لدی ہوئی چوٹیاں ...... جن سے نورانی شعاعیں منعکس تھیں۔ پودوں کے سائے شبنم کے چمکیلے قطرے اور جگمگاتی چوٹیاں ...... سب اس امر کے شاہد تھے کے سورج ابھی بھی نکلا ہے اور سارے نظارے پر ایک اداس سی دھند پھیلی ہوئی تھی۔ ہلکی ہلکی نو زائدہ دھند جس نے فضا میں رنگ و بو کے اس طوفان کے باوجود ایک غمگین تاثر پیدا کر دیا تھا۔

دوسری تصویر مالکوس کی تھی، اس میں سمندر کی لہروں کو پیانو کے پردوں سے کھیلتے ہوئے دکھایا تھا سفید اور سیاہ پردوں کی لڑیاں نہروں پر تیر رہی تھیں۔ کبھی بھی ایک اونچی سی لہر آتی تو سارے پودوں کو ایک سخت بلندیوں پر لے جاتی۔ راگ کی روانی اور زیر و بم کو لہروں کے کھیل سے ظاہر کیا گیا تھا۔

چھایانٹ کی تصویر منظوم موسیقی تھی۔ جس میں مچلتے ہوئے شوخ نغمے مرتعش تھے۔ چنچل رقاصائیں گھنگھرو باندھے ناچ رہی تھیں ہر جنبش میں بلا کا لوچ تھا مخمور کر دینے والی مستی تھی۔

جینی انکار کرتی رہی لیکن میں نے ان تصویروں کو نمائش میں رکھوا دیا۔ ایک روز ہم نمائش میں تھے کہ کسی نے یوں ہی جینی کا نام لے لیا۔ چند لمحوں میں ہجوم اکٹھا ہو گیا یہ سب جینی کے مداح تھے جو اس کی تعریفیں کرنے لگے۔ اس روز معلوم ہوا کہ جینی مشہور ہوتی جا رہی تھی۔ قریب ہی بہت بھیڑ ہو رہی تھی ایک چینی پہلوان کی کشتی تھی۔ سانگ یا کچھ ایسا ہی نام تھا لوگ دور دور سے اسے دیکھنے آئے تھے اسے ہجوم نے گھیر رکھا تھا۔ جہاں وہ اس قدر ہر دلعزیز ثابت ہو رہا تھا وہاں اس کے حریف کو جو مقامی پہلوان تھا کوئی پوچھتا ہی نہ تھا۔ کشتی شروع ہوئی، غل مچ گیا۔ کچھ دیر برابر کا مقابلہ رہا ۔ پھر دفعتاً۔ مقامی پہلوان نے سانگ کو دونوں ہاتھوں سے پکڑ کر سر سے اونچا اٹھا لیا اس پر آوازے کسنے شروع کر دیئے۔ اس پر اشتہار اور کاغذوں کے ٹکڑے پھینک کر اکھاڑے میں تنہا چھوڑ دیا سانگ ایک بنچ پر اکیلا بیٹھا تھا جینی مسکراتی ہوئی آئی اور اس سے باتیں۔ سے پسینہ پونچھنے کے لئے اپنا چھوٹا سا معطر رومال دیا جسے اس نے شکریے کے ساتھ لے لیا۔ جینی کی پیاری مسکراہٹ اور دلکش باتوں نے اسے موہ لیا، ان باتوں میں ایسی حلاوت

تھی کہ سانگ کو اپنی زبوں حالت کا احساس نہ رہا۔ ساری شام ہم نے اکٹھے گزاری۔ جب وہ رخصت ہوا تو اس کے ہونٹ لرز رہے تھے اور آنکھوں میں آنسو تھے۔

ڈے کے والدین آ گئے وہ ہوٹل سے چلا گیا ہم اس کی کی والدہ نے جینی کو دیکھا۔ جینی کو ان کے گھر بلایا گیا' لیکن یہ آنا جانا بہت جلد ختم ہو گیا۔ ایک روز ڈے جینی سے ملا اور جی بی کے متعلق پوچھنے لگا۔ ق ۔ جینی نے شروع سے آخیر تک ساری ساری شادی کی کہانی سب کچھ بتا دیا۔ ڈے اس پر برس پڑا یہ باتیں اس سے پوشیدہ کیوں رکھی گئیں ۔ اسے پہلے کیوں نہیں بتایا گیا۔ جی بی کے علاوہ اور بھی نہ جانے کتنے عاشق ہوں گے اب اسے کیوں کر یقین آ سکتا ہے کہ جینی کی محبت صادق ہے ۔ یہ تو محض ڈھونگ تھا۔ کھیل تھا' اب اس کھیل کو فوراً ختم ہو جانا چاہیے۔

میں نے سنا تو ڈے کو سمجھایا کہ جن دنوں وہ جی بی سے ملا کرتی تھی ڈے جنگل سے آیا بھی نہ تھا۔ بھلا وہ ڈے پر اتنی دور سے کیوں کر عاشق ہو سکتی تھی اور وہ بلا دیکھے یا سنے اور پھر وہ خود چینی کے علاوہ کئی لڑکیوں سے محبت جتا چکا تھا۔ جینی جانتی تھی پھر بھی اس نے باز نہ پرس نہ کی لیکن ڈے نہیں مانا اس کے خیال میں ہر مرد کا فطری حق ہے کہ خود ینا بھر کر لڑ کیوں سے جھلمیں کرتا پھرے' لیکن لڑکی سے یہ توقع رکھے کہ وہ زندگی بھر صرف اسی کو چاہے گی اس کی منتظر رہے گی بچپن ہی سے اسے الہام ہو جائے گا اور چاہنے سے پہلے لڑکی کی گذشت زندگی کو اچھی طرح دید کرا اپنی تسلی کرے گا۔

جینی نے اسے سارے وعدے یاد دلائے جو اس نے قسمیں کھا کر کے تھے وہ محبت بھری باتیں جو ہزاروں بار دہرائی گئی تھیں ۔ وہ خواب بتائے جو دونوں نے اکٹھے دیکھے تھے اس پر کوئی اثر نہ ہوا۔ وہ تو جیسے کسی بہانے کی تلاش میں تھا دیکھتے دیکھتے جینی میں بے شمار نقص نکل آئے ۔ نہ اس کا کوئی خاندان تھا نہ مذہب۔ سوسائٹی میں اس کیلئے کوئی جگہ نہ تھی۔ اس کے خون میں آ میزش تھی۔ اس کی تربیت ایسے والدین کے زیر سایہ ہوئی جن کی زندگی ہمیشہ نا خوشگوار رہی جن میں سب سے بڑا عیب یہ تھا کہ وہ غریب بھی تھے۔ اور پھر جینی کچھ اتنی خوبصورت بھی نہیں تھی۔ اس سے کہیں حسین اور بہتر لڑکیاں ڈے کو مل سکتی تھیں ایک حسین لڑکی تو ڈے کی والدہ نے ڈھونڈ بھی لی تھی۔ لڑکی کے والدرائے بہادر تھے اور لڑکی کے ساتھ لاکھوں کی جائیداد دے رہے تھے ۔ انہوں نے ڈے کو انگلستان بھیجنے کا وعدہ بھی کیا تھا۔

شادی کی تاریخ مقرر ہوئی ۔ میرے نام دعوتی رقعہ آیا۔ میں خاموش رہا رقعہ جینی کے نام بھیجا گیا تو مجھے بہت غصہ آیا' طیش میں آ کر میں نے کئی منصوبے باندھے۔ سب سے پہلا منصوبہ ڈے کی ہڈی پسلی ایک کر دینے کا تھا لیکن جینی کے کہنے پر میں خاموش رہا۔

شادی پر ہم دونوں گئے جینی شادی کا تحفہ لے کر گئی' سب کے سامنے یہ تحفہ کھولا گیا ۔ ڈے کی بیوی کیلئے سنہرا ہار تھا جس میں دل کی شکل کا لاکٹ پرو یا ہوا تھا۔ اگلے مہینے جینی نے کالج چھوڑ دیا اور گھر چلی گئے۔

ایک پارٹی میں میرا تعارف ڈے کی بیوی سے ہوا۔ معلوم ہوا کہ اسے دنیا میں آ کر کسی چیز سے نفرت تھی تو آرٹ سے ۔ یہ سارے مصور, موسیقار, شاعر اسے زہر دکھائی دیتے تھے۔ اور سب سے زیادہ چڑ اسے ان امیر لوگوں سے تھے جو اس قسم کی فضولیات میں پڑ کر اپنا وقت ضائع کرتے تھے ۔ بھلا ستارہ واٹن سیکھنے کی کیا ضرورت ہے جو صبح سے شام تک ریڈیو پر ساز بجتے رہتے ہیں ۔ مصوری سیکھنے میں کیا تک ہے' جب بازار میں ہر قسم کی تصویریں آسانی سے مل جاتی ہیں ۔ اگر کسی نے الفاظ کو توڑ مروڑ کچھ شعر گھڑ لئے تو اس پر آ نسو بہانے یا بے قابو ہو جانے کی کیا ضرورت ہے ۔

آخری امتحان پاس کر کے میں کالج سے چلا آیا ۔ مصروفیتوں نے آن دبوچا۔ ملک کے مختلف حصوں میں پھرتا رہا۔ مدتوں تک میں نے جینی کے متعلق نہیں سنا۔

پھر ایک دن ایک پرانا دوست ملا ۔ میں نے جینی کا ذکر کیا تو اس نے باتیں سنائیں کہ وہ پہلے سے بالکل بدل چکی ہے ۔ ہر جگہ یہی مشہور ہے کہ وہ محبت کے بغیر زندہ نہیں رہ سکتی ۔ ایک معاشقہ ختم ہوا تو دوسرا عنقریب شروع ہو گا۔ کالج چھوڑ کر اس نے ملازمت کر لی بالکل آزادانہ طور پر رہتی ہے ہر شام اس کے ہاں لوگوں کا جمگھٹا رہتا ہے قسم قسم کے لوگ آتے ہیں نہایت عجیب و غریب ہجوم ہوتا ہے ۔ خوب انواہیں اڑتی ہیں لوگ

شیخیاں مارتے ہیں۔ ہم نے یہ کیا وہ کیا؟ میرے کوٹ کے کالر سے جو بال چسپاں ہے وہ جینی کا ہے۔ یہ تصویر جینی نے مجھے دی تھی۔ میرے رومال پر جو سرخی ہے وہ جینی کے ہونٹوں کی ہے۔

پچھلے سال سیلاب آیا۔ لوگ بے گھر ہو گئے، قحط پڑا۔ جینی نے کچھ لڑکوں، لڑکیوں کو ساتھ لیا گاؤں گاؤں پھر کہ مصیبت زدہ مخلوق کی مدد کی، امیروں سے فلرٹ کر کے چندہ اکٹھا کیا۔ اپنی صحت اور آرام کا خیال نہ رکھا، رات دن محنت کی، کئی مرتبہ بیمار ہوئی۔ کچھ اوباش قسم کے لوگ محض جینی کی وجہ سے ختاجوں کی امداد پر تیار ہوگئے۔ اسے چھیڑ، تنگ کیا۔ ایک شام بہانے سے اپنے ساتھ لے گئے، اسے شراب پلانی چاہی جینی نے گروہ کے سرغنے کے بال نوچ لئے اس کا منہ طمانچوں سے لال کر دیا۔ وہ ایسے گھبرائے کہ اسی وقت جینی کو واپس چھوڑ گئے۔

پھر کسی نے جینی کی تصویر اخباروں میں نکلوا دی، اس کی تعریف بھی شامل تھی۔ سب نے یہی سمجھا کہ اس سستی شہرت کی غرض سے جینی نے لوگوں کی مدد کی تھی۔

پھر ایسا اتفاق ہوا کہ ایک تبادلے نے مجھے جینی کے قریب پہنچا دیا محض چند گھنٹوں کی مسافت تھی۔ ہر دوسرے تیسرے ہفتے میں اسے ملنے پہنچ جاتا۔ اب وہ پرانی جینی نہیں رہی تھی پہلے سے کہیں تندرست اور چست معلوم ہوتی تھی اس کے چہرے پر تازگی تھی، نکھار تھا، ہونٹوں میں رسیلا پن اور رخساروں پر سرخی آ چکی تھی۔ اب وہ اک شعلہ فروزاں تھی۔ وہ طرح طرح سے میک اپ کرتی شوخ و بھڑ کیلئے لباس پہنتی۔ جگمگ جگمگ کرتے ہوئے زیورقسم کے خوبصورت زیوریں۔ وہ ہر موضوع پر بلا دھڑک گفتگو کر سکتی تھی۔ کلبوں اور رقص گاہوں میں اسے با قاعدگی کے ساتھ دیکھا جاتا۔ ہفتے بھر کے شام میں پہلے ہی مختلف مصروفیتوں کیلئے وقف ہو جاتیں پرانی سیدھی سادی جینی کی شوخ شنگفگی کی جگہ اس شوخ چڑ سا گیا یہ جذبہ جذبہ حسنہ ورشک کا جذبہ تھا شاید نہیں کر سکتا تھا کہ گفتگو کرتے وقت مجھے بار بار یہ احساس ہوا کہ وہ مجھ سے زیادہ جانتی ہے۔ ہر بحث میں وہ ہرا دے۔ تاش کھیلتے وقت میں بغلیں چھانگنے لگوں۔ رقص گاہ میں بعض دفعہ مجھے ایک لڑ کی بھی نہ ملے، اور اس کیلئے بیسیوں لڑ کے بے قرار ہوں۔ وہ ایسی چیزوں کا ذکر کرتی رہے جن کا مجھے شوق تو ہے لیکن ان تک پہنچ ڈرامشکل ہے۔ شام کو اس کے ہاں لوگوں کا ہجوم ہوتا۔ ان میں زیادہ تعداد عشاق کی ہوتی جو طرح طرح سے اپنی محبت کا اظہار کرتے شادی حضرات اپنی غمگین از دواجی زندگی کا رونا رویا کرتے کہ کس طرح قدرت نے ان کو دغا دی اور نہایت بد مذاق اور ٹھس طبیعت کی رفیق پلے باندھ دی۔ اب ان کیلئے دنیا جہنم سے کم نہیں۔ یہ عذاب برداشت نہیں ہو سکتا۔ خودکشی کے سوا اور کوئی چارہ نہیں لیکن اس سیاہ خانے میں امید کی ایک نورانی کرن نظر آتی ہے........وہ ہے جینی۔

پرمغز اور ذہین قسم کے لوگ اکثر سیاست اور ادب پر بحث کرتے۔ کارل مارکس فارائیڈ اور مولانا روم کے تذکرے چھیڑتے، سیاست دانوں کی غلطیاں گنواتے، مشاہیر پر تنقید یں کرتے، بے لوث اور سچی دوستی کا دم بھرتے لیکن موقعہ پا کر عشق بھی جتا دیتے۔

ایک طبقہ نفاست پسند اور نازک اندام لوگوں کا تھا۔ یہ لوگ ہر وقت اپنی کنزوریاں گنواتے رہتے اپنی بیماریوں کا ذکر کرتے اپنے آپ کو بے حد ذلیل اور کم تر سمجھتے۔ بار بار جینی سے پوچھتے........اگر تمہیں برا معلوم ہوتا ہو تو میں آئندہ نہ آیا کروں۔ اگر چہ ایسا کرنے سے مجھے قلبی، جگری اور روحانی صدمہ پہنچے گا........مگر ہر شام کو آ دھمکتے۔

کئی ایسے شرمیلے بھی تھے جو چپ چپ خطوط لکھتے۔ جینی پر نظمیں کہہ کر اسے بدنام کرتے، سامنے آتے تو شرما شرما کر برا حال ہو جاتا۔ سب سے گھٹیا وہ عاشق تھے جو اپنے آپ کو جینی کا بھائی کہتے۔ بھائیوں کی سی دلچسپی لیتے۔ اس کی حفاظت اور بہبودگی کے خواہاں رہتے لیکن دل میں کچھ اور سوچتے رہتے۔

مجھے یہ تماشا دیکھ کر غصہ آتا۔ آخر یہ لڑ کی چاہتی کیا ہے کہ سب کے سب تو اسے پسند آنے سے رہے، سارے ہجوم کو برخاست کر کے ان میں سے ایک دو سے ملتی رہا کرے۔ میرا ارادہ بھی ہوا کہ اسے ٹوکوں پھر سوچا کہ بھلا میں اس کا کیا لگتا ہوں؟ دیکھا جائے تو وہ خود اسی ہجوم میں سے

ایک ہوں۔ فرق صرف اتنا ہے کہ میں اسے ذرا پہلے اس جانتا ہوں۔

پھر میں نے محسوس کیا کہ وہ ایک شخص کی جانب ملتفت ہوتی جا رہی ہے۔ یہ شخص بالکل عجیب تھا۔ پہلے پہل تو میں اسے سمجھ ہی نہ سکا۔ یہی سوچتا کہ آخر اس کی زندگی کا مقصد کیا ہے۔ اسے قریب سے دیکھنے پر معلوم ہوا کہ اس کی زندگی کا واقعی کوئی مقصد نہیں ۔ اسے کسی چیز پر یقین نہیں تھا۔ محبت، زندگی، انسان، خدا۔ سب سے منکر تھا۔ بات چیت پر بحث کیلئے تیار ہو جاتا۔ سب اس سے کتراتے تھے اسے کامریڈ کے نام سے پکارا جاتا۔ محض جینی کی وجہ سے میں اس سے ملتا ورنہ میرے دل میں اس کیلئے نفرت تھی۔ یہ نفرت شاید اس دن پیدا ہوئی جب ہم نے پہلی اور آخری اور آخری بحث کی۔ کامریڈ عورتوں کو ہمیشہ برا بھلا جتلائیں۔ لڑکی کی پیدائش کو نا مبارک سمجھا جاتا ہے لڑکوں کے مقابلے میں اس کی پرورش میں کوتاہی برتی جاتی ہے۔ بھائی اسے ڈانتے دھمکاتے ہیں۔ اس کا حصہ چھین لیتے اس کے دل میں احساس کمتری پیدا کر دیتے ہیں۔ ذرا بڑی ہونے پر کٹنبے اور پڑوسیوں کی تنقید شروع ہو جاتی ہے وہ دبے کا ذرا سر سے اتر جانا خاندان کی ناک پر اثر انداز از ہوتا ہے ذرا سی بھول اسے زندگی بھر کیلئے مجرم بنا دیتی ہے۔ کالج میں اسے فلسفہ سکھایا جاتا ہے۔ مساوات اور آزادی کے سبق دیے جاتے ہیں لیکن جب شادی کا سوال آتا ہے تو اس سے کوئی نہی پوچھتا، اسے وہی کرنا پڑتا ہے جو چند خشک مزاج بزرگ چاہتے ہیں۔ لیکن لڑکوں کی زندگی بالکل مختلف ہے وہ بڑی آسانی سے جھوٹی قسمیں کھا کر لڑکیوں کو دھوکا دے سکتے ہیں محبت کے واسطے دلا کر سب کچھ منوا لیتے ہیں پھر چند خاندانی مجبوریوں کی بنا پر انہیں بڑی آسانی سے دھتکار سکتے ہیں اور سٹیٹ کی طرح بار بار سب کچھ دھل جاتا ہے۔ ان کا ماضی کوئی معنے ہی نہیں رکھتا۔ ان کیلئے بیاہ شادی کھیل ہے۔ لیکن لڑکیوں کیلئے شادی نئی مصیبتوں کا پیش خیمہ بنتی ہے۔ بیوی بن کر بچوں کی پرورش معاشی بے بسی ذرا ذرا سی بات کیلئے خاوند کی طرف دیکھنا پڑتا ہے۔ عمر رسیدہ ہو جانے پر اولاد بے مصرف سمجھتی ہے مذاق اڑاتی ہے۔

کامریڈ کو میری باتیں فضول معلوم ہوئیں۔ وہ یہی کہتا رہا کہ ویسے عورت اور مرد برابر ہیں لیکن مرد دربتہ دماغی اور جسمانی لحاظ سے بلند ہے۔ اس نے دونوں کے دماغ کی بناوٹ اور وزن کا ذکر بھی کیا۔ مرد کیلئے لمبے قد اور مضبوط بازوؤں کا حوالہ دیا۔ اس کے بعد میری اور اس کی بھی بحث نہیں ہوئی۔

پتہ نہیں اس کا ذریعہ معاش کیا تھا، رہتا کہاں تھا۔ اس کی گذشتہ زندگی کہاں اور کیسے گزری بس یہ مشہور تھا کہ وہ جینی کا مداح ہے۔

جینی ان دنوں بڑی ٹھوس قسم کی کتابیں پڑھتی ۔ مشکل مضامین کی بے حد خشک اور سنجیدہ کتابیں جب وہ دونوں باتیں کرتے تو بہت کم لوگ سمجھ سکتے کہ کس موضوع پر گفتگو ہو رہی ہے۔ ان دونوں کی دوستی کا یہ پہلو مجھے بہت اچھا معلوم ہوتا جینی کی مدلل اور ذہین باتیں ظاہر کرتیں کہ وہ دماغی ارتقا کی منزلیں بڑی تیزی سے طے کر رہی ہے۔

ہم کپک پر گئے، اس تاریخی عمارت کو ہم نے بار بار دیکھا تھا۔ لیکن جب جینی نے ایک خاص زاویے سے ہمیں دیکھنے کو کہا تو یوں معلوم ہوا کہ جیسے باغ اور عمارت کو آج پہلی مرتبہ دیکھا ہے۔ کامریڈ اچھل پڑا بولا صرف ایک آرٹسٹ کی آنکھ اس زاویے کو دیکھ سکتی تھی ۔ جب قصے کہانیاں ہو رہی تھی تو ایک لڑکا اپنا رومان سنانے لگا۔ اسے ایک لڑکی کی دور دور سے دیکھا کرتی، اشارے ہوتے، پتھروں سے لپٹے ہوئے خطوط آتے، عہد و پیمان ہوتے۔ لیکن وہ فاصلہ اتنے کا اتنا تھا۔ نہ وہ خود قریب آتی نہ آنے دیتی۔ تنگ آ کراس نے چھت پر جانا چھوڑ دیا۔ کئی دنوں کے بعد گیا تو لڑکی نے بڑی سخت ساجت کی، اس نے صاف کہہ دیا کہ اگر اب بھی قریب نہ آنے دو گی تو آئندہ کبھی چھت پر نہیں آؤں گا۔ بڑی مشکلوں کے بعد وہ رضا مند ہو گئی بار بار یہی کہتی آپ وعدہ کیجئے کہ مجھ سے نفت تو نہیں کرنے لگیں گے۔ اس نے وعدہ کیا تو مانی ۔ یہ اسے ملنے گیا تو لڑکی نہایت حسین تھی لیکن اس کی آنکھوں میں نقص تھا، وہ بھینگی تھی۔

اس پر قہقہے پڑے ۔ ہنستے ہنستے لوگ دوہرے ہو گئے۔ لیکن جینی خاموش رہی اس کی آنکھیں نمناک ہو گئیں دیر تک وہ چپ چاپ رہی مجھے بھی اس کہانی نے اداس کر دیا۔ یہ کہانی ہرگز مضحکہ انگیز نہیں تھی۔

باغ کے گوشے میں ایک کنواں تھا جس کے متعلق مشہور تھا کہ اس میں جھانک کر جو خواہش کی جائے پوری ہو جاتی ہے سب نے کچھ مانگا ۔ جب جینی کی باری آئی تو اس نے کہا کہ مجھے کسی سے کچھ نہیں چاہیے ، مجھے کسی کی مدد کی ضرورت نہیں، کوئی ارضی یا سماوی طاقت مجھے کچھ نہیں دے سکتی۔ بس مجھے ایک زندگی ملی ہے اور مجھے زندہ رہنا ہے۔

کامریڈ عش عش کر اٹھا۔ کہنے لگا جینی کا یہ نظریہ صحیح ترین نظریہ ہے، ایسی دنیا میں جہاں لوگ اب تک بارش کیلئے دعا مانگتے ہیں اس سے بہتر نظریہ نہیں ہو سکتا۔ کوئی کسی کیلئے کچھ نہیں کر سکتا، تقدیر اور قسمت فضول چیزیں ہیں۔ ہر شخص اپنے گرد بچھے ہوئے جال میں گرفتار ہے اپنے حالات سے مجبور ہے زندگی کے اٹل ارادے، شدید جذبے، حوادث کے سب غلام ہیں۔ ہم اس لئے ایک دوسرے کے دوست ہیں کہ اتفاق نے ہمیں ملا دیا۔ اسی طرح محض اتفاق سے ہم ان لوگوں کی رفاقت سے محروم ہیں جنہیں ملتے تو شاید گہرے دوست بن جاتے۔

پھر ایک روز وہی کامریڈ جو افلاطونی دوستی اور خلوص کے گن گایا کرتا تھا جینی کو اپنے ساتھ لے گیا۔ انہوں نے اکٹھے چائی پی پکچر دیکھی چھوٹے موٹے خریدے جب ٹیکسی میں دونوں واپس آ رہے تھے تو اس نے جینی کو چومنے کی کوشش کی۔ جینی نے ٹیکسی ٹھہرا لی جتنے روپے کامریڈ نے اس شام صرف کئے تھے اس کے منہ پر مارے اور پیدل واپس چلی آئی۔

کامریڈ کئی روز تک غائب رہا پھر معافی مانگنے آیا۔ جینی نے کہا کہ مجھے طیش نہیں آیا مایوسی ہوئی ہے۔ میں تمہیں ان سب سے مختلف سمجھتی تھی میرا خیال تھا کہ تم اس ہجوم میں سے نہیں ہو لیکن تم میں اور ایک عام انسان میں فرق نہیں۔

کامریڈ نادم تھا، بولا ''.......میرے نظریے خواہ کیسے ہوں میں انسان بھی ہوں۔ تم میں اتنی زبردست کشش ہے کہ میری جگہ کوئی اور بھی ہوتا تو یہی کرتا۔ میں نے کبھی تمہارے چہرے کو غور سے نہیں دیکھا تمہاری بے چین روح کو دیکھا ہے اور یہی روح مجھے عزیز ہے۔ اگر تمہارے خد و خال بہتر ہوتے اور تم زیادہ خوبصورت ہوتیں تو تمہاری زندگی مختلف ہوتی۔ اگر تم کسی بہتر گھرانے میں پیدا ہوتیں تو تمہاری زندگی مقابلۃً آسان ہوتی۔ لیکن تم اتنی صلاحیتوں کی مالک نہ ہوتیں تمہاری روح اتنی حسین نہ ہوتی۔''

جینی عورت تھی، کامریڈ کے رنگیں فقروں نے اسے موہ لیا اس کی آنکھیں جھک گئیں دل دھڑ کنے لگا رخسار سرخ ہو گئے۔ جب کامریڈ نے باز و پھیلائے تو جینی نے مزاحمت نہ کی۔ اس کے بعد کامریڈ کی گفتگو کا انداز بدل گیا ''محبت ایک دوسرے کی طرف دیکھنے کا نام نہیں بلکہ دونوں کے ایک سمت میں دیکھتے رہنے کا ہے محبت میں اگر رفاقت کی آمیزش کی آمیزش ہو تو وہ بلندیوں تک جا پہنچتی ہے''........ اسی قسم کی باتیں بار بار دہراتا۔

کبھی کبھی وہ مجھے کافی دلچسپ معلوم ہوتا اس کی چند چیزیں مجھے پسند تھیں اس کی صحرا نوردیاں بے چین طبیعت، سیلانی پن........لیکن اس کے شکست خوردہ نظریے، بلا وجہ کا حزن، تلخ خیالات برے معلوم ہوتے۔ وہ قنوطی تھا اور اذیت پسند اس نے کبھی زندگی کا مقابلہ نہیں کیا۔ مصیبت کو آتے دیکھ کر وہ ہمیشہ راستہ کتر جاتا تاہم اپنے کو مظلوم سمجھتا دنیا بھر کا ستایا ہوا۔ اس کا ارادہ تھا عمر بھر اسی طرح سرگرداں رہے گا، اس کی منزل کہیں نہیں۔

''میرا تبادلہ ہوا تو جینی مجھے چھوڑنے اسٹیشن پر آئی، جدا ہوتے وقت میں نے رومال مانگا تو پوچھنے لگی 'رومال لے کر کیا کرو گے؟' کہا 'رومال تمہاری شوخ مسکراہٹوں کی یاد دلاتا رہے گا' بولی 'تم ہر مرتبہ رومال ہی کیوں مانگتے ہو۔' بتایا کہ اس کی مخمور کن خوشبو اور تنے سے سرخ دل کی وجہ سے۔

اگلے سال مجھے کسی نے بتایا کہ کامریڈ جینی کو چھوڑ کر چلا گیا وہ بالکل ویسے کا ویسا رہا۔ جینی کی تمام کوششیں اس میں کوئی تبدیلی نہ لا سکیں۔ چلتے وقت اس نے جینی سے کہا کہ بے سرو سامانی اس کی تقدیر میں ہے۔ اس کی منزل مقصود ہے۔ وہ جینی سے محبت کرتا رہے گا اس کی تصویروں سے لگا کر رکھے گا، دوسرے ملکوں سے اسے خط لکھا کرے گا۔ اسے ہمیشہ یاد کرے گا.......اور بس!

جینی نے اس کا تعاقب کرنا چاہا جو کچھ اس کے پاس تھا فروخت کر دیا۔ پتہ نہیں وہ اسے ملا یا نہیں جب وہ واپس آئی تو طرح طرح کی افواہیں پھیلی ہوئی تھیں۔ جینی کے والد نے جواب تمہارا رہتا تھا اسے سخت سست کہا اور گھر سے نکال دیا۔ کچھ اوباش قسم کے لوگوں نے اسے کی مدد کرنے کی

چاہی لیکن جینی وہ شہر چھوڑ کر کہیں نکل گئی۔

کینری سے میں سمندر پار ملا۔ وہ ہندوستانی تھا لوگ اس کی حرکتوں کی وجہ سے اسے کینر انووا کہتے اسی سے یہ نام پڑ گیا۔ پہلی پہاڑوں میں ایک کیمپ میں ہوئی ہم نے قصبے سے کچھ شہریوں کو کھانے پر بلایا ہوا تھا۔ خیمے میں باتیں ہو رہی تھیں کہ وہ ایک روسی افسر سے لڑ پڑا۔ لڑائی کی وجہ ایک روسی لڑکی تھی کینری نے فوراً اسے ڈویل کی دعوت دی اپنے ریوالور سے چار گولیاں نکال لیں اور روسی سے بولا ہم اسے باری باری اپنے کان سے چھوڑ کر چلائیں گے۔ اس میں صرف دو گولیاں ہیں ۔۔۔۔۔ جس کی قسمت میں گولی لگی ہوگی اس کے دماغ میں سے نکل جائے گی۔ روسی پیے ہوئے تھا فوراً راضی ہوگیا۔ پہلا فائر کینری نے اپنے آپ پر کیا' وہ خانہ خالی تھا۔ دوسرا فائر روسی نے کیا' کچھ نہ ہوا کینری تیسرا فائر کر چکا تھا تو ہم نے بڑی مشکلوں سے انہیں علیحدہ کیا روسی کو یقین نہ آتا تھا کہ ریوالور میں گولیاں ہیں اس نے یونہی لبلبی دبا دی دھما کہ ہوا۔ گولی خیمے کی دیوار چیر گئی۔

اس کا تبادلہ ہوا' وہ ہمارے کیمپ میں آ گیا۔ ہم دونوں جلد دوست بن گئے۔ شہر کے حاکم نے ہمیں دعوت دی' ہم دونوں گئے۔ نہایت دلچسپ پروگرام تھا' آغا نے کینری کا تعارف ایک نہایت خوبصورت ایرانی لڑکی سے کرایا۔ کسی لڑکی سے رات کو ملنے کا وعدہ کیا تھا۔ سردیوں کی اندھیری رات تھی کیمپ وہاں سے سو میل کے لگ بھگ تھا۔ ہمیں سب نے منع کیا کینری کا وعدہ تھا۔ کیوں کر پورا نہ ہوتا۔ ہم جیپ میں روانہ ہوئے تو ہلکی ہلکی برفباری ہو رہی تھی۔ پہاڑوں کی پیچیدہ دشوار گزار سڑک سے سفید ہو چکی تھی ہم اتنی تیز جیسے جا رہے ہے تھے کہ موڑوں پر جیپ ہوا میں اٹھ جاتی ۔ راستے بھر وہ اپنی محبوبہ کے لافانی حسن کی تعریفیں کرتا رہا جب ہم وہاں پہنچے تو دعوت ختم ہو چکی تھی' شراب کا دور چل رہا تھا۔ لڑکی منتظر تھی کینری نے میرا تعارف کرایا۔ ان دنوں میں بے حد اداس تھا مہینوں سے مجھے کسی دوست یا عزیز کا خط نہیں ملا تھا میں نے بڑی جذباتی قسم کی گفتگو شروع کر دی اسے یہ باتیں اچھی معلوم ہوئیں ہم ایک گوشے میں جا بیٹھے کینری ایک دو بار ہمارے پاس آیا لیکن جلد اٹھ کر چلا گیا۔ جب لوگ جانے لگے تو اس نے مجھے ایک طرف بلا کر کہا ۔۔۔۔۔ ''میں کیمپ میں جا رہا ہوں' تھوڑی دیر تک تمہارے لئے جیپ بھجوا دوں گا۔''

''اور ریڈ کی'' ۔۔۔۔۔ میں نے حیران ہو کر پوچھا۔ ''یہ اب تمہاری ہے ۔۔۔۔۔ میں یاروں کا یار ہوں ۔ میں تمہارے چہروں کا مطالعہ کرتا رہا ہوں ۔ میں نے تم دونوں کی آنکھوں میں اس روشنی کی چمک بھی دیکھی ہے جو پہلی ملاقات پر بلا وجہ پیدا نہیں ہوتی۔ میں اسے چاہتا ضرور ہوں۔ لیکن تم بھی میرے دوست ہو۔''

اس کی شخصیت عجیب تھی' نہ اسے کسی خطرے کا احساس تھا نہ کسی مصیبت کا ڈر وہ ہمیشہ کام کر چکنے کے بعد یہ سوچتا کہ یہ کام اسے کس طرح کرنا چاہیے تھا۔ اس کے مزاج میں بلا کی تندی اور گرمی تھی کیسی ہی آفت آن پڑے وہ کبھی نہ گھبراتا ذرا ذرا سی باتوں پر بڑے سے بڑا خطرہ مول لینے کو تیار ہو جاتا۔ اسے سکون سے نفرت تھی اسے لڑ۔ اس سے جھگڑے۔ محاذ سے واپس آیا ہے تو ڈویل لڑ رہا ہے' جوئے میں آج ہزاروں جیتے تو کل سب ہار دیئے۔

سب اس کے کامیاب معاشقوں پر رشک کرتے' اس کا میابی کا راز پوچھتے وہ سر ہلا کر کہتا یہ کچھ بھی نہیں، ہزاروں محبتیں ایسی بھی تھیں جو ادھوری رہ گئیں، جو کبھی بھی نہ پنپ سکیں۔ جنہوں نے بار بار میرا دل توڑا۔

ہمارے قریب ایک چھوٹا سا خوش نما قصبہ تھا ۔۔۔۔۔ گلشن ۔۔۔۔۔ آس پاس کے باشندوں میں کینری شہنشاہ گلشن کے نام سے مشہور تھا۔

پہلے کبھی اس پر قتل کا مقدمہ بن گیا تھا، موت کی سزا تھی، پھر عجیب سے حالات میں وہ بری ہوگیا۔ آ زاد ہو کر اس نے تہیہ کر لیا کہ وہ ہمیشہ زندگی کو ایک نئی زندگی سمجھے گا جو اسے تحفتاً ملی ہے، اس زندگی کا گزشتہ زندگی سے واسطہ نہیں وہ ہمیشہ مسرور رہے گا، آ زاد رہے گا، آ زاد ہے اور جو چیز نہ پسند ہوگی اسے فنا کر دے گا، جو بھا جائے گی اس پر چھا جائے گا۔

محض اتفاق تھا کہ ایسا شخص زندگی کی شاہراہ میں جینی سے ملا۔

اس کا پیار آندھی کی طرح امڈا، آنا فانا میں چھا گیا اور طوفان کی طرح اتر گیا، وہ نہیں ملی مگر وہاں ایک اور لڑکی سے ملاقات ہوگئی۔ یہ لڑکی جینی تھی جو اپنی سہیلی سے ملنے آئی تھی۔ کینری نے جینی کو اپنی محبوبہ کا نعم البدل سمجھا جتنے دن وہ وہاں رہا اسے نعم البدل سمجھتا رہا اس نے قیمتی تحفوں کی اور اپنی دلچسپ باتوں اور رنگین کہانیوں سے جینی پر جادو کر دیا۔ بھڑکیلی کاروں میں اسے لئے پھرا ایک چاندنی رات میں جب وہ سمندر میں تیرنے گئے تو ریت پر بیٹھ کر اس نے محبت کا واسطہ دے کر جینی کو یقین دلائی عمر بھر با وفا اور صادق رہنے کا حلف اٹھایا، ہمیشہ اکٹھے رہنے کے عہد و پیمان کئے یہ سب کچھ اس قدر پر خلوص تھا کہ جینی نے سچ مان لیا۔

اس آغاز کے بعد انجام وہی ہوا جس کی توقع کی جا سکتی تھی، جو نا گزیر تھا۔ جینی کی زندگی میں وہ جس طرح آیا تھا اسی طرح چلا گیا۔ لیکن جینی کی یاد اس کے دل سے مکمل طور پر نہ گئی۔ جب کبھی اسے کوئی ٹھکرا دیتا جب تک وہ دیر تک تنہا رہنا پڑتا، کوئی بری خبر سننے میں آتی، اداسیاں عود کر آ تیں تو اسے جینی کی معصومیت، اس کا خلوص اور پیار یاد آ تا۔ رات کی تنہائی میں ہم دونوں دیر تک خیمے میں بیٹھے رہتے باہر سرد ہواؤں کے جھکڑ چلتے تو وہ جینی کو یاد کرتا۔ اپنے جھوٹے وعدوں کو یاد کر کے شرمندہ ہوتا، اپنے آپ کو گنہگار سمجھتا بار بار کہتا کہ جینی ان سب لڑکیوں سے مختلف تھی جو اس کی زندگی میں آئیں۔ اگر اس کی زندگی میں شادی کی کوئی گنجائش ہوتی تو وہ جینی سے ضرور شادی کرتا۔ وہ نہایت غیر معمولی لڑکی تھی، اسے کسی نے سمجھا نہیں۔ کسی کی نگاہیں اس کے خد و خال سے آگے نہیں پہنچیں۔ اس کی روح کی عظمت کو کسی نے نہیں پہچانا۔ اس میں کسی مصور کی روح تھی کسی عظیم شاعر اور بت تراش کی روح، اس میں اتنی صلاحیتیں تھیں کہ ان کی رفاقت کسی کی بھی زندگی چمکا سکتی تھی۔ اس میں بلا کی معصومیت تھی اس میں سیتا کا تقدس تھا۔ مریم کی پاکیزگی تھی۔ اس نے کئی مردوں سے محبت نہیں کی بلکہ صرف ایک ایک مرد سے محبت کی ..... ایک مرد جسے اس نے کلہاتے رینگتے ہجوم سے چنا اور دوسروں سے مختلف سمجھا، لیکن اس مرد نے اسے ہمیشہ دھوکہ دیا۔ اس کی مسکراہٹ کیسی تھی ..... بالکل مونا لزا کی مسکراہٹ، معصوم، اتھاہ اور پراسرار، اس کی مسکراہٹ کے سامنے کینری جیسا انسان بھی کانپ اٹھا تھا۔

لیکن ایسی باتیں وہ کبھی کبھی کیا کرتا اور اگلی صبح اکثر بھول جاتا۔

اس کے بعد ایک طویل وقفہ آیا۔ یہ وقفہ ایسا تھا کہ اس نے سب کچھ بھلا دیا جینی بھی یاد نہ رہی۔ میں ہزاروں میل فاصلے سے واپس ملک میں آیا تو پھر دور دور بھیج دیا گیا۔ اس عرصے میں کبھی کوئی پرانی یاد تازہ ہو جاتی اور خیالات کے تسلسل میں جینی کا خیال آ جا تا تو میں یہی سوچتا کہ غالبًا اب اس سے کبھی ملاقات نہیں ہوگی۔

لگا تار تنہائی اور بہت سے کٹھن لمحوں کے بعد مجھے مختصر سی چھٹی ملی، میں قریب کی پہاڑیوں پر چلا گیا وہ علاقہ نہایت سر سبز و شاداب تھا دور دور تک چائے کے باغات تھے اور مالدار سوداگروں کی آبادیاں ۔ جہاں میں مقیم تھا وہاں خوب رونق تھی میری طرح بہت سے اجنبی سکون کی تلاش میں آئے ہوتے تھے چند ہی دنوں کے بعد مجھے معلوم ہو گیا کہ با وجود اتنی چہل پہل اور شور شعب کے وہ احساس تنہائی کم نہیں ہوا جو مجھے کھینچ کر لایا تھا ۔ ایک روز میں یونہی کھویا کھویا سا پھر رہا تھا کہ مجھے جینی مل گئی اس ایسے دور دراز خطے میں اسے پا کر مجھے از حد مسرت ہوئی اس مرتبہ تو وہ پہلے سے مختلف معلوم ہوئی اس کی باتوں میں حزن کی آمیزش تھی اس کے چہرے پر مردگی تھی۔ لیکن ایسی پژ مردگی جس میں عجیب جاذبیت تھی جو حسن و شباب کی تازگی سے کہیں دلفریب معلوم ہو رہی تھی، اس مسکراہٹ میں افسردگی کی رمق نے ایک عجیب وقار پیدا کر دیا تھا۔

وہ وہاں اپنے کسی عزیز کے ہاں رہتی تھی جو چائے کے سوداگر تھے وہ بھی اپنے کو تنہا محسوس کر رہی تھی۔ کلب، رقص، پارٹیاں، بے حد اکتا دینے والی تھیں وہاں اس کا صرف ایک دوست تھا، اسی کمپنی کا ایک بوڑھا ملازم جو تنہار ہتا جس کی زندگی کا سب سے قیمتی خزانہ وہ کتابیں تھیں جس سے لوٹ کر وہ بڑے اہتمام سے کتابیں نکالتا۔ دونوں پڑھتے بحث کرتے لڑتے، اب ہم تین ساتھی ہو گئے۔ چھٹی کے بقیہ دن یوں گزرے کہ پتہ بھی نہ چلا۔ واپس آ کر میں نے تبادلہ کرا لیا اور جینی کے پاس چلا گیا ہم جنگلوں میں نکل جاتے، سیر کرتے، کتابیں پڑھتے۔ بچوں کی طرح ہنستے کھیلتے، میں

اسے جتنا قریب سے دیکھتا اتنی ہی نئی خوبیاں پا تا وہ بہترین رفیق تھی اکثر مجھے محسوس ہوتا جیسے میں اسے پہلے کبھی نہیں ملا اس کی بے پناہ جاذبیت سے آشنا نہیں ہوا ہم رقص پر جاتے تو وہ سارا وقت مجھے دیتی، میری جانب متوجہ رہتی اس کی نگاہیں میرے چہرے پر ہی رہتیں، مجھے اس پر فخر ہونے لگتا۔

ہم ایک دوسرے کے قریب خاموش بیٹھے پڑھتے رہتے کئی کئی گھنٹوں تک بات سنج سنج جو تی لیکن ہمارے خیالات ہم آہنگ ہو جاتے دلوں میں طمانیت ہوتی، خاموشی اور تقریر کا فرق یوں مٹ جاتا جیسے ہم باتیں کر رہے ہیں۔ پتہ نہیں وہ کون سا رشتہ تھا جس نے ہم دونوں کو قریب رکھا غالباً دوستی کا جذبہ۔ یہ قریب اس قدر ضروری ہو گیا کہ ذرا سی جدائی شاق گزرنے لگتی۔

ایک روز میں نے اس کی کتابوں میں نظموں کی کاپی دیکھی، یہ نظمیں جینی نے لکھیں، یہ نظمیں کس قدر حزنیہ تھیں، کتنی کرب انگیز اور درد ناک میں نے اس سے پوچھا کہ یہ اس نے کب اور کن حالات میں لکھیں یہ اس کی لکھی ہوئی ہرگز نہیں معلوم ہوتیں جسے میں جانتا ہوں، دلیر اور نڈر جینی۔ اس نے کوئی جواب نہ دیا اور خاموش رہی۔

ایک سہ پہر کو ہم سیر سے واپس آ رہے تھے کہ بارش شروع ہو گئی پہلے تو درختوں کے نیچے چھتے رہے جب موسلا دھار مینہ برسنے لگا تو بھاگ کر ایک شکستہ جھونپڑی میں پناہ لی۔ میں نے اپنا کوٹ سوکھی ہوئی گھاس پر بچھا دیا۔ ہم دونوں بیٹھ گئے۔ کچھ دیر خاموش رہی، میں نظموں کی باتیں کرنے لگا یونہی تنگ کرنے کو کہا کہ پہلے تو کبھی بھولے سے بھی اس کی کوئی شعر اس کی زبان پر نہ آ تا تھا اب نہ جانے ہزاروں اشعار زبانی یاد ہیں کہیں اسے کوئی شاعری تو پسند نہیں آ گیا تمام اس کا چہرہ اتر گیا آنکھوں میں آنسو آ گئے۔ میں نے معافی مانگی شاید میں نے کوئی دکھتی ہوئی رگ چھیڑ دی تھی یا تلخ یاد تازہ کرا دی تھی میں نے اس کا ہاتھ اپنے ہاتھ میں لے لیا، دو ہبار معافی مانگی ایک ایک پھیکی سی مسکراہٹ اس کے لبوں پر آ گئی۔ جب وہ میرے شانے سے سر لگائے بیٹھی تھی، تو وہ ایسی ننھی منھی بچی معلوم ہو رہی تھی جو راستہ بھول گئی ہو، بالکل بے یار و مددگار جو سارے کی طالب ہو میں نے اس کے آنسو خشک کیے دونوں ہاتھوں سے اس کے چہرے کو تمام کرا سے پیار کیا۔ ان بار ہا چومتے ہوئے ہونوں پر اب تک تازگی تھی ان آنکھوں میں اب تک معصومیت تھی ان رخساروں پر وہی جلاء تھی یہ لڑکی وہی تھی جسے میں نے برسوں پہلے جی بی کے ساتھ مجاہے میں دیکھا تھا۔

اس کی زندگی کی ایک کہانی ایسی بھی رہ گئی تھی جو میں نے نہیں سنی تھی یہ کہانی اس نے خود سنائی یہ ایک شاعر کے متعلق تھی جو شرابی تھا، جواری تھا، مفلس تھا، جھوٹا تھا اپنی خودداری اور انفرادیت کو خیر باد کہہ چکا تھا، جس کی حرکتیں دیکھ کر افسوس کی بجائے غصہ آ تا جینی ہمیشہ اس پر ترس کھاتی ہر ممکن طریقے سے اس کی مدد کرتی سفارشیں کرکے اس کا کام چھوڑا، اسے ادھر ادھر متعارف کرلیا اس کی حوصلہ افزائی کی کہ شاید یہ اسی طرح سدھر جائے۔ اس کی زندگی بہتر بن سکے اور وہ بیش بہا خزانہ جو اس کے دماغ میں محفوظ ہے کہیں ضائع نہ ہو جائے۔ ترس کا یہ جذبہ دن بدن بڑھتا گیا جینی غیر شعوری طور پر اس کے قریب ہوتی گئی پھر اس جذبے نے ایک اور شکل اختیار کی۔ جینی کو خود علم نہیں تھا کہ جسے وہ محض جذبہ ترحم سمجھ رہی ہے ایک دن محبت کا پیش خیمہ ثابت ہوگا۔ جینی نے ایک آوارہ و بے خانماں کو پناہ دی اپنی رتوجہ اور اپنا پیار ایسے انسان پر ضائع کیا جو ہرگز اس کا حق دار نہ تھا۔ وہ سدھرتا جا رہا تھا اس کی حالت پہلے سے بہتر ہوتی جا رہی تھی۔ وہ کہا کرتا تھا کہ اسے جینی کی گزشتہ زندگی سے کوئی سروکار نہیں اب تو اسے اپنی گزشتہ زندگی سے بھی تعلق نہ رہا اس کی زندگی تب سے شروع ہوئی جب اس نے جینی کو پہلی مرتبہ دیکھا پتہ نہیں اس سے پہلے وہ کیوں کہ جیتا ہی لیکن اب وہ جینی کے بغیر زندہ نہیں رہ سکتا۔ اس نے اپنی نظموں میں بار بار جینی کو مخاطب کیا تھا.......تمہارے دل میں خلوص کے چشمے ابلتے ہیں۔ محبت کا قلزم رواں ہے، تمہارے دل میں وہ جذبات جس پر رات دن کا تسلسل قائم ہے، زمین و آسمان کی گردش قائم ہے۔ یہ جذبات جس دن دن فنا ہو گئے انسانیت فنا ہو جائے گی۔ دنیا چاند ستاروں کی طرح اجاڑ اور سنسان ہو جائے گی یہاں کچھ بھی نہ رہے گا۔

ایک روز اس نے جینی کو بتایا کہ وہ بیمار ہے اسے دق ہے کبھی کبھی یہ بیماری عود کر آتی ہے کاش کہ وہ تندرست ہوتا، تب کسی روز دونوں شادی کر لیتے زندگی کتنی سہانی ہو سکتی تھی کیسی کیسی راحتیں میسر ہوتیں۔ تب وہ سب اذیتیں بھول جاتی جو دنیا کے جہنم میں اب تک برداشت کی تھیں۔

وہ یونہی آوارگی میں مرنا چاہتا تھا لیکن بڑی مشکلوں سے جینی نے اسے سینی ٹوریم بھجوایا۔ فالتو خرچ برداشت کرنے کیلئے وہ دن بھر دفتر میں کام کرتی 'رات کو ٹیوشن پر لڑکیوں کو پڑھاتی لگا تار مشقت نے اسے کمزور کردیا۔ وہ بیمار رہنے لگی وقت گزر تا گیا ایک دن اسے معلوم ہوا کہ شاعر صرف اسی کے لئے نظمیں نہیں کہتا اس کے تخیل میں کوئی اور بھی شریک ہے ۔۔۔۔۔ یہ سینی ٹوریم کی ایک نرس تھی جسے وہ بعد میں ملا۔

جینی نے اس افواہ پر توجہ نہ دی 'یونہی کسی نے اڑا دی ہوگی ۔ وہ وہاں رات دن ایک سے ماحول میں رہ رہ کر تھک گیا ہوگا اسے تفریح بھی تو چاہیے کسی سے ہنسنے بولنے میں کوئی حرج نہیں ۔ جب وہ اس سے ملنے جاتی تو نرس کیلئے بھی تحائف لے جاتی ان دونوں کی دوستی پر اس نے کبھی شبہ نہیں کیا لیکن یہ افواہ محض افواہ نہیں رہی۔ شاعر سینی ٹوریم سے تندرست ہورآ یا تو اس نے شادی کرلی 'نرس کے ساتھ ۔ جینی پھر بھی اس سے ملتی رہی اسے روپے دیتی رہی ۔ آخر نرس نے ان ملاقاتوں پر اعتراض کیا کہ جینی جیسی لڑکی سے ملنا بدنامی مول لینا ہے ۔ شاعر نے اس اعتراض کو سر آنکھوں پر لیا اور جینی سے ملنا چھوڑ دیا۔ موقع ملنے پر وہ اسے بدنام بھی کرتا اپنے کارنامے سنا تا جینی کے پرانے عاشقوں کے قصے لے بیٹھتا۔

وہ کہانی سنا چکیتو میں نے اسے بتایا کہ ہم پرانے دوست ہیں ۔ دوستی عظیم ترین رشتہ ہے خلوص پر میرا ایمان ہے ۔ میں انسانی کمزوریوں سے ہرگز منکر نہیں ۔ شاید مجھے اچھے برے کی تمیز نہ ہو لیکن ان جذبات کی قدر کرتا ہوں 'جن میں خلوص کا فر ما ہو خواہ ان جذبات کا انجام کیسا ہی ہو ۔ زندگی میں تبدیلیاں آتی رہتی ہیں ذہنی کیفیتیں بھی دیر پا نہیں ہوتیں لیکن وہ جذبات جو اپنے وقت پر صادق تھے ہمیشہ صادق رہتے ہیں ۔ اس لئے وہ مدو جز جو تمہاری زندگی میں آئے ناگزیر تھے تم بچی تھیں۔ تمہارے جذبات سچے تھے میں نے تمہیں بہت قریب سے دیکھا ہے تمہیں پسند کے علاوہ تمہاری عزت بھی کرتا ہوں۔

آ ہستہ آ ہستہ اس نے لوگوں سے ملنا جلنا چھوڑ دیا با ہر جانا بند کر دیا وہ ہر وقت میری منتظر رہتی ۔ لیکن اب وہ مسرور نہیں تھی اسے اب ماضی یا حال کا اتنا خیال نہیں رہا تھا جتنا مستقبل کا' وہ تنہا اور اداس تھی ۔ کئی مرتبہ میں نے اسے قبرستان میں بیٹھے دیکھا۔ ایک روز میں بھی اس کے پاس چلا گیا وہ عجیب سی باتیں کرنے لگی کبھی ایسے پرسکون لمحات بھی آئیں گے جب میں بھی اسی طرح سو جاؤں گی ۔ وہ خاموشی کتنی سہانی ہوگی ۔ موت کے بعد اگر چہ محض خلاء ہوگا دل دوز تار یکی اس دوز تار یکی اس کرب نگیز اجالے سے ہرگز بری نہیں ہوگی ۔ اپنی نظم کا ایک بند اس نے کئی بار دہرایا ۔۔۔۔۔"میں ان بدنصیبوں میں سے ہوں جنہیں ہر صبح قلیل روشنی ملتی ہے ۔ امید کی اتنی سی جلاء کے صرف دن بھر زندہ رہ سکیں ۔ جس روز یہ روشنی نہ مل سکی میں ظلمتوں میں کھو جاؤں گا''

میں نے رنگین اور خوش نما چیز وں کی باتیں کر کے موضوع بدلنا چاہا لیکن وہ بولی ۔۔۔۔۔'' کاش تم اندازہ لگا سکتے کہ میں کس قدر غمگین ہوں' کس قدر دل شکستہ ہوں' اگر مجھے سہارانہ ملا تو میرے خواب تمام ہو جائیں گے اصول ختم ہو جائیں گے میں کم ہو جاؤں گا ۔۔۔۔۔''

پھر ایک دن میں جب ان افواہوں کی تر دید کرنا چاہتا تھا جو ہم نے بار ہا اپنے متعلق سنی تھیں وہ کہنے لگی ۔۔۔۔۔ تم مجھے جانتے ہو' سمجھتے ہو۔ میں بھی تمہاری سیاح روح سے آشنا ہوں' تمہارے ان گنت مشغلوں طرح طرح کے خوابوں کا مجھے احساس ہے میں تم سے صرف ذرا سی توجہ مانگتی ہوں بالکل ذرا سا سہارا اپنی زندگی کا قلیل سا حصہ مجھے دے دو' میں ہمیشہ قانع رہوں گی 'میں کبھی تم پر بار نہیں ہوں گی تم میرا ساتھ نہ دینا میں تمہارے ساتھ چلوں گی۔

میں اس اشارے کو سمجھ گیا تھا' پہلے بھی کئی مرتبہ اس نے ایسی باتیں کی تھیں ۔ میں یہ بھی جانتا تھا کہ عورت اور مرد کی دوستی نہایت محدود ہے اس پر کئی اخلاقی اور سماجی بندشیں عائد ہیں ۔ یہ بندش ایک حد تک درست بھی ہیں آخر ایک مقام آ تا ہے جہاں فیصلہ کرنا پڑتا ہے ۔ میں اس مقام سے لوٹ گیا۔

فیصلہ کرنے کا وقت آیا میں بزدل ثابت ہوا میں خاموش ہوگیا ۔ خاموش تہہ و کر میں اس گروہ میں شامل ہوگیا جو جینی کی زندگی میں مجھ سے پہلے

آیا وہ گردہ جو بظاہر اپنے آپ کو باغی ظاہر کرتا ہے لیکن دراصل ساجی روایات کا غلام تھا۔ جینی سمجھ گئی، پھر اس نے کبھی ایسی باتیں نہیں کیں ہم دونوں میں ایک معاہدہ سا ہو گیا اگر چہ یہ معاہدہ زبان پر نہیں آیا لیکن طے ہو گیا کہ جب تک ایک دوسرے کے قریب ہیں پرانے دوستوں کی طرح رہیں۔

میں نے تبادلے کیلئے کہا تو مجھے دوسری جگہ بھیج دیا گیا۔ چلتے وقت جینی مجھے چھوڑنے آئی اس کی آنکھوں میں آنسو تھے پہلی مرتبہ میں نے اسے سب کے سامنے روتے دیکھا ان آنسوؤں کے باوجود وہ مسکرانے کی کوشش کر رہی تھی بار بار وہ آنکھیں خشک کرتی، میں نے رومال مانگا، اس نے بالکل پہلی سی شوخی سے پوچھا کہ رومال لے کر کیا کرو گے؟ میں نے کہا اسے یاد کے طور پر رکھوں گا۔

"اور میرے آنسو کیوں کر خشک ہوں گے......؟" اس نے گیلا دعا دیتے ہوئے پوچھا۔

چند مہینوں کے بعد میں نے سنا کہ اس نے کسی سے شادی کر لی۔

جو جواب میں نے اس کی مسکراہٹ سے مانگا تھا وہ نہیں ملا پھر ایک لخت معلوم ہوا کہ موسیقی ختم ہو چکی تھی، رقص ختم ہو چکا تھا، لوگ کھانے کیلئے دوسرے کمرے میں جا رہے تھے۔ میں اور جی بی بھی چلے گئے کچھ دیر کے بعد واپس آئے تو جینی جا چکی تھی۔ اس کا خاوند بھی وہاں نہیں تھا۔

مجھے یونہی خیال سا آیا کہ اس مرتبہ جینی سے بہت کم باتیں ہوئیں۔ میں اس سے دور دور رہا۔ نہ اس سے کچھ پوچھا نہ بتایا اس سے رومال بھی نہیں مانگا۔

نہ جانے کیوں میں اس گوشے میں چلا گیا جہاں جینی اور اس کا خاوند بیٹھے رہے تھے۔ میں نے دیکھا کرمیز کے نیچے ایک مسلا ہوا رومال پڑا تھا جو رقص کرتے ہوئے لوگوں کے قدموں تلے آ چکا تھا۔ میں نے اسے اٹھا لیا جھاڑا، سلوٹیں دور کیں جانی پہچانی خوشبو سے فضا معطر ہو گئی۔

یہ رومال یہاں کیسے آیا، جینی جان بوجھ کر میرے لئے چھوڑ گئی یا یونہی اتفاق سے رہ گیا۔

دیر تک میں اس رومال کو لئے وہیں کھڑا رہا۔ اس رونے دھونے ہوئے مسلے ہوئے سرخ دل کو دیکھتا رہا جواب تک کمارا گیں خوشبو میں بسا ہوا تھا۔

جینی کا دل.....عورت کا دل۔

کالی شلوار

سعادت حسن منٹو

دہلی سے آنے سے پہلے وہ انبالہ چھاؤنی میں تھی، جہاں کئی گورے اس کے گاہک تھے۔ان گوروں سے ملنے جلنے کے باعث وہ انگریزی کے پندرہ بیس جملے سیکھ گئی تھی۔ ان کو وہ عام گفتگو میں استعمال نہیں کرتی تھی لیکن جب وہ یہاں آئی اور اس کا کاروبار نہ چلا تو ایک روز اس نے اپنی پڑوسن طمنچہ جان سے کہا۔''دس لیف .... ور بیڈ۔''یعنی یہ زندگی بہت بری ہے،جبکہ کھانے ہی کو نہیں ملتا۔

انبالہ چھاؤنی میں اس کا دھندا بہت اچھا چلتا تھا۔ چھاؤنی کے گورے شراب پی کر اس کے پاس آ جاتے تھے اور وہ تین چار گھنٹوں میں ہی آٹھ دس گوروں کو نپٹا کر بیس روپے پیدا کرتی تھی۔ یہ گورے،اس کے ہم وطنوں کے مقابلے میں اچھے تھے۔اس میں کوئی شک نہیں کہ وہ ایسی زبان بولتے تھے جس کا مطلب سلطانہ کی سمجھ میں نہیں آتا تھا۔مگر ان کی زبان سے یہ لاعلمی اس کے حق میں بہت اچھی ثابت ہوتی تھی۔اگر وہ اس سے کچھ رعایت چاہتے تو وہ کہہ دیا کرتی تھی''صاحب ہماری سمجھ میں تمہاری بات نہیں آتی۔''اور اگر وہ اس سے ضرورت سے زیادہ چھیڑ چھاڑ کرتے وہ اپنی زبان میں گالیاں دینی شروع کر دیتی تھی۔ وہ حیرت میں اس کے منہ کی طرف دیکھتے تو وہ کہتی۔''صاحب! تم ایک دم الو کا پٹھا ہے ...... حرامزاد ہے، سمجھا۔'' یہ کہتے وقت وہ لہجہ میں سختی پیدا نہ کرتی بلکہ بڑے پیار کے ساتھ ان سے باتیں کرتی۔ گورے ہنس دیتے اور ہنستے وقت وہ سلطان کو بالکل الو کے پٹھے دکھائی دیتے۔

مگر یہاں دہلی میں وہ جب سے آئی تھی ایک بھی گورا اس کے یہاں نہیں آیا تھا۔ تین مہینے اس کو ہندوستان کے اس شہر میں رہتے ہو گئے تھے جہاں اس نے یہ سنا تھا کہ بڑے بڑے لاٹ صاحب رہتے ہیں مگر صرف چھ آدمی اس کے پاس آئے تھے۔صرف چھ،یعنی مہینے میں دو اور ان چھ گاہوں سے خدا جھوٹ نہ بلوائے ساڑھے اٹھارہ روپے وصول کئے تھے۔تین روپے سے زیادہ پر کوئی نہ مانتا تھا۔ سلطانہ نے ان میں سے پانچ آدمیوں کو اپنا ریٹ دس روپے بتلایا تھا مگر تعجب کی بات ہے کہ ان میں سے ہر ایک نے یہی کہا'' بھی ہم تین روپے سے ایک کوڑی زیادہ نہیں دیں گے۔'' جانے کیا بات تھی کہ ان میں سے ہر ایک نے اسے تین روپے کے قابل سمجھا۔ چنانچہ جب چھٹا آیا تو اس نے خود اس سے کہا۔'' دیکھو میں تین روپے ایک ٹیم کے لوں گی۔اس سے ایک دھیلا تم کم کہو تو میں نہ لوں گی۔ اب تمہاری مرضی ہو تو رہو ور نہ جاؤ۔'' چھٹے آدمی نے یہ سن کر تکرار نہ کی اور اس کے ہاں ٹھہر گیا۔ جب دوسرے کمرے میں .... دروازہ بند کر کے اپنا کوٹ اتار نے لگا تو سلطانہ نے کہا ''لائے ایک روپے دودھ کا۔'' اس نے ایک روپیہ تو نہ دیا لیکن نے بادشاہ کی چمکتی ہوئی چونی جیب میں سے نکال کر اس کو دے دی اور سلطانہ نے پچکے سے لے لی کہ چلو جو آیا مال غنیمت ہے۔

ساڑھے اٹھارہ روپے ماہوار تین مہینوں میں .... بیس روپے ماہوار تو اس کو اٹھے کا کرایہ تھا جس کو مالک انگریزی زبان میں فلیٹ کہتا تھا۔ اس فلیٹ میں ایسا پاخانہ تھا جس میں زنجیر کھینچنے سے ساری گندگی پانی کے زور سے ایک دم نل میں غائب ہو جاتی تھی اور بڑا زبردست شور ہوتا تھا۔شروع شروع میں تو اس شور نے اسے بہت ڈرایا تھا۔ پہلے دن جب وہ رفع حاجت کے لئے اس پاخانہ میں گئی تو اس کی کمر میں شدت کا درد ہو رہا تھا فارغ ہو کر جب اٹھنے لگی تو اس نے لٹکتی ہوئی زنجیر کا سہارا لے لیا۔اس زنجیر کو دیکھ کر اس نے یہ خیال کیا چونکہ یہ مکان خاص طور سے ہم لوگوں کی رہائش کے لئے تیار کیے گئے ہیں۔ یہ زنجیر اس لئے لٹکائی گئی ہے کہ اٹھتے وقت تکلیف نہ ہو اور سہارا مل جایا کرے۔ مگر جونہی زنجیر پکڑ کر اس نے اٹھنا چاہا اوپر کھٹ کھٹ سی ہوئی اور پھر ایک دم پانی اس شور کے ساتھ باہر نکلا کہ ڈر کے مارے اس کے منہ سے چیخ نکل گئی۔

خدا بخش دوسرے کمرے میں اپنا فوٹو گرافی کا سامان درست کر رہا تھا اور ایک صاف بوتل میں ہائیڈروکونین ڈال رہا تھا کہ اس نے سلطانہ کی چیخ سنی ۔ دوڑ کر باہر نکلا اور سلطانہ سے کہنے لگا "کیا ہوا ...... چیخ تمہاری تھی ۔"

سلطانہ کا دل دھڑک رہا تھا ۔ "یہ موا پنجانہ ہے کیا ...... نیچے میں یہ ریل گاڑیوں کی طرح زنجیر کیا لٹکا رکھی ہے ۔ میری کمر میں درد تھا ۔ میں نے کہا چلو اس کا سہارا لے لوں گی ۔ پر اس موئی زنجیر کو چھیڑنا تھا کہ ایسا دھما کا ہوا کہ میں تم سے کیا کہوں ۔"

اس پر خدا بخش بہت ہنسا تھا اور اس نے سلطانہ کو اس پنجانہ کی بابت سب کچھ بتا دیا تھا کہ یہ نئے فیشن کا ہے جس میں زنجیر ہلانے سے سب گندگی نیچے زمین میں دھنس جاتی ہے ۔

خدا بخش اور سلطانہ کا آپس میں کیسے سمبندھ ہوا یہ ایک لمبی کہانی ہے ۔ خدا بخش راولپنڈی کا تھا ۔ انٹرنس پاس کرنے کے بعد اس نے لاری چلانا سیکھا ۔ چنانچہ چار برس تک وہ راولپنڈی اور کشمیر کے درمیان لاری چلانے کا کام کرتا رہا ۔ اس کے بعد کشمیر میں اس کی دوستی ایک عورت سے ہوگئی ۔ اس کو بھگا کر وہ لاہور لے آیا ۔ لاہور میں چونکہ اس کو کوئی کام نہ ملا اس لئے اس نے اس عورت کو پیشے بٹھا دیا ۔ دو تین برس تک یہ سلسلہ چلتا رہا اور وہ عورت کسی اور کے ساتھ بھاگ گئی ۔ خدا بخش کو معلوم ہوا کہ وہ انبالہ میں ہے وہ اس کی تلاش میں انبالہ میں آیا ۔ اس کو سلطانہ مل گئی ۔ سلطانہ نے اس کو پسند کیا چنانچہ دونوں کا سمبندھ ہوگیا ۔

خدا بخش کے آنے سے ایک دم سلطانہ کا کاروبار چمک اٹھا ۔ عورت چونکہ ضعیف الاعتقاد تھی اس لئے اس نے سمجھا کہ خدا بخش بڑا بھا گوان ہے جس کے آنے سے اتنی ترقی ہوگئی چنانچہ اس خوش اعتقادی نے خدا بخش کی وقعت اس کی نظروں میں اور بھی بڑھا دی ۔

خدا بخش آدمی محنتی تھا ۔ وہ سارا دن ہاتھ پر ہاتھ دھر کر بیٹھنا پسند نہیں کرتا تھا چنانچہ اس نے ایک فوٹو گرافر سے دوستی پیدا کی جو ریلوے اسٹیشن کے باہر منٹ کیمرے سے فوٹو کھینچا کرتا تھا ۔ اس سے اس نے فوٹو کھینچنا سیکھ لیا ۔ پھر سلطانہ سے ساٹھ روپے لے کر کیمرہ بھی خرید لیا ۔ آہستہ آہستہ ایک پردہ بھی بنوایا ۔ دو کرسیاں خریدیں اور فوٹو دھونے کا سب سامان لے کر اس نے علیحدہ اپنا کام شروع کر دیا ۔

کام چل نکلا چنانچہ اس نے تھوڑے ہی عرصہ بعد اپنا اڈا انبالہ چھاؤنی میں قائم کر دیا ۔ یہاں وہ گوروں کے فوٹو کھینچتا رہتا ۔ ایک مہینے کے اندر اندر اس کی چھاؤنی کے متعدد دلوں سے واقفیت ہوگئی چنانچہ وہ سلطانہ کو بھی یہاں لے گیا ۔ یہاں چھاؤنی میں خدا بخش کے ذریعے سے کئی گورے سلطانہ کے مستقل گا ہک بن گئے اور اس کی آمدنی پہلے سے دوگنی ہوگئی ۔

سلطانہ نے کانوں کے لئے بندے خریدے ، ساڑھے پانچ تولہ کی آٹھ کنگنیاں بھی بنوالیں ، دس پندرہ اچھی اچھی ساڑھیاں بھی جمع کرلیں ۔ گھر میں فرنیچر وغیرہ بھی آگیا ۔ قصہ مختصر یہ کہ انبالہ چھاؤنی میں وہ بڑی خوش حال تھی ۔ مگر ایکا ایکی نہ جانے خدا بخش کے دل میں کیا سمائی کہ اس نے دہلی جانے کی ٹھان لی ۔ سلطانہ انکار کیسے کرتی جبکہ وہ خدا بخش کو اپنے لئے بہت مبارک خیال کرتی تھی ۔ اس نے خوشی خوشی دہلی جانا قبول کرلیا بلکہ اس نے یہ بھی سوچا کہ اتنے بڑے شہر میں جہاں لاٹ صاحب رہتے ہیں اس کا دھندا اور بھی اچھا چلے گا ۔ اپنی سہیلیوں سے وہ دہلی شہر کی تعریف سن چکی تھی پھر وہاں حضرت نظام الدین اولیاء کی خانقاہ تھی جس سے اسے حد عقیدت تھی چنانچہ جلدی جلدی گھر کا بھاری سامان بیچ باچ کر خدا بخش کے ساتھ دہلی آگئی ۔ یہاں پہنچ کر خدا بخش نے تیس روپے ماہوار پر ایک چھوٹا سا فلیٹ لے لیا جس میں وہ دونوں رہنے لگے ۔

ایک ہی قسم کے نئے نئے مکانوں کی لمبی سی قطار سڑک کے ساتھ ساتھ چلی گئی تھی ۔ میونسپل کمیٹی نے یہ حصہ شہر کا خاص کسبیوں کے لئے مقرر کر دیا تھا کہ وہ شہر میں جگہ جگہ اپنے اڈے نہ بنائیں ۔ نیچے دکانیں تھیں اور اوپر دو منزلہ رہائشی فلیٹ تھے ، چونکہ سب عمارتیں ایک ہی ڈیزائن کی تھیں اس لئے شروع شروع میں سلطانہ کو اپنا فلیٹ تلاش کرنے میں بہت دقت محسوس ہوتی تھی ، پر جب نیچے لانڈری والے نے اپنا بورڈ گھر کی پیشانی پر لگا دیا تو اس کی ایک پکی نشانی مل گئی ۔ "یہاں میلے کپڑوں کی دھلائی کی جاتی ہے" ۔ یہ بورڈ پڑھتے ہی وہ اپنا فلیٹ تلاش کرلیا کرتی تھی ۔ اسی طرح اس

نے اور بہت سی نشانیاں قائم کر لی تھیں مثلاً بڑے بڑے حرف میں جہاں کوئلوں کی دکان تھا وہاں اس کی ہیرابائی رہتی تھی جو کبھی کبھی ریڈیو میں گایا کرتی تھی۔ جہاں "شرفاء کے کھانے کا اعلیٰ انتظام ہے" لکھا تھا وہاں اس کی دوسری سہیلی مختار رہتی تھی۔ نوار کے کارخانے کے اوپر انوری رہتی تھی جو اس کارخانے کے سیٹھ کے پاس ملازم تھی چونکہ سیٹھ صاحب کو رات کے وقت کارخانے کی دیکھ بھال کرنا ہوتی تھی اس لئے وہ رات کو انوری کے پاس ہی رہتے تھے۔

دوکان کھولتے ہی گاہک تھوڑے ہی آتے ہیں۔ چنانچہ جب ایک مہینے تک سلطانہ بیکار رہی تو اس نے یہی سوچ کر اپنے دل کو تسلی دی پر جب دو مہینے گزر گئے اور کوئی اس کے کوٹھے پر نہ آیا تو اسے بہت تشویش ہوئی۔ اس نے خدا بخش سے کہا۔ "کیا بات ہے خدا بخش! دو مہینے آج پورے ہو گئے ہیں یہاں آئے ہوئے۔ کسی نے ادھر کا رخ ہی نہیں کیا ...... مانتی ہوں آج کل بازار بہت مندا ہے پر اتنا بھی تو نہیں کہ مہینے بھر میں کوئی شکل ہی دیکھنے نہ آئے۔" خدا بخش کو بھی یہ بات بہت عرصے سے کھٹک رہی تھی، مگر وہ خاموش تھا پر جب سلطانہ نے خود بات چھیڑی تو اس نے کہا "میں کئی دن سے اس کی بابت سوچ رہا ہوں۔ ایک بات میری سمجھ میں آئی ہے وہ یہ کہ یہ جنگ دھندوں میں پڑنے کی وجہ سے لوگ بھاگ کر دوسرے دھندوں میں ادھر کا راستہ بھول گئے ...... یا پھر یہ ہو سکتا ہے کہ ......"

وہ اس سے آگے کچھ کہنے ہی والا تھا کہ سیڑھیوں پر کسی کے چڑھنے کی آواز آئی۔ خدا بخش اور سلطانہ دونوں اس آواز کی طرف متوجہ ہو ئے۔ تھوڑی دیر کے بعد دستک ہوئی۔ خدا بخش نے لپک کر دروازہ کھولا۔ ایک آدمی اندر داخل ہوا۔ یہ پہلا گاہک تھا جس سے تین روپے میں سودا طے ہوا۔ اس کے بعد پانچ اور آئے یعنی تین مہینے میں چھ، جن سے سلطانہ نے صرف ساڑھے اٹھارہ روپے وصول کئے۔

بیس روپے ماہوار تو فلیٹ کے کرایے میں چلے جاتے تھے۔ پانی کا ٹیکس اور بجلی کا بل جدا تھا۔ اس کے علاوہ گھر کے دوسرے خرچ تھے کھانا پینا کپڑے لتے۔ دوا اور دارو اور آمدن کچھ بھی نہیں۔ ساڑھے اٹھارہ روپے تین مہینوں میں آئیں تو اسے آمدن تو نہیں کہہ سکتے۔ سلطانہ پریشان ہو گئی۔ ساڑھے پانچ تولے کی آٹھ کنگنیاں جو اس نے انبالہ میں بنوائی تھیں آہستہ آہستہ بک گئیں۔ آخری کنگنی کی جب باری آئی تو اس نے خدا بخش سے کہا "تم میری سنو اور چلو واپس انبالہ، یہاں کیا دھرا ہے۔ بھئی ہو گا، پر ہمیں تو یہ شہر راس نہیں۔ تمہارا کام وہاں خوب چلتا تھا، چلو وہیں چلتے ہیں، جو نقصان ہوا ہے اس کو اپنا سر صدقہ سمجھو۔ یہ آخری کنگنی بیچ کر آؤ میں اسباب وغیرہ باندھ کر تیار رکھتی ہوں۔ آج رات کی گاڑی سے یہاں سے چل دیں گے۔"

خدا بخش نے کنگنی سلطانہ کے ہاتھ سے لے لی اور کہا "نہیں جان من! انبالہ اب نہیں جائیں گے یہیں دہلی میں رہ کر کمائیں گے۔ یہ تمہاری چوڑیاں سب کی سب یہیں واپس آئیں گی۔ اللہ پر بھروسہ رکھو، وہ بڑا کارساز ہے۔ یہاں پر بھی کوئی نہ کوئی اسباب بنا ہی دے گا۔"

سلطانہ چپ ہو رہی چنانچہ آخری کنگنی بھی ہاتھ سے اتر گئی۔ بچے ہاتھ دیکھ کر اس کو بہت رنج ہوتا تھا پر کیا کرتی پیٹ کو بھی آخر کسی حیلے بھرنا تھا۔

جب پانچ مہینے گزر گئے اور آمدن خرچ کے مقابلے میں چوتھائی سے بھی کچھ کم رہی تو سلطانہ کی پریشانی اور زیادہ بڑھ گئی۔ خدا بخش بھی سارا دن اب گھر سے غائب رہنے لگا۔ سلطانہ کو اس کا بھی دکھ تھا۔ اس میں کوئی شک نہیں کہ پڑوس میں اس کی دو تین ملنے والیاں موجود تھیں جن کے ساتھ وہ وقت کاٹ سکتی تھی۔ پر ہر روز ان کے یہاں جانا اور گھنٹوں بیٹھے رہنا اس کو بہت برا لگتا تھا چنانچہ رفتہ رفتہ اس نے ان سہیلیوں سے ملنا جلنا بالکل ترک کر دیا۔ سارا دن وہ اپنے سنسان مکان میں بیٹھی رہتی، کبھی چھالیہ کاٹتی رہتی، کبھی اپنے پرانے اور پھٹے پرانے کپڑوں کو سیتی رہتی اور کبھی بالکونی میں آ کر جنگلے کے پاس کھڑی ہو جاتی تھی اور سامنے ریلوے شیڈ میں ساکت اور متحرک انجنوں کی طرف گھنٹوں بے مطلب دیکھتی رہتی۔

سڑک کی دوسری طرف مال گودام تھا جو اس کونے سے اس کونے تک پھیلا ہوا تھا۔ دائیں ہاتھ کو لوہے کی چھت کے نیچے بڑی بڑی گٹھڑیں

بڑی رہتی تھیں اور ہر قسم کے مال اسباب کے ڈھیر لگے رہتے تھے ۔ بائیں ہاتھ کو کھلا میدان تھا جس میں بے شمار ریل کی پٹڑیاں بچھی ہوئی تھیں ۔ دھوپ میں لوہے کی یہ پٹڑیاں چمکتیں تو سلطانہ اپنے ہاتھوں کی طرف دیکھتی جن پر نیلی نیلی رگیں بالکل ان پٹڑیوں کی طرح ابھری رہتی تھیں ۔ اس لمبے اور کھلے میدان میں ہر وقت انجن اور گاڑیاں چلتی رہتی تھیں ۔ کبھی اِدھر کبھی اُدھر ۔ ان انجنوں اور گاڑیوں کی چھک چھک اور پھک پھک کی صدائیں گونجتی رہتی تھیں ۔ صبح سویرے جب وہ اٹھ کر بالکونی میں آتی تو ایک عجیب سماں اسے نظر آتا ۔ دھند لکے میں انجنوں کے منہ سے گاڑھا گاڑھا دھواں نکلتا اور گدلے آسمان کی جانب موٹے اور بھاری آدمیوں کی طرح اٹھتا دکھائی دیتا تھا ۔ بھاپ کے بڑے بڑے بال بھی ایک عجیب شور کے ساتھ پٹڑیوں سے اٹھتے تھے اور ہولے ہولے ہوا کے اندر گھل مل جاتے تھے پھر کبھی جب وہ گاڑی کے کسی ڈبے کو جسے انجن نے دھکا دے کر چھوڑ دیا ہوں اکیلے پٹڑیوں پر چلتا دیکھتی تو اسے اپنا خیال آتا ۔ وہ سوچتی کہ اسے بھی کسی نے پٹڑی پر دھکا دے کر چھوڑ دیا ہے اور خود بخود جا رہی ہے ۔ دوسرے لوگ کانٹے بدل رہے ہیں اور وہ چلی جا رہی ہے .... نہ جانے کہاں ۔ پھر ایک روز ایسا آئے گا کہ جب اس دھکے کا زور آہستہ آہستہ ختم ہو جائے گا اور وہ کہیں رک جائے گی کسی ایسے مقام پر جو اس کا دیکھا بھالا نہ ہو ۔

یوں تو بے مطلب گھنٹوں ریل کی ان ٹیڑھی پٹڑیوں اور ٹھہرے ہوئے چلتے ہوئے انجنوں کی طرف دیکھتی رہتی تھی پر طرح طرح کے خیالات اس کے دماغ میں آتے رہتے تھے ۔ انبالہ چھاؤنی میں جب وہ رہتی تھی تو اسٹیشن کے پاس ہی اس کا مکان تھا مگر وہاں اس نے کبھی ان چیزوں کو ایسی نظروں سے نہیں دیکھا تھا ۔ اب تو کبھی کبھی اس کے دماغ میں یہ بھی خیال آتا کہ جو سامنے ریل کی پٹڑیوں کا جال سا بچھا ہوا ہے اور جگہ جگہ سے بھاپ اور دھواں اٹھ رہا ہے ایک بہت بڑا چکلہ ہے ۔ بہت سی گاڑیاں ہیں جن کو چند موٹے موٹے انجن اِدھر اُدھر دھکیلتے رہتے ہیں ۔ سلطانہ کو بعض اوقات یہ انجن سیٹھ معلوم ہوتے جو کبھی کبھی انبالہ میں اس کے ہاں آیا کرتے تھے پھر کبھی جب وہ کسی انجن کو آہستہ آہستہ گاڑیوں کی قطار کے پاس گزرتا دیکھتی تو اسے ایسا محسوس ہوتا کہ کوئی آدمی چکلے کی کسی بازار میں سے اوپر کوٹھوں کی طرف دیکھتا جا رہا ہے ۔

سلطانہ سمجھتی تھی کہ ایسی باتیں سوچنا دماغ کی خرابی کا باعث ہے ، چنانچہ جب اس قسم کے خیالات اس کو آنے لگتے تو اس نے بالکونی میں جانا چھوڑ دیا ۔ خدا بخش سے اس نے بار ہا کہا دیا دیکھو ، میرے حال پر رحم کرو یہاں گھر میں رہ کر میں سارا دن یہاں بیماروں کی طرح پڑی رہتی ہوں مگر اس نے ہر بار سلطانہ سے یہ کہہ کر اس کی تشفی کر دی ''جان من .... میں باہر کمانے کی فکر کر رہا ہوں ۔ اللہ نے چاہا تو چند دنوں میں بیڑا پار ہو جائے گا ۔''

پورے پانچ مہینے ہو گئے تھے مگر ابھی تک نہ سلطانہ کا بیڑا پار ہوا تھا اور نہ خدا بخش کا ۔

محرم کا مہینہ آ رہا تھا مگر سلطانہ کے پاس کالے کپڑے بنوانے کے لئے کچھ بھی نہ تھا ۔ مختار نے لیڈی ہیملٹن کی ایک نئی وضع کی قمیض بنوائی تھی جس کی آستینیں کالی جارجٹ کی تھیں ۔ اس کے ساتھ پیچ کرنے کے لئے اس کے پاس کالی ساٹن کی شلوار تھی جو کاجل کی طرح چمکتی تھی ۔ انوری نے ریشمی جارجٹ کی ایک بڑی نفیس ساڑھی خریدی تھی ۔ اس نے سلطانہ سے کہا تھا وہ اس ساڑھی کے نیچے سفید بوسکی کا کوٹ پہنے گی کیونکہ یہ نیا فیشن ہے ۔ اس ساڑھی کے ساتھ پہننے کو انوری نے کالی مخمل کا ایک جوتا لائی تھی جو ایک بڑا نازک تھا ۔ سلطانہ نے جب یہ تمام چیزیں دیکھیں تو اس کو اس احساس نے بہت دکھ دیا کہ وہ محرم منانے کے لئے ایسا لباس خریدنے کی استطاعت نہیں رکھتی ۔

انوری اور مختار کے پاس یہ لباس دیکھ کر جب وہ گھر آئی تو اس کا دل بہت مغموم تھا ۔ اسے ایسا معلوم ہوتا تھا کہ ایک پھوڑا سا اس کے اندر پیدا ہو گیا ہے ۔ گھر بالکل خالی تھی خدا بخش بھی حسب معمول باہر تھا ۔ دیر تک وہ دری پر گاؤ تکیہ کو سر کے نیچے رکھے لیٹی رہی پر جب اس کی گردن اونچائی کے باعث اکڑ سی گئی تو وہ اٹھ کر بالکونی میں چلی گئی تا کہ غم افزا خیالات کو اپنا دماغ سے نکال دے ۔

سامنے پٹڑیوں پر گاڑیوں کے ڈبے کھڑے تھے ۔ پر انجن کوئی بھی نہیں تھا ۔ شام کا وقت تھا چھٹکا دو ہو چکا تھا ۔ اس لئے گرد و غبار دب گیا تھا ۔ بازار میں ایسے آدمی چلنے شروع ہو گئے تھے جو تا تانک جھما تانک کرنے کے بعد چپ چاپ گھروں کا رخ کرتے ہیں ۔ ایسے ہی ایک آدمی نے گردن

اونچی کر کے سلطانہ کی طرف دیکھا۔ سلطانہ مسکرا دی اور اس کو بھول گئی کیونکہ سامنے پٹڑیوں پر ایک انجن نمودار ہو گیا تھا۔ سلطانہ نے غور سے اس کی طرف دیکھنا شروع کیا اور آہستہ آہستہ یہ خیال دماغ سے نکالنے کی خاطر جب اس نے پھر سڑک کی طرف دیکھا تو وہی آدمی بیل گاڑیوں کے پاس کھڑا نظر آیا۔ وہی جس نے اس کی طرف للچائی نظروں سے دیکھا تھا۔ سلطانہ نے ہاتھ سے اسے اشارہ کیا۔ اس آدمی نے ادھر ادھر دیکھ کر ہاتھ کے اشارے سے پوچھا ''کدھر سے آؤں؟'' سلطانہ نے اسے راستہ بتا دیا۔ وہ آدمی تھوڑی دیر کھڑا رہا مگر بڑی پھرتی سے اوپر چلا آیا۔

سلطانہ نے اسے دری پر بٹھایا جب وہ بیٹھ گیا تو اس نے سلسلہ گفتگو شروع کرنے کے لئے کہا ''آپ اوپر آتے ہوئے ڈر رہے تھے۔'' وہ آدمی یہ سن کر مسکرایا۔ ''تمہیں کیسے معلوم ہوا۔۔۔۔۔۔ ڈرنے کی بات ہی کیا تھی؟'' اس پر سلطانہ نے کہا کہ ''یہ میں نے اس لئے کہا کہ آپ دیر تک وہیں کھڑے رہے اور پھر کچھ سوچ کر ادھر آئے''۔ وہ یہ سن کر مسکرا دیا ''تمہیں غلط فہمی ہوئی۔ میں تمہارے اوپر والے فلیٹ کی طرف دیکھ رہا تھا۔ وہاں کوئی عورت کھڑی ایک مرد کو ٹھینگا دکھا رہی تھی۔ مجھے یہ منظر پسند آیا پھر بالکونی میں سبز بلب روشن ہوا تو میں کچھ دیر کے لئے اور ٹھہر گیا۔ سبز روشنی مجھے بہت پسند ہے۔ آنکھوں کو اچھی لگتی ہے۔'' یہ کہہ کر اس نے کمرہ کا جائزہ لینا شروع کر دیا۔ پھر وہ اٹھ کھڑا ہوا۔ سلطانہ نے پوچھا ''آپ جا رہے ہیں؟'' آدمی نے جواب دیا۔ ''نہیں میں تمہارے اس مکان کو دیکھنا چاہتا ہوں۔۔۔۔۔۔ چلو مجھے تمام کمرے دکھا''۔

سلطانہ نے اس کو تینوں کمرے ایک ایک کر کے دکھا دیے۔ اس آدمی نے بالکل خاموشی سے ان کمروں کا جائزہ لیا۔ جب وہ دونوں پھر اسی کمرہ میں آ گئے جہاں پہلے بیٹھے تھے تو اس آدمی نے کہا ''میرا نام شنکر ہے''۔

سلطانہ نے پہلی بار غور سے شنکر کی طرف دیکھا۔ وہ متوسط قد کا معمولی شکل وصورت کا انسان تھا۔ مگر اس کی آنکھیں غیر معمولی طور پر صاف وشفاف تھیں۔ کبھی کبھی ان میں ایک عجیب قسم کی چمک بھی پیدا ہوتی تھی۔ گھنیا اور کسرتی بدن تھا۔ کنپٹیوں پر اس کے بال سفید ہو رہے تھے۔ گرم پتلون پہنے تھا۔ سفید قمیض تھی جس کا کالر گردن پر سے اوپر کو اٹھا ہوا تھا۔

شنکر کچھ اسی طرح دری پر بیٹھا ہوا تھا کہ معلوم ہوتا تھا شنکر کی بجائے سلطانہ گاہک ہے۔ اس احساس نے سلطانہ کو قدرے پریشان کر دیا چنانچہ اس نے شنکر سے کہا ''فرمائیے۔۔۔۔۔''

شنکر بیٹھا تھا، یہ سن کر لیٹ گیا۔ ''میں کیا فرماؤں، کچھ تم ہی فرماؤ، بلایا تم نے ہے مجھے۔'' جب سلطانہ کچھ نہ بولی تو اٹھ بیٹھا۔ ''میں سمجھا۔ لو اب مجھ سے سنو جو کچھ تم نے سمجھا ہے غلط ہے، میں ان لوگوں میں سے نہیں ہوں جو کچھ دے جایا کرتے ہیں ڈاکٹروں کی طرح میری بھی فیس ہے۔ مجھے جب بلایا جائے تو فیس دینی ہی پڑتی ہے۔''

سلطانہ یہ سن کر چکرا گئی۔ مگر اسکے باوجود اسے بے اختیار ہنسی آ گئی۔

''آپ کیا کام کرتے ہیں؟''

شنکر نے جواب دیا ''یہی جو تم لوگ کرتے ہو۔''

''کیا؟''

''میں۔۔۔۔۔۔ میں۔۔۔۔۔۔ کچھ بھی نہیں کرتی۔''

''میں بھی کچھ نہیں کرتا۔''

سلطانہ نے بھنا کر کہا ''یہ کوئی بات نہ ہوئی۔۔۔۔۔۔ آپ کچھ نہ کچھ تو ضرور کرتے ہوں گے۔''

شنکر نے بڑے اطمینان سے جواب دیا ''تم بھی کچھ نہ کچھ ضرور کرتی ہوگی۔''

''جھک مارتی ہوں۔''

''تو آؤ دونوں جھک ماریں''۔

''میں حاضر ہوں۔مگر میں جھک مارنے کے دام کبھی نہیں دیا کرتا''۔

''ہوش کی دوا کرو......یہ لنگر خانہ نہیں''۔

''اور میں بھی والنٹیئر نہیں ہوا!''

سلطانہ یہاں رک گئی۔اس نے پوچھا''یہ والنٹیئر کون ہوتے ہیں؟''

شنکر نے جواب دیا۔''الو کے پٹھے''۔

''میں بھی الو کی پٹھی نہیں''۔

''مگر وہ آدمی جوتمہارے ساتھ رہتا ہے ضرور الو کا پٹھا ہے''۔

''کیوں؟''

اس لئے کہ وہ کئی دنوں سے ایک ایسے خدارسیدہ فقیر کے پاس اپنی قسمت کھلوانے کی خاطر جار ہا ہے جس کی اپنی قسمت زنگ لگے تالے کی طرح بند ہے۔'' یہ کہہ کر شنکر ہنسا۔

اس پر سلطانہ نے کہا۔''تم ہندو ہو اس لئے ہمارے ان بزرگوں کا مذاق اڑاتے ہو''۔

شنکر مسکرا دیا۔''ایسی جگہوں پر ہندو مسلم سوال نہیں پیدا ہوا کرتے۔ بڑے بڑے پنڈت مولوی اگر یہاں آئیں تو وہ شریف آدمی بن جائیں''۔

''جانے تم کیا اوٹ پٹانگ باتیں کر رہے ہو......بولو، رہو گے اسی شرط پر جو میں پہلے بتا چکا ہوں''۔

سلطانہ اٹھ کھڑی ہوئی۔''تو جاؤ رستہ پکڑو''۔

شنکر آرام سے اٹھا۔ پتلون کی جیبوں میں اس نے اپنے دونوں ہاتھ ٹھونسے اور جاتے ہوئے کہا۔''میں کبھی کبھی اس بازار سے گزرتا ہوں۔ جب بھی تمہیں میری ضرورت ہو، بلا لینا......میں بہت کام کا آدمی ہوں''۔

شنکر چلا گیا اور سلطانہ کالے لباس کو بھول کر دیر تک اس کے متعلق سوچتی رہی۔ اس آدمی کی باتوں نے اس کے دکھ کو بہت ہلکا کر دیا تھا۔ اگر وہ انبالہ میں آیا ہوتا جہاں وہ خوش حال تھی تو اس نے کسی اور ہی رنگ میں اس آدمی کو دیکھا ہوتا اور بہت ممکن ہے کہ اسے دھکے دے کر باہر نکال دیا ہوتا اگر یہاں چونکہ وہ اداس رہتی تھی اس لئے شنکر کی باتیں پسند آ ئیں۔

شام کو جب خدا بخش آیا تو سلطانہ نے اس سے پوچھا''تم آج سارا دن کدھر غائب رہے ہو؟''

خدا بخش تھک کر چور ہو رہا تھا کہنے لگا''پرانے قلعے سے آرہا ہوں۔ وہاں ایک بزرگ کچھ دنوں ٹھہرے ہوئے ہیں۔ انہی کے پاس ہر روز جاتا ہوں کہ ہمارے دن پھر جائیں''۔

''کچھ انہوں نے تم سے کہا''۔

''نہیں ابھی وہ مہربان نہیں ہوئے......پر سلطانہ، میں جوان کی خدمت کر رہا ہوں وہ اکارت کبھی نہیں جائے گی۔ اللہ کا فضل شامل حال رہا تو ضرور در دار ے ہو جائیں گے''۔

سلطانہ کے دماغ میں محرم بنانے کا خیال سمایا ہوا تھا۔ خدا بخش سے رونی آواز میں کہنے لگی۔ سارا سارا دن باہر غائب رہتے ہو۔ میں یہاں پنجرے میں قید رہتی ہوں۔ نہ کہیں جا سکتی ہوں۔ محرم سر پر آ گیا ہے۔ کچھ تم نے اس کی بھی فکری کی کہ مجھے کالے کپڑے چاہیں۔ گھر میں پھوٹی کوڑی

تک نہیں ۔ کنگنیاں تھیں سو وہ ایک ایک کر کے بک گئیں ۔ اب تم ہی بتاؤ کہ کیا ہوگا؟ ..... یوں فقیروں کے پیچھے کب تک مارے مارے پھرا کرو گے ۔ مجھ تو ایسا دکھائی دیتا ہے کہ یہاں دہلی میں خدا نے بھی ہم سے منہ موڑ لیا ہے ۔ میری سنو تو اپنا کام شروع کر دو ، کچھ تو سہارا ہو ہی جائے گا ۔"

خدا بخش دری پر لیٹ گیا اور کہنے لگا ۔ "پر یہ کام شروع کرنے کے لئے بھی تو تھوڑا بہت سرمایہ چاہیے ..... خدا کے لئے اب ایسی دکھ بھری باتیں نہ کرو ۔ مجھ سے برداشت نہیں ہو سکتیں ۔ میں نے سچ مچ انبالہ چھوڑنے میں سخت غلطی کی تھی ۔ پر جو کرتا ہے اللہ ہی کرتا ہے اور ہماری بہتری ہی کیلئے کرتا ہے ۔ کیا پتہ ہے کچھ دیر اور تکلیف برداشت کرنے کے بعد ہم ..... "

سلطانہ نے بات کاٹ کر کہا ۔ "تم خدا کے لئے کچھ کرو ۔ چوری کر ویا ڈاکہ ڈالو پر مجھے شلوار کا کپڑا لا دو ۔ میرے پاس سفید بو سکی کی ایک قمیص پڑی ہوئی ہے اس کو میں کالا رنگوا لوں گی ۔ سفید شفون کا ایک دوپٹا بھی میرے پاس موجود ہے ۔ وہی جو تم نے دیوالی پر مجھے لا کر دیا تھا ۔ یہ بھی قمیص کے ساتھ ہی رنگوا لیا جائے گا ۔ ایک صرف شلوار کی کسر ہے سو وہ تم کسی نہ کسی طرح پیدا کر دو ..... دیکھو تمہیں میری جان کی قسم ، کسی نہ کسی طرح ضرور لا دو ..... میری بھتی نہ کھاؤ اگر نہ لا ۔"

خدا بخش اٹھ بیٹھا ۔ "اب تم خواہ مخواہ زور دیئے چلی جا رہی ہو ..... میں کہاں سے لاؤں گا ..... افیم کھانے کے لئے تو میرے پاس پیسے نہیں ۔"

"کچھ بھی کرو مگر ساڑھے چار گز کالی شلوار کا کپڑا لا دو ۔"

"دعا کرو کہ آج رات ہی اللہ دو تین بندے بھیج دے ۔"

"لیکن تم کچھ نہیں کرو گے ..... تم اگر چاہو تو ضرور اتنے پیسے پیدا کر سکتے ہو ۔ جنگ سے پہلے سائن بارہ چودہ آنے گز مل جاتی تھی ۔ اب سوا روپے گز کے حساب سے ملتی ہے ساڑھے چار گزدوں پر کتنے روپے خرچ ہو جائیں گے؟"

"اب تم کہتی ہو تو کوئی حیلہ کروں گا ۔" یہ کہہ کر خدا بخش اٹھا ۔ "لو اب ان باتوں کو بھول جاؤ ۔ میں ہوٹل سے کھانا لاتا ہوں ۔"

ہوٹل سے کھانا آیا ۔ دونوں نے مل کر زہر مار کیا اور سو گئے ۔ صبح ہوئی ۔ خدا بخش پرانے قلعہ والے فقیر کے پاس چلا گیا ۔ سلطانہ اکیلی رہ گئی ۔ کچھ دیر لیٹی رہی کچھ دیر سوئی رہی ۔ ادھر ادھر کمروں میں ٹہلتی رہی ۔ دو پہر کا کھانا کھانے کے بعد اس نے اپنا شفون کا دوپہ اور سفید بو سکی کی قمیص نکالی اور نیچے لانڈری والے کو رنگنے کے لئے دے آئی ۔ کپڑے دھونے کے علاوہ وہاں رنگنے کا کام بھی ہوتا تھا ۔

یہ کام کرنے کے بعد اس نے واپس آ کر فلموں کی کتابیں پڑھیں جن میں اس کی دیکھی ہوئی فلموں کی کہانی اور گیت چھپے ہوئے تھے ۔ یہ کتابیں پڑھتے پڑھتے وہ سو گئی ۔ جب اٹھی تو چار پانچ چکے تھے کیونکہ دھوپ آنگن میں موری کے پاس پہنچ چکی تھی ۔ نہا دھو کر فارغ ہوئی تو گرم چادر اوڑھ کر بالکونی میں آ کھڑی ہوئی ۔ قریباً ایک گھنٹہ سلطانہ بالکونی میں کھڑی رہی ۔ اب شام ہو گئی تھی ۔ بتیاں روشن ہو رہی تھیں ۔ نیچے سڑک میں رونق کے آثار نظر آ رہے تھے ۔ سردی میں تھوڑی سی شدت ہوئی تھی ۔ مگر سلطانہ کو یہ ناگوار معلوم نہ ہوا ۔ وہ سڑک پر آتے جاتے تانگوں اور موٹروں کی طرف ایک عرصے سے دیکھ رہی تھی ۔ دفعتاً اسے شنکر نظر آیا ۔ مکان کے نیچے پہنچ کر اس نے گردن اونچی کی اور سلطانہ کی طرف دیکھ کر مسکرایا ۔ سلطانہ غیر ارادی طور پر ہاتھ کا اشارہ کیا اور اسے اوپر بلا لیا ۔

جب شنکر اوپر آ گیا تو سلطانہ بہت پریشان ہوئی کہ اسے کیا کہے ۔ در اصل اس نے ایسے ہی بنا سوچے سمجھے اسے اشارہ کر دیا تھا ۔ شنکر بے حد مطمئن تھا ۔ جیسے اس کا اپنا گھر ہے ۔ چنانچہ بڑی بے تکلفی سے پہلے روز کی طرح گاؤ تکیہ کو سر کے نیچے رکھ کر لیٹ گیا ۔ جب سلطانہ نے دیر تک اس سے کوئی بات نہ کی تو اس نے کہا "تم سو دفعہ مجھے بلا سکتی ہو اور سو دفعہ ہی کہہ سکتی ہو کہ چلے جاؤ ..... میں ایسی باتوں پر کبھی ناراض نہیں ہوا کرتا ۔"

سلطانہ شش و پنج میں گرفتار ہو گئی کہنے لگی "نہیں بیٹھو تمہیں کون جانے کون کہتا ہے ۔"

شنکر اس پر مسکرا دیا۔ "تو میری شرطیں تمہیں منظور ہیں۔"

"کیسی شرطیں؟" سلطانہ نے ہنس کر کہا "کیا نکاح کر رہے ہو مجھ سے؟"

"نکاح اور شادی کیسی؟ ..... نہ تم عمر بھر میں کسی سے نکاح کرو گی، نہ میں ..... یہ رسمیں ہم لوگوں کے لئے نہیں ..... چھوڑو ان فضولیات کو، کوئی کام کی بات کرو۔"

"بولو کیا کروں؟"

"تم عورت ہو ..... کوئی ایسی بات کرو جس سے دو گھڑی دل بہل جائے ..... اس دل میں صرف دکانداری ہی دکانداری نہیں، کچھ اور بھی ہے۔"

سلطانہ ذہنی طور پر اب شنکر کو قبول کر چکی تھی، صاف صاف کہو تم مجھ سے کیا چاہتے ہو؟"

"جو دوسرے چاہتے ہیں"، شنکر اٹھ کر بیٹھ گیا۔

"تم میں اور دوسروں میں پھر فرق ہی کیا رہا۔"

"تم میں اور مجھ میں کوئی فرق نہیں۔ ان میں اور مجھ میں زمین کا آسمان کا فرق ہے۔ ایسی بہت سی باتیں ہوتی ہیں جو پوچھنا نہیں چاہئیں خود سمجھنا چاہئیں۔"

سلطانہ نے تھوڑی دیر تک شنکر کی اس بات کو سمجھنے کی کوشش کی، پھر کہا "میں سمجھ گئی ہوں!"

"تو کہو کیا ارادہ ہے؟"

"تم جیتے، میں ہاری، پر میں کہتی ہوں، آج تک کسی نے ایسی بات نہ کی ہوگی۔"

"تم غلط کہتی ہو ..... اسی محلہ میں تمہیں ایسی سادہ لوح عورتیں بھی مل جائیں گی جو یقین نہیں کریں گی کہ کیا عورت ایسی ذلت قبول کر سکتی ہے جو تم بغیر کسی ہچکس کے قبول کرتی رہی ہو۔ لیکن ان کے یقین کرنے کے باوجود تم ہزاروں کی تعداد میں موجود ہو ..... تمہارا نام سلطانہ ہے نا"۔

"سلطانہ ہی ہے"۔

شنکر اٹھ کھڑا ہوا اور ہنسنے لگا۔ "میرا نام شنکر ہے ..... یہ نام بھی عجب اوٹ پٹانگ ہوتے ہیں۔ چلو اندر چلیں۔"

شنکر اور سلطانہ دری والے کمرے میں واپس آئے تو دونوں ہنس رہے تھے جانے کس بات پر۔ جب شنکر جانے لگا تو سلطانہ نے کہا۔ شنکر تم میری ایک بات مانو گے؟"

شنکر نے جواباً کہا۔ "پہلے بات تو بتاؤ؟"

سلطانہ کچھ جھینپ سی گئی۔ "تم کہو گے میں دام وصول کرنا چاہتی ہوں، مگر ....."

"کہو کہو ..... رک کیوں گئی ہو؟"

سلطانہ نے جرأت سے کام لے کر کہا۔ "بات یہ ہے کہ محرم آ رہا ہے اور میرے پاس اتنے پیسے نہیں ہیں کہ میں کالی شلوار بنوا سکوں۔ یہاں کے سارے دکھڑے تو تم سن ہی چکے ہو۔ قمیض اور دوپٹہ میرے پاس موجود تھا جو میں نے آج رنگوانے کے لئے دے دیا ہے!"

شنکر نے یہ سن کر کہا "تم چاہتی ہو کہ میں تمہیں کچھ روپے دوں جو تم کالی شلوار بنا سکو۔"

سلطانہ نے فوراً ہی کہا۔ "نہیں میرا مطلب یہ ہے کہ اگر ہو سکے تو تم مجھے ایک کالی شلوار بنوا دو۔"

شنکر مسکرایا۔ "میری جیب میں تو اتفاق ہی سے کبھی کچھ ہوتا ہے۔ بہرحال میں کوشش کروں گا۔ محرم کی پہلی تاریخ کو تمہیں یہ شلوار مل جائے

گی۔لو بس اب تو خوش ہو گئیں۔ پھر سلطانہ کے بندوں کی طرف دیکھ کر شنکر نے پوچھا''کیا یہ بندے تم مجھے دے سکتی ہو؟''

سلطانہ نے ہنس کر کہا''تم انہیں کیا کرو گے۔چاندی کے معمولی بندے ہیں۔زیادہ سے زیادہ پانچ روپے کے ہوں گے۔''

اس پر شنکر نے ہنس کر کہا''میں نے تم سے بندے مانگے ہیں ان کی قیمت نہیں پوچھی۔بولو دیتی ہو؟''

''لے لو'' یہ کہہ کر سلطانہ نے بندے اتار کر شنکر کو دے دیئے۔اس کو بعد میں افسوس ہوا،لیکن شنکر جا چکا تھا۔

سلطانہ کو قطعاً یقین نہیں تھا کہ شنکر اپنا وعدہ پورا کرے گا۔مگر آٹھ روز کے بعد محرم کی پہلی تاریخ کو صبح نو بجے دروازے پر دستک ہوئی۔سلطانہ نے دروازہ کھولا تو شنکر کھڑا تھا۔اخبار میں لپٹی ہوئی چیز اس نے سلطانہ کو دی اور کہا''ساٹن کی کالی شلوار ہے۔ دیکھ لینا شاید لمبی ہو۔۔۔۔۔۔ اب میں چلتا ہوں۔''

شنکر شلوار دے کر چلا گیا اور کوئی بات اس نے سلطانہ سے نہ کی۔اس کی پتلون میں شکنیں پڑی ہوئی تھیں، بال بکھرے ہوئے تھے ایسا معلوم ہوتا تھا کہ ابھی ابھی سو کر اٹھا ہے اور سیدھا ادھر ہی چلا آیا ہے۔

سلطانہ نے کاغذ کھولا۔ساٹن کی کالی شلوار تھی۔ ایسی ہی جیسی کہ وہ مختار کے پاس دیکھ کر آئی تھی۔سلطانہ بہت خوش ہوئی۔ بندوں اور اس سودے کا جو افسوس اسے ہوا تھا۔اس شلوار نے اور شنکر کی وعدہ ایفائی نے دور کر دیا۔

دو پہر کو وہ نیچے لانڈری والے سے اپنی رنگین قمیص اور دو پٹہ لے لے آئی۔تینوں کالے کپڑے جب اس نے پہن لئے تو دروازے پر دستک ہوئی۔سلطانہ نے دروازہ کھولا تو مختار اندر داخل ہوئی۔اس نے سلطانہ کے تینوں کپڑوں کی طرف دیکھا اور کہا۔''قمیص اور دو پٹہ تو رنگا ہوا معلوم ہوتا ہے۔ پر یہ شلوار نئی ہے، کب بنوائی؟''

سلطانہ نے جواب دیا''آج ہی درزی لایا ہے۔'' یہ کہتے ہوئے اس کی نظریں مختار کے کانوں پر پڑیں۔''یہ بندے تم نے کہاں سے لئے؟''

مختار نے جواب دیا''آج ہی منگوائے ہیں۔''

اس کے بعد دونوں کو تھوڑی دیر خاموش رہنا پڑا۔

لحاف

عصمت چغتائی

جب میں جاڑوں میں لحاف اوڑھتی ہوں، تو پاس کی دیواروں پر اس کی پرچھائیں ہاتھی کی طرح جھومتی ہوئی معلوم ہوتی ہے۔ اور ایک دم سے میرا ماغ بجتی ہوئی دنیا کے پردوں میں دوڑنے بھاگنے لگتا ہے۔ نہ جانے کیا کچھ یاد آنے لگتا ہے۔

معاف کیجئے گا، میں آپ کو خود اپنے لحاف کا رومان انگیز ذکر بتانے نہیں جارہی ہوں۔ نہ لحاف سے کسی قسم کا رومان جوڑا ہی جاسکتا ہے۔ میرے خیال میں کمبل آرام وہ سہی مگر اس کی پرچھائیں اتنی بھیانک نہیں ہوتی جتنی ...... جب لحاف کی پرچھائیں دیوار پر ڈگمگا رہی ہو۔ یہ تب کا ذکر ہے جب میں چھوٹی سی تھی اور دن بھر بھائیوں اور ان کے دوستوں کے ساتھ مار کٹائی میں گزر ا دیا کرتی تھی۔ کبھی کبھی مجھے خیال آتا ہے کہ میں کم بخت اتنی لڑاکا کیوں ہوں۔ اس عمر میں جب کہ میری اور بہنیں عاشق جمع کر رہی تھیں میں اپنے پرائے ہر لڑ کے اور لڑکی سے جوتم بیزار میں مشغول تھی۔

یہی وجہ تھی کہ اماں جب آگرہ جانے لگیں، تو ہفتہ بھر کے لئے مجھے اپنی منہ بولی بہن کے پاس چھوڑ گئیں۔ ان کے یہاں اماں خوب جانتی تھی کہ چوہے کا بچہ بھی نہیں، اور میں کسی سے لڑ بھڑ نہ سکوں گی۔ سزا تو خوب تھی! ہاں تو اماں مجھے بیگم جان کے پاس چھوڑ گئیں۔ وہی بیگم جان جن کا لحاف اب تک میرے ذہن میں گرم لوہے کے داغ کی طرح محفوظ ہے۔ یہ بیگم جان تھیں جن کے غریب ماں باپ نے نواب صاحب کو اسی لئے داماد بنالیا کہ وہ پکی عمر کے تھے۔ مگر تھے نہایت نیک کوئی رنڈی بازاری عورت ان کے یہاں نظر نہیں آئی۔ خود حاجی تھے، اور بہتوں کو حج کرا چکے تھے۔ مگر انہیں ایک عجیب وغریب شوق تھا۔ لوگوں کو کبوتر پالنے کا شوق ہوتا ہے، بٹیر ے لڑاتے ہیں، مرغ بازی کرتے ہیں۔ اس قسم کے واہیات کھیلوں سے نواب صاحب کو نفرت تھی۔ ان کے یہاں تو بس طالب علم رہتے تھے۔ نو جوان گورے گورے تلی کمروں کے لڑ کے جن کا خرچ وہ خود برداشت کرتے تھے۔

مگر بیگم جان سے شادی کرکے تو وہ انہیں کل ساز و سامان کے ساتھ ہی گھر میں رکھ کر بھول گئے۔ اور وہ بے چاری دبلی پتلی نازک سی بیگم تنہائی کے غم میں گھلنے لگی۔

نہ جانے ان کی زندگی کہاں سے شروع ہوتی ہے۔ وہاں سے جب وہ پیدا ہونے کی غلطی کر چکی تھی، یا وہاں سے جب وہ ایک نواب بیگم بن کر آئیں اور چھپر کھٹ پر زندگی گزارنے لگیں۔ یا جب سے نواب صاحب کے یہاں لڑکوں کا زور بندھا، ان کے لئے مرغن حلوے اور لذیذ کھانے جانے لگے اور بیگم جان دیوان خانے کے درزوں میں سے ان لچکتی کمروں والے لڑکوں کی چست پنڈلیاں اور معطر باریک شبنم کے کرتے دیکھ دیکھ کر انگاروں پر لوٹنے لگیں۔

یا جب سے، جب وہ منتوں مرادوں سے ہار گئیں، چلے بندھے اور ٹونے ٹوٹکے اور راتوں کی وظیفہ خوانی بھی چت ہوگئی۔ کہیں پتھر میں جو تک لگتی ہے نواب صاحب اپنی جگہ سے ٹس سے مس نہ ہوئے۔ پھر بیگم جان کا دل ٹوٹ گیا، اور وہ علم کی طرف متوجہ ہوئیں۔ لیکن یہاں بھی انہیں کچھ نہ ملا۔ عشقیہ ناول اور جذباتی اشعار پڑھ کر اور بھی پستی چھا گئی۔ رات کی نیند بھی ہاتھ سے گئی۔ اور بیگم جان جی جان چھوڑ کر بالکل ہی یاس وحسرت کی پوٹ بن گئیں۔ چوٹ لبے میں ڈالا ایسا کپڑ الٹا ہے، کپڑ اپہنا جا تا ہے، کسی پر رعب گانٹھنے کے لئے۔ اب نہ تو نواب صاحب کو فرصت کہ شبنمی کرتوں کو چھوڑ کر ذرا ادھر توجہ کریں، اور نہ وہ انہیں آنے دیتے جب سے بیگم جان بیاہ کرآئی تھیں رشتہ دار آ کر مہینوں رہتے اور چلے جاتے۔   مگر وہ بے چاری

قید کی قیدی رہتیں۔

ان رشتہ داروں کو دیکھ کر اور بھی ان کا خون جلتا تھا کہ سب کے سب مزے سے مال اڑانے، عمدہ گھی نگلنے، جاڑوں کا ساز و سامان بنوانے آن مرتے، اور باوجودِ نئی روئی کے لحاف کے بڑی سردی میں اکڑا کرتیں۔ ہر کروٹ پر لحاف نئی نئی صورتیں بنا کر دیوار پر سایہ ڈالتا۔ مگر کوئی بھی سایہ ایسا نہ تھا جو انہیں زندہ رکھنے کے لئے کافی ہو۔ مگر کیوں جئے پھر کوئی، زندگی! جان کی زندگی جو تھی، جینا بدا تھا انصیبوں میں، وہ پھر جئیں گیس، اور خوب جئیں!

ربو نے انہیں نیچے گرتے گرتے سنبھال لیا۔ چپ پٹ دیکھتے دیکھتے ان کا سوکھا جسم ہرا ہونا شروع ہوا۔ گال چمک اٹھے اور حسن پھوٹ نکلا۔ ایک عجیب وغریب تیل کی مالش سے بیگم جان میں زندگی کی جھلک آئی۔ معاف کیجئے، اس تیل کا نسخہ آپ کو بہترین سے بہترین رسالہ میں بھی نہ ملے گا۔

جب میں نے بیگم جان کو دیکھا تو وہ چالیس پچاس کی ہوں گی۔ اوفہ کس شان سے وہ مسند پر نیم دراز تھیں۔ اور ربوان کی پیٹھ سے لگی کمر دبا رہی تھی۔ ایک اودے رنگ کا دوشالہ ان کے پیروں پر پڑا تھا۔ اور وہ مہارانوں کی طرح شاندار معلوم ہو رہی تھیں۔ مجھے ان کی شکل بے انتہا پسند تھی۔ میرا جی چاہتا تھا، گھنٹوں بالکل پاس سے ان کی صورت دیکھا کروں۔ ان کی رنگت بالکل سفید تھی۔ نام کو سرخی کا ذکر نہیں اور بال سیاہ اور تیل میں ڈوبے رہتے تھے۔ میں نے آج تک ان کی مانگ ہی بگڑی نہ دیکھی۔ مجال ہے جو ایک بال ادھر ادھر ہو جائے۔ ان کی آنکھیں کالی تھیں اور ابرو پر کے زائد بال علیحدہ کر دینے سے کمانیں سے کھچی رہتی تھیں۔ آنکھیں ذرا تنی ہوئی رہتی تھیں۔ بھاری بھاری پھولے ہوئے موٹی موٹی آنکھیں۔ سب سے جوان کے چہرے پر حیرت انگیز جاذبیت نظر چیز تھی، وہ ان کے ہونٹ تھے۔ عموماً وہ سرخی سے رنگے رہتے تھے۔ اوپر کے ہونٹوں پر ہلکی ہلکی مونچھیں سی تھیں، اور کنپٹیوں پر لمبے لمبے بال کبھی بال کبھی ان کا چہرہ دیکھتے دیکھتے عجیب سا لگنے لگتا تھا۔ کم عمر لڑکوں جیسا! ......

ان کے جسم کی جلد بھی سفید اور چکنی تھی۔ معلوم ہوتا تھا، کسی نے کس کر ٹانکے لگا دیے ہوں۔ عموماً وہ اپنی پنڈلیاں کھجانے کے لئے کھولتیں، تو میں چپکے چپکے ان کی چمک دیکھا کرتی۔ ان کا قد بہت لمبا تھا۔ اور پھر گوشت ہونے کی وجہ سے وہ بہت ہی لمبی چوڑی معلوم ہوتی تھیں۔ لیکن بہت متناسب اور ڈھیلا ہوا جسم تھا۔ بڑے بڑے چکنے اور سفید ہاتھ اور سڈول کمر، تو ربوان کی پیٹھ کھجایا کرتی تھی۔ یعنی گھنٹوں ان کی پیٹھ کجوانا بھی زندگی کی ضروریات میں سے تھا۔ بلکہ شاید ضرورت زندگی سے بھی زیادہ۔

ربو کو گھر کا اور کوئی کام نہ تھا بس وہ سارے وقت ان کے چھپر کھٹ پر چڑھی کبھی پیر، کبھی سر اور کبھی جسم کے دوسرے حصے کو دبایا کرتی تھی۔ کبھی تو میرا دل ہول اٹھتا تھا جب دیکھر بو کہ روز کوچھ نہ کچھ دبا رہی ہے، یا مالش کر رہی ہے۔ کوئی دوسرا ہوتا تو نہ جانے کیا ہوتا۔ میں اپنا کہتی ہوں، کوئی اتنا چھوئے بھی تو میرا جسم سڑگل کے ختم ہو جائے۔

اور پھر یہ روز روز کی مالش کافی نہیں تھی۔ جس روز بیگم جان نہاتیں۔ یا اللہ! بس دو گھنٹہ پہلے سے تیل اور خوشبودار ابٹنوں کی مالش شروع ہو جاتی اور اتنی ہوتی کہ میرا تو تخیل سے ہی دل ٹوٹ جاتا۔ کمرہ کے دروازے بند کر کے انگیٹھیاں سلگتیں اور چلتا مالش کا دور۔ اور عموماً صرف ربو ہی رہتی۔ باقی کی نوکرانیاں بڑ بڑاتی دروازہ پر سے ہی ضرورت کی چیزیں دیتی جاتیں۔

بات یہ بھی تھی کہ بیگم جان کو کھجلی کا مرض تھا۔ بے چاری کو ایسی کھجلی ہوتی اور ہزاروں تیل اور ابٹن ملے جاتے تھے مگر کھجلی تھی کہ قائم۔ ڈاکٹر حکیم کہتے کچھ بھی نہیں۔ جسم صاف چٹ پڑا ہے۔ ہاں کوئی جلد اندر بیماری ہو تو خیر۔ نہیں بھئی یہ ڈاکٹر تو موئے ہیں پاگل۔ کوئی آپ کے دشمنوں کو مرض ہے۔ اللہ رکھے خون میں گرمی ہے۔ ربو مسکرا کر کہتی، اور مہین مہین نظروں سے بیگم جان کو گھورتی۔ اوہ یہ ربو ...... جتنی یہ بیگم جان گوری، اتنی ہی یہ کالی تھی۔ جتنی یہ بیگم جان سفید تھیں، اتنی ہی یہ سرخ۔ بس جیسے تپا ہوا لوہا۔ ہلکے ہلکے چیچک کے داغ۔ گٹھا ہوا ٹھوس جسم، پھر تیلے چھوٹے چھوٹے

چھوٹے ہاتھ، کسی ہوئی چھوٹی سی توند۔ بڑے بڑے پھولے ہوئے ہونٹ، جو ہمیشہ نمی میں ڈوبے رہتے، اور جسم میں عجیب گھبرانے والی بو کے شرارے نکلتے رہتے تھے، اور یہ ننھے سے پھولے ہوئے، ہاتھ کس قدر پھر تیلے تھے، ابھی کمر پر، تو وہ لیچے پھسل کر گئے کولھوں پر، وہاں رپٹے رانوں پر اور پھر دوڑ ٹخنوں کی طرف۔ میں تو جب بھی بیگم جان کے پاس بیٹھتی یہی دیکھتی کہ اب اس کے ہاتھ کہاں ہیں اور کیا کر رہے ہیں۔

گرمی جاڑے بیگم جان حیدر آبادی جالی کا رگے کے کرتے کرتے پہنتیں۔ گہرے رنگ کے پاجامے اور سفید جھاگ سے کرتے اور پنکھا بھی چلتا ہو۔ پھر وہ ہلکی دلائی ضرور جسم پر ڈھکے رہتی تھیں۔ انہیں جاڑا بہت پسند تھا۔ جاڑے میں مجھے ان کے یہاں اچھا معلوم ہوتا۔ وہ ہلتی جلتی بہت کم تھیں۔ قالین پر لیٹی ہیں۔ پیٹھ کھج رہی ہے۔ خشک میوے چبارہی ہیں اور بس۔ ربو سے دوسری ساری نوکرانیاں خار کھاتی تھیں۔ چڑیل بیگم جان کے ساتھ کھاتی، ساتھ اٹھتی بیٹھتی اور ماشاء اللہ ساتھ ہی سوتی تھی۔ ربو اور بیگم جان عام جلوؤں اور مجموعوں کی دلچسپ گفتگو کا موضوع تھیں۔ جہاں ان دونوں کا ذکر آیا، اور قہقہے اٹھے۔ یہ لوگ نہ جانے کیا کیا چٹکلے غریب پر اڑاتے۔ مگر وہ دنیا میں کسی سے ملتی نہ تھیں۔ وہاں تو بس وہ تھیں اور ان کی کھبلی۔

میں نے کہا کہ اس وقت میں کافی چھوٹی تھی، اور بیگم جان پر فدا۔ وہ مجھے بہت ہی پیار کرتی تھیں۔ اتفاق سے اماں آگرے گئیں۔ انہیں معلوم تھا کہ اکیلے گھر میں بھائیوں سے مار کٹائی ہوگی۔ ماری ماری پھروں گی۔ اس لئے وہ ہفتہ بھر کے لئے بیگم جان کے پاس چھوڑ گئیں۔ میں بھی خوش اور بیگم جان بھی خوش۔ آخر کو اماں کی بھا بھی بنی ہوئی تھیں۔

سوال یہ اٹھا کہ میں سووں کہاں؟ قدرتی طور پر بیگم جان کے کمرے میں۔ لہذا میرے لئے بھی ان کے چھپر کھٹ سے لگا کر چھوٹی سی پلنگڑی ڈال دی گئی۔ جس گیارہ بجے تک تو با تیں کرتے رہے، میں اور بیگم جان تاش کھیلتے رہے اور پھر میں سونے کے لئے اپنے پلنگ پر چلی گئی، اور جب میں سوئی تو ربو ویسی ہی بیٹھی ان کی پیٹھ کھجا رہی تھی۔ ''بھنگن کہیں کی۔'' میں نے سوچا۔ رات کو میری ایک دم سے آنکھ کھلی تو مجھے عجیب طرح کا ڈر لگنے لگا۔ کمرہ میں گھپ اندھیرا اور اس اندھیرے میں بیگم جان کا لحاف ایسے ہل رہا تھا، جیسے اس میں ہاتھی بند ہو۔ بیگم جان ...... میں نے ڈری ہوئی آواز نکالی، ہاتھ ہلنا بند ہو گیا۔ لحاف نیچے دب گیا۔

''کیا ہے، سو رہو ......'' بیگم جان نے کہیں سے آواز دی۔

''ڈر لگ رہا ہے۔'' میں نے چوہے کی سی آواز سے کہا۔

''سو جاؤ۔ ڈر کی کیا بات ہے۔ آیت الکرسی پڑھ لو۔''

''اچھا ...... میں نے جلدی جلدی آیت الکرسی پڑھی مگر یعلم ما بین پر دفعۃً آ کر اٹک گئی۔ حالانکہ مجھے اس وقت پوری یاد تھی۔

''تمہارے پاس آ جاؤں بیگم جان۔''

''نہیں بیٹی ...... سو رہو ......'' ذرا سختی سے کہا۔

اور پھر دو آدمیوں کے کھسر پھسر کرنے کی آواز سنائی دینے لگی۔ ہائے رے دوسرا کون ...... میں اور بھی ڈری۔

''بیگم جان ...... چور تو نہیں۔''

''سو جاؤ بیٹا ...... کیسا چور ......'' ربو کی آواز آئی۔ میں جلدی سے لحاف میں منہ ڈال کر سو گئی۔

صبح میرے ذہن میں رات کے خوفناک نظارے کا خیال بھی نہ رہا۔ میں ہمیشہ کی وہمی ہوں۔ رات کو ڈرنا۔ رات اٹھ کر بھاگ جانا تو بچپن میں روز ہی ہوتا تھا۔ سب تو کہتے تھے کہ مجھ پر بھوتوں کا سایہ ہو گیا ہے۔ لہذا مجھے خیال بھی نہ رہا۔ صبح کو لحاف بالکل معصوم نظر آ رہا تھا مگر دوسری رات میری آنکھ کھلی تو ربو اور بیگم جان میں کچھ جھگڑا بڑی خاموشی سے چھپر کھٹ پر ہی طے ہو رہا تھا۔ اور میری خاک سمجھ نہ آیا اور کیا فیصلہ ہوا۔ ربو ہچکیاں لے کر روئی پھر بلی کی طرح چڑ چڑ رکابی چاٹنے جیسی آوازیں آنے لگیں۔ او نہہ میں گھبرا کر سو گئی۔

آج ربوا پنے بیٹے سے ملنے گئی ہوئی تھی۔ وہ بڑا جھگڑالو تھا۔ بہت کچھ بیگم جان نے کیا اسے دکان کرائی.....گاؤں میں لگایا.....مگر وہ کسی طرح مانتا ہی نہ تھا۔ نواب صاحب کے یہاں کچھ دن رہا۔ خوب جوڑے بھاگے بھی بنے، نہ جانے کیوں بھاگا کہ ربو سے ملنے بھی نہ آتا تھا۔ لہذا ربو ہی اپنے کسی رشتہ دار کے یہاں اس سے ملنے گئی تھی۔ بیگم جان نہ جانے دیتی مگر ربو بھی مجبور ہوگئی۔

سارا دن بیگم جان پریشان رہیں۔ اس کا جوڑ جوڑ ٹوٹتا رہا۔ کسی کا چھونا بھی انہیں نہ بھاتا تھا۔ انہوں نے کھانا بھی نہ کھایا۔ اور سارا دن اداس پڑی رہیں۔

''میں کھجادوں سچ کہتی ہوں''۔ میں نے بڑے شوق سے تاش کے پتے بانٹتے ہوئے کہا۔ بیگم جان مجھے غور سے دیکھنے لگیں۔

میں تھوڑی دیر کھجاتی رہی، اور بیگم جان چپکی لیٹی رہیں۔ دوسرے دن ربو کو آنا تھا۔ مگر وہ آج بھی غائب تھی۔ بیگم جان کا مزاج چڑچڑا ہوتا گیا۔ چائے پی پی کر انہوں نے سر میں درد کرلیا۔

میں پھر کھجانے لگی، ان کی پیٹھ.....چکنی میز کی تختی جیسی پیٹھ.....میں ہولے ہولے کھجاتی رہی۔ ان کا کام کر کے کیسی خوش ہوتی تھی۔

''ذرا زور سے کھجاؤ.....بند کھول دو'' بیگم جان بولیں۔

ادھر.....اے ہے ذرا شانے سے نیچے.....ہاں.....وہاں بھئی واہ.....ہا.....ہا.....وہ سرور میں ٹھنڈی ٹھنڈی سانسیں لے کر اطمینان کا اظہار کرنے لگیں۔

''اور ادھر.....حالانکہ بیگم جان کا ہاتھ خوب جا سکتا تھا مگر وہ مجھ سے ہی کھجوارہی تھیں۔ اور مجھے الٹا فخر ہو رہا تھا'' یہاں.....اوئی.....تم تو گدگدی کرتی ہو.....واہ.....'' وہ ہنسیں۔ میں باتیں بھی کر رہی تھی اور کھجا رہی تھی۔

تمہیں کل بازار بھیجوں گی.....کیا لوگی.....وہی سوتی جاکٹی گریا۔

نہیں بیگم جان.....میں تو گریا نہیں لیتی.....کیا بچہ ہوں اب میں.....''

بچے نہیں تو کیا بوڑھی ہوگئی.....وہ ہنسیں.....گریا نہیں تو بہوالینا.....کپڑے پہننا خود.....میں دوں گی تمہیں بہت سے کپڑے سنا.....'' انہوں نے کروٹ لی۔

''اچھا'' میں نے جواب دیا۔

''ادھر''.....انہوں نے میرا ہاتھ پکڑ کر جہاں کھجلی ہو رہی تھی، رکھ دیا۔ جہاں انہیں کھجلی معلوم ہوتی وہاں رکھ دیتی۔ اور میں بے خیالی میں بوے کے دھیان میں ڈوبی مشین کی طرح کھجاتی رہی۔ اور وہ متواتر باتیں کرتی رہیں۔

''سنو تو.....تمہاری فراکیں کم ہوگئی ہیں۔ کل درزی کو دے دوں گی کہ نئی سی لائے۔ تمہاری اماں کپڑے دے گئی ہیں۔''

وہ لال کپڑے کی نہیں بنواؤں گی.....چماروں جیسی ہے۔'' میں بکواس کر رہی تھی اور میرا ہاتھ نہ جانے کہاں سے کہاں پہنچا۔ باتوں باتوں میں مجھے معلوم بھی نہ ہوا۔ بیگم جان تو چت لیٹی لیٹی تھیں.....ارے.....میں نے جلدی سے ہاتھ کھینچ لیا۔

''اوئی لڑکی.....دیکھ کر نہیں کھجاتی.....میری پسلیاں نوچ ڈالتی ہے۔'' بیگم جان شرارت سے مسکرائیں اور میں جھینپ گئی۔

ادھر آ کر میرے پاس لیٹ جا.....'' انہوں نے مجھے بازو سے سر کر لٹالیا۔

اے ہے کتنی سوکھ رہی ہے۔ پسلیاں نکل رہی ہیں۔ انہوں نے پسلیاں گننا شروع کر دیں۔

''اوں.....'' میں مسنسائی۔

''اوئی.....تو کیا میں کھا جاؤں گی.....کیسا تنگ سویٹر بنا ہے! گرم بنیان بھی نہیں پہنا تم نے.....میں کلبلانے لگی۔

''کتنی پسلیاں ہوتی ہیں ۔۔۔۔''انہوں نے بات بدلی۔

''ایک طرف نو اور ایک طرف دس''میں نے اسکول میں یاد کی ہوئی ہائی جین کی مدد لی۔وہ بھی اوٹ پٹانگ۔

''ہٹالو ہاتھ ۔۔۔۔۔ ہاں ایک ۔۔۔۔۔ دو ۔۔۔۔تین ۔۔۔''

میرا دل چاہا کس طرح بھاگوں ۔۔۔۔ اور انہوں نے زور سے بھینچا۔

''اوں ۔۔۔۔''میں مچل گئی ۔۔۔۔بیگم جان زور زور سے ہنسنے لگیں۔اب بھی جب کبھی میں ان کا اس وقت کا چہرہ یاد کرتی ہوں تو دل گھبرانے لگتا ہے۔ان کی آنکھوں کے پپوٹے اور وزنی ہوگئے۔اوپر کے ہونٹ پر سیاہی گہری ہوئی تھی۔باوجود سردی کے پسینے کی ننھی ننھی بوندیں ہونٹوں پر اور ناک پر چمک رہی تھیں۔اس کے ہاتھ یخ ٹھنڈے تھے۔ مگر نرم جیسے ان پر کھال اتر گئی ہو۔انہوں نے شال اتار دی،اور کار گے مہین کرتے میں ان کا جسم آنے کی لونی کی طرح چمک رہا تھا۔ بھاری جڑاؤ سونے کے گرین بٹن گر یبان کی ایک طرف جھول رہے تھے۔ شام ہوگئی تھی اور کمرے میں اندھیرا گھٹ رہا تھا۔ مجھے ایک نا معلوم ڈر سے دہشت سی ہونے لگی۔ بیگم کی جان کی گہری گہری آنکھیں۔میں رونے لگی دل میں۔وہ مجھے ایک مٹی کے کھلونے کی طرح بھینچ رہی تھیں۔ان کے گرم گرم جسم سے میرا دل بولنے لگا۔مگر ان پر تو جیسے بھتنا سوار تھا۔ اور میرے دماغ کا یہ حال کہ نہ چینخا جائے،اور نہ رہ سکوں۔تھوڑی دیر کے بعد وہ پست ہو کر نڈھال لیٹ گئیں۔ان کا چہرہ پھیکا اور بدرونق ہوگیا۔ اور لمبی لمبی سانسیں لینے لگیں۔میں سمجھی کہ اب مریں یہ اور وہاں سے اٹھ کر سرپٹ بھاگی باہر۔

شکر ہے کہ رب بورات کو آگئی اور میں ڈری ہوئی جلدی سے لحاف اوڑھ کر سوگئی مگر نیند کہاں چپ گھنٹوں پڑی رہی۔

اماں کسی طرح آ ہی نہیں چکی تھیں۔بیگم جان سے مجھے ایسا ڈر لگتا تھا کہ میں سارا دن ماماؤں کے پاس بیٹھی رہی مگران کے کمرے میں قدم رکھتے ہی دم نکلتا تھا اور کہتی کس سے اور کہتی ہی کیا کہ بیگم جان سے ڈر لگتا ہے۔بیگم جان جو میرے اوپر جان چھڑکتی تھیں۔

آج رب بورات میں اور بیگم جان میں پھر ان بن ہوگئی ۔۔۔۔۔ میری قسمت کی خرابی کہیے یا کچھ اور مجھے ان دونوں کی ان بن سے ڈر لگا۔ کیونکہ رات ہی بیگم جان کو خیال آیا کہ میں باہر سردی میں گھوم رہی ہوں اور مروں گی نمونیہ میں۔

''لڑکی کیا میرا سر منڈوائے گی ۔ جو کچھ ہوا ہو گیا،تو اور آفت آئے گی۔''

انہوں نے نے مجھے پاس بٹھالیا۔وہ خود منہ ہاتھ سلفی میں دھو رہی تھیں، چائے تپائی پر رکھی تھی۔

''چائے تو بناؤ ۔۔۔۔ ایک پیالی مجھے بھی دینا۔۔۔۔ وہ تولیہ سے منہ خشک کرکے بولیں ذرا کپڑے بدل لوں۔''

وہ کپڑے بدلتی رہیں،اور میں چائے پیتی رہی۔بیگم جان نائن سے پیٹھ ملواتے وقت اگر مجھے کسی کام سے بلواتیں،تو میں گردن موڑے جاتی۔اور واپس بھاگ آتی۔اب جو انہوں نے کپڑے بدلے،تو میرا دل الٹنے لگا۔منہ موڑے میں چائے پیتی رہی۔

''ہائے اماں ۔۔۔۔ میرے دل نے بے کسی سے پکارا ۔۔۔۔۔ آخر ایسا بھائیوں سے کیا لڑتی ہوں،جو تم میری مصیبت ۔۔۔۔۔اماں کو ہمیشہ سے میرا لڑکوں کے ساتھ کھیلنا ناپسند ہے ۔ کہو بھلا لڑ کے کیا شیر چیتے ہیں۔ جو نگل جائیں گے ان کی لاڈلی کو ۔۔۔۔۔ اور لڑ کے بھی کون خود بھائی اور دو چار سڑ سڑائے ان ذرا ذرا سے ان کے دوست مگر نہیں ، تو عورت ذات کوسات سالوں میں رکھنے کی قائل اور یہاں بیگم جان کی وہ دہشت کہ دنیا بھر کے غنڈوں سے نہیں ۔ بس چلتا ، سو اس وقت سڑک پر بھاگ جاتی، پھر وہاں نہ بکتی ۔ مگر لا چار تھی ۔ مجبور کلیجہ پر پتھر رکھے بیٹھی رہی۔''

کپڑے بدل کر سولہ سنگھار ہوئے اور گرم گرم خوشبوؤں کے عطر نے انہیں انگارا بنا دیا،اور دہ چلیس مجھ پر لا ڈا تار نے۔

''گھر جاؤں گی ۔۔۔۔''میں نے ان کی ہر رائے کے جواب میں کہا اور رونے لگی۔''میرے پاس تو آؤ ۔۔۔۔ میں تمہیں بازار لے چلوں گی ۔۔۔۔سنو تو ۔۔۔۔''

مگر میں کلی کی طرح پھسل گئی۔ سارے کھلونے، مٹھائیاں ایک طرف اور گھر جانے کی رٹ ایک طرف۔

’’وہاں بھیا ماریں گے ...... چڑیل ......‘‘ انہوں نے پیار سے مجھے تھپڑ لگایا۔

’’پڑیں ماریں بھیا ...... میں نے سوچا۔ اور روٹھی اکڑتی رہی۔ ’’کچی امیاں کھٹی ہوتی ہیں بیگم جان ......‘‘ جلی کٹی رو نے رائے دی اور پھر اس کے بعد بیگم جان کو دورہ پڑ گیا۔ سونے کا ہار جو تھوڑی دیر پہلے مجھے پہنا رہی تھیں، ٹکڑے ٹکڑے ہو گیا۔ مہین جالی کا دوپٹہ تار تار۔ اور وہ مانگ جو میں نے کبھی بگڑی نہ دیکھی تھی، جھاڑ جھنکار ہو گئی۔

’’اوہ ...... اوہ اوہ اوہ ......‘‘ وہ جھٹکی لے لے کر چلانے لگیں۔ میں ریڑی باہر۔

بڑے جتنوں سے بیگم جان کو ہوش آیا۔ جب میں سونے کے لئے کمرے میں دبے پیر جا کر جھانکی، تو ربوان کی کمر سے لگی لگی جسم دبا رہی تھی۔

’’جوتی اتار دو ...... اس نے اس کی پسلیاں کھجاتے ہوئے کہا اور میں چوہیا کی طرح لحاف میں دبک گئی۔‘‘

سرسر پھٹ کج ...... بیگم جان کا لحاف اندھیرے میں پھر ہاتھی کی طرح جھوم رہا تھا۔

’’اللہ آں ......‘‘ میں نے مری ہوئی آواز نکالی۔ لحاف میں ہاتھی چھلکا اور بیٹھ گیا۔ میں بھی چپ ہو گئی۔ ہاتھی نے پھر لوٹ مچائی۔ میرا رواں رواں کانپا۔ آج میں نے دل میں ٹھان لیا کہ ضرور ہمت کر کے سرہانے لگا ہوا بلب جلا دوں۔ ہاتھ پھر پھڑا رہا تھا، اور جیسے اکڑوں بیٹھنے کی کوشش کر رہا تھا۔ چپڑ چپڑ کچھ کھانے کی آواز آ رہی تھی۔ جیسے کوئی مزے دار چٹنی چکھ رہا ہو۔ اب میں سمجھی! یہ بیگم جان نے آج کچھ نہیں کھایا اور ربو مردی تو ہے سدا کی چٹو۔ ضرور یہ ترمال اڑا رہی ہے۔ میں نے نتھنے پھلا پھلا کر سوں سوں ہوا کو سونگھا۔ سوائے عطر صندل اور حنا کی گرم گرم خوشبو کے اور کچھ محسوس نہ ہوا۔

لحاف پھر امنڈنا شروع ہوا۔ میں نے بہتر اچا کہ چپکی پڑی رہوں۔ مگر اس لحاف نے تو ایسی عجیب عجیب شکلیں بنانی شروع کیں کہ میں ڈر گئی۔ معلوم ہوتا تھا غوں غوں کر کے کوئی بڑا سا مینڈک پھول رہا ہے۔ اور اب اچھل کر میرے اوپر آیا۔

آ ...... ن ...... اماں ...... میں ہمت کر کے گنگنائی۔ مگر وہاں کچھ شنوائی نہ ہوئی اور لحاف میرے دماغ میں گھس کر پھولنا شروع ہوا۔ میں نے ڈرتے ڈرتے پلنگ کے دوسری طرف پیرا تارے، اور اسٹول ٹٹول کر بجلی کا بٹن دبایا۔ ہاتھی نے لحاف کے نیچے ایک قلا بازی لگائی، اور پچک گیا۔ قلا بازی لگانے میں لحاف کا کونہ ذرا فٹ بھر اٹھا۔

اللہ! میں غڑاپ سے اپنے بچھونے میں آئی۔

آخری آدمی

انتظار حسین

الیاس اس قریے میں آخری آدمی تھا۔اس نے عہد کیا تھا کہ معبود کی سوگند میں آدمی کی جون میں پیدا ہوا ہوں اور میں آدمی ہی کی جون میں مروں گا۔اور اس نے آدمی کی جون میں رہنے کی آخر دم تک کوشش کی۔

اور اس قریے سے تین دن پہلے بندر غائب ہو گئے تھے۔لوگ پہلے حیران ہوئے اور پھر خوشی منائی کہ بندر جو فصلیں برباد اور باغ خراب کرتے تھے نابود ہو گئے۔ پر اس شخص نے جو انہیں سبت کے دن مچھلیوں کے شکار سے منع کیا کرتا تھا یہ کہا کہ بندر تو تمہارے درمیان موجود ہیں مگر یہ کہ تم دیکھتے نہیں۔لوگوں نے اس کا برا مانا اور کہا کہ کیا تم ہم سے ٹھٹھا کرتا ہے اور اس نے کہا کہ بے شک ٹھٹھا تم نے خدا سے کیا کہ اس نے سبت کے دن مچھلیوں کے شکار سے منع کیا اور تم نے سبت کے دن مچھلیوں کا شکار کیا اور جان لو کہ وہ تم سے بڑا ٹھٹھا کرنے والا ہے۔

اس کے تیسرے دن یوں ہوا کہ الیعذ ر کی لونڈی گبرو م الیعذ ر کی خواب گاہ میں داخل ہوئی اور سہمی ہوئی الیعذ ر کی جور و کے پاس الٹے پاؤں آئی۔ پھر الیعذ ر کی جوروں خواب گاہ تک گئی اور حیران و پریشان واپس آئی۔ پھر یہ خبر دور دور تک پھیل گئی اور دور دور سے لوگ الیعذ ر کے گھر آئے اور اس کی خواب گاہ تک جا کر ٹھٹھک ٹھٹھک گئے کہ الیعذ ر کی خواب گاہ میں الیعذ ر کی بجائے ایک بڑا بندر آرام کرتا تھا اور الیعذ ر نے پچھلے سبت کے دن سب سے زیادہ مچھلیاں پکڑی تھیں۔

پھر یوں ہوا کہ ایک نے دوسرے کو خبر دی کہ اے عزیز الیعذ ر بندر بن گیا ہے۔اس پر دوسرا زور سے ہنسا۔''تو نے مجھ سے ٹھٹھا کیا۔''اور وہ ہنستا چلا گیا۔حتیٰ کہ منہ اس کا سرخ پڑ گیا اور دانت نکل آئے۔اور چہرے کے خدو خال کھینچتے چلے گئے اور وہ بندر بن گیا۔تب پہلا کمال حیران ہوا۔ منہ اس کا کھلا کا کھلا رہ گیا اور آنکھیں حیرت سے پھیلتی چلی گئیں اور پھر وہ بھی بندر بن گیا۔

اور الیاب ابن زبلون کو دیکھ کر ڈرا اور یوں بولا کہ اے زبلون کے بیٹے تجھے کیا ہوا ہے کہ تیرا چہرہ بگڑ گیا ہے۔ابن زبلون نے اس بات کا برا مانا اور غصے سے دانت کچکچانے لگا۔تب الیاب مزید ڈرا اور چلا کر بولا کہ اے زبلون کے بیٹے! تیری ماں تیرے سوگ میں بیٹھے، ضرور تجھے کچھ ہو گیا ہے۔اس پر ابن زبلون کا منہ غصے سے لال ہو گیا اور دانت کھینچ کر الیاب پر جھپٹا۔تب الیاب پر خوف سے لرزہ طاری ہوا اور ابن زبلون کا چہرہ غصے سے اور الیاب کا چہرہ خوف سے بگڑتا چلا گیا۔ابن زبلون غصے سے اپنے آپ سے باہر ہوا اور الیاب خوف سے اپنے آپ میں سکڑتا چلا گیا اور وہ دونوں کا ایک مجسم غصہ اور ایک خوف کی پوت تھے آپس میں گتھ گئے۔ ان کے چہرے بگڑتے چلے گئے۔ پھر ان کے اعضا بگڑے۔ پھر ان کی آوازیں بگڑیں کہ الفاظ آپس میں مدغم ہوتے چلے گئے۔اور غیر ملفوظ آوازیں بن گئے۔ پھر وہ غیر ملفوظ آوازیں وحشیانہ چیخیں بن گئیں۔اور پھر وہ بندر بن گئے۔

الیاسف نے کہ ان سب میں عقل مند تھا اور سب سے آخر تک آدمی بنا رہا۔تشویش سے کہا کہ اے لوگو! ضرور ہمیں کچھ ہو گیا ہے۔آؤ ہم اس شخص سے رجوع کریں جو ہمیں سبت کے دن مچھلیاں پکڑنے سے منع کرتا ہے۔ پھر الیاس لوگوں کو ہمراہ لے کر اس شخص کے گھر گیا۔ار حلقہ زن ہو کے دیر تک پکارا کیا۔ تب وہ وہاں سے مایوس پھر ا اور بڑی آواز سے بولا کہ اے لوگو! وہ شخص جو ہمیں سبت کے دن مچھلیاں پکڑنے سے منع کیا کرتا تھا آج ہمیں چھوڑ کر چلا گیا ہے۔اور اگر سوچو تو اس میں ہمارے لئے خرابی ہے۔لوگوں نے یہ سنا اور دہل گئے۔ایک بڑے خوف نے انہیں آ لیا۔

دہشت سے صورتیں ان کی چپٹی ہونے لگیں ۔ اور خد و خال مسخ ہوتے چلے گئے ۔ اور الیاسف نے گھوم کر دیکھا اور بندروں کے سوا کسی کو نہ پایا ۔ جاننا چاہیے کہ وہ بستی ایک بستی تھی ۔ سمندر کے کنارے اونچے برجوں اور بڑے دروازوں والی حویلیوں کی بستی، بازاروں میں کھوے سے کھوا چھلتا تھا ۔ کٹورا بجتا تھا ۔ پر دم کے درم میں بازار ویران اور اونچی ڈیوڑھیاں سونی ہوگئیں ۔ اور اونچے برجوں میں عالی شان چھتوں پر بندر ہی بندر نظر آنے لگے اور الیاسف نے ہراس سے چاروں سمت نظر دوڑائی اور سوچا کہ میں اکیلا آدمی ہوں اور اس خیال سے وہ ایسا ڈرا کہ اس کا خون جمنے لگا ۔ مگر اسے الیاب یاد آیا کہ خوف سے کس طرح اس کی صورت بگڑتی چلی گئی ۔ اور وہ بندر بن گیا ۔ تب الیاسف نے اپنے خوف پر غلبہ پایا اور عزم باندھا کہ معبود کی سوگند میں آدمی کی جون میں پیدا ہوا ہوں اور آدمی ہی کی جون میں مروں گا اور اس نے ایک احساس برتری کے ساتھ اپنے مسخ صورت ہم جنسوں کو دیکھا اور کہا ۔ تحقیق میں ان میں سے نہیں ہوں ۔ کہ وہ بندر ہیں اور میں آدمی کی جون میں پیدا ہوا ۔ اور الیاسف نے اپنے ہم جنسوں سے نفرت کی ۔ اس نے ان کی لال بھبو کا صورتوں اور بالوں سے ڈھکے ہوئے جسموں کو دیکھا اور نفرت سے چہرہ اس کا بگڑنے لگا مگر اسے اچانک زبان کا خیال آیا کہ نفرت کی شدت سے صورت اس کی مسخ ہوگئی تھی ۔ اس نے کہا کہ الیاسف نفرت مت کر کہ نفرت سے آدمی کی کایا بدل جاتی ہے اور الیاسف نے نفرت سے کنارہ کیا ۔

الیاسف نے نفرت سے کنارہ کیا اور کہا کہ بے شک میں انہی میں سے تھا اور اس نے وہ دن یاد کئے جب وہ ان میں سے تھا اور دل اس کا محبت کے جوش سے منڈنے لگا ۔ اے بنت الاخضر کی یاد آئی ۔ کہ فرعون کے رتھ کی دو دھیا گھوڑیوں میں سے ایک گھوڑی کی مانند تھی ۔ اور اس کے بڑے گھر کے در سرو کے اور کڑیاں صنوبر کی تھیں ۔ اس یاد کے ساتھ الیاسف کو بیتے دن یاد آ گئے کہ وہ سرو کے دروں اور صنوبر کی کڑیوں والے مکان میں عقب سے گیا تھا اور چھپر کھٹ کے لئے اسے ٹٹولا جس کے لئے اس کا جی چاہتا تھا اور اس نے دیکھا لبے بال اس کی رات کی بوندوں سے بھیگے ہوئے ہیں اور چھاتیاں ہرن کے بچوں کے موافق تربتی ہیں ۔ اور پیٹ اس کا گندم کی ڈیوڑھی کی مانند ہے اور پاس اس کے صندل کا گول پیالہ ہے اور الیاسف نے بنت الاخضر کو یاد کیا اور ہرن کے بچوں اور گندم کی ڈھیر اور گندم کے گول پیالے کے تصور میں سرو کے دروں اور صنوبر کی کڑیوں والے گھر تک گیا ۔ ساس نے خالی مکان کو دیکھا اور چھپر کھٹ پر اسے ٹٹولا ۔ جس کے لئے اس کا جی چاہتا تھا اور پکارا کہ اے بنت الاخضر! تو کہاں ہے اور اے وہ کہ جس کے لئے میرا جی چاہتا ہے ۔ دیکھ موسم کا بھاری مہینہ گزر گیا اور پھولوں کی کیاریاں ہری بھری ہوگئیں اور قمریاں اونچی شاخوں پر پھر پھر اتی ہیں ۔ تو کہاں ہے؟ اے اخضر کی بیٹی! اے اونچی چھت پر بیٹھے ہوئے چھپر کھٹ پر آرام کرنے والی تجھے دشت میں دوڑتی ہوئی ہرنیوں اور چٹانوں کی دراڑوں میں چھپے ہوئے کبوتروں کی قسم تو نیچے اتر آ ۔ اور مجھ سے آ مل کہ تیرے لئے میرا جی چاہتا ہے ۔ الیاسف بار بار پکارتا کہ اس کا جی بھر آیا اور بنت الاخضر کو یاد کر کے رویا ۔

الیاسف بنت الاخضر کو یاد کر کے رویا مگر اچانک الیعذ ر کی جور دیا آئی ۔ جو الیعذ ر کو بندر کی جون میں دیکھ کر روئی تھی ۔ حالانکہ اس کی ہڑ کی بندھ گئی اور بہتے آنسوؤں میں اس کے جمیل نقوش بگڑتے چلے گئے ۔ اور ہڑ کی کی آواز وحشی ہوتی چلی گئی ...... یہاں تک کہ اس کی جون بدل گئی ۔ تب الیاسف نے خیال کیا ۔ بنت الاخضر جن میں سے تھی ان میں مل گئی ۔ اور بے شک جو جن میں سے ہے وہ ان کے ساتھ اٹھایا جائے گا اور الیاسف نے اپنے تئیں کہا کہ اے الیاسف ان سے محبت مت کر مبادا تو ان میں سے ہو جائے اور الیاسف نے محبت سے کنارہ کیا اور ہم جنسوں کو ناجنس جان کر ان سے بے تعلق ہو گیا اور الیاسف نے ہرن کے بچوں اور گندم کی ڈھیری اور صندل کے گول پیالے کو فراموش کر دیا ۔

الیاسف نے محبت سے کنارہ کیا اور اپنے ہم جنسوں کی لال بھبو کا صورتوں اور کھڑی دم دیکھ کر ہنسا اور الیاسف کو الیعذ ر کی جور دیا آئی کہ وہ اس قریے کی حسین عورتوں میں سے تھی ۔ وہ تاڑ کے درخت کی مثال تھی اور چھاتیاں اس کی انگور کے خوشوں کی مانند تھیں ۔ اور الیعذ رنے اس سے کہا تھا کہ جان لے کہ میں انگور کے خوشے توڑوں گا اور انگور کے خوشوں کی ترپ پ کر ساحل کی طرف نکل گئی ۔ الیعذ راس کے پیچھے پیچھے گیا اور پھل تو ڑا اور

تاڑ کے درخت کو اپنے گھر لے آیا اور اب وہ ایک اونچے ٹنگرے پر الیعذ رکی جوئیں بن بن کر کھاتی تھی۔ الیعذ رجبری جبھری لے کر کھڑا ہو جاتا اور وہ دم کھڑی کر کے اپنے لچلچے پنجوں پر اٹھ بیٹھتی ۔ اس کے ہنسنے کی آواز اتنی اونچی ہوتی کہ اسے ساری بستی گونجتی معلوم ہوئی اور وہ اپنے اتنی زور سے ہنسنے پر حیران ہوا اور گرا چا تک اسے اس شخص کا خیال آیا جو ہنستے ہنستے بندر بن گیا تھا اور الیاسف نے اپنے تئیں کہا۔ اے الیاسف تو اِن پر مت ہنس مبادا تو ہنسی کی ایسا بن جائے اور الیاسف نے ہنسی سے کنارہ کیا۔

الیاسف نے ہنسی سے کنارہ کیا۔ الیاسف محبت اور نفرت سے غصہ اور ہمدردی سے رونے اور ہنسنے سے ہر کیفیت سے گزر گیا اور ہم جنسوں کو نا جنس جان کر ان سے بے تعلق ہو گیا۔ ان کا درختوں پر اچکنا۔ دانت پیس پیس کر گلکاریاں کرنا۔ کچے کچے پھلوں پر لڑنا اور ایک دوسرے کو لہو لہان کر دینا۔ یہ کبھی اسے آگے کبھی ہم جنسوں پر رلا تا تھا۔ کبھی ہنسا تا تھا۔ کبھی غصہ دلاتا کہ وہ ان پر دانت پیسنے لگا اور انہیں حقارت سے دیکھتا اور یوں ہوا کہ انہیں لڑتے دیکھ کر اس نے غصہ کیا اور بڑی آواز سے جھٹکا۔ پھر خود اپنی آواز پر حیران ہوا۔ اور کسی کسی بندر نے اسے بے تعلقی سے دیکھا اور پھر لڑائی میں جٹ گیا۔ اور الیاسف کے تئیں لفظوں کی قدر کی جاتی رہی۔ کہ وہ اس کے اور اس کے ہم جنسوں کے درمیان رشتہ نہیں رہے تھے اور اس کا اس نے افسوس کیا۔ الیاسف نے افسوس کیا اپنے ہم جنسوں پر، اپنے آپ پر اور لفظ پر۔ افسوس ہے ان پر بوجہ اس کے وہ اس لفظ سے محروم ہو گئے۔ افسوس ہے مجھ پر بوجہ اس کے لفظ میرے ہاتھوں میں خالی برتن کی مثال بن کر رہ گیا۔ اور سو چوں تو آج بڑے افسوس کا دن ہے ۔ آج لفظ مر گیا۔ اور الیاسف نے لفظ کی موت کا نوحہ کیا اور خاموش ہو گیا۔

الیاسف خاموش ہو گیا اور محبت اور نفرت سے، غصے اور ہمدردی سے، ہنسنے اور رونے سے درگزرا۔ اور الیاسف نے اپنے ہم جنسوں کو نا جنس جان کر ان سے کنارہ کیا اور اپنی ذات کے اندر پناہ لی۔ الیاسف اپنی ذات کے اندر پناہ گیر جزیرے کے مانند بن گیا۔ سب سے بے تعلق، گہرے پانیوں کے درمیان خشکی کا نتھا سا نشان اور جزیرے نے کہا میں گہرے پانیوں کے درمیان زمین کا نشان بلند رکھوں گا۔

الیاسف اپنے تئیں آدمیت کا جزیرہ جانتا تھا۔ گہرے پانیوں کے خلاف مدافعت کرنے لگا۔ اس نے اپنے گرد پشتہ بنا لیا کہ محبت اور نفرت ۔ غصہ اور ہمدردی ۔ غم اور خوشی اس پر یلغاز نہ کریں ۔ کہ جذبے کی کوئی رو اسے بہا کر نہ لے جائے اور الیاسف اپنے جذبات سے خوف کرنے لگا ۔ پھر جب وہ پشتہ تیار کر چکا تو اسے یوں لگا کہ اس کے سینے کے اندر پتھری پڑ گئی ہے۔ اس نے فکرمند ہو کر کہا کہ اے معبود میں اندر سے بدل رہا ہوں تب اس نے اپنے باہر پر نظر کی اور اسے گمان ہونے لگا کہ وہ پتھری پھیل کر باہر آ رہی ہے کہ اس کے اعضاء خوش، اس کی جلد بدرنگ اور اس کا لہو بے رس ہوتا جار ہا ہے۔ پھر اس نے مزید اپنے آپ پر غور کیا اور اسے مزید دسوسوں نے گھیرا۔ اسے لگا کہ اس کا بدن بالوں سے ڈھکتا جار ہا ہے۔ اور بال بدرنگ اور سخت ہوتے جار ہے ہیں ۔ تب اسے اپنے بدن سے خوف آیا اور اس نے آنکھیں بند کر لیں۔ خوف سے وہ اپنے اندر سمٹنے لگا۔ اسے یوں معلوم ہوا کہ اس کی ٹانگیں اور باز و مختصر اور سر چھوٹا ہوتا جار ہا ہے تب اسے مزید خوف ہوا اور اعضاء اس کے کے خوف سے مزید سکڑنے لگے اور اس نے سوچا کہ میں بالکل معدوم ہو جاؤں گا۔

اور الیاسف نے الیاب کو یاد کیا کہ خوف اسے اپنے اندر سمٹ کر دہ بندر بن گیا تھا۔ تب اس نے کہا کہ میں اندر کے خوف پر اسی طور غلبہ پاؤں گا جس طور میں نے باہر کے خوف پر غلبہ پایا تھا اور الیاسف نے اندر کے خوف پر غلبہ پایا۔ اور اس کے سمٹتے ہوئے اعضاء دوبارہ کھلنے اور پھیلنے لگے۔ اس کے اعضاء ڈھیلے پڑ گئے ۔ اور اس کی انگلیاں لمبی اور بال بڑے اور کھڑے ہونے لگے۔ اور اس کی ہتھیلیاں اور تلوے چپٹے اور لچلچے ہو گئے اور اس کے جوڑ کھلنے لگے اور الیاسف کو گمان ہوا کہ اس کے سارے اعضاء بکھر جائیں گے تب اس نے عزم کر کے اپنے دانتوں کو بھینچا اور مٹھیاں کس کر باندھا اور اپنے آپ کو اکٹھا کرنے لگا ۔

الیاسف نے اپنے بدہیئت اعضا کی تاب نہ لا کر آنکھیں بند کر لیں اور جب الیاسف نے آنکھیں بند کیں تو اسے لگا کہ اس کے اعضاء کی

صورت بدلتی جا رہی ہے۔اس نے ڈرتے ڈرتے اپنے آپ سے پوچھا کہ میں نہیں رہا۔اس خیال سے دل اس کا ڈھنے لگا۔اس نے بہت ڈرتے ڈرتے ایک آنکھ کھولی اور چپکے سے اپنے اعضاء پر نظر کی۔اسے ڈھارس ہوئی کہ اس کے اعضاء تو جیسے تھے ویسے ہی ہیں۔اس نے دلیری سے آنکھیں کھولیں اور اطمینان سے اپنے بدن کو دیکھا اور کہا کہ بے شک میں اپنی جون میں ہوں مگر اس کے بعد آپ ہی آپ اسے پھر وسوسہ ہوا کہ جیسے اس کے اعضاء بگڑتے جا رہے ہیں اور اس نے پھر آنکھیں بند کر لیں ۔

الیاسف نے آنکھیں بند کر لیں اور جب الیاسف نے آنکھیں بند کیں تو اس کا دھیان اندر کی طرف گیا اور اس نے جانا کہ وہ کسی اندھیرے کنویں میں دھنستا جا رہا ہے اور الیاسف کنویں میں دھنستے ہوئے ہم جنسوں کی پرانی صورتوں نے اس کا تعاقب کیا۔اور گزری راتیں محاصرہ کرنے لگیں ۔الیاسف کو سبت کے دن ہم جنسوں کا مچھلیوں کا شکار کرنا یاد آیا کہ ان کے ہاتھوں مچھلیوں سے بھرا سمندر مچھلیوں سے خالی ہونے لگا۔اور اس کی ہوس بڑھتی گئی اور انہوں نے سبت کے دن بھی مچھلیوں کا شکار شروع کر دیا۔تب اس شخص نے جو انہیں سبت کے دن مچھلیوں کے شکار کرنا یاد آیا کہ ان کے ہاتھوں مچھلیوں سے بھرا سمندر مچھلیوں سے خالی ہونے لگا اور اس کی ہوس بڑھتی گئی اور انہوں نے سبت کے دن بھی مچھلیوں کا شکار شروع کر دیا۔تب اس شخص نے جو انہیں سبت کے دن مچھلیوں کے شکار سے منع کرتا کہا کہ رب کی سوگند جس نے سمندر کو گہرے پانیوں والا بنایا اور گہرے پانیوں کی مچھلیوں کا مامن ٹھہرایا سمندر تمہارے دست ہوس سے پناہ مانگتا ہے اور سبت کے دن مچھلیوں پر ظلم کرنے سے باز رہو کہ مبادا تم اپنی جانوں پر ظلم کرنے والے قرار پاؤ۔الیاسف نے کہا کہ معبود کی سوگند میں سبت کے دن مچھلیوں کا شکار نہیں کروں گا اور الیاسف عقل کا پتلا تھا۔سمندر سے فاصلے پر ایک گڑھا کھودا اور نالی کھود کر اسے سمندر سے ملا دیا اور سبت کے دن مچھلیاں سطح آب پر آئیں تو تیرتی ہوئی نالی کی راہ گڑھے پر نکل گئیں ۔اور سبت کے دوسرے دن الیاسف نے اس گڑھے سے بہت سی مچھلیاں پکڑیں ۔وہ شخص جو سبت کے دن مچھلیاں پکڑنے سے منع کرتا تھا۔ یہ دیکھ کر بولا کہ تحقیق جس نے اللہ سے مکر کیا اللہ اس سے مکر کرے گا۔اور بے شک اللہ زیادہ بڑا مکر کرنے والا ہے اور الیاسف کو یہ یاد کر کے پچھتایا اور وسوسہ کیا کہ کیا وہ مکر میں گھر گیا ہے۔اس گھڑی اسے اپنی پوری ہستی ایک مکر نظر آئی۔تب وہ اللہ کی بارگاہ میں گڑگڑایا کہ پیدا کرنے والے نے تو مجھے ایسا پیدا کیا جیسے مجھے بہترین کینڈے پر خلق کیا۔اور اپنی مثال پر بنایا۔پس اے پیدا کرنے والے تو اب مجھ سے مکر کرے گا اور مجھے ذلیل بندر کے اسلوب پر ڈھالے گا اور الیاسف اپنے حال پر رویا۔اس کے بنائے پشت میں دراڑ پڑ گئی تھی اور سمندر کا پانی جزیرے میں آ رہا تھا۔

الیاسف اپنے حال پر رویا اور بندروں سے بھری بستی سے منہ موڑ کر جنگل کی سمت نکل گیا کہ اب اس بستی اسے جنگل سے زیادہ وحشت بھری نظر آتی تھی ۔اور دیواروں اور چھتوں والا گھر اس کے لئے لفظ کی طرح معنی کھو بیٹھا تھا۔رات اس نے درخت کی ٹہنیوں پر چھپ کر بسر کی۔

الیاسف اپنے حال پر رویا اور بندروں سے بھری بستی سے منہ موڑ کر جنگل کی سمت نکل گیا کہ اب بستی اسے جنگل سے زیادہ وحشت بھری نظر آتی تھی اور دیواروں اور چھتوں والا گھر اس کے لئے لفظ کی طرح معنی کھو بیٹھا تھا۔رات اس نے درخت کی ٹہنیوں پر چھپ کر بسر کی ۔

جب صبح کو وہ جاگا تو اس کا سارا بدن دکھتا تھا اور ریڑھ کی ہڈی درد کرتی تھی ۔اس نے اپنے بگڑے اعضاء پر نظر کی ۔کہ اس وقت کچھ زیادہ بگڑے بگڑے نظر آ رہے تھے ۔اس نے ڈرتے ڈرتے سوچا کیا میں ہی ہوں اور اس اسے خیال آیا کہ کاش بستی میں کوئی ایک انسان ہوتا کہ اسے بتا سکتا کہ وہ کس جون میں ہے اور یہ خیال آنے پر اس نے اپنے تئیں سوال کیا کہ کیا آدمی بنے رہنے کے لئے یہ لازم ہے کہ وہ آدمیوں کے درمیان ہو۔ پھر اس نے خود ہی جواب دیا کہ بیشک آدم اپنے تئیں آدھورا ہے کہ آدمی آدمی کے ساتھ بندھا ہوا ہے۔اور جو جن میں سے ہے ان کے ساتھ اٹھایا جائے گا۔اور جب اس نے یہ سوچا تو روح اس کی اندوہ سے بھر گئی اور وہ پکارا کہ اسے بنت الاخضر تو کہاں ہے کہ تجھ بن میں آدھورا ہوں ۔ اس آن الیاسف کو ہرن کے تڑپتے ہوئے بچوں اور گندم کی ڈھیری اور صندل کے گول پیالے کی یاد بے طرح آئی۔ جزیرے میں سمندر کا پانی امنڈا

چلا آ رہا تھا اور الیاسف نے درد سے صدا کی ۔ کہ اے بنت الاخضر! وہ جس کے لئے میرا جی چاہتا ہے۔ تجھے میں اونچی چھت پر بچھے ہوئے چھپر کھٹ پر اور بڑے درختوں کی گھنی شاخوں میں اور بلند برجیوں میں ڈھونڈوں گا۔ تجھے سرپٹ دوڑی دودھیا گھوڑیوں کی قسم ہے۔ قسم ہے کبوتروں کی جب وہ بلندیوں پر پرواز کرے۔ قسم ہے تجھے رات کی جب وہ بھیگ جائے۔ قسم ہو تجھے رات کے اندھیرے کی جب وہ بدن میں اترنے لگے۔ قسم ہے تجھے اندھیرے اور نیند کی۔ اور پلکوں کی جب وہ نیند سے بوجھل ہو جائیں۔ تو مجھے آن مل کہ تیرے لئے میرا جی چاہتا ہے اور جب اس نے یہ صدا کی تو بہت سے لفظ آپس میں گڈمڈ ہو گئے ۔ جیسے زنجیر الجھ گئی ہو۔ جیسے لفظ مٹ رہے ہوں ۔ جیسے اس کی آواز بدلتی جا رہی ہو۔ اور الیاسف اپنی بدلتی ہوئی آواز پر غور کیا اور زبلون اور الیاب کو یاد کیا کہ کیوں کر ان کی آوازیں بگڑتی چلی گئی تھیں ۔ الیاسف اپنی بدلتی ہوئی آواز کا تصور کر کے ڈرا اور سوچا کہ اے معبود! میں بدل گیا ہوں اور اس وقت اسے یہ نرالا خیال سوجھا کہ اے کاش کوئی ایسی چیز ہوتی کہ اس کے ذریعے وہ اپنا چہرہ دیکھ سکتا۔ مگر یہ خیال اسے بہت ان ہونا نظر آیا۔ اور اس نے درد سے کہا کہ اے معبود! میں کیسے جانوں کہ میں نہیں بدلا ہوں ۔

الیاسف نے پہلے بستی کو جانے کا خیال کیا مگر خود ہی اس خیال سے خائف ہو گیا اور الیاسف کو بستی کے خالی اور اونچے گھروں سے نفقان ہونے لگا۔ اور جنگل کے اونچے درخت رہ رہ کر اسے اپنی طرف کھینچتے تھے۔ الیاسف بستی واپس جانے کے خیال سے خائف چلتے چلتے جنگل میں دور نکل گیا۔ بہت دور جا کر اسے ایک جھیل نظر آئی کہ پانی اس کا ٹھہرا ہوا تھا۔ جھیل کے کنارے بیٹھ کر اس نے پانی پیا۔ جی ٹھنڈا کیا۔ اسی اثناء میں وہ موتی ایسے پانی کو تکتے تکتے چونکا۔ یہ میں ہوں؟ اسے پانی میں اپنی صورت دکھائی دے رہی تھی۔ اس کی چیخ نکل گئی۔ اور الیاسف کو الیاسف کی چیخ نے آ لیا اور وہ بھاگ کھڑا ہوا۔

الیاسف کو الیاسف کی چیخ نے آ لیا تھا اور وہ بے تحاشا بھاگا چلا جا رہا تھا جیسے وہ جھیل اس کا تعاقب کر رہی ہے ۔ بھاگتے بھاگتے تلوے اس کے دکھنے لگے۔ اور چھپنے ہونے لگے۔ اور کمر اس کی درد کرنے لگی ۔ مگر وہ بھاگتا گیا اور کمر کا درد بڑھتا گیا اور اسے یوں معلوم ہوا کہ اس کی ریڑھ کی ہڈی دوہری ہوا چاہتی ہے۔ اور وہ دفعتہً جھکا اور بے ساختہ اپنی ہتھیلیاں زمین پر ٹکا دیں اور بنت الاخضر کو سونگھتا ہوا چاروں ہاتھ پیروں کے بل تیر کے موافق چلا۔